JN093710

林芙美子とインドネシア

Hayashi Fumiko and Indonesia

作品と研究

Works and Research

ソコロワ山下聖美〔編著〕

SOKOLOVA-YAMASHITA Kiyomi

鳥影社

ボルネオ | バンジャルマシン | *Borneo - Banjarmachine*

マルタプウラの水上マーケット(2011年)

マルタプウラを漂う布袋草(イロンイロン)(2016年)

ジャワ｜トラワス Java - Trawas

ペナングアンを望む（2011年）

林芙美子とトラワス村村長・スプノウ氏一家（1943年）

林芙美子が滞在した村長官舎跡（2011年）

スマトラ | ブキティンギ | *Sumatra - Bukittinggi*

ブキティンギへ向かう道(2012年)

ブキティンギの街並み(2012年)

ベトナム ｜ ダラット ｜ ***Vietnam** - Dalat*

ソフィテル・ダラット・パレス（2011年）

ソフィテル・ダラット・パレスから望む湖とランビアン山（2011年）

Map of Indonesia
フィリピン
パラオ
マルク
スラウェシ
パプア
ヌサ・トゥンガラ
オーストラリア

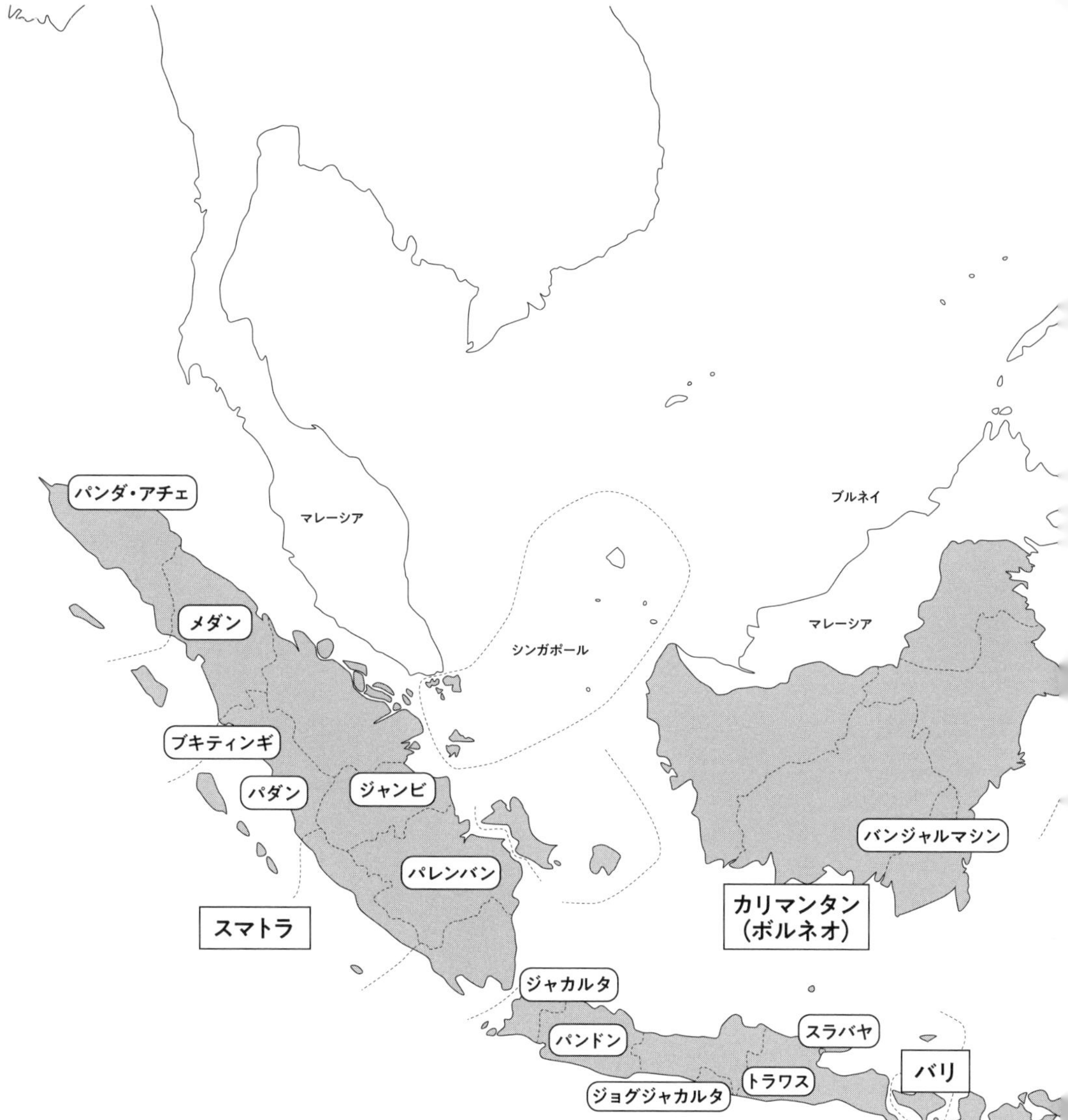

パンダ・アチェ
マレーシア
ブルネイ
メダン
マレーシア
シンガポール
ブキティンギ
パダン
ジャンビ
バンジャルマシン
パレンバン
カリマンタン
(ボルネオ)
スマトラ
ジャカルタ
パンドン
スラバヤ
バリ
トラワス
ジョグジャカルタ
ジャワ

インドネシア共和国

0　1,000km

1/6,811,300

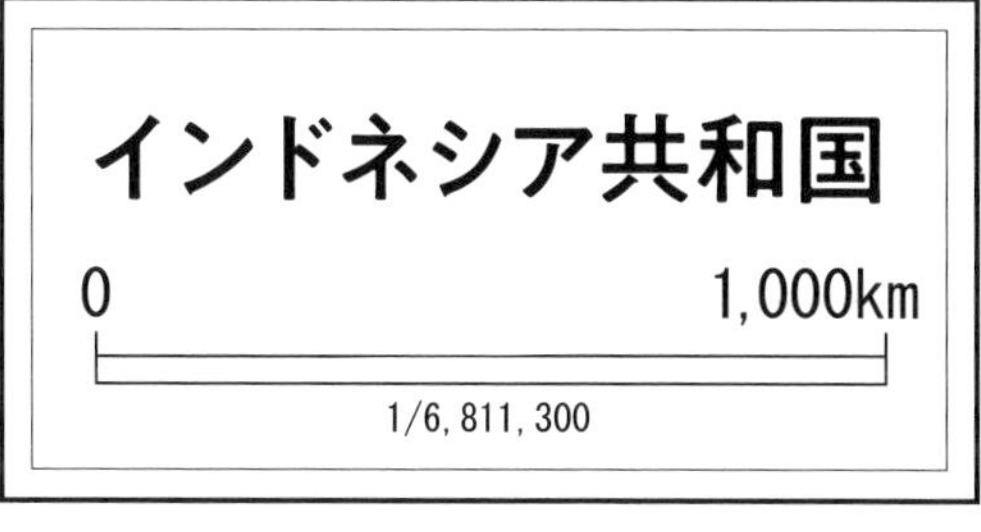

はじめに——林芙美子の南方従軍とインドネシア

『放浪記』や『浮雲』で知られる作家・林芙美子（一九〇三～一九五一）は、第二次世界大戦中の一九四二年十月末から一九四三年五月初頭まで、陸軍省報道部より派遣され、南方の日本軍占領地へ赴いた。軍政地における文化工作を推進するために徴用された作家たちについては、神谷忠孝・木村一信編『南方徴用作家　戦争と文学』（一九九六年三月　世界思想社）に詳しく、ここでは、佐多稲子、美川きよ、小山いと子、水木洋子らの南方地域に派遣された女性作家たちと共に、林芙美子についても取り上げている。また、望月雅彦は『林芙美子とボルネオ島　南方従軍と『浮雲』をめぐって』（二〇〇八年七月　ヤシの実ブックス）において、林芙美子の南方行程をはじめて詳細に検討した。

女性作家たちを派遣した軍の目的については、「極秘　新聞、雑誌記者、女流作家南方派遣指導要領　陸軍省報道部」（一九四二年九月十四日付　芙美子と共に南方に行った水木洋子に宛てられたもの。市川市文学プラザ所蔵）に、次のように記されていると前述の望月の著書に紹介されている。

方針

一、大東亜戦争一周年記念日ニ方(あた)リ対内宣伝資料ヲ収集セシム

二、現地ニ於イテ主トシテ左記事項ニツキ見学セシム

1、戦跡ノ見学

2、軍司令官、軍参謀、司政長官、司政官、現地要人トノ会見

3、軍政浸透状況ノ視察

三、現地ニ於ケル行動ノ細部ハ現地軍ニ計画ヲ依嘱ス

つまり彼女たちは、軍政地の様子について、国民に広く知ってもらうための調査・宣伝要員であった。芙美子は、同行の女性作家たちや新聞記者、雑誌編集者とともに一九四二年十月三十一日に広島県宇品(うじな)港を出航した。旅立つ直前の同年十月二十八日には、懇意にしていた川端康成に宛てた手紙(『川端康成全集』29巻一九八二年九月　新潮社　三四七頁)の中で、出発に際しての心持ちを記している。

軽井沢に参上のことも果たすことなく明日南へ参り候　昨日文楽の紋十郎より川端さまの人形出来たる由の電話これあり鎌倉の御住所伝えおき候へこの旅立ち何やらはかなき心地いたし候えども貪(むさぼ)らずしては山の金銀を得ることかなわずの理にて天運に任せ旅立ちいたし候　帰国は来春三月頃かとも考えられ候　私のみ少しばかり長びく予定に候　正月女房どのの留守にてはいかばかりかあるじの不自由哀れに思われ候へども何

卒よろしくお願い申し上げ候　旅立つとおもえば日本の秋も美しく切なく候て中里さま少々羨しくも思い候

「何やらはかなき心地」を抱え、もう二度と見ることがかなわないかもしれない日本の秋に心を寄せる芙美子の気持ちはいかばかりであっただろうか。国からの大きな使命を担った南方への視察は、死の覚悟を決めなければならない〈旅〉であったのだ。

宇品港から病院船を装う船に乗り、船室の外に出ることを固く禁じられ、いつ何時、敵の潜水艦に遭遇するかわからない命がけの移動の後、一行はシンガポールに到着する。各自はそれぞれの担当地域へ派遣された。女性作家たちには新聞社、通信社がスポンサーとしてついていた。林芙美子のスポンサーは朝日新聞社であった。約半年の南方滞在において林芙美子が訪問したとされる地域は、現在のシンガポール、マレーシア、インドネシア、フィリピン、台湾、上海、ベトナムなどである。その行程には不明部分が多く、未だ全貌は明らかになっていないが、芙美子自身が持っていた手帳によると、一九四三年五月九日に日本の羽田に帰着したとみられる。ちなみに、同じく南方に派遣されていた水木洋子宛書簡には「私は五月の末にマニラ経由で朝日の飛行機でかえりました」と記している。

戦時中のことであるゆえ資料がままならず、現在に至るまで行程内容が謎に満ちている林芙美子の南方従軍について、筆者は約十年にわたり、現地調査をふまえながら解明を試みてきた。東南アジアの国々は著しい経済発展の途上にあり、約七十年以上も前の日本軍政時代の遺物を探すことは困難を極める作業であるが、現地調査により、多くの発見を得ることができた。何よりも、芙美子が皮膚で感じた南の国を体感できたことは彼女の文学を理解するための大きな助けとなった。また、現地の研究者と連携することにより、戦争という国際的な非常事態にあった当時の状況をより広い視点でとらえることができた。結果、筆者は芙美子の南方従軍におけるいくつかのポイントをつかむことができたように感じている。

最大のポイントは、インドネシアという土地だ。南方滞在期間の約三分の二は、ボルネオ、ジャワ、スマトラ、バリなどのインドネシア各地で費やされている。では具体的に、インドネシアにおいて約四ヶ月の間、芙美子が何をしていたかというと、軍政部の指示のもとに各地の視察を行ったり、新聞社や日本語学校を訪問したり、婦人団体と交流をもったり、現地での体験を雑誌や新聞に寄稿したりと、他の派遣作家と同じような使命をまっとうしていたようだ。ボルネオではとくに「ボルネオ新聞」に深くかかわり、後に短篇「ボルネオ　ダイヤ」を中心としたこの地を描いた作品を残した。林芙美子の文学は、五感を駆使するという特徴をもつ。自然と人間が豊かな調和を保つボルネオの風土に身を置く体験は、彼女の鋭敏な感性に、鮮烈な刺激を与えていく。

ボルネオ滞在後、芙美子はジャワへと戻り、トラワスという小さな村においてホームステイ体験をした。村長宅に宿泊しながら、農村の人々と共に生活する。これはまさに、庶民の視点を大事にする芙美子ならではの仕事であった。それにしても、なぜこのような企画がお膳立てされたのか。当時、ジャワという地に日本軍がもっとも期待していたものの一つに米がある。インドネシアにおける日本の支配が成功するか否かは、米の供給母体である村落社会にかかっている、と言っても良かった。このような背景の中で、米の供給地である村としてのトラワスに滞在することが実現したのではないか。残された手帳やノートには米の出来高などを詳細に記す部分もあり、軍部の意向に沿ってジャワの米に視線をそそいでいた芙美子の姿が見受けられる。

しかし芙美子は、米だけではなく、米を食べる人間たちにどうしようもなくまなざしをそそいでしまう。それは彼女の作家魂である。ノートには、米の記述とともに、出会った人々の名前から出身地、年齢、家族構成などが細かく記載されており、それらは後にトラワスでの体験を描いた小品「南の田園」に活かされていく。南国の小さな村での素朴な暮らしぶり、人々との交流、米を主食とするアジア人の一体感……これらが、トラワスの美しい自然を背景に描かれる「南の田園」は、土地と人々に対する愛情に満ちた紀行文となっている。

ジャワでの村落体験を終えた芙美子は、スマトラ三千キロ縦断の旅へと出立する。スマトラと言えば、日本軍が欲しくてたまらない資源の宝庫である。芙美子は小品「スマトラ――西風の島――」に石油などの資源状況をレポートしつつ、人々に対して深いまなざしをそそいでいく。当時書かれた多くのスマトラ紀行文の中で、旅を共にするインドネシア人運転手の名前や家族構成を記しているものはめずらしい。スマトラにおいても、人間を描く、という彼女の作家魂は健在であった。

自然と人間が融合するボルネオにおける鮮烈なイメージの享受、ジャワの村落・トラワスでの人情味あふれるホームステイ体験、そして、スマトラのジャングルを行く壮大なアドベンチャー。インドネシアで芙美子が体験したことの意義は大きい。帰国後まもなく雪深い長野での疎開生活に入った芙美子は、自然豊かな南の国での感性への刺激、おおらかで素朴な南国の人々との交流、命がけであったからこそ輝きに満ちた日々を、どれだけ懐かしんだことであろうか。戦争という特殊な状況下で実現された南方視察という〈旅〉、そこで繰り広げられた数々の体験は、作家・林芙美子を形成する重要な要素であることに間違いはない。

本書では、インドネシアのボルネオ、ジャワ、スマトラにおける林芙美子の足跡を、現時点において得ることができた資料と、現地調査の成果をもとに解明していく。同時に、その地域を描いた作品の解読を行っていく。一般的には入手することが困難であり、貴重であると思われる資料はできる限り詳細に紹介してある。また、イメージを抱きやすくするため、筆者が撮影した現地の画像も多く掲載した。戦後の代表作『浮雲』へとつながる思想を芙美子はインドネシアにおいていかに形成し、発展させていったのか。インドネシア体験が、林芙美子文学にとっていかに重要なものであったのか。この問いに、本書が少しでも答えることができていれば、幸いである。

本書の後半部分に、「林芙美子インドネシア作品集」として、インドネシアを描いた詩、エッセイや小説を掲載した。これらの作品は、一部を除き『林芙美子全集』（一九七七年四月　文泉堂出版）には収録されていない。それどころか、戦前の雑誌に掲載後、まったく日の目を見ずに封印されてきたものもある。「世界に楽園があるとするならば巴里かジャワ」とまで言っていた林芙美子がいかにインドネシアを濃厚に描いていたかを知る、文学史上、重要な文献であると思われるので、付録としてまとめて掲載することにした。

「林芙美子がインドネシアにいたとは知りませんでした」

という声をよく聞く。確かに、従来、林芙美子は舞台でも有名になった『放浪記』のイメージでのみとらえられ、海外体験として知られているのはパリに滞在したことや、日中戦争において漢口に女性で一番乗りを果たしたことくらいであるのではないか。戦時中ではありながらも、インドネシアの多くの人々と交流し、今も残る様々な場所を歩き、歴史的に見ても価値のある鮮烈な作品を残した林芙美子。彼女とインドネシアの深いつながりと交流の足跡を伝えるのが、本書刊行の目的である。

なお、次の方針にのっとり、資料の引用及び編纂を行った。
・原則として、旧字体は新字体に改める。
・原則として、旧仮名遣いは現代仮名遣いに改める。
・読みにくいと思われる漢字には、適宜、振り仮名を付す。
・読みやすさを損なうと思われる漢字は、適宜、仮名に置き換える。
・読解不明部分に関しては〔〇字不明〕などと記す。
・明らかに誤字であろうと思われるものに関しては訂正する。
・今日の人権意識に照らして不適切であると思われる語句や表現については、時代的背景と作品の価値にかんがみ、そのままとする。

林芙美子とインドネシア　作品と研究

目次

第二章 ジャワ・トラワスにおけるホームステイ体験と「南の田園」 69

第三章 スマトラ縦断と「スマトラ――西風の島――」「荒野の虹」「郷愁」 113

林芙美子南方従軍行程

林芙美子の南方従軍中における足跡は謎に満ちている。いったい彼女は、約半年の間、どこに滞在し、何をしたのだろうか。筆者自身による調査結果の内容と検討を本書で詳細に述べていくこととなるのだが、まずは現時点で明らかとなった林芙美子の南方行程表をまとめて記してみたい。

先行調査として筆者がとくに参考にしているのが、望月雅彦編著『林芙美子とボルネオ島　南方従軍と『浮雲』をめぐって』である。この本においては、ボルネオにおける足跡を中心に考察しているが、とくに巻末の「林芙美子南方従軍行程」は現在整理されている唯一の林芙美子の従軍時における行程表として注目に値する。ここでは、望月版行程表に、さらなる補足・追加作業を行い、新たなかたちにととのえた。

南方従軍を調べるにあたり、筆者は四つの手段を用いてきた。まずは、彼女が残した作品や日記、メモなどから探っていく手段。二つ目は、当時の新聞や雑誌の記事から探し出す手段。三つ目は、南方に同行したり、現地で芙美子を目撃したりした作家やジャーナリストたちの情報や言及を探し出す手段。四つ目は、芙美子が実際に訪れたであろう場所を筆者自身が訪れ、調査する手段である。以上、四つの手段により、南方滞在時の約三分の二を過ごしたインドネシア各地における足取りを中心にして、次のように行程表を作り直した。

【林芙美子南方従軍行程】

（望月版を基に、本書において**太字**部分を追加した。）

1942（昭和17）年

9月14日	陸軍省報道部より南方占領地行き「辞令」「旅行券」等の書類を交付された。
10月29日	**下落合の自宅を出発。**
10月31日	女流作家林芙美子、美川きよ、佐多稲子、水木洋子、小山いと子、ほか新聞社雑誌社の編集者等第一班広島県宇品港を出航。
11月16日	昭南（シンガポール）到着。
11月18日	美川きよ等とジョホール水道の敵前渡河地点、激戦地ブキチマの戦跡、フォード会社両司令官会見の場所等を見学。
11月23日	佐多稲子等とマレー半島視察のため西海岸を北上、昭南十一時発ジョホールを経由し、二時頃バトパハに至る。
11月24日	ムラカ（マラッカ）を経てセレンバンに至る。
11月26日	イポー泊。
11月27日	朝十時イポー発、ペラのサルタン邸を見学。タイピンを経てペナンホテル泊。
11月28日	ペナン視察、蛇寺を見学。ペナンヒルのケーブルカーに乗る。
11月29日	タイ国境近くのアロースターへ向かう。
12月9日	**空路にてジャカルタへ移動。**
12月10日	**興亜祭にて、美川きよ等と共にスカルノの講演を聞く。**

1942（昭和17）年

12月12日—14日	ジャワ島スラバヤ兵站事務所の指定旅館にて宿泊・給養を受ける。**美川きよとセレクターに行く。**
12月15日（または14日）	スラバヤ発、A-26（朝日新聞社機・陸軍徴用機）で南ボルネオ（現、インドネシア・カリマンタン）・バンジャルマシン着。
12月20日	**午後七時半からバンジャルマシン市大阪劇場にて講演会。**
12月24日	**午後七時半からバンジャルマシンのインドネシア倶楽部にて現地婦人たちとの交流会。**
12月末	**現地日本婦人たちとの座談会。**

1943（昭和18）年

1月1日	バンジャルマシンにて新年を迎える。
1月6日	バンジャルマシン、昼豪雨、夕方晴。五時、海軍機で出発、スラバヤ夜七時着。大和ホテルより電話して自動車で支局へ行く。
1月7日	休養
1月8日	宣伝部岡氏訪問、陸海軍訪問。夜ベチャでドライブ少雨。
1月9日	買物
1月12日	スラバヤからモジアケルトを経由してトラワス村着　村長宅宿泊。**トラワス内のチラケット区を散歩。**
1月13日	パッサール見学　**トラワス内タミヤチン区の小学校を見学。青椅子に乗って美しい景色を堪能。写真撮影。**

1月14日	**学校や村の写真撮影。散歩。別荘を見たり、ホテルを見る。**
1月15日	**トラワス村の隣、プリゲン村へ行く。**
1月16日	**パッサールにてバナナとみかんを買う。**
1月17日	**かごに乗ってブッダを見にゆく。スラバヤへ戻る。**
1月18日—23日	スラバヤ
1月25日	バリー　デンパサル
1月26日	キンタマニー
1月27日	アグン湖
1月28日	スラバヤ
1月30日	バタビヤ（**ジャカルタ**）　汽車
1月31日	バタビヤ
2月	**ジャカルタ市内メンテン通り三十四番地にある「ジャワ新聞社」総支配人・田畑忠治氏の邸宅に居候する。**
2月3日	ビンタンスラバヤ　スカブミ

1943（昭和18）年

2月4日	夕　バタビヤ
2月5日	バタビヤ　支那めし
2月6日	昭南　小俣機**（朝日航空部・小俣壽雄が操縦か）**
2月10日―17日	給養済ガロー兵站掛
2月12日	**スラバヤ県庁の応接室にて、スラバヤの婦人指導者約五十名との会合。**
2月17日	**スラバヤからジャワに戻る。**
2月18日	**バタビヤにて武田麟太郎と会う。**
2月19日	**デス・インデス百十五室に宿泊。**
2月25日	**ジャカルタの回教徒連盟本部にて、インドネシア回教徒婦人会との座談会。**
2月26日―27日	給養済バンドン兵站事務所兵站旅館ニ於テ宿泊セシコトヲ証明ス
2月27日（夕食）宿泊―28日（昼食）	ジャカルタ兵站事務所兵站指定旅館上高地ホテルにて宿泊給養を受ける。
2月28日―3月1日	ジョグジャカルタ　兵站指定旅館旭ホテルにて宿泊給養を受ける。
3月3日	スマトラ島　パレンバン着、兵站旅館にて宿泊給養を受ける。

1943（昭和18）年

3月4日	**瑞穂学園**
3月5日	パレンバン発、ジャンビー着
3月6日	泊
3月8日	パダン着、軍指定「大和ホテル」にて宿泊給養を受ける。
3月12日	パダン出発、ブキティンギ着、軍指定旅館中央ホテルにて宿泊給養を受ける。
3月17日	ブキティンギ
3月18日	競馬
3月19日	ブキティンギ出発
3月21日	メダン
3月27日	ブラスタギ
3月28日	スイスホテル
3月29日	メダン
4月17日	アチェ

1943（昭和18）年

4月26日	メダン出発
5月5日	昭南出発　ルソン島マニラ着　兵站旅館泊
5月6日	マニラの兵站旅館泊
5月7日	午後マニラ発　台湾　屏東泊
5月	**上海にて　改造社社長・山本実彦と会う。**
5月8日	上海　夕食一泊―五月九日中食 軍旅館登第七三三一部隊宿舎係ニテ給養陸軍少尉荒川祥平
5月9日	日本　羽田

※この行程を作成する根拠となった参考資料については、本書の各章において紹介してある。

第一章

ボルネオ滞在と「ボルネオ　ダイヤ」

1　インドネシア体験のスタート地点としてのボルネオ

林芙美子は南方従軍中の一九四二年十二月十四日（または十五日）から一九四三年一月六日まで、インドネシアのボルネオ島を訪問した。シンガポール、マレーシアからインドネシアに渡り、数日間、ジャカルタやスラバヤなどの大きな街に滞在した芙美子は、飛行機でボルネオのバンジャルマシンへと移動している。バンジャルマシンは、彼女がはじめてゆっくりと腰を落ち着けて滞在したインドネシアの地方であった。その後、ジャワの農村でホームステイを体験したり、スマトラ縦断の旅に出たりと、様々な冒険を試みながら、多様性に満ちたインドネシアを体験していく芙美子にとって、ボルネオ島はインパクトのある自然の地であった。だからこそ、記憶の中に鮮烈にボルネオの風景は刻み込まれた。

あと数週間で正月が来るのだけれど、私は数年前の正月を、南ボルネオのバンジャルマシンと云うところで過ごした事を思い出しました。永遠の暑熱にむされている森林の国ボルネオの町は、思い出のなかでも感動深いもので、米国人、アグネス・キース女史の風下の国と云うボルネオの事を書いた小説を読んで、私は、ボルネオで傭（やと）った下男と下女のみをあつかったその作品にどんなにか共鳴するものを感じたのです。（略）私は、東京を発つ時、友人にこの書物をおくられて、ボルネオには非常な関心を持って出掛けました。私は南ボルネオのバンジャルマシンと云う土地は始めてでした。A新聞社の飛行機で、スラバヤからこの土地の上空へ来た時には、地上一面の炎えるような緑の大地と、魚骨のような河の流れのみで、人間が何処にいるのかと不安になるほどな大自然の景色に驚いてしまいました。

地上に降りて、遠い町まで運ばれてゆく間に、自然に可愛がられたような小鳥の巣のような原住民の小さい家々が、河添いの水の上に点在しているのを見ました。びろうどのように濃い緑の森、灼熱した太陽。何の物音もない森閑とした広い土地。耳の中がぴたっとふさがれたような静かな土地です。(「作家の手帳」(1))

また、「赤道の下」(初出「東京新聞」一九四三年六月十一日から三日にわたり掲載)にもボルネオの風景を記しており、ボルネオの風物を描いた詩作品「マルタプウラア」「雨」「タキソンの浜」「南の雨」(以上、それぞれ「ボルネオ新聞」)もある。戦後になると小説「ボルネオ　ダイヤ」を発表している。また、小説「古い風新しい風」(「新風」一九四七年十月～一九四八年五月　大阪新聞社東京支社)においてもボルネオを詳細に記しているが、終始、舞台がインドネシアである小説は「ボルネオ　ダイヤ」のみである。

ここでは、林芙美子のボルネオ滞在について、現時点で明らかになっている資料に基づき、足跡を整理していきたい。また、作品「ボルネオ　ダイヤ」(初出「改造」一九四六年六月号)について読解を試み、ボルネオ体験が作家・林芙美子に与えた文学的影響を探ってみたい。

2　ボルネオにおける足跡——「ボルネオ新聞」を中心に

林芙美子のボルネオでの足跡を記す資料はいくつか存在するが、二十三（または二十四）日間の滞在の行程すべては明らかになっていない。望月雅彦は先述の『林芙美子とボルネオ島』において様々な資料から芙美子のボルネオにおける行程を考察しており、本書の「林芙美子南方従軍行程」においても新たな情報を付け加えて記した。ここでは、「ボルネオ新聞」を中心とした資料の内容を紹介したい。

ボルネオ滞在の足跡を辿るための貴重な資料「ボルネオ新聞」は、朝日新聞社が海軍より委託されて作った新聞であり、一九四二年十二月八日、本社をバンジャルマシンに置き、発刊されている。朝日新聞社のバックアップのもとに南方視察を行っていた芙美子は、バンジャルマシンのボルネオ新聞社を訪れ、新聞作成を手伝い、作品を寄稿している。「ボルネオ新聞」には、芙美子がここを去った後もいくつかの記事が掲載され続けるが、ボルネオ滞在中の記録で興味深いのは、林芙美子と現地婦人との交流を示すものだ。第五章で詳しく述べるが、女性から女性への「文化工作」こそが林芙美子が担った大きな仕事のうちの一つであったことがこれらの記事からはうかがえる。また、手帳「南方従軍日記」（新宿歴史博物館所蔵）にはボルネオ民政部において聞いたであろうことを書き記した跡がみられる。これについては、『the 座』64号の「特集・林芙美子の『南方従軍日記』」（文・構成　渡辺昭夫）[2]において望月雅彦の詳細な解説が掲載されている。

このように、バンジャルマシンにて精力的に仕事をこなした芙美子の姿を残された資料は伝えているが、まずは芙美子の到着を伝える新聞記事を紹介する。

「ボルネオ新聞」（一九四二年十二月十六日）記事「林芙美子女史　ボルネオへ」作家林芙美子女史はマライ、ジャワの旅を終え十四日空路バンジェルマシンに到着した、開戦後ボルネオを訪れた最初の女流作家である、女史は銃後に最も知られていないボルネオ軍政の逞ましい活動と現地人の生態をじっくり見極めて行こうとの健気な覚悟を持しており相当長期間に亘って南ボルネオを旅行する予定だと〔空白五文字〕。

ここでは、バンジャルマシン到着を十四日と伝えているが、芙美子は自身の日記に十五日到着と記している。また、現地での講演や現地の人々との交流を新聞や週刊誌は次のように伝えている。

「ボルネオ新聞」（一九四二年十二月二十二日）記事「林女史の講演会」ボルネオを訪れた最初の作家林芙美子女史とマレー作戦に従軍した大立朝日新聞記者との講演会は二十日午後七時半からバンジェルマシン市大阪劇場で開催された、下井ボルネオ新聞社代表の挨拶についで大立記者はコタバル上陸からシンガポール陥落までの皇軍の果敢な進撃とその陰の血の滲む様な苦心を語り、林女史はかつて身を以て体験した漢口作戦従軍当時の思い出から説き起して大東亜戦下に於(お)ける銃後女性の覚悟を語り、遠く故国を離れて、敢闘するボルネオ在駐の皇軍将兵と官民一同の労苦に感謝し帰国の上は是非この職域奉公ぶりを故国に伝えるために新著を上梓する事を約し聴衆に多大の感銘を与えて盛会裡に閉会した

「ボルネオ新聞」（一九四二年十二月二十六日）記事「手をつないで建設へ　女も一生懸命頑張り抜きましょう　林女史と現地婦人が睦びの一夕」

バンジェルマシン市滞在中の作家林芙美子さんと現地婦人との睦びの会が民政部によって斡旋され二十四日夕七時半からバンジェルマシンのインドネシア倶楽部で開かれた、二十四日は木曜日の祈禱日で参会者は十四、五名の予定であったが、蓋を開けて見ると有力者の夫人娘さんなど六十余名に達する盛会で倶楽部の広間を一っぱいに埋めて仕舞っていた、市内の一流婦人達は綺麗に着飾って殆んど顔を揃えている、民政部嘱託加藤榮太郎氏先ず立って

『林さんは日本の女流作家中で最高峰を占める人である、戦前オランダ人はよく開けたジャワへは行きたがったがボルネオへは行きたがらなかった、そのボルネオへ林さんは戦争さ中に併も単身勇敢にやって来られた、此処に住んで居られる皆さんがとてもいい人ばかりだと言ッて居られる皆さんと仲よくなり度いと言ッて居られる、この戦争に勝つ為には日本に住む人もボルネオやスマトラに住む人も皆仲よく手を握らねばなりません、こういう意味で今夜の催しは大きな意義があると思います、皆さん心に蓋をしないで打解けて話し合ッて下さい』

と巧みなマライ語で挨拶した、これに応えダステイ・ノルセハンさん（父はタンジョン郡長）が立ッて

『今夜は大変有難うございました、わたくし達の為態々お出下さッて皆感激して居ります、わたくし達は日本によッて初めてオランダ人の暴政から救われました、わたくし達の本当の意味での楽しい生活が始まりました、こうして日本の有名な婦人がわたくし達とヂカに会ッて下さいますのも日本人が如何に我々にやさし

い気持を持ッて居られるかの証拠です、わたくし達は日本の兄さんや姉さん達の教えを受けて新しい建設に協力せねばならぬと考えています』

と語ッた、鶏のサティとソーダ水の簡単な食事を共にし乍ら林さんは立ッて――

『日本だと今頃は女の人達は夕食のお仕度に大変忙しい頃です、それにも拘わらずこんなに沢山の皆様が集ッて戴きまして本当に嬉しく思います、百聞一見に如かずと言いまして皆さんを飛行機なり船なりで日本へ連れて行ッてお上げし度いなと思います、でも今は戦争ですからそれも出来ません、日本人の半分は女です、女の人達は職場に働いているお父さん、お兄さん、息子達にも負けず一生懸命働いています、日本と手を繋いで仲よくやッて行くには皆さん女の人達の力が最も大きいのです、この戦争で英米を倒す迄どんな苦しい事があッても一緒になッて頑張りましょう、永い月日の間に皆さんのうち一人でも二人でも若し日本に来られましたら是非東京のワタシの家をお訪ね下さいませ、喜んで御案内申します』

と所懐を述べた、続いてカルジョ・スマルトヨさんも立ッて

『戦前オランダ人は我々の為こうした会合を開いて一緒に話をするような機会を与えてはくれなかッた』

と、改めて林さんに礼を述べ

『我々は心から日本の兄さんや姉さん達と協力して行く固い決意をしています』

と結んだ、座談に移ッて談笑裡に色々と日本に対する質問が出てこれに加藤氏の通訳で林さんが答を与え午後九時閉会。意義深くも楽しい一夕ではあッた

これらの記事にあるように、インドネシア婦人たちとの交流は男性作家たちにはできない、女性作家・林芙美

子ならではの仕事であったのだろう。一方で、現地に滞在する邦人女性たちとの交流も行われたようだ。

「週刊婦人朝日」（一九四三年二月三日号）「ボルネオの花束　林芙美子女史を囲んで現地日本婦人の座談会 バンジェル・マシンにて」

マライ、ジャワの旅を終わった作家林芙美子さんが、忽然（こつぜん）南ボルネオのバンジェル・マシンを訪れた。もちろん開戦後ボルネオに足を踏み込んだ最初の女流作家である。十二月末の一夕当地の民政部その他で事務員やタイピストとして活躍している健気な若い娘さんたちの出席を乞い女史を囲んで座談会を開いた。娘さんたちなかなか元気がよく、スッポンのサティ（串刺焼肉）を一人で五、六本も平げながら深夜まで話ははずんだ。

〈出席者〉

能勢　清香（二三）　東京市麻布区西町七
竹田　登美（二二）　同世田谷区代田一ノ七二四
相澤ともい（二三）　同赤坂区中之町二三
工藤　正子（二一）　同目黒区上目黒二ノ二〇九九
橋本　燁子（二一）　同中野区本町通五ノ一六
志賀とし子（二〇）　同世田谷区池尻町二一一
森本　智子（二一）　同小石川区白山御殿町八四
勝山　園子（二三）　京都市伏見区鷹匠町一七

池亀　千里（二一）　　新潟県西頸城郡磯部村徳合

【芙美子】みなさん何時お着きになりました？

【工藤】七月十三日当地に着きました。みんな一緒の船です。

【芙美子】御病気なさらなかった？

【志賀】誰も病気という程のものは致しません。でもデングはみんな一通りやりました。ああ、相澤さんだけまだ残っています。でもデングは一週間程で癒って生命に危険のない病気ですからかかっても平気ですわ。

【池亀】林さんはマライ、ジャワを旅行なさって、どこが一番いいとお思いになりました？

【芙美子】バンジェル・マシンですわ（一同大笑）

【池亀】うまいわね、でもジャワのジャカルタやスラバヤはいいとこでしょう。

【芙美子】ジャカルタやスラバヤは街に木も多く家もきれいだし美しい街ですが、バンジェル・マシンは原住民の家ばかりで、街としてきれいじゃなくても網の目のように川が流れていて、水はまっ赤だけれど、なかなか粗野ないい街じゃありませんか。マライの奥もいいと思いましたが、ここの奥の方が支那人やインド人が少くインドネシヤもダイヤ族も諄朴(じゅんぼく)でとてもいいと思いました。……皆さん何かご不自由ありません？

【森本】なにも不自由と思いません。ここしか知らないので南洋とはこんなところだと考えて何事にも満足しています。大体二年くらいここに居ることになっています。お仕事は忙しい時はとても忙しいですけれど、暇な時はまた暇でコセコセしていないので命が延びるように思います。

【芙美子】御結婚はどう？

【相澤】そんなこと考えていないわ。

【能勢】有望な人材があれば、こちらで結婚してもいいと私思うわ。（笑声）

【芙美子】文化的な施設が少いのは皆さんには淋しいでしょうね。

【竹田】映画館が一軒しかなく、それも一週間に一回か二回古い西洋ものしか見られぬのが淋しいですが、なんと言っても日本の本のないのが一番辛いです。あたし達持って来た本はみんな来る途中で兵隊さんに差上げて仕舞ましたの。

【芙美子】ボルネオと言っても思ったほど暑いところじゃありませんね。

【勝山】聞いていたよりも涼しいのに驚いた程ですわ。夜など毛布がないと寒くて眠れない時がありますわ。それよりも水が少くて雨水を貯めて顔を洗ったりマンデイをせねばならぬことが初めはとても辛く思いましたが、もうこの黒い水にも慣れてなんとも思わなくなりました。汚物のたくさん流れている川でインドネシヤが顔や口まで洗っているのはどうかと思います。

【芙美子】皆さん若い身で南へ行こうと志願なさる時、お父さんやお母さんが反対なさらなかったですか？

【橋本】遠い所へ娘を一人やるのだから少しは不安に思ったでしょうけど、別に反対はされませんでした。こんな大きな戦争をしている時ですから、どこでもよく理解されたのでしょう。

【相澤】私のうちは誰も兵隊に行っていませんし喜んで出して貰いました。

【芙美子】こういう遠いところへやって来られた皆さんを私、とてもえらいと思います。皆さんの存在が、ここで働いていられる兵隊さんを初め日本人の方々に、どんな大きな心の慰めとなり鼓舞となっているか量り知れないと思います。この街の花束――みなさんを私は南ボルネオの「バンジェルの花束」とお呼びしたいわ。ところでみなさん、時には郷愁に襲われることありません？

【森本】そりゃ娘ですもの、時には郷里のことや父母のこと、お友達のことなど思い出しますわ。お月さんのきれいな時、一番内地を思い出しますわ。あの月を母も見ているだろうな、などと思うとセンチになります。

【志賀】南の月はとてもきれいですね。雲が少ないせいか、目がいたい程冴え冴えとしていますのね。

【芙美子】私は雨――シトシトと降る雨の夜は内地にいるような錯覚に捉われます。内地にいないのだとわかるとフト郷愁のようなものを感じます。

【能勢】蟋蟀のような夜なく虫が多いですのね。道端に溝があって赤トンボが飛んでいると思うと夜はホタルが無数に飛んでいる、秋と初夏を年中まぜあわせたようなものでなんだかおかしいわ。

【勝山】蚊が多いのには困りますね。蚊にかまれるとすぐオデキみたいになって癒すのが大変だわ。

【芙美子】インドネシアを初めて見た時どんな風にお感じになりました？

【橋本】なんだか薄気味わるいように思いましたが、深く接触するうちにこんな善い人間はない、本当に素直な民族だと思うようになりました。

【工藤】永い間オランダの圧政に呻吟したので、なんだか年中眠っているような頼りなさを感じますわ。

【森本】襦袢にサロンの女の服装はとてもいいと思うけれど男のサロンは私、嫌いだと思うわ。

【芙美子】服装のことを言えば内地はいま雪が降って（一同大笑）大変な時ね。

【竹田】あたし寒さの感じなんか忘れて仕舞った。

【芙美子】私マライ、ジャワを旅行して、ここへ来て考えて見るのに、景色はマライがよかったと想うわ。バンジェル・マシンは静かな所ですが旅行者には淋しい所ね。でも奥に入れば入る程現地人の人柄が素朴でいいと思います。皆さん現地の兵隊さんを見てどう思いましたか。

【能勢】内地を発って海を渡って来る時、私たちの船は軍艦に護衛して戴きましたが、あの時の兵隊さんの勇しい姿を見て私とても頼もしく有難く思いました。

【勝山】朝から夜中まで立哨（りっしょう）されている兵隊さんの前を通る時いつも有難いと思います。

【池亀】この間、街の広場で兵隊さんと一緒になって運動会をしたのは面白かったわね。

【能勢】あの日の兵隊さんの市内行進は勇しくきれいだったわ。私達この日戦死された兵隊さんの墓標をお掃除して花をあげました。

【芙美子】なにか美味しいもののお話をして下さい。

【能勢】いまいただいたスッポンのサティ美味しいわね。（一同美味しい、美味しいと言う）

【工藤】みんなドリアンは臭くて嫌と言うけどあたしとても好きよ。

【志賀】インドネシア料理で日本人の口に合い美味しいのはサティだわね。

【芙美子】私スッポンは嫌いだけど鶏のサティはとても好きよ。皆さんの毎日のお暮らしの話をどうぞ。

【橋本】毎朝七時半に起床、八時に朝食、九時からお役所の仕事、午後一時お役所で昼食、三時から五時まではお昼休みなので、みんな昼寝します。六時にお仕事が終わり、宿舎に帰ります。就寝時間の十時まではお裁縫したり手紙を書いたりお喋りしたりです。

【工藤】お裁縫といえば、私たちみんなミシン買ったのよ。

【能勢】日曜日には揃って市場へ買い物に行くの、「マハル、シキット、クラン」＝高い少し負けよ＝マライ語で値切るのとてもうまくなったわよ。

【芙美子】私言葉が分からぬので紙に引き算を書いて値切るわ。（一同大笑）

【竹田】それから日曜日にはみんな自転車で遠乗りするの、随分遠くまで行くわ。

【相澤】私達みんな月給の三分の一貯金しているのよ、偉いでしょう。

【能勢】現地人の子供は日本の歌や踊りがうまいわね。日本の子供と間違えるほどだわ。

【芙美子】私この街を流れるマルタ・プーラの川をいっぱいに埋めているタンバガン（小船）に乗るの大好きですが、川岸で子供たちが「サイナラ」「コンニチワ」などと言ったり「見よ東海の空あけて」を歌いながら私の船を追って走って来る時には、涙が出るようにいつも胸を打たれるわ。……今晩はとても面白かったわ、有難う。みなさんお体をお大事に頑張って下さい。

【池亀】濠洲に進出出来るようになったら、私たちシドニーに行こうと言っているのよ。

【芙美子】純毛でモンペ作るのでしょう。（一同大笑）

（本社大立特派員記）

良くも悪くも気取らない、あっけらかんとした女性の本心が表れている座談会となっており、こうした本音を聞き出せるのも、女性作家ならではの技であったはずだ。この対話で林芙美子は、遠く南方までやってきた若い日本人女性たちと接しながら、自らの想像をたくましく膨らませていたのだろう。「シトシトと降る雨の夜は内地にいるような錯覚に捉われます。内地にいないのだとわかるとフト郷愁のようなものを感じます」という郷愁や、「私この街を流れるマルタ・プーラの川をいっぱいに埋めているタンバガン（小船）に乗るの大好き」という思いは後に、ボルネオを舞台にした一つの作品「ボルネオ　ダイヤ」へと昇華されていく。

3　布袋草（イロンイロン）の思想

「ボルネオ　ダイヤ」は、インドネシアのボルネオを舞台にした短篇である。物語は次のような描写で始まる。以下、引用は初出「改造」（一九四六年六月号）に拠る。

　暗い水のほとりで蠟燭の燈が光っている。ほんのさっき、最後の夕映が、遠く刷(は)き消されていったと

マルタプウラの支流の街並み（2011年）

おもうと、水の上を一日じゅう漂うていた布袋草（イロンイロン）も静かに何処かの水辺で、今夜の宿りに停まってしまうに違いない……。漕ぎ出ている小舟（タンバガン）の楫（かじ）の音がいやにはっきりと聞こえる静けさだ。

　物語の背景にあるのは闇と静寂だ。絶対的な闇と途方もない静寂の中に小さな光を見、音を頼りにする。これは私たち人間の宿命的な営みである。ここに「布袋草（イロンイロン）」が登場する。水の上を漂いながら、〈どこか〉へと向かっていく「布袋草（イロンイロン）」は林芙美子がボルネオ滞在中に目にした重要なモチーフであり、芙美子は「布袋草（イロンイロン）」に自身の文学観や人生観を見出している。中篇小説「古い風新しい風」にも布袋草（イロンイロン）に目を奪われるシーンが描かれ、「土語では、この水草をイロンイロンと言った」とある。「土語」とはボルネオのバンジャルマシン語のことだ。インドネシアには数百の民族のもとに数百の地方語が存在しており、バンジャルマシン語もそのうちの一つである。（ちなみに芙美子がしばしば作品に描く「マライ語」は、当時共通語として普及を押し進められていたインドネシア語のことである。）バンジャルマシン語で布袋草のことをilongと言い、たくさんあるという意味を込めるために言葉を繰り返す習慣にならい、ilongilong（イロンイロン）となったのであろう。

　時代は一九四二（昭和十七）年から一九四三（昭和十八）年頃、舞台は南ボルネオのバンジャルマシン。バンジャルマシンの町は「河口のバリトの支流」により三角州のようになっており、町の中央には「マルタプウラの河」が流れている。河の上を行く小舟は町の庶民的な交通機関であるという。マルタプウラの河には現在でも小舟が行き交い、色とりどりの品々が売買される水上マーケットがみられる。河には「布袋草（イロンイロン）」が浮かび、とくに雨期には大雨によって岸から流される「布袋草（イロンイロン）」が河にあふれる。

バンジャルの乾いた町は、朝から晩までひっそり閑(かん)としているけれども、一歩河筋へはいってゆくと、泥で濁った河の上はおもちゃ箱を引っくりかえしたような小舟の賑いで騒々しかった。楫をつかっている手が、ほんの一寸見える程の、椀状の大笠が、水の上を花を流したように流れてゆく。その賑やかな小舟の間をものすごい大群の布袋草(イロンイロン)がきしみあって河筋を潮に押しあげられてゆくのだ。水も見えないほどの水草の流れは、暫(しばら)く眺めていると、自分がレールの上を滑って動いているような錯覚にとらわれてくる。

河を流れる「布袋草(イロンイロン)」こそ、人間の生きてある姿に他ならない。私たちは、大きな流れの中にある。〈どこか〉に向かう流れはとどまることをしらない。物語に描かれる「ものすごい大群の布袋草(イロンイロン)」は戦争という時代に流される人々の大群であり、もはや彼らを運ぶ「水」の姿さえもうめつくし、動いていく。林芙美子は、動かすものと動かされるものの大きな流動をまるで「レールの上を滑って動いている」と感じている。時代に生きるとはこういうことであり、私たちは動く時代に生きざるを得ない「布袋草(イロンイロン)」なのである。

「布袋草(イロンイロン)」については「赤道の下」にも次のように記されている。

> ホテルの裏にあるマルタプウラの河岸に出てみると朝夕の潮のひき具合で、濁った水の上をすさまじい勢いで沢山のほてい草が流れている。これをウォーターヒヤシンスとも云うのだそうだけれども、インドネシア人はイロン・イロンと云っていた。根のかたまりあったイロンの草が、潮流のかげんできしきしと音をたてて流れているのは何とも壮観である。
>
> 水草の流れを見ていると岸の方が動いているような錯覚にとらわれる。

インドネシヤの言葉に、マカン・アンギンと云う言葉があるけれど、直訳すれば風を喰うと云うのだそうだ。ここでは散歩の意味だそうで、如何にも散歩することは、風を喰って歩くのにちがいないことで、面白い言葉だと思った。イロン・イロンの草も四時(しじ)たゆみなく水の上をマカン・アンギンしていて、何時河岸へ行ってみてもふわふわと水の流れに身をまかしているほてい草をみかけない事はない。

人の運命を浮草のようだとたとえた歌もあったけれど、イロン・イロンの草の流れは第一に旅人の眼をひくものであろう。(3)

さらには、詩「マルタプウラア」を記した直筆のノート（新宿歴史博物館所蔵）には、「イロンの草」についての説明が次のように記されている。

イロンの草――土地のものはイロンイロンと云うなり。ほてい草の一種にてこの水草の大群が、バリト河やマルタプウラの流れを汐のさしひきで、上下に河を移動してゆく姿はすさまじい。舟に乗ってイロンの流れを見ていると地球が動いているように見える。

芙美子の感性が「布袋草(イロンイロン)」をいかに印象強く感受したかがうかがえる。

人の運命は水の流れに身をまかせる浮草のようなものである。この考えは、林芙美子文学に流れ続ける思想だ。一九三二年のパリ在住当時を記した「巴里日記」に「寒山詩」を書き下した文章を次のように記している。

我黄河の水を見るに
凡そ幾度の清を経たる
水は流れて急箭の如く
人世は浮萍の如し
（略）[4]

南方に赴く約十年前、パリへの旅中においてすでに、芙美子は「浮草のように人生ははかない」ことを意味する寒山詩に思いをはせていたのである。

また、四十七歳で亡くなる直前に書いた「菊尾花」にもこの思想がうかがえる。「菊尾花」は「私の理解した方丈記」であると芙美子自身が述べているが、冒頭を次に紹介する。

水は流れています。どこをどうというわけもなく、水はこの世にあるかぎり流れて、河をなし、泡沫は、泡沫のまま何処へともなく流れてゆきます。私たちの生きている世の中もまた、まるで、水の流れのようではございませんでしょうか……。美しい都会のなかに、軒を並べ、いろいろな階級の人達が、それぞれに平和に住んでいて、もっともらしく暮らしをたてておりますものの、さて、どの家も、昔ながらの家々は、そんなに長く続いているようでもございません。何時の代かに焼けた家もあれば、また、このごろ建てたばかりの新しい家もございましょう……。昔は羽振りのよかった大きい家も、年月が変って、貧しい家に落ちぶれていないとは云えますまい。こうした家々に住むひとたちも、まるで、泡沫のようで、ほんとに、はかないものでございます。自分のそばちかくのひとたちを見たって、古くから知っている近しいひとたちも、歳月のすぎたあとには、ほんの一人か二人位になってしまい、自分というものもまた、天命をまって、冥府のなかへ消えてゆくものなのでございます。朝に死に、夕べに生まれるものだとは云いながら、全く、人の世の中は、水の泡のように、哀しくはかなく消えてゆくものなのでございますね……。

いったい、生まれるひとたちは、何処からあんなに沢山やって来るのでございましょう……。死んでしまったひとたちも、群をなして、いったい、どんなところへかき消えてしまうのか、私はまだ、この眼でみたことはございません。

何としても、すぐ消えてゆく煙のように、私たちの暮らしというものは、かりの宿りのようなものでございます。このかりの宿りのなかで、私たちは、いったい誰の為に悩み苦しんで生活しているのかと、不思議に思う位でございます。そしてまた、私

「菊尾花」生原稿（日本大学芸術学部図書館所蔵）

たち人間は、何を見透すために、こんなによろこんで生きているのでございましょう……。生活のなかの日常の争いにつかれ、無常の心に落ちぶれ果ててしまいながら、無意識に声をたててむさぼるように生きておりますのは、何だか朝顔の露のようだと、お思いになりませんでしょうか……。[5]

死の直前、「菊尾花」を執筆する芙美子の脳裏には人生において眺めてきた様々な河が浮かんでいたのであろうか。南国の地で眺めたマルタプウラの河の流れや、そこを漂う「布袋草（イロンイロン）」の記憶もなつかしく思い起こしていたことであろう。

4　浮草と浮雲

「菊尾花」以前にも、戦後に発表された小説『人生の河』に、流れていくものの無情を描く場面がある。

「人間ちゅうもンは、一生のうちには、浮き沈みいうもンはつきものだンがな。丁度、河みたいなもンで、流れたら、あとへはなんぼうにももどれしまへん。流れて海へはいるまでどうにもとどまるもンやおへん。」

人間の運命というものは、丁度河みたいなもので、流れ出したら、後へは戻れないといった、なか子の父親

の言葉がぐっと胸に来た。(6)

後へは戻れない流れに、ただ流されていくのが私たちの人生である。林芙美子が戦後の作品において頻繁に描いたのは、戦争という非常事態を経験し、敗戦によってすべての価値観が変化する流れの中に懸命に生きる人々の姿だ。多くの人間が犠牲となった戦禍をくぐりぬけ、生き残った人々、とくに女性の生命力あふれる生活を描きながらも、一方で、今生きている人々もいずれは死んでゆくという諦観の思いを描くことも忘れなかった。人間とは、なんとはかないものであるのか。芙美子はこの思いを「浮草」というモチーフに託しながら、残された日記の断片（新宿歴史博物館所蔵）には「浮雲」という言葉を登場させている。

すべて浮雲の如く、今日再びこれらの美しき友情に、逢う人達もなく、これから〔二字不明〕はかり知られず。
身はほろび、名もまたやがて消え去るを思えば〔一字不明〕情熱するばかりなり。

また、南方視察に行く直前に書かれ、一九四三年に発表された長篇小説『田園日記』には、「浮雲もこの山と共にひとしからず、山靄（さんあい）蒼々として望みうたた迷ふ。暁月暫く飛ぶ千樹の裏、秋河は隔たりて数峰の西にあり……」(7)の記述があり、「浮雲」の語が登場している。逆らいがたい時代の流れに身を任せざるを得ない芙美子の心情は、「浮草」や「浮雲」の語によってしばしば表現されてきたが、とくに戦争をはさみ、その思いは明確化し、深まっていく。こうして芙美子は「浮草」や「浮雲」のモチーフを多く用い、あてどなくどこかに流され、はかなく消えてゆく人間の運命への哀愁を描き続けた。芙美子は戦後、「浮草」をタイトルとした作品『うき草』（第九章参照）の中で次のように述べている。

湯の中は、どろどろと藻のようなものが浮いていた。掘立小屋のかしいだような格子の間から動いてゆく白い雲が見える。暗い天井裏のはりには古ぼけたお札が張りつけてあった。ゆっくりゆっくりと湯の上にも空の色がうつっている。(8)

湯の中の「藻のようなもの」として描かれる「浮草」。語り手の視線はここから瞬時に空に向かう。白い雲が見える。湯と空が一体化する場面において、「藻のようなもの」としての浮草と空に浮かぶ白い雲のイメージが重なる。どちらも、あてどなく漂う存在であり、人間のはかない運命を象徴するモチーフである。こうした「浮草」や「浮雲」の思想は、林芙美子の代表作、『浮雲』（一九五一年四月　六興出版社）へと結集していく。

富岡は、まるで、浮雲のような、己れの姿を考えていた。それは、何時、何処かで、消えるともなく消えてゆく、浮雲である。(9)

望月雅彦は、ベトナムのダラットを舞台として描かれる『浮雲』の着想がインドネシアでなされ、実際に林芙美子はベトナムに行っていないのではないかと推測する。確かに「日記断片（ボルネオにて）」には「浮雲」の語も記されるし、マルタプウラの「布袋草（イロンイロン）」の思想と、作品『浮雲』の先に引用した最終行は通底するものがある。しかし筆者は、林芙美子は南方従軍中に、インドネシアからベトナムに行き、そこで得た感性を『浮雲』に託していると考える。詳細は第十章にて記す。

マルタプウラを漂う布袋草（イロンイロン）（2016年）

5　ダイヤモンドと失った子供

「ボルネオ　ダイヤ」の舞台・バンジャルマシンには日本のような四季はなく、一年中暑い。「季節のまるでない妙な季節」のこの地へ、主人公の球江は「窮屈な内地の生活のなかであくせくしているよりは、一つ南へ進出して働いてみてはどうか」と言われ、広島から三週間近い船旅を経てやって来た。

広島を出て三週間近い船旅では、毎日、五人の女たちから球江は同じ話を何度もくりかえして聞かなければならなかった。五人のうちでは球江が一番若くて、年長者には、三十をすこし越した女もいた。（略）海の上がだんだん暑くなり、毎日単調な船倉生活が女たちにはたまらなかった。段々旅愁のようなものに誘われていた。船は表面上は病院船ということになっていたので、一緒に乗っている沢山の兵隊は勿論、球江たちも、昼間は船倉でじっとしていなければならなかった。デッキにある便所へ出掛けてゆく時は、汚れてどろどろになった白衣を肩にはおって行くことになっていた。夜になると、船の横腹に赤十字のイルミネーションがとぼった。

ここに描かれる広島からの船旅は、林芙美子の経験に基づくものであると思われる。望月雅彦は、広島の宇品港から出発した南方従軍における実際の「船旅」を、黒田秀俊『軍政』（一九五二年十二月　学風書院）の記述などを詳細に検証することによりひも解いている。「ボルネオ　ダイヤ」に描かれる女性は「五人」、実際に派遣された女性作家も芙美子を入れれば「五人」であるという指摘が興味深い。ちなみに芙美子と同じように南方に派遣された窪川（佐多）稲子の「虚偽」[10]にも、南方に向かう船旅がフィクション化され、詳細に描かれている。「ボルネオ　ダイヤ」において船旅の果てにボルネオにやって来た球江を待っていたのは「東京での約束とは何も彼も違っていて、ここでは躯を犠牲にするということ」であった。いわゆる慰安婦として、ボルネオで働くことになった球江であるが、彼女はある過去を持っていた。女学校を退学し、「給仕女」として働いていた際にコックの松谷と知り合い、逢い引きを重ね、妊娠し、十八歳で女の子を産んだ。しかし子供は松谷によって、他人に渡ってしまった。「球江はまだ若かったので、子供へのみれんもあまりなかったけれども、人の手に渡してしまうということは何となく不愍で仕方がなかった」と記されるが、物語には失った子供について描かれるシーンがいくつかある。

球江は枕の下からダイヤモンドの包みを出して、もう一度明るいところで、ダイヤモンドをしみじみと眺めた。ふっと、何の関聯もないのに、別れた子供の顔が眼に浮かんで来た。

球江が眺めたダイヤモンドは、ボルネオにおける愛人・真鍋が彼女に贈ったものである。真鍋は「帝大の採冶金を出て、N殖産会社から、南ボルネオ占領と同時に、軍属として」ボルネオに派遣され、ダイヤモンド採掘の仕事に関わっている。彼は「ダイヤモンドの『石』自体が持っている光沢は、いつも、柔い女の肌を空想させずにはいられなかった」といい、「濡れたように」「黄色く光った原石のダイヤモンド」を「球江の汗ばんだ掌にのせ」ている。物語においてダイヤモンドは人肌を感じさせるものとして描かれていることがわかる。ならば、ダイヤモンドを見て「別れた子供の顔」を唐突に思い出すことにも納得がいく。球江は、子供を肌の一部として体感しているのである。だからこそ、次のようなシーンにおいても球江は子供を思い出す。

女按摩は球江の躯じゅうに椰子油をぬるぬると塗りたくりながら、固い掌でゆるくのの字を書くようなしぐさで、油で濡れている背中を揉んでいる。大判のタオルに顔を押しつけて、球江は手離した子供のことを考えていた。

身体のマッサージという皮膚感覚を多大に喚起させる状態において脳裏に浮かぶ「子供のこと」。球江は子供に対しては「みれん」はないとしながらも、実のところ、皮膚感覚で、すなわち体感として、忘れることができない。一つの肉の固まりである命は、球江の体内から生まれた、言ってみれば彼女の存在の一部であった。それを失った喪失感は、いくら「みれん」はないと頭で感じてはいても、体感として忘れることができないものであったのだ。

6　五感の文学

さらに物語の最終行において次のような描写がみられる。

村の子供達が砂地を走りながら自動車を見物に来ているのが小さく見えた。風にさからいながら、子供の走るかっこうが海老のように見える。

球江の視線がとらえた「海老のように」身体をまげながら走る子供の姿は、胎児の形態を連想させる。林芙美子はこうした印象的な視覚の描写や、先のような皮膚感覚を駆使した表現を効果的に用いる。体感、つまり五感を通して人間を描くのが芙美子文学の特徴であるのだ。以前芙美子は雑誌の座談会で次のように言っている。

詩から出た人の小説などを読んでみますと、音、匂、色と諧調が揃っているんです。音楽の嫌いな人とか絵に対して鈍感な人とか、匂に対して鈍感な人の小説を読みますと必ず匂いが無くなっており、音に対して味がなく、着物など硝子を着ているようで体臭が味わえないのですけれど、詩から出た作家のものを見ると、音や匂や色彩が煩わしいくらい出ているのです。(11)

こう述べる芙美子自身もまた「詩から出た人」であり、彼女が五感に対して特別な意識をもっていたのである。五感に対する意識はのちに次のように発展していく。

私は、全き個人主義者でありたいと思います。個人主義とは利己主義ではありません。孤独な、誰の意志にも曲げられない、自分の智恵で歩いて行ける人間というものをあこがれております。自分の眼を持ち、自分の本音をきけるたしかな耳と、それを行動出来る勇気を持った一人の人間でありたいと念じます。[12]

芙美子は自分の「眼」と「耳」という感性に基づくものを「自分の智恵」へと昇華させ、独自の「個人主義」を形成した。つまり、五感、体感こそ彼女の「個人主義」の根幹であり、自らの身体を通して血肉化されていった言葉により、芙美子の文学は成り立っているのである。

「ボルネオ　ダイヤ」には体感の描写がさらに続く。

日本人によく似たダイヤ族の、バブウ下女の歩く姿に茫然とみとれていたり、鉱区で砂を洗っている馬来人やジャワ人の女たちの中から、美しいかたちを何となく求めている卑しさに赤面することもあった。――軍からの要求どおりのダイヤモンドを掘るということは、朝夕もないような忙わしさではあったけれども、ダイヤモンドの「石」自体が持っている光沢は、いつも、柔い女の肌を空想させずにはいられなかった。

愛人・真鍋は内地に妻を残しており、女の肌を恋しく思う。そこで、「色の白いふっくりした躯（からだ）つき」の球江と出会い、二人は惹かれ合うが、「最後のところまではどうしても降りきれない潔癖さ」のために、球江を「金で自由」にすることをしていない。これは「潔癖」であるとともに、将来の「名誉」を考えてのことであった。肉体関係の代わりとして、物語には「球江は下女（バブウ）に市場から、辛子つきの焼鶏（サッテ）を二十本ばかり買わせてきて、真鍋と二人で蚊帳のなかで食べた」と描かれる。焼き鳥を食べるという味覚表現が、二人の肉体関係の代替行為として象徴的に描かれている。

また、同僚の澄子の自殺を知った女たちが、皆でタキソンの浜辺へ行く場面においても、独特の感覚を駆使した表現がみられる。

> 海というものは青いものだと思っていた女達の眼には、このタキソンの赤い海の色は、何とも落魄（らくはく）の思いを深めるばかりであった。球江は茹で卵子をむいて食べた。澄子の悲惨な表情が浮かんでくる。

赤い海を見ながら食べる「茹で卵子」。ここには、視覚と味覚との絶妙なコラボレーションがある。自殺していった女・澄子、同僚の女たち、そして球江。はるばる広島から船旅でボルネオまでやって来た女たちは、血を感じさせる赤い海を見、卵を食べる。ここで象徴的に描かれるのは女性の生理そのものの感覚だ。慰安婦として遠い南の地で働く彼女たちは理屈やきれいごとで生きているのではない。彼女たちの根本にあるのは、どうしようもない女の生理感覚だ。この生理感覚をもって、彼女たちは澄子の死を享受し、奥深く、静かに悼む。

赤い海を見、卵を食べた球江の眼に映るものは、最終場面の「海老のように」身体をまげながら走る子供の姿である。胎児を思わせる子供の姿の見事な切り取りは、鮮やかな視覚的効果を与える。五感にこだわり、様々な感覚を駆使し、林芙美子は女の生理感覚を説明するのではなく、見事に描き出している。

タキソンの浜辺（2011年）

タキソンの浜辺から望む海原（2011年）

7 〈内地〉にかえりたい

ここで、自死という道を選んだ、球江の同僚・澄子に注目したい。澄子は兵隊であった恋人の死に遭遇して以来、部屋に閉じこもり、商売には出ずにいた。彼女はある夜、「あんた、タンバガンへ乗って涼んで来ない?」と球江を誘い、二人は小舟に乗る。球江はブンガ・スンピンという白い花を髪に飾り、その香りが「軟風にのって甘い香気をただよわせている」。澄子は言う。

「ああ、わたし、内地へ復(か)えりたい。復えりたくなったなァ」と、いった。突然だったので球江は返事も出来なかったけれども、何となく澄子のそうした心持は迫っているような気がした。

「わたしは違う、わたしは泳いででも復えりたいのよ。(略)お神さんは神経衰弱だよっていってるけど、そうじゃアないわ。わたし、デングでわずらって寝てる時だって、こんなところで死にたくはないって思ったものねえ、戦争さえなけりゃア早く戻れるンだろうにねえ」

澄子はボルネオから「内地」に帰りたいと訴える。生まれ育った内地・日本へ戻りたいという思いは、戦時中、海を越えて外地へとやって来ている日本人にとって、本能的な、切実な願いであったはずだ。ブンガ・スンピンの花の匂いが漂う中に発せられた澄子の切実な訴えが、彼女と交わした最後の会話になることを球江は知らない。二人は夜九時に、彼女たちの暮らす部屋に戻った。球江は座敷に出た。一方で澄子は、ここ一週間そうであったように商売には出ずに部屋にとどまった。球江は座敷で男たちの酒の相手をした後、遅くにやってきた真鍋と「狭い部屋で二人きり」で夜を過ごした。朝になり、真鍋と二人で蚊帳の中で焼き鳥を食べた。一方で澄子は「今朝がた」、「マンデー場」（水浴びをする場所）にて首をつって自ら死を選んでいく。澄子が死にゆく途にあった時、球江は蚊帳の中で真鍋と澄子について語っていたのだ。

「あのひとは少しやつれたね。何だか淋しそうな様子になったなァ」「そうでしょう。でも、何だかこのごろの方が鋭くなって綺麗よ。二十七ですって……」「もう、そんなのかねえ」「ええ、神戸で生まれて、女給さんをしたり、芸者をしたり、まァ、いろんなことをしてきたひとなんですってよ」「へえ、そんな風には見えないなァ」「あのね、昨夜、二人で、タンバガンに乗ったの。澄子さんてば泣くのよ内地へ復えりたいって……」澄子が泣いたときいて、真鍋は気の毒に思った。誰だって、こうした暑い処ではどうしようもないのだ。

「いろんなことをしてきた」二十七歳の女が、遠い南の地において、日本に戻りたいと泣く。この思いに対しては確かに「気の毒」と感じざるを得ない。真鍋は帰り際、球江の額に接吻する。その際に「酸っぱい香水の匂い」を嗅ぐ。「匂い」という回路を介して、真鍋はブンガ・スンピンの「匂い」が漂う中に発せられた澄子の思いを共有したかのようだ。人の気持ちと気持ちをつなぐ役割を果たすものとして、嗅覚という五感が効果的に用いられている。

真鍋は澄子の気持ちを「どうしようもない」と言い、ただただ共鳴する。いかに日本での生活が充実しているとは言えず、つらい経験ばかりであったとしても、「内地」へのどうしようもない郷愁の思いは、理屈ではない。同様に、理屈では処理できないのが、澄子の死の理由だ。澄子の死については同僚の静子によって、次のように「説明」される。

「(略)澄さんの好きな兵隊が、何故モロンプダックにやらされたかっていうのは知らないだろう? 何ていうのかね、重営倉っていうのかねえ、あんなの食って行っちゃったのさ、みんな、澄さんの為なのさ、二人で逃げて土人に化けちゃおうなんて考えてた位に思いつめてたンだから、下手をすると、その兵隊は死刑よ、ねえ、思いつめてたひとが死んでしまったのだもの、澄さんだって、こんな旅空で面白くもないやね、まだ歩いてゆけるところにいると思えば気が済むなんて云ってたンだもの……それに躯も胸の方が大分悪るかったし、あんなになる運命だったのよ澄さんってひとは」静子が説明している。

誠に理路整然とした「説明」である。確かに澄子の死は、命がけで愛した男の死によるところが大きいであろうし、日本を離れ、慣れない南の地に暮らす違和感もあっただろう。さらには持病という不安も抱えている。これらの要素が複合的に作用して澄子は死を選んだという「説明」を、球江は

球江は茹で卵子をむいて食べた。澄子の悲惨な表情が浮かんでくる。わたしは悪い女なのかしら……球江

は、何も彼も虚空の彼方に忘れがちになっている自分のこのごろの感情を呆れて眺めていた。

という状態で耳にする。彼女は、「説明」によってではなく、ゆで卵を食べる味覚によって、本能的に澄子の死を感受していると見られる。

ここで描かれるゆで卵とは象徴的な意味合いで言えば女性の生理に深く関連するものであるということは先に述べたが、さらに言えば卵は生物の原初の姿であり、存在の原型である。球江は卵を食べるという味覚により、澄子の死を「説明」ではなく味覚という五感で感受している。すなわち澄子は、生物の原初の姿へ、存在の原型、自らの深い内部へと還っていったのであり、そこに行き着くために彼女は自死という道を選んだ、と考えられる。とすると、澄子が切実に帰ることを願った「内地」とは、日本という故郷である一方で、自分自身の〈内〉なるところであった、と解釈できる。それは「外」からの「説明」や圧力、政治的事情ではどうにもすることのできない、奥深い〈内〉なるものだ。

その意味で言えば、先に述べた胎児の姿を連想させる、「海老のように」身体をまげながら走る子供の姿は、内なるものへ、生物の原初へ、存在の原型へと向かった澄子の〈死と復活〉の姿であるとも解釈できる。彼女は胎児として、奥深い内部において新たに再生を果したのであろうか。

澄子の〈死と復活〉の姿を物語の最終行において描いた林芙美子の思いは、切実なものであったと筆者は受け止めている。敗戦により、〈死〉を体験した日本という国の再生を、芙美子はこの胎児の姿に重ねたとも考えられるからだ。視覚表現で切り取られた鮮烈な画像、「海老のように」身体をまげながら走る子供の姿には、多義的で深い意味合いが含まれていたのである。

8　球江という女

「内地」を切なく希求し死んでいった澄子と対極をなすのが、球江である。内地に「そんなに復えりたいわけでもない」球江の強さは、例えば座敷において、次のように記される。

球江は強いブランデーを二、三杯飲まされると、もう、いつものように陽気な性分を取り戻していた。何も考えることはない。金色燦然としたものが躯からエーテルのようににじみ出ている。そして、どんな場所にも怖れることなく、力いっぱいの情熱をこめて坐りこんでおられる。四ヶ月の彼女の歴史などは須臾(しゅゆ)のように消えていってしまうのだ。自然に、何も彼も自分というものが毀れてしまったと安心してしまえば、どんなところにも平然と坐りこんでいられた。辱(は)ずかしいということもなくなった。どの男も自分の前にはひざまずいてくる自信があった。

また、「いつの場合も現実的」な球江はダイヤモンドをもらえば「いくら位で売れるものなのかと」真鍋に問い「興ざめた気持ち」にさせている。球江は現実において強く生きることのできる女である。彼女は澄子の死に接し、本能的に「死人を見ていると、生命への煮えたぎるような感覚が、素肌の肩さきに、腕に、ふくらはぎに、電気のように熱くしびれて感じられる」のだという。どうすることもできない生への衝動が彼女の中にはあふれかえっている。「色の白いふっくりした躯つき」をしていると記される球江が放つものは生きてある皮膚感覚であり、焼き鳥や卵を食べる味覚であり、ブンガ・スンピンや酸っぱい香水が匂う嗅覚などの体感だ。球江は体感という生きてある感覚を強烈に放つ、生命力のかたまりのような女性として描かれている。彼女にとっては過去の思い出や遠い地、かなわぬ願いよりも、今、生きてあるこの身体、足を踏みしめるこの地こそが重要である。林芙美子は、「海老のように」身体をまげながら走る子供の姿に日本の〈死と再生〉を託す一方で、死なずに、たくましく現実を生きる女の姿をも描いている。

9　「仕方がない」（アパボレボアット）の思想

球江は真鍋と次のような会話を交わす。

「ねえ、澄子さんねえ、東京へ泳いで復えりたいンですって……あなたはどう？」「君こそいったいどうなの？　お母さんに逢ひたいだろう？」「ええ、そりゃァねえ、時々夢に見るけど、でも、ここまで来てしまったンだもの仕方がないでしょう……。（略）」

球江が発する「仕方がないでしょう」こそが、彼女の生きざまの原点にあるものだ。現状を受け入れ、今、ここを精一杯生きること。それは、マルタプウラの河の流れに身をまかせ、〈どこか〉へと進んでいく「布袋草（イロンイロン）」の姿と重なる。逆らいがたい大きな動きを受け入れる覚悟こそが、「仕方がないでしょう」という言葉に含まれる偉大な思想であるのではないか。

「仕方がないでしょう」はインドネシア語で「アパボレボアット」という。林芙美子はこのインドネシア語を気に入り、長篇小説『人間世界』に登場させている。


「（略）まア、飽足らぬ、女ごころや土用干って云うところだね。アパボレボアットさ……」

「何処の言葉だ？」

「南の国のいい言葉だよ。仕方がございませんってところだ……」

「アパボレボアットか……」

「アパボレボアットで思いついたが、定子女史、まだ漂流してるの？[13]」


澄子の死に直面した女たちが、批判したり討論することなどはせずに生理感覚で一人の女の死を享受したように、人間が生きてあるすべてのことを、「仕方がないでしょう」「アパボレボアット」ととらえる芙美子の文学世界は、今までに評価されている以上に豊かで広い。逆らいがたい大きなうねりの中に、浮草（イロンイロン）のように流されていく人間たち。だからこそ彼らの営みはどのようなものであれ「仕方がない[14]」のである。人間の営みを、高みに立って裁いたり、価値判断を下すことを、林芙美子はしない。ここにあるのは大きな諦念であ

マルタプウラの水上マーケット（2011年）

り、許容であり、肯定だ。地に足をつけ、自らの体感に基づいた言葉で綴った小説「ボルネオ　ダイヤ」は、林芙美子の文学的思想を体現する代表作であるに間違いない。

　最後に、「ボルネオ　ダイヤ」に描かれるマルタプウラの河の風景を引用する。

> 両岸の家々は水に向って店を開いている。呉服屋の前にも舟を停めて買い物が出来る。米屋も雑貨屋も水ぎわであきないが出来るのだ。小舟自身もコーヒーをあきなっていたり、タバコを並べて楫をゆるく漕いでまわっているのもある。布袋草（イロンイロン）の根をかきわけて真裸の子供が泳いでいる。人間と自然とが、この河筋だけは戦争とはおかまいなしにたわむれあい、犬ころのようにふざけあって如何にも愛らしい自然の国を創っているのだ。ボルネオの人達にとっては、戦争位迷惑なものはないであろう。

現在もマルタプウラは変わらず流れ続けている。林芙美子は、時を越えても変わらないボルネオの一風景を、そして、どのような時代にあっても生きて生活する人々を、「ボルネオ　ダイヤ」を描くことにより永遠化したのである。

10　日記に描かれたボルネオ

以上のように「ボルネオ　ダイヤ」を読んできたが、ここで今一度、現地で記されたとされる芙美子の日記（新宿歴史博物館所蔵）を紹介しながらボルネオ体験を振り返ってみたい。

昭和十七年十二月

ボルネオのバンジェル・マシンに着いたのは十二月十五日なり。ジャワのスラ・バヤを朝十一時半に飛行機で発って、バンジェルへは三時頃着いた。

満目すべて緑、固い緑のひろがりの中に飛行場を見出してアメリカのテキサスとは此様な処ならんとふと頭をかすめる。緑色が荒涼として眼にうつる。

バンジェルは蘭領ボルネオの第一の都会だと云うけれど到って淋しい沼地の街なり。街を抱くようにして黄いろいバリトの大河あり、マルタプウラはバリトの支流にして、唯一の交通路の如き河なり。

二十三日間をバンゼエルで過す。

雨季なので毎日雨を見る。豪雨が多く雷鳴も凄まじいのがある。犬の遠吠と食用蛙の気味の悪いのが夜々旅愁をそそる。マルタプウラの上流にあるナガラの町、カンダンカンの町、バラバイの町　なつかしいところなり。十二月二十七八は月夜なり。朝は八時に夜があけて、夜は八時ごろ暗くなる。

此地にて色々な人にめぐりあう、大立力男氏、岸海軍大佐を始めとして、忘れがたき知己を見出す。沼本、河野、下井、三戸、加藤の諸氏なり。

岸大佐はもはや東京に去り、河野農林技師はバリックに転任、沼本氏はバンゼルの民政部に、加藤氏はインドネシヤの新聞をつくり、下井氏は邦人の為にボルネオ新聞をつくる。三戸産業課長は後日スラバヤの山にあるセレクターのホテルにて邂う。

大立力男氏はいまはスマトラのメダン駐在と聞くなり。

すべて浮雲の如く、今日再びこれらの美しき友情に、逢う人達もなく、これからも亦はかり知られず。

身はほろび、名もまたやがて消え去るを思えば友情熱するばかりなり。人の世はまぼろしとの如しと言えども、その美しきまぼろしに悵恨して歌う女あるをいかにせん。行くもの多き人の世なりき。
バンゼェルにて十八年の正月を迎え、正月六日豪雨の霽間（はれま）を見て、昼すぎ〔二字不明〕頃海軍機にてスラバヤに飛ぶ。スラバヤ七時半着。

この日記にもあるように、芙美子はボルネオにおける様々な思い出を胸に、ジャワ島のスラバヤへと旅立つ。スラバヤ近隣の村・トラワスにおいて、さらなる使命が芙美子を待ち受けていた。

註

（1）林芙美子「作家の手帳」連載第5回（「紺青」一九四六年十一月号　雄鶏社）一〇一～一〇二頁。

（2）「南方従軍日記」については『the座』64号（二〇〇八年十一月　こまつ座）の「特集・林芙美子の『南方従軍日記』」（文・構成　渡辺昭夫）において内容の詳細な翻訳と紹介が行われている。この中で望月雅彦は林芙美子の取材相手を『南ボルネオの現状』（一九四三年十月）の著者、岸良幸海軍大佐であると推測している。

（3）林、「赤道の下」連載第3回（「東京新聞」一九四三年六月十三日）。

（4）林、「巴里日記」（『林芙美子全集』8巻　一九五二年七月　新潮社）一八〇頁。
（5）林、「菊尾花」（『漣波』一九五一年七月　中央公論社）二四七～二四八頁。
（6）林、『人生の河』（一九四八年十月　毎日新聞社）一九七、二〇二頁。
（7）林、『田園日記』（一九四二年十二月　新潮社）十四頁。なお、芙美子は「黄昏の席」（『月夜』所収一九三八年九月　竹村書房）においても李白の詩を引用し、「浮雲」の語を記している。
（8）林、『うき草』（一九四六年十二月　丹頂書房）四十頁。
（9）林、『浮雲』（一九五一年四月　六興出版社）四五五頁。
（10）佐多稲子「虚偽」（「人間」一九四八年六月）。
（11）「同姓名士　無軌道座談会」（「週刊朝日」一九四〇年四月七日号）二十五頁。
（12）林、『人生の河』（一九四八年十月　毎日新聞社）「あとがき」二〇六頁。
（13）林、『人間世界』（一九四七年三月　永晃社）一九二頁。
（14）満州訪問を描いたエッセイ「赤陽沈むところ」（「少女の友」一九四〇年四月号）においては「その人たちは僅かな粉を買うために、朝から待っているのですけれども、夕方まで待って買えなくても、沒法子（めいふぁーつ）で、又明日来る、と云うのです。私はそのとき沒法子（めいふぁーつ）（仕方がない）という言葉は偉大な思想であり、一つの国民性だとおしえられました」（一一六頁）というように中国語における「仕方がない」の言葉に注目している。

第二章

ジャワ・トラワスにおけるホームステイ体験と「南の田園」

1　トラワスでの足跡

林芙美子はボルネオのバンジャルマシンに滞在後、スラバヤ滞在を経て、一九四三年一月十二日、当時のスラバヤ州モジョケルト県にある小さな村・トラワスに到着する。彼女はこの村で十七日まで過ごした。各地を転々とする南方視察の旅中、作家・林芙美子はトラワスにおいて何を体験したのだろうか。また、トラワスを舞台とする小品「南の田園」（初出「婦人公論」一九四三年九、十月号）では何を描いたのか。

トラワスでの足跡については本書冒頭の「林芙美子南方従軍行程」に記したが、その論拠となった資料をはじめに紹介する。まずは、「朝日新聞」「ジャワ新聞」「ボルネオ新聞」が、林芙美子のトラワス滞在を伝えている。

「朝日新聞」（一九四三年一月十二日）記事「原住民と融合う心　林女史　新生活入の決意を語る」

【ジャカルタ特電七日発】大本営陸軍報道部から派遣されて、南方戦線にペン行脚を続けている林芙美子女史は、およそ〇日間にわたるボルネオ視察の旅を終え、このほどスラバヤに帰ってきたが繊細な女流作家の神経が命ずるままに今度東部ジャワのカンポンで下層階級のインドネシア人と一緒に生活をしようと決心、スラバヤ内政部長守屋圭一郎氏の世話でニッパ椰子と竹の家の原住民生活から新生ジャワの人生記録を汲みとろうと日本人としては初めての実践の世界へおどりこむことになった。

作家という立場からというよりも、日本の女性として〝カンポン生活〟を体験しようとするこの女史の決意は、早くも原住民の間にも日本人の間にも伝えられて、すさまじい話題となっているが、香りも高い〝ジャワ放浪記〟の珠玉篇が女史のこの新しい生活を通して描きだされる日も近いであろう。

六日夜、ボルネオからスラバヤに元気一ぱい帰ってきた林芙美子さんはカンポン生活入りの決意とボルネオのお土産話を次のように語った。

ボルネオまではバンジェルマシンを中心として相当奥地まで、海軍軍政部当局のお世話でみてきた。毎日雨がふりつづいて、その上非常な暑さだったが、こんな悪い気候にも負けず奮闘している日本人の御苦労には全く頭の下る思いがした。

「ジャワ新聞」(一九四三年一月十六日)記事「林女史・サマサマ生活へ　カンポンで〝美しき放浪記〟執筆」

南の人たちを本当に理解しようと思えばその人たちの生活のなかへ飛び込んで行かなければならないのではないかしら……大本営報道部から派遣されて南方戦線にペンの行脚を続けている林芙美子女史は約二十日間にわたるボルネオ視察の旅を終えこのほどスラバヤに帰って来たが、真摯な女流作家の神経が命ずるままにこんど東部ジャワのカンポン(部落)で下層階級のインドネシア人と一緒に生活をしようと決心、スラバヤ州内政部長守屋圭一郎氏の世話で「ニッパ椰子と竹の家」の原住民生活から新生ジャワの人生記録を掬みとろうと去る十二日から身をもって実践の世界へ躍り込んだ、作家という立場からというよりも日本の女性として「カンポン生活」を体験しようとするこの女史の決意は早くも原住民の間にも現地日本人の間にも伝えられて凄じい話題となっているが、香りも高い〝ジャワ放浪記〟の珠玉篇が女史のこの新しい生活を通じて描き出される日も近いであろう、元気一杯帰って来た林さんは「カンポン生活」入りの決意とボルネオのお土産話を左の如く語っている

私はボルネオで私が触れた原住民の純な心をよりよく理解するためにもこれからこの人たちの生活のなかに入ってゆきたいと思う、幸い守屋さんの御力ぞえを得たので東部ジャワの小さいカンポンで特に貧しいインドネシアと一緒に生活をする積りだ原住民はみな日本の指導のもとに嬉しそうに働いているが、矢張り貧しい人はいる、そしてこの貧しい人の生活のなかに私たち日本人が学ばなければならない尊いものがあるのではないか―こうした考えから私はこの尊いものを摑み、南の人々をよりよく認識するためにこの人たちの生活のなかに融け込んでゆくつもりです

「ボルネオ新聞」（一九四三年一月二十八日）記事「カンポンで新生活　インドネシア人の純な心求めて体当りで描く『放浪記南方版』」

南の人たちを本当に理解するにはその人たちの生活のなかへ飛込んで行かなければ……二十日間余りの南ボルネオ滞在中にも機会ある毎に原住民に接し彼らの純な心を理解することに努めていた林芙美子さんはスラバヤに渡ってから真摯な女流作家の神経の命ずるままに、こんど東部ジャワのカンポン（部落）で下層階級のインドネシア人と一緒に生活しようと決心し去る十二日から身をもって実践の世界に躍り込んだ、香り高い「ジャワ放浪記」の珠玉篇がやがて新しい生活を通じて描き出されるであろうがこのほどスラバヤ州モジョケルト県モジョサリ郡トラワス村に女史を訪ねた

秀峰ペナングワン山腹にあるトラワスの部落は裏には深緑滴るばかりの山を背負い、前面にはジャワ特有

の開墾された段々の米田を眺める山腹の村部落民と山羊と牛と鶏とそして馬、他所より入っている者とては林女史以外は誰もいない静寂そのもののような真のカンポンだ、女史は部落の中央にある村長スプノ氏の宅の一室に宿をとって、早朝からあるひは村長夫妻と卓を囲んで今年の玉蜀黍（とうもろこし）の出来栄えを語り、あるひは村長の案内で小さな村の市場や小学校を訪れたりして耳から眼から、原住民の真姿に触れているとのことであったが、この日も約三十町離れた分村へ行って区長さんと小学校を訪れて帰って来たところだと汗をふきふき次のように語るのであった

私はここにくるまでジャワの農村がこれほどに真の意味で美しいとは思わなかった、そして農民の純朴さ、例をこの家の主人スプノ村長夫妻にとって見ても口数の少い、静かな物腰のどこかに情熱を包んでいる好もしさ、ほんとにもっと言葉が通じたらと毎日残念に思っています、ともかく私はここに来たことがほんとうによかったといろいろお世話して下さった人々に感謝を捧げながら、一つでも多くの収穫を得、一人でも多くの人に会いたいと張切りながら楽しい毎日を送っています

「朝日新聞」（一九四三年一月二十九日）記事「住民の真の姿求めて　農民と一つ屋根に暮す」

（同内容の記事が「ジャワ新聞」一九四三年一月十九日に掲載）

【スラバヤ特電二十八日発】大本営報道部から特派され昨年十二月初旬以来、ジャワ、南ボルネオなどを熱心に視察旅行をつづけていた女流作家林芙美子女史が『ほんとうのインドネシア人の生活は都会には無く農村にあるのではないか』との自分の着想から十二日以来敢然としてカンポン（部落の意味）にはいって原住民生活を身をもって体験している――

最近その村、スラバヤ州モジョケルト県モジョサリ郡トラワス村（スラバヤ市南方およそ六〇キロ）に女史を訪れて見た、東部ジャワで霊峰と仰がれるペナングアン山麓（さんろく）にあるトラワスの部落は、裏には新緑したたるばかりの山を背負い、前面にはジャワ特有ともいうべき、よく開墾された段々の水田を眺める山腹の村、部落民と、山羊と牛と鶏と、そして馬、よそより入っているものとしては林女史以外は誰もいない、静寂そのもののような真のカンポンだ、女史は部落の中央にある村長スポノ君（三十五歳）の宅の一室に宿をとって早朝から或は村長夫妻と卓を囲んで今年の玉蜀黍の出来栄えを語り、或は村長の案内で小さな村の市場や国民学校を訪れたりして耳から、目から、寧日なく原住民の真の姿に触れているとのことであったが、この日も凡（およ）そ二十町離れた分村に行って区村長と国民学校を訪れて帰って来たところだと汗をふきふき次の様に語るのであった

何という静けさでしょう、そして何という落着きでしょう、私はここに来るまでジャワの農村がこれ程に真の意味で美しいとは思わなかった、そして農民の醇朴（じゅんぼく）、例をこの家の主人スプノ村長夫妻にとって見ても口数の少い静かな物腰の、どこかに情熱を包んでいる好もしさ、お二人ともマデオン州生まれのジャワ人だそうですが、ほんとにもっと言葉が通じたらと毎日残念に思っています、とも角、私はここに来たことがほんとによかったと色々御世話して下さった人々に感謝をささげながら一つでも多くの詩の収穫を得、一人でも多くの人に会いたいとはり切りながら一日々々を送っています

小さい、しかし健康な身体に一流の闘志を漲らせて『善い仕事、善い仕事』と目がけて突進している林さんの目に映る原住民の真の生活描写は必ずや両方研究熱に燃える内地の人々に貴重な何ものかを齎（もたら）すであろう

以上の紹介で明らかなように、新聞記事は、林芙美子がインドネシアのカンポン（部落）で農民たちと共に生活する〈現地体験〉への試みを大きく報じた。また、トラワス滞在時に使用した手帳やノートが残されており、日記やメモ、走り書きの直筆を見ることができる。ここで一部を紹介する。

手帳「スラバヤ州行」（新宿歴史博物館所蔵）
〈抜粋〉
バンゼルの村出発昼豪雨　夕方晴
六日夜七時にスラバヤに着き大和ホテルより電話して自動車で支局へ行く。スラバヤ小雨なり。
七日休養
八日宣伝部岡氏訪問
陸海軍訪問
夜ビチャでドライブ　小雨
九日　雨　買物
十日　雨
十一日　雨

十二日　昼　三時トラワス着　ハルマニー氏案内　朝より雨
モジョケルトに行きそれより、トラワスに向う。

村長邸に泊す。
ペナングアン山美しい。千六百米
チラケットに行き守屋氏のバンガロを見て散歩する
アラマンデーの黄いろい花さかりなり。
すかれたるジャコンあり。
夜雨のなかをハルマリー氏の女友の家ですごす。豪雨。
夜ケンロガンの（木時計）音をきき旅愁を感じる。
十三日
九時起床　快晴　十時食事
山は美しい　麻がよくしげるなり。前の窪地に市場（バッサール）ひらける。学校のラジオタイソウの声する
市場をみて、タミヤチンの部落に行き小学校見学　美しい景色なり。
タミヤチンの長の家より青椅子に乗る。ココアの木を見る。
昼　写真数葉古田川君に撮ってもらう。
夜　雨なり
カボックの木
みかんは名産なり
みかん（ジュル）
夕食　~~ネプーオ~~　マイヤル家によばれる。（夜霧美しい）

一品料理。豪雨
ラジオ　アルルの女　相力あり
就寝十時、村長夫妻食事を〔一字不明〕けるまで待ってくれていた〔一字不明〕。
十四日　快晴

パッサールなし。
〔一行不明〕
別荘を見たりホテルを見て少し散歩。冨永・古田川両氏スラバヤへ帰える。今日より一人なり。昼すぎマイヨル前の家にゆく。
夕刻より豪雨
ハルマニー氏カアにて迎いにみえる。
食事九時頃家にてたべる。
十五日　快晴
村長さんはスプノウさん　三十五才
おくさんは　アシヤさん　二十二才
おじょうちゃんは　ディアナさん　三才
マデオン生れの〔一字不明〕の〔一字不明〕なり。
朝八時プリガン行き　かごで行く。

裏街道を女の行は徒歩あるいは馬で行く。ハルマニー女ＡＢＣＤＥＦ
村はずれの銃眠の上で食す。
プリガン昼前に着く　ホテル清澄園に行く。プリガン美しい避暑地
途中の村の市場で女連は布地を買うなり。それぞれ事情ある人なり。
カンヅメビールあり。
昼食後雨、沛然と来りてみる
濡れてかえる。マラン市長スワルリのカーでモジョケルトをまわってトラワスへ帰える。
夜食事で話しあう。
ここの水はきれい。昼は蟬しぐれあり。マンデーはつめたし。
十六日
バッサールひらける。
いろいろなものあり。バナナとミカンを買う。
夜雨　沛然と来る。
寒し。万金油を塗る
雨の中を女達遊びに来る。
ランプあかりきれいなり。
十七日
かごに乗ってブッダを見に行く。

十二時迎えが来てスラバヤへ復える　暑し。
冨永氏デングにて伏すなり。
バンジェル行きの飛行便つみのこしの由にてがっかりする。夜雨。
十八日
飛行機を待つなり。
朝快晴。
昼より雨
小雨
安岡中将官邸によばれる。
十九日
朝快晴　はとの声美しい。
軍兵の声。
昼よりマラン行き。
まぶち参ぼうに逢う。

マランは美しい街なり。
五十銭でカアネーション山の如く来る。ものすべて安し。
靴黒七円五十銭

白五円
服九円　求める。
長生さんに会う。タバコを貰う。
タバコの値上りをきく。
七時マラン出発　パンクする　途中より豪雨。雨のなかをかえる
二十日
冨永氏入院
朝　村長会議〔一字不明〕ちょうであり。〔二字不明〕ちょうに行く。
ハルマニー、スプノウ氏をつれて〔二字不明〕へ乗る。
この日バンゼルより便あり　O氏の原稿あり。
バンゼル行きは二十四日の〔一字不明〕なり。
昼より小雨　大雷鳴
夕小雨もよいにベチャにのって街散歩。
二十一日
朝馬車にて市内をまわる。楽し。
〔二字不明〕に乗らず。また一週間
昼寝、四時　病院に花を買ってゆく。ガアベラ一円五十銭

夜雨なり。
カンノ
サトウ　両氏会食
十時就寝。

二十二日
何ごともすべてまんまんとして
あきらめ強くなる。
昼までベッドに転る。
四時　病院　〔一字不明〕新聞　本　ライタ　見舞持参する。雨なり。
かえり守屋氏訪問すぐかえる。
軍歌雨のなかにしょうじょうときこゆ、走って〔不明〕にゆきたかったがやめる。
夜食後トランプ
就寝一時半なり。

南方従軍時メモ類（新宿歴史博物館所蔵）
〈抜粋〉
十二日　火　雨　よい

三時頃　トラワス着　ペナングアン山美しく
田野さながら日本の如し。二人のホワイトウーメンと遊ぶ。きみょなる人種なり。
総務部長　ハルマニー　案内

十三日水
十時食事。前の窪地にパッサールひらける
賑やかなり。村を散歩して、隣村タミヤチンに到る。ココアの木、カボックの木　みかんの木あり　椅子かごに乗る。（区長の家より）
夜　マイヤル家の食事に行く。
夜霧　美しく、ラジオ　アルルの女あり
就寝十時、夫妻食事を待っていてくれて嬉しい。（夕方雨なり）〔一字不明〕雨

十四日　朝雨
学校は写真にとり　一時前に冨永〔二字不明〕川氏スラバヤへ帰える。

以上、紹介した文献の他に、エッセイ「南の田園」と「南方朗漫誌」にも、現地の体験が綴られている。これらの資料は、林芙美子のトラワス滞在時における多くの情報を提示してくれる。しかし注意しなければならないことがいくつかある。まず、新聞記事に関しては、そこに国家のある種の意図がみられることだ。例え

ば、加藤麻子は林芙美子が部落での生活をする際にホームステイした村長宅の西洋風ランプや複数の使用人の存在、また、村長の経歴や立派な服装から、「『土間』や『こはれた扉』や『こはれた椅子』で貧しさを強調しても、特権的知識人宅にホームステイしている事実は否めない」「新聞記事のように、村人と同じレベルで現地の貧困を十日なり二週間なり味わったかどうかは難しいところである」[1]と指摘し、新聞記事を客観的に検証している。確かに、一九三〇年に刊行した『放浪記』で自らの貧困生活を描き、庶民の心をつかんだベストセラー作家・林芙美子が、占領地の庶民の心もつかんでいくという、意図されたストーリーが、新聞から読みとれる。

一方で、雑誌掲載のエッセイについて言えば、そこには必ずフィクション性があることを念頭に置かねばならない。林芙美子は、研究書や報告書を書いたのではない。作家・林芙美子の視線でとらえたものには、必ずそこに彼女の色がつき、フィクション性が伴われる。例えばそれは、事実の誇張というかたちであらわれることもあるし、数字の変換としてあらわれる可能性もある。

以上の注意事項を考慮すると、トラワス滞在の日程の数字などは、芙美子が後に原稿を書くための題材として、即時的に事実を記したメモや日記が、現在においてはもっとも信頼のある史実だと考えられる（もちろんメモ類にも、事実との些細な相違はみられる）。

筆者は二〇一一年八月より何度か現地調査を行い、これらのメモや日記が記された手帳やノート類、そして新聞や雑誌に残された写真などの検証をすすめた。本章では、現地調査で得た成果を記しながら、林芙美子が滞在したトラワスを紹介し、この地を描いたエッセイ「南の田園」を読み解いてみたい。

2　トラワス（TRAWAS）という地域について

林芙美子はトラワスについて「南方朗漫誌」に次のように記している。

ペナングアンという小型の富士山のような秀麗な山を中心にして、どんなところにも美しい米田が展けている。丁度、信州の姥捨のようなところで、月でもあれば田ごとの月を眺められるであろうと思えるような濃やかな田園である。石崖の上の小庭には桃色の爽竹桃の花が咲き、月見草のような黄色い花の咲くアラマンダーの木もある眺めは、日本の初夏の田舎と少しも変わらない。(2)

現在、東ジャワ州モジョケルト県にあるトラワスは、同じ州にあるインドネシア第二の都市スラバヤから車で二時間ほどのところにある。山間に位置するトラワスの気候は大変涼しく、過ごしやすい。

芙美子が滞在した時代のトラワスは、トラワス村のなかに、トラワス区、タミヤチン区などの多くの「区」を包括していた。芙美子は次のように記している。

たどたどしい片言でたずねたのだから間違いがあるかも知れないけれど、発音の通りに私はメモに十六の区名を書きつけて来た。トラワス区、タミヤチン区、カタパンラメー区、カシマンカンロン区、プレー区、シロタパー区、カロンウレー区、シロリマン区、カアソメン区、セリカアテン区、ゾラモチョウ区、シコサリー区、ジャディジェジェアル区、ショウゴン区、パアナアンクガン区、ルウヨン区、(略)(3)

ペナングアンの山と畑(2011年)

カタパンラメー村の棚田(2011年)

トラワスのメインストリート（2011年）

タミヤチン村（2011年）

3　村長・スプノウ（SOEPENO）氏

林芙美子は当時のトラワス村の村長のもとにホームステイをしていた。村長・スプノウ氏については、次のような情報が残されている。

村長　スプノウ　三十五才
アシヤ　二十二才
ディアナ　三才
マデオン生　お二人とも
前名　アッシスタント　ウドノ（南方従軍時メモ類）

（略）バタビヤの医科大学を出たのだとかで、ドイツ語もフランス語も達者だった（「南の田園」）

ここで、当時の「村長」という役職について説明をしておきたい。当時のインドネシアの行政単位は、基本的には「州」の下に、「県」「郡」「村」「区」が続くかたちとなっている。[4]「県」には県長と副県長がおり、「郡」には郡長がおり、「村」には村長がいた。ここまでがいわゆる行政組織の役人であり、「区」の区長だけはその集落のものがなった（「区」とは「デサ」（DESA）と呼ばれる自然発生的に誕生したいわゆる昔からの集落である）。県、郡、村、の長たちは「原住民」地方行政官（パングレ・プラジャ PANGREH PRAJA）と総称されていた。[5]「村長」は国から派遣されている役人なのである。トラワス村の村長・スプノウ氏は、トラワス出身者ではなく手帳に記されるように「マデオン生」まれだ。ちなみに、同じく手帳に記されている「アッシスタント・ウドノ」（ASSISTEN WEDANA）は、オランダ統治時代における村長の旧名である。スプノウ氏は「バタビヤの医科大学を出」「ドイツ語もフランス語も達者」なエリートで、「〈中級〉地方一等書記官[6]」という官吏である。

スプノウ氏も含めた地方行政官たちは、オランダ統治時代から日本軍政下に移行するなかで、新たなる役割を課せられた。なかでも、「区」（DESA）という集落社会と直接接点をもっていた最下位の行政単位である「村長」の仕事は重要性を増した。なぜならば、日本のジャワ占領の目的は、「戦争継続に必要な資源や労働力を獲得すること[7]」であり、なかでも最大のターゲットは「区」すなわち集落社会の農民たちが作る米であったからだ。

ジャワ島の場合、特に期待されていたのは米などを中心とする農産物と労働力であった。そのいずれも、供給母体は、人口の八割以上を占める村落社会であった。したがって日本の支配の成否は、いかにしてこの村落社会の住民の心を引きつけ、彼らを精神的にも肉体的にも対日協力に向けて動員するかという点にかかっていた。そして占領の当初から村落社会をターゲットとしたさまざまな政策が展開され、村落に対する干渉が強化された。[8]

DESAというそれぞれの集落社会に対する干渉を直接行い、まとめることこそが、国家行政組織から派遣された村長の役割であった。区と村が明確に区分されていたオランダ統治時代とは異なり、村長は、自ら農業を営む集落へ赴いて指導にあたらなければならなくなった。

「アシステン（村長を意味するオランダ時代の呼称アシステント・ウェダナの訛ったもの）様」（略）が、軍政当局からの命令を実行するために自ら農村に足を踏み入れ、農民を宣撫し、叱咤激励し、あるいは強制するために駆けずりまわらなくてはならなくなった。たとえば、田植え期には、軍政当局が奨励する「正条植え」を徹底させるため、村長や村長夫人自らがサンダルを脱いで田に入り、範を示すのだった。また、籾供出に際しては、村長自身が調査チームを率いて農家の納屋を検査し、隠匿米の摘発に当たった。さらに、デサ内部で農民の集会があるときには、村長は足繁く出席し、宣撫や命令徹底につとめた。(9)

トラワス村におけるスプノウ氏の仕事も、同様のものであったのだろう。「南の田園」においては、タミヤチンで行われた「米祭り」の様子をうかがいに行く村長の姿も描かれるし、林芙美子が記した「南方従軍時メモ類」には、米などを中心とした作物の収穫高がメモされている。林芙美子とスプノウ氏は、日本軍が重要視した「米」に関する会話をしばしば交わしていたことがうかがえる。

それまで雲の上の人であった「アシステン様」が、「ソンチョー」と呼ばれるようになったとき、それは単なる名称変更にとどまらず、行政官の属性の質的変容をもたらしたというわけである。(10)

筆者は現地調査において、当時の「村長」についての聞き取り調査を行ったが、「土地の人ではない」「あまり見たことはない」「(自分たちとは違い) 上の人」という記憶をもっている者が多かった。また、「村長は三、四年で変わるのであまり覚えていない」という言及もあった。オランダ時代とは異なり、「村長」がDESAと呼ばれる集落に接するようになったとはいうものの、一般の者からみれば特別な存在であり続けていたようである。

こうした背景を背負うスプノウ氏に、日本から来た女流作家・林芙美子をホームステイさせ、インドネシアの村落の生活を体験させるという使命もふりかかってきたのである。村落を重要視していた日本軍にとって、女流作家の農村体験、それに基づく作品発表は、絶好のプロパガンダの素材であったに違いない。林芙美子のトラワス村滞在は、日本軍の大きな意図のもとに実行された戦略的な企画であったのだ。

4　楽園としてのトラワス

一方で、林芙美子はどのような大きな意図のなかに自らが置かれようとも、自分の目で見て、自分の耳で聞いて、自分の肌で感じたことに忠実であった。また、どんな背景をもっていようとも日常を生きる「人間」を描くという、作家としてのプライドを忘れなかった。

芙美子はトラワスの土地に素直に感動し、人間としてスプノウ氏に感銘を受けた。次のような記述が残っている。

この家の主人スプノ村長夫妻にとって見ても口数の少い静かな物腰の、どこかに情熱を包んでいる好もしさ、お二人ともマデオン州生まれのジャワ人だそうですが、ほんとにもっと言葉が通じたらと毎日残念に思っています」（「朝日新聞」一九四三年一月二十九日、「ボルネオ新聞」一九四三年一月二十八日にも同内容の記述あり）

夫妻食事を待っていてくれて嬉しい（南方従軍時メモ類）

とらわす村は美しきかき。
村長さんのもてなしよければ
何も思うこと小なく候。（南方従軍時メモ類）

また、手帳に記された日記にはトラワスの土地の美しさに感銘を受ける記述が数多くみられ、新聞記事には芙美子の言及として、

何という静けさでしょう、そして何という落着きでしょう、私はここに来るまでジャワの農村がこれ程に真の意味で美しいとは思わなかった（「朝日新聞」前掲）

と記している。

新聞や雑誌には、スプノウ氏の家族とともに、トラワスの風景を背景にした芙美子の写真が複数掲載されており、どれも表情が明るく朗らかなのが印象的だ。林芙美子は「世界に楽園があるとするならば、私は巴里とジャワを挙げます」[11]と述べたが、美しい自然と魅力的な人々に囲まれて暮らしたトラワスでの体験が、「楽園」のイメージを形作ったのではないか。トラワス村で芙美子が体感したことは、国家の意図を越えたところにあった。

5　スプノウ氏居住跡

筆者はトラワスでの現地調査を行い、写真に残る場所の位置確認を行った。とくにここではトラワス村における林芙美子の宿泊先であった村長・スプノウ氏の官舎の所在地が現地調査により明らかになったので報告したい。所在地を探すために筆者は、トラワス、タミヤチン、カタパンラメーの高齢者に聞き取り調査を行った。結果、村長の官舎があった場所は、トラワスのメインストリート（Jl. RAYA TRAWAS）沿いにある、住所Jl. Pahlawan No. 13, Trawas 61375の場所であることがわかった。この場所の隣に住むサルプ（SARPUK）氏（一九二八年生）によれば、もともとサルプ氏の家は村長官舎の場所にあったが、（明確な時期は覚えていないが）官舎をたてることになり、隣の場所に移ったという。スプノウ氏や娘の「ディアナ」の存在は覚えているとしながらも、林芙美子がホームステイしていたことはまったく知らないという。

村長官舎前にて
林芙美子とスプノウ一家（1943年）

現在も残る旧村長官舎入り口の石段と筆者。石段は改修されている。（2011年）

旧村長官舎跡地から望むペナングアンの山（2011年）

旧村長官舎に隣接する自宅前のサルプ氏（2011年）

旧村長官舎跡（2011年）

6 「南の田園（一）トドンの挿話」に描かれるトラワス

トラワス村長・スプノウ氏宅におけるホームステイ体験を綴ったのがエッセイ「南の田園」である。初出は「婦人公論」（一九四三年九月号）に「南の田園（一）トドンの挿話」として前篇が掲載され、後篇は「婦人公論」（一九四三年十月号）に「南の田園（二）水田祭」として掲載されている。後篇ラストには「つづく」の文字が見られ、さらなる連載が予定されていたとみられる。初出の雑誌掲載以降の単行本化はない。「南の田園」は、（一）も（二）も林芙美子のトラワス滞在記として読める。当時の日本人女性作家からみたインドネシアの農村・トラワスの様子がいきいきと綴られているのが特徴だ。まずは（一）から、作品の舞台となった場所についての筆者の現地調査報告を交えながら読んでいきたい。

作品発表からほぼ七十年以上が経過した現在においても、トラワスという村は決して有名な場所ではない。日本ではもちろんのこと、インドネシア内でも「トラワス」という地名を聞いてそれがどこにあるのかわかる人は多くない。しかし、ペナングアンの山は確かに美しい。芙美子がトラワスを訪れた時代も今も、この山の雄姿は変わらない。芙美子が滞在していたトラワス村の村長・スプノウ氏の家からはペナングアンの山を眺望することができ、彼女はそこからしばしば山を仰ぎ見ていた。以下、引用はすべて初出雑誌に拠る。

ペナングアンの山が茄子色にくっきりと鮮やかに姿を現わし、美しい円を描いて山の上に重なりあった田圃は、朝の光を浴びて金色に光り始めて来る。トドンは安心したように槌を壁へかけて自分の家へかえって行った。ペナングアンの山は千六百米位の高さで、まるで富士山のようなかたちをしている。村長の家の土間から真正面なので、まるで広重の絵を見ているような気持だった。

ここに記される芙美子が滞在していたスプノウ氏の家については、

この村長の官舎は、泥の上に四本の柱をたてて、板だけで部屋割りをしてあると云ったそまつな建物であった。月のいい夜なんかは、壁の板戸から月の光がベッドの上へ縞になつて流れこんだ。床は泥の固い土間になっていて、椅子を置くと、土のくぼみでぎくしゃくと動いた。

と、描かれている。先の写真のように、この家のあった場所は今では木々が生い茂る空き地となっている。しかし、入り口だけは、当時の面影を残していた。確かにここからは、道路を一本へだてて、ペナングアンの山を眺望できる。トラワス村での芙美子の一日はここからはじまった。

ふっと眼をあけると同時に、表の土間の方でカツン、カツンと木時計を打つ音が四つきこえた。暫く耳を澄ましていると、さわさわと夜風の吹く村の方々で辻の木時計がにぶい音をたてて応えている。壁にひっかけてある豆ランプの灯がとろとろと光っている。私は寝巻の上から部屋着を引っかけて部屋の外へ出て、表口への大きいこわれた扉を押した。土間へ出ると冷たい身ぶるいするような夜明の風が吹きつけていた。

トラワスは、常夏のインドネシアにありながら、標高が高い場所にあるため、とても涼しい。現在、シーズン中はゴルフ客で賑わい、名所の滝に人が集まるような避暑地であるが、「南の田園」には、当時芙美子が訪れたいくつかの印象的な場所が描かれている。

トラワスの村はずれに、巨(おお)きい榕樹(ワイリンギン)の木があって、誰でもこの不幸な木の下を通る時には走るように通りすぎた。私は学校の帰りに、この榕樹(ワイリンギン)の下に来て暫く涼をとるのが好きであった。村の原住民達はこの木を不幸な木だと云った。この木の下に長くいると榕樹(ワイリンギン)の精霊が人の躯にとっついて離れなくなり、いろんな不幸なことが始まると云うのだけれど、私はこのあたりでも一番眺めのいい場所にあるこの榕樹の木が好きであった。

「榕樹の木」は現存する。地元の方々に聞き取りを行ったところ、「不幸な木」という言い伝えはないが、夜中には幽霊が出る、カップルで行くと別れてしまうなどの伝説があるという。

また、手帳「スラバヤ州行」には、一月十七日に「かごに乗ってブッダを見に行く」の記述があり、「南の田園」にも次のように記されている。

三キロばかり深い森のなかへ這入(はい)った。小道を黄いろい水蛇が走り去る。

「このさきに、空から降って来た仏陀があるのです」

トドンの説明は、私には一寸（ちょっと）わからない。空から降って来た仏陀、私はなおも一心に苔で滑っこくなった山道をあえぎながら登った。薄いジャケツを着ているのだけれども少しも暑くない。

オランダ時代の円いトーチカがある。草の中に鍋を伏せたようで不気味であった。こんな山の中にもトーチカがあったのかと思う。暫くゆくと、十畳敷位の巨きい石のかたまりが樹間に見えた。

トドンが静かに額に手をあてて祈った。

裏側は屹立した山肌で、一寸した窪地のなかへ、胸から上だけの仏像の顔が空を向いて横たわっている。そばへ寄ってゆくと、小山のように大きい石の顔である。柔和にみひらいた顔が、山の中の小暗いところだけに気持がわるい。胸のゆるい窪んだところには苔色の水がたまり、青い空の色がうつっていた。

全く、空からでも降って来なければ、このような落ちかたはしないであろう佛陀の顔を私は暫く眺めていた。トドンは、仏陀の蓮の花のような耳へ唇を寄せて祈った。私も山ぎわへまわって、左の耳へ祈った。トドンは両手で巨きい石仏の首へ手を巻きつけた。トドンはそうする事によって、若い憂悶を慰さめられている様子だった。

この「仏陀」も確かに現存していた。しかし、一九九〇年に仰向けの状態から起こされたという。

榕樹の木（2011年）

ここの山道を登ったところに仏陀がある。（2011年）

仏陀（Reco Lanang）（2011年）

7　「南の田園（二）水田祭」に描かれるトラワス

トラワス村に滞在中、林芙美子は近隣の地域にもよく出かけていったようだ。「南の田園（二）」において芙美子は、馬に乗り、田圃の広がるのどかな景色を眺め、いくつかの地域を訪れる。夜になると「米祭り」を体験する。彼女の眼は一つのカメラとなり、村の風景を鮮やかに映し出す。まずは、トラワス村内にあるタミヤチン区の小学校について、次のように記している。

> 川添いのタミヤチンの部落（カンポン）へ着くと、「一、二、三、四、五、六、七、八……」と先生が号令をかけている声がしている。ラジオ体操が始まっているのだ。日本語の号令が微笑をさそう。小学校（スコラ）の前にもいかだかずらの花が咲いている。馬から下りてキホイに馬をあずけて広場へはいってゆくと、若い校長先生がにこにこして出て来た。建物の中は納屋のように暗くて涼しい。教室の中に鶏がはいっていて、小さい子供達に追いまくられている。男の子はみんな黒いつばなしの帽子をかぶっている。
>
> （略）タミヤチンの小学校（スコラ）は窪地の仄暗い樹の間に建っていて原始的な小舎（こや）のようなかまえである。

タミヤチン小学校は現在も存続する。筆者はタミヤチン地区で聞き取り調査を行い、情報を得たのだが、協力して下さったショリキン氏（SOHLIKIN、一九二六年生）とアンワ・アリフ氏（一九三七年生）の父親は、「南の田園」に「私はタミヤチンの区長の家の間で暫く休ませてもらった。(略)区長夫妻はもう老年に近い人達であったが、ものごしが柔和で、幸福そうな家庭人に見えた。(略)区長は私に新しい日本語の教科書を持って来てみせたりした」と記されるタミヤチンの区長「サートラン」氏(12)の孫である。

タミヤチンの小学校を出た芙美子は、プリガンの町へ向かう。途中、スコールにあう。

荒物屋では少しばかりの買物をして、びっしょり雨に濡れた馬に乗ってプリガンの町へはいる。山間の美しい町である。山へ向った建物の大半が白人や華僑の別荘だけれども、いまはほとんど住む人もいない様子だ。

芙美子が訪れた日本統治時代のプリガンは閑散としていたようだ。現在のプリガンは、店やホテルが立ち並ぶにぎやかな町である。筆者は、夜間、トラワス村から車で三十分ほど山道を走り、ここを訪れた。トラワスからプリガンまで向かう夜のドライブで見た景色は大変印象的なものであった。満天の星空には南十字星。山の斜面に点在する家々の夜景。そして驚くほど大きな赤い月。芙美子が滞在した当時、このような「美しい月の出」の日に、「米祭り」が行われた。

その夜、私はキホイの案内でタミヤチンの部落(カンポン)に米祭りを見に行った。驚くほど大きい月の出である。椰子油を瓶の中へとろとろ燃やして露天を出している女達がいる。焼肉(サッテ)を焼く脂臭い煙がただよい、ドリアンの実や、ランピュウタンだの、ドクウなんかの果物を売っているところもある。にぶい太鼓や、ガムランの哀々とした音色が人の心をそそるようだ。キホイは小さい子供の手を引いていた。新しい派手な紅色のサロンを巻いてサラサの帽子をかぶっていた。田圃（サワ）では大きい蛍が飛び、ギターの太い音色のような食用蛙が啼（な）いている。蛍は時々人ごみの中にも飛んで来た。山風は爽涼としていて、ペナングアンの山も影絵のように月夜の空にくっきりと浮かび出ている。女達の髪油の匂いや、チャンパクの花の匂いが如何にも山村の祭りらしい。豊饒な土の匂いもしている。その豊饒（ほうじょう）な収穫のよろこびが、こんなにも農村の人達のこころをかきたてて歓びの祭りを天へささげるのかと、私はこの初々しい米の祭りの市を珍しく眺めていた。広場では裸足の女や男のロンギンが始まっている。ガムランは少しずつ高調子になって来た。何時の間にか、村長のスプノウ氏夫妻も私のそばにやって来た。月の空を夜鳥が啼き渡ってゆく。芭蕉（ピイサン）の実を平たくして焙って売っているところには子供連れの女衆ががやがやとおしゃべりをしている。短調なガムランの音色はいつまでもつづいている。私は持って来たジャケツを羽織った。夜になると四囲は急に涼しくなり、秋の気配を感じる。虫が啼き、夜露が草木にきらきら光って来るからだ。

「米祭り」は、現在は行われていない。前出のタミヤチン地区のアンワ・アリフ氏によると、昔は確かに行われていて、地区の一大イベントであったという。テレビやインターネットのない時代にそれは最大のエンターテインメントであったと、懐かしく振り返っていた。

なお「南の田園」には、米祭りの帰りに芙美子が村長・スプノウ氏とジャワの稲作事情について語り合う場面が記される。先に、林芙美子のトラワス滞在は、ジャワ村落における米の確保のための現地調査という、当時の日本軍の大きな意図のもとに実現した企画だったのではないかと推測した。しかし、国家の意図とは関係なく、

左の田園にて「米祭り」が行われていたことを語るアンワ・アリフ氏(2011年)

林芙美子という文学者と「米」は切っても切り離せない関係をもつものであった。芙美子にとって、生き抜く活力、ものを書き続けるパワーは、どんぶりに盛られた飯なのである。芙美子の出世作『放浪記』には「飯」への渇望がいたるところに綴られている。

固い御飯だって関(かま)いはしないのに、私は御飯がたべたい。

夜、あいなめを焼いて久しぶりに御飯をたべる。涙があふれる。

一行の詩一つ書く気力も失せそうだ。あんなに飯をたべたいと望みながら……。夕食は、丼いっぱい山盛りの飯に、いかの煮つけ。

死にたくはござらぬぞ……。少しは色気も吸いたいし、飯もぞんぶんに食いたいのです。

私は朝から何も食べない。童話や詩を三ツ四ツ売ってみた所で白い御飯が一カ月のどへ通るわけでもなかった。お腹がすくと一緒に、頭がモウロウとして来て、私は私の思想にもカビを生やしてしまうのだ。ああ私の頭にはプロレタリアもブルジュアもない。たった一握りの白い握り飯が食べたいのだ。

「飯を食わせて下さい。[13]」

こう書いた二十代の芙美子は、四十七歳のときに、その名も「めし」という作品を絶筆の一つとして、この世を去っていく。

芙美子の原点は「米」にある。「米」が芙美子の身体をつくったと言っても過言ではない。芙美子ばかりではない。米を主食とする日本人、そしてアジアのすべての農耕民族にとって、米こそが命の源である。大地を耕し、自然の恵みである米を食べることで、人々は世界と一体化する。そこに「祭り」の空間が生まれる。芙美子の作品に描かれる今はなきトラワスの「米祭り」は、軍事的戦略、人種、そして、時代を越えて、米を主食として生きる人間存在と自然の姿を、作品において永遠化している。

8　五感を駆使した描写

「南の田園」には、小品ながらも林芙美子文学の特徴が顕著にあらわれている。先に引用した部分からもわかるように、五感を駆使した描写が随所にみられるところが実に芙美子らしい。夜になれば涼しくなる空気や、朝の水浴び（マンデー）の冷たさを肌で感じ、肉を焼く匂いや土や花や女たちの髪油の匂い、太鼓やガムランの音色、女たちがささやく異国の言葉、蛙のなき声などをキャッチする。芙美子はトラワスという地を身体全体で感じ、表現する。

もちろん味覚を駆使することも忘れない。「薄い薬草の匂いのするコーヒー」「うで鶏卵（たまご）や、芭蕉の葉に包んだ焼飯」の入った弁当、ドリアンなどの南国の果物、露天で売られる焼肉（サティ）、バナナの天ぷら。こうしたインドネシアの食文化を筆者もできる限り味わってみた。砂糖たっぷりの甘いコーヒー、ぴりりと辛いナシゴレン（焼き飯）、甘辛いピーナソースをつけた日本の焼き鳥のようなサティ、あまり甘くないバナナをあげた天ぷら。そして、「このへんの住民は唐もろこしを常食にしている」と芙美子も書いているように、涼しいトラワスでは現在でもトウモロコシが名物となっている。芙美子は現地の言葉で「ジャゴン」という唐もろこしを大変気に入っていたようだ(14)。とくにジャゴンの粥がおいしかったと述べている。

バナナを売る店（2011年）

チョコレートやバナナを塗ったトウモロコシを売る屋台（2011年）

9　体感的な時間感覚

「南の田園」は時間的な記述が曖昧だ。まず、滞在日程が手帳「スラバヤ州行」とは異なる。林芙美子のトラワス滞在は手帳「スラバヤ州行」によると一九四三年一月十二日から十七日の六日間であるが、「南の田園」においては「二週間」となっている。また、「内地では三月だと云うのに」という記述があることから、芙美子は三月にトラワスに滞在しているようにも考えられるが、手帳「スラバヤ州行」とともに残されたもう一つの手帳（新宿歴史博物館所蔵）によると、一九四三年の三月、芙美子はパレンバン、ジャンビー、パダン、ブキティンギなどのスマトラ島に滞在していたとみられ、ジャワ島のトラワスを訪問していたとは考えにくい。ちなみに、「南の田園」に書かれる内容は、タミヤチンの小学校見学やプリガン行き、仏陀見学など、手帳「スラバヤ州行」に書かれる一月十二日から十七日の日記の記述とほぼ共通している。ゆえに、「南の田園」は、一月の滞在をもとにして書いたものであると思われる。とすると、「南の田園」は、実際の体験をもとに描いたフィクションということになり、正確な記録そのものではない。

「南の田園」において林芙美子は、実際の体験をフィクション化する過程において、日程などの数字を誇張または変換させたのだ。芙美子は細かい数字にはこだわりをみせない。大切なのは、正確な数字ではなく、芙美子自身が感じた体感的な時の感覚だ。たった一週間弱の体験でも、彼女のなかでは二週間ほどの長さを感じていたということだ。こうした傾向は、例えば一九三四年に北海道・樺太を旅した際のエッセイ「江差追分」にも見られる。「江差追分」には「去年の夏私は北海道で二ケ月ばかり暮らした[15]」との記述があるが、実際には約一ヶ月である。芙美子自身が感じた体感的な時間感覚はとくに旅中において顕著になるようである。

こうした数字の変換とともに、「南の田園」では時系列もまた曖昧にされる。（一）は、タミヤチンの祭りが終わったところから話が始まるが、（二）において芙美子はタミヤチンの祭りに出かけて行く。タミヤチンの祭りは芙美子の滞在中、何日もとりおこなわれていたのだろうか。日時についての説明がほぼなされないため、読者は時系列の理解を得ることなく、ただただ「タミヤチンの祭り」そのものを感じるのみなのである。

「南の田園」におけるこうした時間的なものの曖昧さは、実証的に事実をつかもうとして読む際には混乱を招きかねない。しかし、ひとつのフィクションとして読む場合には、当時のトラワスという地が、今まさにここにあるように感じることができる効果を生み出している。すなわち、日時設定という時間の枠をはずすことで、土地に、永遠性がそなわっていく。

同じことが『放浪記』についても言える。日記風自叙伝である『放浪記』であるが、実際の日付がすべて正確に記されているわけではなく、曖昧だ。また、『放浪記』は続編がいくつか発表されているが、それぞれの作品は時系列にそっていない。時は戻り、繰り返す。明確な時の枠がはずされているのである。描かれる一日一日がそれぞれ独立しており、一日に、永遠性がある。当時、ある意味で〈その日暮らし〉の身であり一日を精一杯生きていた芙美子は、一日こそがすべてであるという体感的な時間感覚をもっていたのではなかろうか。

この体感的な時間感覚で、芙美子は「南の田園」を描いた。彼女にとってトラワスでの体験は、現実の数字ではかりきれるものではなく、数字の誇張や変換を用いて、自らの感性で得た時間感覚のままに体感的に表現すべきものであったのだ。

やはり林芙美子は〈体感〉の作家なのである。自らの五感を駆使し、作品世界を鮮やかに構築した林芙美子は、生身の身体が感じたことに最大の信頼をおき、インドネシアのトラワスを、そして、人間が生きてあるこの世界を作品化した。

註

（1）加藤麻子「南方徴用作家　林芙美子の足取り――馬来・蘭印行程と、『浮雲』の仏印行程――」（「武蔵大学人文学会雑誌」36巻3号　二〇〇五年一月）二五七頁。

（2）林芙美子「南方朗漫誌　ジャワの夜はガメロンで」（「週刊朝日」一九四三年五月三十日号）十八～十九頁。

（3）林、前掲、十八～十九頁。

（4）倉沢愛子『日本占領下のジャワ農村の変容』（一九九二年六月　草思社）によれば、地区によっては、州のもとに市と市区がある場合がある。また、特別市と市区がある場合もあったり、侯地事務局、侯地、のあとに県以下の行政単位が続く場合もあった。

（5）倉沢、前掲。

（6）倉沢の前掲書によれば、原住民地方行政官は、「〈高級〉地方二等行政官（主として県長、市長）地方三等行政官（主として副県長）　地方四等行政官（主として郡長）」「〈中級〉地方一等書記官（主として村長）」「〈初級〉地方事務員」に分類されている。

（7）倉沢、前掲、四四八頁。
（8）倉沢、前掲、五〇七頁。
（9）倉沢、前掲、四四四～四四五頁。
（10）倉沢、前掲、四四七頁。
（11）林、「作家の手帳」連載第3回（「紺青」一九四六年九月号　雄鶏社）八十八頁。
（12）タミヤチン区の区長の名前が「サートラン」であったことは手帳「スラバヤ州行」に記されており、ショリキン氏とアンワ・アリフ氏に確認したところ「サデラン」と発音したが同一であろうと思われる。
（13）林、『放浪記』（二〇〇三年六月　四十三刷　新潮文庫）三一五、三七〇、四二六、五三〇、一一三頁。
（14）林、「南方朗漫誌　ジャワの夜はガメロンで」（「週刊朝日」一九四三年五月二十三日号）には「私はトラワスの田舎で食べた唐もろこしの柔かい粥の味だけは生涯忘れることが出来ない。内地へ帰ったら、空地にジャゴンを植えて柔かい粥をつくって食べようと愉しみに空想している」（十六頁）という記述がある。
（15）林、「江差追分」（『林芙美子全集』10巻　一九七七年四月　文泉堂出版）一二〇頁。

第三章

スマトラ縦断と「スマトラ——西風の島——」「荒野の虹」「郷愁」

1　謎の多い林芙美子のスマトラ縦断

林芙美子は、一九四二年から一九四三年にかけての南方従軍時の後半部分において、スマトラ縦断を試みている。ジャワからスマトラ入りしたのが、一九四三年三月三日、まずはパレンバンを訪れた。スマトラにおける芙美子の足跡がうかがえる資料をここで紹介する。手帳（新宿歴史博物館所蔵）には次のような記述がある。

三月三日　パレンバン
三月五日　ジャンビー
三月六日　泊
三月七日　スンゲダレー
三月八日　パダン
三月十七日　ブキチンギ
三月十八日　競馬
三月二十一日　メダン
三月二十七日　ブラスタギ
三月二十八日　スイスホテル

三月二十九日　メダン
四月十七日　　アチェ
四月二十六日　メダン出発

芙美子はここにメモされた場所すべてに実際に行ったのだろうか。手帳には予定を記したのみ、ということも考えられる。[1]

パレンバン、パダン、ブキティンギについては、陸軍省が発行している「旅行券」（北九州市立文学館所蔵）が残っており、実際にこの地に宿泊した証明となっている。とくにパダンについては手帳に実際に訪れなければわからないいくつかの固有名詞が記されており、また、ジャンビーについては、芙美子がジャンビーを訪れたことを記す、ジャンビー在住の横浜正金銀行、佐藤鶴雄氏から芙美子に送られた手紙[2]が存在している。

一方で、メダン、ブラスタギ、アチェについては、現在のところ「旅行券」を見出すことはできていないが、佐多稲子が「メダンでは林芙美子ともまた出会った。シンガポールで別行動になり、ジャワからスマトラ南部を廻ってきた芙美子は、メダンへ着くと、私の泊めてもらっていた毎日新聞社に同宿した。[3]」と記す文献があり、芙美子のメダン滞在を証明している。

こうしたことから考えると、手帳には、予定の場所ではなく、実際に行った土地や行動が記されていると考えた方が妥当であろう。なお、作品「スマトラ――西風の島――」（「改造」一九四三年六、七月号）には、パレンバンからブキティンギに至るまでの、詳細な道のりが描かれている。同時に、手帳「スラバヤ州行」にはパレンバンでの行動を次のように記している。

二日雨あがり
三日朝八時半飛行場行き九時半離陸　重爆機にてパレンバン十一時半着　暑し
笠井長官に逢い家政女学校見学　それより将校宿舎に行く。
ムシ河あり　夜長官によばれケハヤマタハリを見る　ムナリビタンと云う灯の皿おどり面白し。オウと云う
十六才の女優を楽屋にたずねる
蛙の声虫の声あり。暑し
一時就寝

四日
朝みずほ学園見学　四十人あまり十六才より二十才までお話をする。それより　小学教員の講習を見学　広
場の子供達ゆのにえる教えかた。
四時よりムシ川舟〔一字不明〕六時豪雨　雷鳴とどろく。
夜正金の和田氏の招宴
集る人　四人大正琴の〔三字不明〕き話面白し。落下傘の話もきく。

五日　正午すぎジャンビーへ出発。

また、戦後に発表された短篇小説「荒野の虹」(「改造文芸」第1号　一九四八年三月)にはパレンバン、ブキティンギ、パダン、メダンの記述が、「郷愁」(「月刊読売」春の増刊号　一九四六年三月)にはブキティンギの記述が見られる。これらは、メダンをのぞいては、実際に行かなければわからないような描写となっている。

一方で、ブラスタギ、アチェについて描いた作品群は、現段階では存在しない。さらに気になるのは、「スマトラ――西風の島――」において、「私は今度のスマトラ三千キロの旅行を書いてみたい」と記述しながらも、次号の続篇は「(未完)」で締めくくられ、手帳に記される最北のアチェまでの記述がないことだ。芙美子は「スマトラ――西風の島――」において、「スマトラ三千キロ」を縦断した、と二度も重ねて書いており、彼女が実際に最北のアチェまで行ったであろうことは確実であると思われるのに、なぜ「スマトラ――西風の島――」を未完に終わらせてしまったのであろうか。

本章では、空白部分の多い林芙美子の南方従軍の足跡の中でも、とくに謎の多いスマトラ縦断について、二〇一二年八月に行った現地調査の報告を交えながら、作品をもとに考察していく。

2　宝庫としてのスマトラ

そもそも、なぜ芙美子はスマトラ縦断を試みたのか。南方従軍中における行動の内容は、基本的には軍部に決められているものであるはずで、どの程度の自由がきいたのか、そのあたりの詳しい事情は謎である。しかし、芙美子の行動をみていると、彼女自身の希望や意志が働いているようにみえる場面がある。いくら戦争中ではあっても、実際に物事を動かしているのは人間だ。芙美子独特のコミュニケーション能力で軍部の人間と信頼関係を結び、自らの意志を通すこともできた可能性は高い。では、スマトラ縦断はすべて芙美子の意志によるものかと言えば、完全にそうとは言えない部分がある。

日本軍政地の生活を伝えるという、国家のプロパガンダ的役割を担いながら南方視察を続けていた芙美子であるが、様々な土地に行き、見聞を広げたいという作家的野望を常に抱えていたことは確かだ。むしろ、従軍という機会を積極的に利用して、自らの作家魂をいかんなく発揮していた感のある彼女にとって、スマトラ縦断という荒行（あらぎょう）は、魅力的な素材であったはずだ。これを後押ししたのは、陸軍第二十五軍のスマトラへの移駐、という軍事的事情だ。当初、第二十五軍の軍政地域はマレー、スマトラであったが、両地域の性格的な差異と、スマトラの経済的重要性、作戦上の要請などから、一九四三年四月に軍政監部とともにスマトラのブキティンギに移された。林芙美子がスマトラに到着したのが一九四三年三月三日である。芙美子は今後さらなる発展が見込まれるスマトラへ、視察に行ったということになる。そもそも、芙美子と軍部との密接な情報交換の様子を指摘する文献もあり[4]、彼女の行動の背後には、軍部という大きな情報源があったと考えられる。林芙美子のスマトラ縦断は、軍部の意向と芙美子自身の意志が一致した、大きな冒険であったのだ。

一方で、スマトラの重要性を信じ、視察に訪れ、それを記述したのは芙美子だけではない。一九四一年十二月八日の太平洋戦争開始前後に、多くのスマトラについての紀行文や紹介文が出版されている。これらはおよそ、スマトラの主要都市における民族、自然、暮らしなどについての報告文であり、統計学的な報告や学問的なものから、自身が見聞きしたことを等身大で描写するものまで様々であるが、共通するテーマは、宝庫としてのスマトラの重要性だ。いくつか紹介してみる。

ことにスマトラはアンダマン諸島からインド洋に面し敵の反攻企図に面しているのでその重要性はマライより重要性をもっている、さらにスマトラを領有するものは百年戦争に堪えるといわれるほどの資源をもっているので、スマトラ軍政には軍政一般目的以外に防衛と資源開発の二大目的がマライよりも強く課せられて来たのである。（竹田光次『南方の軍政[5]』）

大東亜戦争以前、ジャワの開発はざっと終了し、スマトラの開発は僅かに着手せられ（略）従って現在、スマトラ開発は第一に着手せざるべからざるものとして目下朝野の関心を集めて居る。

地上と地下とに無限の富を蔵する。スマトラ開発の前途には洋々たる希望ありというべきである。然し宝庫スマトラの開発には物余って人が足らない。（太平洋協会編　清野謙次著『スマトラ研究[6]』）

私はスマトラは世界の宝島といいたい位です。お伽噺に出る桃太郎さんに、現代の鬼ケ島はどこだと聞けば「左様、先ずスマトラですね」と答えるでしょう。（大辻司郎『スマトラ従軍記・附漫談世界地図』[7]）

以上の言及からは、当時、石油をはじめとした資源を豊富にもつスマトラがいかに重要視されていたか理解できる。だからこそ、この土地についての啓蒙のために、多くの出版物が刊行されていたのであろう。

この中の一つに、渡邊綱雄『パレンバンへの道』（一九四四年十二月　新太陽社）がある。朝日新聞特派員として、陸軍省報道部から約五ヶ月間のスマトラ視察を命じられた渡邊は、およそ芙美子と同じ時期にスマトラに滞在していた。林芙美子の南方従軍時のスポンサーは朝日新聞社であったため、彼女が渡邊と連絡をとりあい、実際に会っていた可能性は高い。芙美子は横浜正金銀行の車でスマトラ縦断を行っているが、渡邊の『パレンバンへの道』には「ムシの濁流は隅田川ほどの川幅で、望見すると横浜正金銀行の黒い建物が聳え（略）[8]」とあり、「横浜止金銀行」の存在を両者が意識においていたという共通性もうかがえる。

また、渡邊は、従来のスマトラに関する本は「頭の方から地理人文的に正確に描かれてはい」るが、「スマトラの足元から描いたものではな」いこと、自らの「目で見、耳で聞き、手にふれたくさぐさ」を、「直観の正確さ、そういったものをねらって」まとめてみた、と書いている[9]。こうした方向性は、林芙美子の「南方へ参りましたら、おもにインドネシヤ人の田舎の生活とか、子供や婦人の生活、それから、こんな大きい戦争をしていらっしゃいます兵隊さんの御苦労なさいましたあととか、また、暑い土地々々の気候風土をよくみて来たい[10]」という思いと通ずるものがある。

「頭の方から」ではなく「足元」から描くスマトラ。この点で言えば、読売新聞特派員、渋川環樹のスマトラ紀行もまた類似する点をもつ。日本軍政が敷かれる直前のスマトラを車で縦断した渋川環樹は『蘭印踏破行』（一九四一年七月　有光社）を記しているが、面白いのが、芙美子と同様に「水上トイレ」に注目し、「日本の所謂かわや（厠）なるものはここに語源をもつといわれるものである。ようやく人の入れる広さだけ板で囲んであるのだが、中にいる男や女の顔は外部からみることが出来る。[11]」と述べ、写真も掲載していることだ。芙美子もまた「この茶店で御不浄をかしてほしいと思ったので裏口へ行くと、内地の菖蒲園なんかに渡してあるような稲妻型の細い橋があって、河の上に小さい小舎の便所（カマルマンデー）がある。[12]」と述べ、水上トイレに関心を示している。数多くのスマトラ文献の中で、「水上トイレ」に注目している著者は意外に少ない。「頭の方から」ではなく「足元」からの視線とはまさにこうしたものであろう。

そもそも、「足元」からの視線で、人々の暮らしを描

バタンハリーの河に設置された水上トイレ（2012年）

くことは、スマトラ紀行に限らず、芙美子文学の原点でもある。「スマトラ――西風の島――」はただのプロパガンダ的エッセイではなく、やはり、林芙美子の文学なのである。そして重要なのは、芙美子は、現地の人々に多大な関心を示し、運転手や出会った人々の容貌や年齢、家族構成などを紹介しながら、個人の名前を記していくということだ。これは、渡邊や渋川には見られない特徴である。資源も重要であるが、芙美子の関心はそれ以上に、この地において、どのような人々がどのように生活を営んでいるのかということである。人々へのまなざしの深さ、これが芙美子の紀行の最大の特徴であろう。

3　「スマトラ――西風の島――」――パレンバンからジャンビーまで

では具体的に、林芙美子のスマトラ紀行「スマトラ――西風の島――」を二〇一二年八月の現地調査の報告とともに見ていくことにする。「スマトラ――西風の島――」は、「改造」（一九四三年六月号）に前半部分が、翌月の七月号に続篇が発表され、パダンに向かう途中で未完として終わっている。ゆえに、実際に描かれている土地は、パレンバン、ジャンビー、道中の小さな村や町である。

まず、六月号においては、スマトラ全体の説明に続き、三月三日と四日におけるパレンバン滞在について詳しい記述がみられる。とくに、芙美子が視察、講演を行った、日本語学校瑞穂学園については、実際に生徒たちが書いた感想文も現存している（瑞穂学園については第四章で述べる）。

パレンバンの視察を終えた芙美子は、三月五日、いよいよスマトラ縦断の旅に出る。「スマトラ――西風の島――」の記述によると「正金銀行の空自動車が一台、パダンへ行くのがあると云うので、支店長の和田氏の御好意で、その自動車に乗せて貰うことになった」とのことだ。運転手は二人。芙美子は次のように書いている。以下、「スマトラ――西風の島――」の引用はすべて前述の初出に拠る。

運転手はふとった方がアケトと云って、二十二才で母親と二人暮しだと云うことだった。レスリングの選手のようないい体格をしている。性質は優さしくて考え深い。現在は日本の軍隊の仕事もさして貰っていると話していた。痩せた方はワウイと云って二十一才、無口で支那人のような骨格をしている。

前述したが、芙美子のスマトラ紀行の特色は、現地で出会った人々の名前や年齢などを詳細に記すことだ。まず芙美子は運転手の二人の男性に注目し、彼らの生活環境をも記述している。おそらく、芙美子は彼らに身振り手振りや片言のインドネシア語で話しかけ、コミュニケーションをはかっていたのであろう。

実際に現地調査をしてわかるのは、運転手こそが命綱であるということだ。いくら丈夫な自動車を得ても、運転するのは人間だ。炎天下やスコールの中で運転し続ける体力と注意力には限界がある。ましてや長距離の旅である。現在でも長駆の旅には運転手を二人つけることは安全のための常識であり、芙美子の時代もそれは変わらない。彼らと会話を交わし、信頼関係を築くことで、様々な情報を得ることもできる。芙美子は、旅の道中、一番身近にいる重要な存在を決して忘れることはない。

パレンバンを出た芙美子一行は、「パンカラバリー村」(PANGKALAN BALAI) に到着した後、いくつかの「渡し」を通過する。現在は橋がかかっているが、当時は逐一車を下りて渡らなければならなかったはずであり、「渡し」が旅の大きなポイントであったと察せられる。こうしていくつかの「渡し」を通過し、ゴム林や油椰子の植林地を通り、バナナを食べ、「ガソリンの海を航海しているやうな」気分でスマトラの資源を全身に感じて車を走らせながら、芙美子一行は「トンピイノ」(TEMPINO) へ到着する。

丘の上のトンピイノの村へ着いたのは六時半頃であった。雨もよいになり、村の中のバスの発着所では火を焚いて唐もろこしを焼いて売っている。Y字形に道が分れて、ここからジャンビイ市まではいい道が展けている。トンピイノの村はかなり大きくて丘の村の景色は美しい。

現在においても、「トンピイノ」付近のY字形に道が分かれた道は存在し、右に進むとジャンビーに到着する。「スマトラ――西風の島――」(六月号) は、ジャンビーに到着し、パッサングラハン (官営の旅館) に宿泊することを記した部分で終わっている。

「ペニンガランの渡し」付近(2012年)

「スゲーリンの渡し」付近(2012年)

「バンヨリンチェルの渡し」付近(2012年)

トンピイノ付近の十字路(2012年)

バタンハリーの大河(2012年)

4 「スマトラ（続）――西風の島――」――ジャンビーからパダンへ向けて

続篇は、バタンハリー河の詩からはじまる。華僑の人口が比較的多いジャンビーについては、その風景、パッサングラハンの女主人のこと、宿泊料金、市場で売っているものなどの紹介と、詳細な記述がなされていく。ジャンビーには二日間滞在したようで、「正金銀行の佐藤氏」に世話になったという。前述したように、「佐藤氏」はのちに林芙美子にジャンビーでの日々について触れた書簡を送っている。

三月七日、ジャンビーを出発した芙美子は「スンゲダレー」（SUNGAI DAREH）を目指す。それにしても、ジャンビーから「スンゲダレー」までは「五、六百キロ」もあるといい、これを一日で走行するとは並大抵のことではない。道も悪く、「渡し」を何度もわたらねばならない。三月七日は芙美子にとって、かなり過酷な日であったと推測できる。結局、続篇は、三月七日の記述のみに費やされている。

この日に通過した町は、「バジュバン」（BAJUBANG）、「モアラタンバレー」（MUARA TEMBESI）、「ムアラテボ」（MUARA TEBO）などであるが、芙美子はその都度、風景などを詳細に描写する。一方で、タイヤがパンクしたり、体調を壊したりなど、トラブルにも見舞われる。

道はなかなか悪い。段々躯にひびいて来るようでおしまいには頭の芯までずきずきと痛みはじめ嘔吐をもよおして来たりした。あまり気分が悪いので自動車を停めさして暫く土の上に蹲踞んでみた。

（略）仁丹を少し噛んでみる。酢っぱいげっぷが出て、躯がぞくぞくと寒くなって来た。ケースのなかから黒い毛糸のジャケツを出して羽織った。

道の悪さと車内の揺れは相当なものであったことだろう。現在でも、道は良いとは言えない。アスファルトで舗装される道も、陥没が目立ち、自動車内における上下の揺れは激しい。もちろん当時は舗装もされていないはずだ。こんな状態で、到着したのが「トロコワリー」（TELUK KUALI）の部落である。

トロコワリー村の表示（2012年）

（略）ここではまた自動車のタイヤがパンクしたので少し休んだ。茶店の隣に村長の家があったので、その家の土間でやすませて貰う。門表には村長の名前が出ていて、パティラヘムと書いてあった。自転車屋の息子でラジエル君と云うのも私の自動車のパンク直しを手伝ってくれた。三時半頃カンポン・トロコワリーを出発する。田舎の行商人、呉服屋なにがしと云いたいようなトロコワリー村長パティラヘム氏に茶代を一円置くと、子供も妻君も出て来て、またここを通るような事があったら是非寄ってくれと云ってくれた。人情に変わりはないものだと思う。

ここで芙美子はジャワのトラワスの村長宅にホームステイしたときのような「人情」に満ちた交流をしている。芙美子にとっては、こうした人と

トロコワリー村（2012年）

人とのかかわりのある体験こそが重要なのである。

この後芙美子は、バタンハリー河の岸の茶店に立ち寄ったり、川岸にいた「十五ばかりの女の子」のエマと会話をしたり、さらには、パダン行きのバスに乗っていた「ブキチンギの呉服屋」「アンチ・マハール」の番頭をしているムイスという青年とも交流している。

芙美子は小さな村の名前、そこで出会った人々の名前など、克明に記し、人々との交流を楽しみながら旅を続けていく。資源の宝庫としてのスマトラではあるが、芙美子にとってスマトラにおける主役は、やはり、人であった。残念ながら「スマトラ――西風の島――」は「スンゲダレー」に到着する手前で「未完」となっているが、三月八日以降のスマトラ三千キロの道中、芙美子はどのような人々と接し、何を体験したのだろうか。それは未だ謎のままである。

5　「荒野の虹」――パレンバン、ブキティンギ、パダンを舞台とした恋物語

しかし、戦後に書いた短篇小説のいくつかの中に、戦前のスマトラが描かれており、謎を解く一つの手がかりにはなり得ている。「改造文芸」（一九四八年三月）に掲載された「荒野の虹」には、パレンバンや、「スマトラ――西風の島――」には描かれないパダンやブキティンギについての記述が見受けられ、芙美子が実際に見たであろうものをうかがい知ることができる。

物語の主人公・龍男は、復員した途端に、妻に別れ話を持ち出された。夫婦の間に流れた戦争による六年間の空白は、まだ二十代の妻・春江にとっては耐えられないものであったのだ。春江は、空襲のどさくさで、別の男と関係をもったことを龍男に告白する。一方で龍男もまた、赴任地のスマトラで、「なつかしい思い出の女」の存在があった。以下、「荒野の虹」の引用はすべて前述の初出に拠る。

自分もお前におとらぬ思いがあるのさと云い出しはしなかったけれども、龍男は踊り子姿の緋佐子と云う女の小さい顔を時にふれては想い出していた。緋佐子は千葉の女で、寄り合い世帯のような戦地慰問のレビュー団の一行にいた女で、龍男がパレンバンの石油会社の修理部隊の兵隊として働いている時、ジャワから木造船に乗って来たのだ。（略）踊りの済んだあと、人いきれにのぼせかえった龍男は、戦友の須長と、小舎を出て、小舎のまわりを歩きながら涼をとった。昼間の焼けつくような地熱の反射が、むうっと四囲に

むれている。果物や焼鳥の店を出している原住民の露店に、椰子油のかぼそい灯がとろとろと燃えていた。

「サヤはね、サッテアイアムよ」

龍男が振りかえると、白いあっぱっぱのような服を着た日本の女が二人、焼鳥屋（サッテ）の灯の下にたたずんでいる。須長が龍男の腕を引っぱるようにして女達の後に立った。

この後、須長は女と「正金銀行の黒い建物のあたりで」どこかに消え、残されたもう一人の女・緋佐子と龍男もまた、河口のほとりで関係をもった。

二週間の間に、龍男は緋佐子と同じ場所で三回逢った。二週間目には、緋佐子達は中部のパダンへ発って行った。三月の七日に一行がパダンへ向けてトラックで出発したと云う消息を聞いたきり、龍男はそれ以来そのレビュー団には逢う事はなかった。

龍男はこうした回想を妻・春江に話さないまま、二人は別居状態に突入する。妻と別れることに、当初は不安を感じていた龍男であるが、「男の独り住居の気安さからか、ここに生き残ったと云う生存の意識が感じられ、独りの強さが無限に拡がって来て、爽やかなものが身のまわりを風をたてて吹き抜けてゆく」ような解放感を味わうまでになる。こんな状況の中で、パレンバンで緋佐子と共にいた女・セキ子に偶然に出会う。セキ子から、緋佐子は結婚し子供も産んだことを聞いた龍男は、須長が戦地で病気で亡くなったことを告げる。

「私、帰って、もいちど行きたいなア……人間と自然がたわむれてるみたいで、年中暑いなンて好きだわ。夜になると蛍が飛んでてさ、ケロッ　ケロッって、妙な夜鳥が啼いてて、私みたいな女にはあつらえ向きな処だったわ。あンた、ブキチンギって行かなかった?」

「行かない」

「そう……いいところよ。私、あそこでも少尉さんと恋をしたの。いまだに逢う事もしないけど、あんなところへ行くと、みんな人間がどうかしちまうのよね。綺麗な心で人をすぐ好きになれるわ。素性だの身分だのかまっちゃいられなくなるのね。少尉さんは間もなくメダンへ行っちゃったけど、私、モロッコみたいな気持ちだったわ。メナンカボウの女のかっこうで、メダンってところへ逃げて行きたくて仕方がなかったなア。——ねえ、あンたそう思わない?　何だかあのころって、あンまり調子がよすぎたのよ。まるでお金持のうちへ留守番に来てるようだって、その少尉さん云ったけど、日本が占領したつもりでいい気になってたけど、本当は留守番に行ってたみたいな戦争じゃアなかった?　パダンの大和ホテルの前に教会があったのよ。そこにオランダの女たちがしゅうようされてたンだけど、教会の裏口にいつも二、三台の自転車がとまっていてね、私、妙だと思っていたの。華僑の商人が、いずれはオランダが再び戻って来ると云うので、化粧品だのタバコだの、菓子だの信用貸しで売りに行ってる自転車だなンて聞いたンだけど、いまになってみれば、全く華僑のそのみとおしのよさって、吃驚しちまうわね。根気のいいのに呆れてしまうわ。——大変な犠牲を払って留守番に行ってたみたいなンですもの……」

セキ子によって語られるのは、ブキティンギ、メダン、パダンである。とくに、パダンについては、林芙美子が実際に宿泊した「大和ホテル」についての記述がある。現存する「旅行券」によると芙美子はパダンの「大和ホテル」に三月八日から十二日まで滞在しているが、この「大和ホテル」は二〇一二年時は「グランド・イナ・ムアラ」(第七章を参照)として営業しており、芙美子が記しているように道を挟んだ正面には昔からの教会も存在する。また、「(横浜)正金銀行」を登場させたり、「三月の七日」にパレンバンからパダンに出発したことといい、芙美子は実際に見たものや実体験をところどころにちりばめて作品を書いていることがうかがえる。

物語に戻ろう。別れた妻・春江はよりを戻しに来るものの、龍男は偶然に再会したセキ子と、そこから思い出されるスマトラの日々が忘れられない。物語の最後は次のように締めくくられる。

セキ子の野性的な茶色の眼が、桜の葉の繁みのなかからいくつもいくつものぞいているようだった。龍男は南のあの日が恋しいと思った。六年をかけた兵隊生活のみじめさも、あの緋佐子との思い出のためにはつぐなわれるような気がした。なまぬるい雨風が硝子戸にしぶく。重たい泥靴のまま客が出たり這入ったりしていた。

南の地での「恋しい」思い出に心を寄せながらも、龍男は、「なまぬるい雨風」にあたり、現実を生きていかねばならないのであろう。戦地を体験し、敗戦を背負った日本の男の虚無観がにじみ出る幕切れである。「重たい泥靴」は、龍男の過去と未来そのものであり、彼は今後の人生において、「重たい泥靴」をはきながら、歩き続けねばならないのか。

6　「郷愁」――思い出のブキティンギ

もう一つ、敗戦後の東京にて、スマトラに出征したまま復員がままならない婚約者を待つ女の話を描いた短篇小説「郷愁」がある。初出は「月刊読売」（春の増刊号　一九四六年三月）である。

二十八歳の菊子は、戦時中、三年もの間、婚約者の哲雄を待ち続け、敗戦を迎えた。政府によれば、哲雄の帰国はさらに三年先になる見込みであり、菊子は絶望する。「荒野の虹」と同じように、二十代の盛りを愛する男と過ごすことが叶わない女の悲痛な叫びがこの作品にも描かれている。そのうちに菊子は、アパートの隣人の老人・臣大と言葉を交わすようになる。虎の毛皮が敷かれてある臣大の部屋で、菊子は砂糖のたっぷり入ったコーヒーを飲みながら、スマトラのブキティンギの話を聞く（虎、砂糖、コーヒー、これらはすべてスマトラの特産品であることも見逃せない）。以下、「郷愁」の引用はすべて前述の初出に拠る。

「南って、スマトラの方へもいらっしゃいました？」

「ええ行きましたとも、いい処ですよ。私はねえ、ブキ・チンギという山の町が好きで、そこには小さい動物園があったンで、暫くおりました」

「まア、そうですか、そんな処にも動物園があるのですの？」

「小さいけれど、まことに素朴ないい動物園でね、入口から中へつづく道までオオムが木にとまっているンです。両側の道ばたに、脚に鎖をつけた、白だの、みどりだの、ピンクのオオムがいるのですからまるで夢の国へはいってゆくようでしょう……。動物園で遊んでいるお客さまというものは、世界到るところ、みんないい人達ばかりで、自然なものとたわむれたい為に来るのですから、心からほほ笑んでいてこの種の人間は好きですね」

「まア、面白いことをおっしゃいますのねえ――臣大さんは、戦争中にいらっしゃいましたの？」

「いいや、戦争なんかのないずっと以前の事ですよ……」

「あら、いい時にいらっしゃいましたのねえ。――そのブキ・チンギって町の話、もっとくわしく話して下さいません？　私の知りあいが兵隊で行っておりますのよ、たしかにその辺らしいのですけれど……」

「そうですか？　兵隊じゃア大変ですねえ。――私は動物が好きで、人間とか町とかはあまり興味がなかったもので……あまりくわしくは話せませんが、それでもブキ・チンギという町はスマトラじゅうでも高原の涼しいお伽話のような町でしてね。町の中央の時計台の近くにそれは大きな野天市場がありましてね。何だか何時もお祭りのようだと思いましたよ。大きい日傘をたてた市場の中には野菜や果物なんかが絵のようでしたねえ。新橋近くのような、あんな色彩のない乞食市のようなのとは違います。――この市場の近くに動物園があったンで私は朝ホテルを出ると一日じゅう、動物園にいましたがね。高台で見晴しがよくて涼しいので、昼寝も出来ましたしね。オラン・ウータンといって、人間の五倍位もある人類猿がいるんですよ」

高い丘という意味をもつブキティンギの町は、涼しい気候の過ごしやすい土地にあり、オランダ人などの避暑地として発展していた。日本軍が進出した後も、町が元来もっている優雅な空気は健在であったようだ。(13)前述した朝日新聞特派員の渡邊もまたブキティンギについて、「いかにもなごやかな感じの町」で、町の中心にある時計台へ続く石段は「伊香保の町のそれのよう」であったと述べている。[14] 芙美子は「荒野の虹」にもブキティンギを登場させ、「いいところ」と書いており、この地に対して、かなりの好感をもっていたことがうかがえる。「旅行券」（北九州市立文学館所蔵）によれば、芙美子は三月十二日から十九日までブキティンギの「軍指定旅館中央ホテル」に宿泊している。ブキティンギに七泊し、旅の疲れを癒していたのであろう。ゆったりと過ごした実体験が、「郷愁」に活かされていると思われる。

現在のブキティンギもまた、とても快適な観光地である。時計台や動物園、市場なども健在で、昔の面影を忍ばせる。実際にこの地を訪れてみると、芙美子が描いたゆったりとしたブキティンギを実感することができる。

物語において、ブキティンギの思い出を語る老人・臣大は、昔の愛人の面影に似ている菊子に好意を抱くようになる。しかし、菊子はたくましく、現実を生きていく道を選ぶ。アメリカ兵に羽織を売り、その金銭で新しい靴を買った彼女は、「透明な虹が浮いているように、焼野原の道も急に愉しくなった」という。菊子が心に描いた「虹」は、先に紹介した作品「荒野の虹」のタイトルと重なる。その意味で、二つの作品は、対をなしている。戦争を挟み、男女はそれぞれどう変わったのか。日本人はどう変わったのか。または、変わらないものは何だったのか。いずれにせよ、スマトラという地が、人々の人生に深い影響を与えた戦争そのものの象徴として描かれていたことは確かだ。

ブキティンギの街並み（2012年）

ブキティンギの市場（2012年）

ブキティンギの動物園（2012年）

ブキティンギの時計台広場へと続く石段（2012年）

ブキティンギの時計台（2012年）

ブキティンギの競馬場（2012年）

7　郁達夫との再会はあったのか

以上のように、スマトラを描いた作品群を見てきた。ここで再び冒頭で述べた疑問に立ち戻りたい。なぜ、手帳に記されるブラスタギやアチェについて記述した作品が存在しないのか。「スマトラ三千キロ」を縦断したにもかかわらず、なぜ芙美子は「スマトラ――西風の島――」を未完に終わらせてしまったのか。

従軍という事情を考えた場合の可能性としては、

1、記述された作品や資料が行方不明、または、未だ発見されていない。

2、何らかの事情であえて記述しなかった、または芙美子か第三者の手により破棄された。

の二通りが考えられる。

ここではとくに、2であった場合の可能性の一つを提示してみたい。中国文学者の鈴木正夫は『スマトラの郁達夫　太平洋戦争と中国作家』の中で、スマトラにおいて、林芙美子と中国人作家の郁達夫(いくたっぷ)が会った可能性があることを次のように述べている。

しかし、郁達夫はスマトラ潜伏中、旧知の日本人文学者に会う可能性はあった。林芙美子は、報道班員として、一九四二年十月から翌年五月にかけて南方に派遣され、マレー、ボルネオ、ジャワを経て、四三年三月三日に飛行機でパレンバンに向かったが、その間の見聞したところを「スマトラ――西風の島――」として雑誌に発表している。

林芙美子は一九三〇年九月十九日、上海で内山完造が彼女のために設けた宴席で、魯迅らとともに郁達夫と会っている。その席で郁達夫は彼女に杜牧(とぼく)の七絶「過華清宮絶句」を書き与えた模様である。それについては彼女は「秋の杭州と蘇州」の中で書いている。そして三六年秋、郁達夫が来日した機会には、十二月十二日、日比谷山水楼で開かれた彼の歓迎会に横光利一、村松梢風、大宅壮一などと一緒に出席し、彼と並んで写った写真が残っている。

また戦後間もない頃の謝冰心(しゃひょうしん)、佐多稲子との座談会では、「郁達夫さんはどうなさいました?」と謝冰心に問いかけ、「日本軍につかまって殺されました。戦争による中国文学の一番の打撃は彼を失ったことです」という言葉を引き出している。

(略)当時著名な作家がパダンやあるいはブキチンギを訪れたことは、郁達夫は何らかの手段で知ることはできた。(略)異郷でなつかしさに駆られた郁達夫が、彼らをどこかで垣間見たりしたことは十分考えられる。(15)

郁達夫は日本に留学経験のある中国人作家である。その作品は日本人の共感を得るものが多く、日本の作家とも交流があり、鈴木が述べるように、林芙美子もそのうちの一人であった。日中戦争の初期には、シンガポールに渡り、抗日運動を行い、シンガポールが日本軍の手に落ちると、スマトラに潜伏するようになった。スマトラでは、パヤクンブという土地に居住し、偽名を用い、身分を隠していたが、日本軍の憲兵隊に語学のできる華僑と認識されて、通訳として働かされた。この地がブキティンギである。さらに郁達夫は、憲兵とともにアチェに一ヶ月ほど出張している。その後、彼は通訳を辞めた。

郁達夫のスマトラにおけるこうした一連の動きが、林芙美子のスマトラ訪問の時期と重なるのである。最終的に、郁達夫は日本の敗戦後、憲兵により殺害されている。ゆえに、彼のスマトラ潜伏の詳細もまた解明されていないことが多々あるのだが、鈴木正夫の提示は、林芙美子のスマトラ縦断の空白部分と照らし合わせると、大変興味深い。林芙美子は、スマトラで、郁達夫に会ったのだろうか。もし会ったならば、従軍という国家を背負う仕事にまい進する芙美子の目に、身分を隠し、日本軍のもとで働く、かつての尊敬する中国人作家は、どのように映ったのか。二人はどのような会話を交わしたのか。このときに芙美子は、書けないことを抱えてしまった可能性がある。芙美子の南方従軍における空白部分は、書けないことに満ちているのだろうか。そうであるならば、ここにこそ、林芙美子という作家の魅力が凝縮されていると感じる。書けないことを抱えていない作家、謎を抱えない作家に魅力はない。芙美子の南方従軍体験は、郁達夫との再会の有無にかかわらず、作家としての興味深い「空白」として、筆者を魅了する。

註

（1）手帳に記される固有名詞「パレンバン」「ジャンビー」「スンゲダレー」「パダン」「ブキチンギ」「メダン」「ブラスタギ」「アチェ」がすべてスマトラの街の名前である中で「スイスホテル」のみ、ホテルの名前となっている。ここは何か特別なホテルであったのだろうか。スマトラの「スイスホテル」については、当時、民間人としてスマトラの地に赴いていた大谷幸夫の著書『思いは遙か――私の戦中・戦後――』（一九八二年十一月　非売品）に「トバ湖は海抜千メートルぐらいで、琵琶湖の三倍ほどもある大きな湖、真中に大きな島がある。危かしい坂道をこわごわ下りて、湖畔のスイスホテルに宿をとった。スイス人老夫婦が経営している小さな別荘様のホテルで、今日の民宿様式であった。垢抜けのした気持の良い宿で、サービスもなかなか行き届いていて、スマトラでは珍しいホテルであった。」（二四一～二四二頁）という記述がある。芙美子もここに滞在していたのならば、このホテルでいっときの心身の平安を得たことがうかがえる。

（2）林芙美子宛書簡の差出人は「スマトラ島ジャンビー市横浜正金銀行出張所内　佐藤鶴雄」。消印の年月日は読みとれない。手紙には「しずかなジャンビーの町で、私は日本のありがたさを胸いっぱいにたたみこみ、感謝して働いていいます　其後、誰一人、日本の女の人は当地にきません。（略）この手紙をよんで、忘れていたジャンビーの町の姿を思い出されたことでしょう。」とある。

（3）『佐多稲子全集』4巻（一九七八年三月　講談社）四四九頁。

（4）「特集・林芙美子の『南方従軍日記』」（『the 座』64号　二〇〇八年十一月　こまつ座）において、インタビュアーは、林芙美子の「南方従軍日記」を取り上げ、軍による報道規制や検閲があったにもかかわらず、なぜ芙美子は軍の発表する以前の情報をふんだんにメモすることができたのかという疑問を呈している。この疑問に対し望月は、芙美子が軍司令官や軍参謀、現地要人との会見をしばしば行い、情報を得ていたと指摘している。

(5) 竹田光次『南方の軍政』(一九四三年八月　川流堂) 八十二頁。
(6) 清野謙次『スマトラ研究』(一九四三年八月　河出書房) 一頁。
(7) 大辻司郎『スマトラ従軍記・附漫談世界地図』(一九四三年十月　非凡閣) 一四〇〜一四一頁。
(8) 渡邊綱雄『パレンバンへの道』(一九四四年十二月　新太陽社) 一〇二頁。
(9) 渡邊、前掲、三〜四頁。
(10) 林芙美子「物を大切にする心」(「日本少女」23巻9号　一九四三年十二月　小学館) 五十四頁。
(11) 渋川環樹『蘭印踏破行』(一九四一年七月　有光社) 一〇一頁。
(12) 林、「スマトラ――西風の島――」(「改造」一九四三年六月号) 九十五頁。
(13) 戸石泰一『消燈ラッパと兵隊』(一九七六年七月　ＫＫベストセラーズ) にはブキティンギについて、「やがて、三々五々帰って来た連中の意見が一致した。『この町は、ぶったるんでるど』(略) 街を歩いている軍人で軍服を着ているのは、兵隊か下士官ばかり……。将校らしいのは、すべて、スマートな開襟シャツにフラノなどの、今は内地でも全く見ない上等の長ズボンをはいて、中には洒落たステッキなどを持ち、ゆったりと歩いている。戦地という感じなどまるでない」(二一八頁) と書かれてある。
(14) 渡邊、前掲、六十五頁。
(15) 鈴木正夫『スマトラの郁達夫　太平洋戦争と中国作家』(一九九五年五月　初版第一刷、二〇〇七年十月初版第二刷　東方書店) 一九〇〜一九一頁。

第四章

日本軍政下インドネシアの日本語教育とパレンバンの瑞穂学園

1　先行研究について

林芙美子は、南方派遣中のインドネシアにおいていくつかの地域で日本語教育の現場に接している。記録に残っているものだけを挙げると、インドネシア・ジャワの農村トラワスの小学校を訪問し（第二章参照）、また、同じくインドネシアのスマトラにおいてはパレンバンの日本語学校瑞穂学園を見学している（第三章参照）。彼女はこれらの日本語教育の現場で何を見て、何を感じ、この体験は林芙美子の文学にどのように影響していくことになるのか。本章では、林芙美子とインドネシアにおける日本語教育の出会いの背景として、当時の日本軍政地・インドネシアにおける言語政策を概観するとともに、林芙美子を含む作家たちが日本語教育の現場にいかに関わったのかを紹介しながら、言語政策と文学の関わりを模索してみたい。

当時のインドネシアは、ジャワは陸軍第十六軍により、スマトラはマレーや昭南（現在のマレーシアやシンガポール）と共に陸軍第二十五軍により、セレベス（現在のスラウェシ）やボルネオと残りの地域が海軍により、三つに分割統治されていた。ゆえにそれぞれの日本語教育を含む文教政策は、細かく言えば、多少の相違点はある。この分野についての研究はとくにジャワについて深まりをみせており、『南方軍政関係資料⑦　極秘　爪哇に於ける文教の概況』（一九九一年十一月　龍溪書舎）『南方軍政関係資料⑨　日本語教科書』（一九九三年一月　龍溪書舎）の「解題」を書き、「日本軍占領下のジャワにおける教育政策」（藤原彰、荒井信一編『現代史における戦争責任』一九九〇年七月　青木書店）などを発表した倉沢愛子の一連の研究成果や、百瀬侑子『知っておきたい戦争の歴史――日本占領下インドネシアの教育――』（二〇〇三年三月　つくばね舎）を中心に多くの先行文献が存在している。スマトラについては『南方軍政関係史料⑲　軍政下におけるマラヤ・シンガポール教育事情史・資料（1941～1945）』（一九九九年二月、龍溪書舎）の明石陽至「解題」などがあるが、マレーの一部分として付属的に扱われていることが多く、独立した研究はあまりなされていない。海軍統括地域については、左藤正範「インドネシアにおける日本軍政期の言語・教育政策――日本海軍支配地域の場合――」（『京都産業大学論集』十二巻四号　一九八三年三月）などの研究成果がある。一方で、インドネシア全般や南方地域の日本語教育について総括的に扱う木村栄一郎「軍政期の教育制度と日本語教育」（『インドネシア――その文化社会と日本――』一九七九年四月　早稲田大学出版部）がある。また、石井均は第一資料をふんだんに用いて『大東亜建設審議会と南方軍政下の教育』（一九九四年十月　西日本法規出版）を発表している。松永典子は「『国語』教育から『東亜の日本語』教育への道――植民地・占領地の日本語教育――」（「日本語教育研究」一九九七年三月　九州大学日本語教育研究会）など一連の研究を通して精力的に研究成果をまとめている。また、言語政策と文学者との関わりを扱ったものに、関正昭『日本語教育史研究序説』（一九九七年六月　スリーエーネットワーク）、川村湊『海を渡った日本語　植民地の「国語」の時間』（一九九四年十二月　青土社）、神谷忠孝「南方徴用作家」（「北海道大学人文科学論集」二十号　一九八四年二月）など、多くの先行文献が存在する。

林芙美子はジャワとスマトラで日本語教育の現場に接しており、本章では、インドネシアの当時の言語政策を概観するにあたり、研究文献が豊富なジャワのそれを中心に参照していく。未だ未開拓の感のあるスマトラについては、本章で具体的な日本語学校を取り上げることにより、今後の研究発展のための一資料となることを願う。

2　インドネシア（おもにジャワ）における日本語教育

まずは先行文献をもとに、三百年以上にわたるオランダ植民地支配から脱し、日本軍の統治する地域となっていた当時のインドネシア（おもにジャワ）における言語政策を概観してみる。

一九四二年三月にオランダ軍を駆逐した日本軍は、「南方占領地行政実施要領」（一九四一年十一月二十日に大本営政府連絡会議において決定）に基づき、軍政を行うこととなる。①治安の恢復、②重要国防資源の急速獲得、③作戦軍の自活確保、が軍政の三大原則であり[(1)]、つまりは、戦争継続のための資源獲得が大きな目的であったのだが、「それに際してできうるかぎり住民との摩擦を避け、スムーズに実行するために、住民を宣撫し、その協力をとりつけることが重要な課題[(2)]」となり、住民たちへの文教政策が重要視されていくようになった。

そもそも「大東亜戦争」には、大東亜共栄圏を構築し、西欧諸国からアジアを解放するという大義名分が掲げられており、この大きな構想を果たすために、大東亜共栄圏の一員としての自覚を植え付け、普及し、教育していく必要があるとの視点からも、文教政策は重要視されていた。ゆえに、占領後すぐに住民に対する文化工作が実施され、内地から派遣された多くの文化人たちが、この仕事に携わっていくことになった。演劇、映画、音楽、ラジオ、新聞、雑誌など、様々なメディアを駆使し、対占領地宣伝、対軍隊宣伝、対敵宣伝が行われたが[(3)]、林芙美子もまた広い意味で文化工作の一端を担っていたと考えてよい（第五章参照）。

作家やジャーナリストたちが主に関わっていくことになるが、新聞発行や日本語教育の分野においてであった。とくに軍は日本語を大東亜共栄圏の共通語とし、普及させることに力を注いでいたため、文人たちは大きな仕事を担っていたと言えるだろう。

一九四二年十月四日には、陸亜密六三九七号「南方諸地域に於ける日本語教育に関する件」により、

（一）南方諸民族をして日常生活に必要なる日本語に習熟せしめ、我が諸政策の遂行に遺憾なからしめる。

（二）日本語を通じて日本精神、日本文化の浸透を図る。

（三）日本語を東亜の共通語たらしめ、圏内諸民族の団結強化に資する。

以上の基本方針が示される。[4]ちなみに一九四一年から四三年頃にかけ「『東亜語としての日本語普及政策』に関する論は当時の学者や文人によって大いに鼓吹され、新聞・放送はもとより、雑誌論文や単行本の形でつぎつぎと発表されて[5]」いる。

こうした中で主にインドネシアのジャワでは、先に述べたように、宣伝工作の一部として文教政策をいち早く行った後、一九四二年七月以降、教育専門家を着任させ、本格的、組織的に教育政策が行われていくのである。

では具体的にインドネシアではどのような教育制度のもとに日本語教育がなされたのか。まず留意しなければならないのは、インドネシアには数百の異なった種族がおり、それぞれがまったく異なった言葉を持っているということだ。これら、無数にある地方語とともに、インドネシア語（マレー語）が存在した。[6]当時のインドネシアの民族主義の指導者らは、多様な言語をもつインドネシアをまとめ、来るべき独立の日のための共通言語として、インドネシア語を想定していた。ここに、東亜語としての日本語の普及、という目的も加わったことから、初等教育においては、地方語、インドネシア語、日本語の三つを扱うこととなっていく。

先にも述べたが当時のインドネシアは三分割されており、それぞれの地域においてまったく同じ言語政策が行

われていたわけではないが、共通して言えるのは、オランダ語を排斥したということ、そして一部のエリートたちにのみオランダ語を学ばせ、中高等教育の機会を与える従来のオランダ式教育を廃止したことである。オランダ統治時代は、教育は大きく二分されており、エリート以外は地方語を使用する村落学校に通っていた。西洋式教育を受けるエリートと、原地式教育を受ける大衆。これらの二重構造を日本軍は撤廃し、教育の一本化を図ろうとしたのである。これにより、国民学校六年（初等国民学校は三年）、初等中学校三年、高等中学校三年の六・三・三制が誕生する。(7) この上に、大学や師範学校や実業学校が続いていく。

この教育システムの中で、インドネシア語は、公用語として授業に組み込まれ、日本語は必修科目とされた。上級に進むにつれて日本語の学習時間が増えていくが、重要なのは、ジャワにおいては教授語が初等国民学校の数年が地方語であることをのぞき、インドネシア語であることだ（ちなみに、スマトラを統括していた第二十五軍軍政地においては教育用語は日本語とマレー語とされていた）。(8) このことにより、インドネシア語（マレー語）の普及は一挙に加速したが、一方で日本語については以下のような状況であった。

> 日本語教育は日本化教育の中心施策であったが、日本語の普及は量的な拡大にとどまった。その占領期間が短かったこともあり、一般的には日常会話ができる程度で、抽象概念の伝達が可能なほど高いレベルまでには至らなかった。(9)

以上がインドネシア（おもにジャワ）における当時の言語政策と日本語教育の状態である。

3　ジャワのトラワスにおける日本語教育現場

林芙美子が南方に赴いたのは、文化工作としての日本語教育の構築が一段落し、教育政策が行政により開始された頃であった。ゆえに芙美子は先人の男性作家たちが行ったように一から日本語教育をつくるというよりも、現場を視察するという役割を果たしたようである。

一九四三年一月、ジャワのトラワスの村長宅でホームステイをした芙美子は、近隣の小学校を見学している。先にも述べたように当時の小学校はオランダの教育制度から日本のそれへと変化を遂げた頃であった。トラワスでの滞在を記した「南の田園」(「婦人公論」一九四三年九、十月号)には次のように記されている。

川添いのタミヤチンの部落へ着くと、「一、二、三、四、五、六、七、八……」と先生が号令をかけている声がしている。ラジオ体操がはじまっているのだ。日本語の号令が微笑をさそう。小学校(スコラ)の前にもいかだかずらの花が咲いている。(略)
私は来週の水曜から女の先生達にも日本語を教えることになっているのだ。村の若い先生達は日本語を習う事になかなか熱心である。[10]

これを読む限りにおいて、芙美子は小学校の教師に日本語を教える役割を担っていたようだ。当時のインドネシアにおいて日本語の教師となったのは、軍政初期は宣伝班員や軍人たちや日本人民間人であったが、一九四三年夏以降は日本から日本語教育要員が赴任しはじめ、主に中等教育以上の機関に配置されたという。一方で、多数の日本語教員が必要とされた初等教育機関の場合は、インドネシア人教師を日本語教師として訓練している。「地方でも、教師のための日本語講習会が開催された。職務のかたわら、毎日日本語学校へ通う教師も多くいた」[11]といい、芙美子はこうした人々に日本語を教えたのであろう。

また、作品中には、青年・トドンが、さかんに日本語を習いたがる様子も記される。小学校以外での日本語習得熱も高かったことがうかがえる。そもそも日本語教育の原点は、「兵隊さんが入って来ると同時に自然に子供達が集まって来てもう兵隊さんが教え出すと云う形で」自然とはじまったものであったと、陸軍報道班員であった文学者・浅野晃は述べている[12]。つまり、人と人とがどのような状況であれ（それが戦争というものであっても）出会うという縁に恵まれれば、コミュニケーションの欲求が生じるのである。コミュニケーションをとりたいという本能が、制度を超えて彼らに日本語という言葉を学ばせていったのであろう。

4　林芙美子とインドネシア語

一方で、林芙美子もまた、インドネシアの人々とコミュニケーションをしたいという欲求を持ち、日本語を教えるだけではなく、自らインドネシア語を学んでいる。出会いの縁に恵まれた人と、より交流をはかりたいという本能が、そして、先にも述べたようなインドネシア語も重要視する言語政策の背景が、芙美子にインドネシア語を学ばせることを後押ししたのではないか。「南の田園」には「壁の豆ランプの下に枕とダッチ・ワイフを寄せて、私は馬来語の字引をたんねんに操っている[13]」のように、「馬来語」（インドネシア語）を学ぶ姿が描かれるし、作品にはインドネシア語のルビがふられることも多い。「木時計」には「ケンロガン」、「事務室」には「カントール」、「小学校」には「スコラ」、「榕樹」には「ワイリンギン」、「下男」には「ジョンゴス」、「女中」には「バブウ」、「雨」には「ウジャン」といった具合だ。タイトルにある「田園」もインドネシア語の「サワ」と読ませたい旨が伝わってくる。また、インドネシアの四行詩「パントゥン」を、登場させる場面もある。

夜になると四囲は急に涼しくなり、秋の気配を感じる。虫が啼き、夜霧が草木にきらきら光って来るからだ。

ジカ　テイダ　カルナ　ブラン
マサカン　ビンタンク　テモール　ティンギイ

ジカ　テイダ　カルナ　トアン
マサカン　カミ　ダタン　クマリ
ロンギンの踊りの群からはパントゥンの四行詩が唄われている。(14)

文章中に詩がおもむろに入り込み混合され、まるでミュージカルのような効果を与えていく手法は『放浪記』以降の芙美子文学の特徴であるが、「南の田園」では詩の部分がインドネシア語となることで、言語の混合も見受けられる。

ほかにも、芙美子がインドネシア語という言語そのものに興味を示していたことがよくわかる言及が残されている。

マカン、アンギン。風を喰うと云うのは、散歩の意味だそうだ。風を食べると云う語源はどこから出たのか、あまりにうがっていて、一人で微笑している。(15)

インドネシヤに年はいくつだと尋ねると、キラキラいくつと答える。キラキラと云うのはおよそと云う意味だそうだけれども、随分面白い云い方だと思う。私もこれからキラキラで年を云おうなどと微笑ましくこの言葉を味わった。(16)

ことばなんかもとても内地のことばに似かよっていて、女のひとのことをニョニャというのなぞは内地の女人というのに似ています。日本語に、のるかそるかというのがございますが、あちらでも天国か地獄かと云う意味をヌルカスルカというのだそうでございます。そのほかにも、取り替えるというのをトッカールとか、おしゃべりすることをベチャラベチャラなぞというのは面白いではありませんか[17]。

文章にインドネシア語をちりばめることは、内地の読者に対して、よりインドネシアを身近に感じてもらうためのプロパガンダの役割を果たすことになったであろうが、注目すべきは、芙美子は敗戦後もインドネシア語を作品に描き続けていることだ。

例えば第一章で紹介したように、長篇小説『人間世界』において、「アパボレボアット」という語を「南の国のいい言葉だよ。仕方がございませんってところだ……[18]」として登場させている。人間の営みを、高みに立って裁いたり、価値判断を下すことをせずに、生きてあることすべてを「仕方がございません」と肯定するおおらかさは、林芙美子文学の大きな特徴であり、それを表すインドネシア語「アパボレボアット」は、芙美子文学の核となる言葉となっていった。

5　パレンバンの瑞穂学園

続いて芙美子は、一九四三年三月に、スマトラ・パレンバンの日本語学校瑞穂学園を訪問している。スマトラは、占領当初は旧英領マレーとともに第二十五軍の軍政領域であった。一九四三年三月の軍の編成改正により、同年四月に第二十五軍司令部がスマトラのブキティンギに移駐し、マレーと離れ独立した軍政地域となるまで、スマトラにおける教育制度はマレーと同等のものであったとみられる。

この訪問については「スマトラ――西風の島――」（「改造」一九四三年六、七月号）に次のように記されている。

翌日、或る役人の方の御案内で、私は瑞穂学園に見学に行った。

創立されてまだ幾月にもならないのだけれども、四十名ばかりの生徒は、もうかなり日本語を解すようになっていて、若い日本人の先生が黒板に書いておられる文字は、相当むずかしいものであったけれども、生徒はすらすらと読みあげている。（湯が煮える、湯が煮えた）こんな文字が黒板に大きく書いてある。ここの生徒は男子ばかりで、十六才から二十才までの相当の家庭の息子ばかりだそうである。まだ若い方だけれども先生は熱情こめて教えておられた。学課の終った後、私にも何か話すようにとの事で、通訳なしで話していいと云うので、私は、昨日、池のまわりを走っていた生徒の教練を見た話から始めた。がらんとした教室に、朝の涼風が窓から吹き込んで、如何にもなごやかな教室であった。私は生徒の前に立って話しているうちに、自然に瞼の熱くるしくなって来るような心持になっていた。日本の地図がはっきりと心に浮かんで来る。私は黒板に、私の名前を書いた。もし、日本へ来るような運命があったら、ぜひ、私の家も忘れないでたずねていらっしゃいと話すと、生徒達はにこにこしてうなずいてみせる。ここの生徒は寄宿舎生活をして三ケ月経てば卒業だそうである。夕方とどけられた生徒の四十何枚かの私への感想文は、これがインドネシヤの少年の書いたものであろうかと思うほど、そのどれもが心打つ文章ばかりであった。モハマド・ザハリ君の書いたものをここへ書いてみよう。

――今日の朝に、一人の日本の女は私達を見る為めに私達の学校へ来ました。彼の名前は林芙美子です。彼は東京から飛行機でボルネオやジャワやスマトラや、本を書く為めに行きました。

　彼は私達に話しました。そして彼の声は小さいです。しかし聞く事が大変宜く出来ます。それだから私達は彼の話すことを大変分かりました。始めに彼は、彼の名前の意味を話しました。其の名前の意味と云うのは花がならべて植えられています。其の花は大変美しいですと云うことであります。そして彼は私は昨日皆様の池をまわり乍ら走っている事がホテルの二階から見ました。其れは心と身体の為めに大変宜しいです。立派な身体に立派な精神があります。皆様此処に日本語や精神や教練や唱歌や、一所懸命に勉強しています。日本人も只今一生懸命にいっぱい心で亜細亜の為めに働きます。其れは日本精神です。若し皆様の中に東京へ勉強するとどうぞ私の東京にある家に来ますといいました。

三ケ月の修業で、漢字やひらがなが書け、通訳なしで、これだけの意味がくみとれると云う事は大したことだろう。インドネシヤの優秀な青年達が、一人でも多く日本の言葉を理解し、日本を識ろうとしていることは頼もしい事である。[19]

瑞穂学園とは、当時のスマトラの教育制度における日本語学校の位置にある学校であったと思われる。林芙美子は「四十何枚か」の「感想文」をもらったと書いているが、このうち二十四人分のそれは新宿歴史博物館に現存しており、校印には「パレンバン州政庁立瑞穂学園之印」とある。筆者は二〇一一年九月にパレンバンにて現地調査を行い、従兄弟（当時十七歳）が瑞穂学園に通っていたというモッタ・エフェンディ博士に聞き取りを行った。[20]また、地元新聞社スリヴィジャヤ・ポストと共同調査を行い、紙上にて、情報呼びかけを行った。[21]名乗り出た者はいなかったが、感想文に記される名前の者が、林芙美子との出会いの直後に、南方特別留学生として日本に留学していた事実を確認することができた。江上芳郎が作成した「南方特別留学生名簿」によると、瑞穂学園出身の南方特別留学生は「アハマッド　シュルファイ」「ウマル　トウシン」「ウマルハサン　アサーリ」「モハマッド　ズビルアスリ」の四人で、[22]このうち、現存する感想文に氏名がそのまま記されているのが「アハマッド　シュルファイ」であり、彼については確実に林芙美子と出会っていると言い切ることができる。また、感想文には「ウマル」、「うまるはさん」と記名されているものもあり、これらがそれぞれ、「ウマル　トウシン」と「ウマルハサン　アサーリ」である可能性も考えられる。

南方特別留学生とは、一九四三年と一九四四年に、日本軍の占領地だった南方諸地域から、将来の指導者を育成するために招聘（しょうへい）した国費留学生のことであり、十代後半を主とした総勢二百人あまりが来日している。「東南アジアの国々において構成されている知日家のなかで、南方特別留学生がかなりの比重を占めていることも否定しがたい事実[23]」という見解もあるように、この制度は「日本軍が実施した軍政施策の中で、戦後も比較的好意をもって受け止められている数少ない事例の一つ[24]」と捉えられている。

パレンバンで林芙美子と接したインドネシアの若者が、こうした意義を担う南方特別留学生であったことは興味深い事実だ。アハマッド・シュルファイ氏に関しては、上遠野寛子『改訂版・東南アジアの弟たち——素顔の南方特別留学生』（二〇〇二年二月　暁印書館）にも「インドネシアの日本との合併会社で仕事をしている[25]」と記録が残っており、戦後もまた、インドネシアと日本の関係の中に身を置いていたとみられる。「若皆さんの中で日本へ行く居るならばどうぞ私の家にいらっしゃいます。私の家は新聞しゃにたずねなさい」と芙美子の言葉を感想文に綴っているアハマッド・シュルファイ氏は、南方特別留学生時代に、実際に林芙美子の家に行き、再会を果たしたのであろうか。いずれにせよ、日本とインドネシアの戦後の関係に、林芙美子の足跡が少なからずうかがえる。

6　国語か、日本語か

ここで、瑞穂学園の生徒の感想文にも書かれる「日本語」と「日本精神」という語に注目してみたい。日本語を普及するにあたり、日本語と日本精神の関係については常に議論される問題であり続けている。

川村湊は、外地の日本語教育における二つの異なった立場に注目する。すなわちそれは、「日本語派」（言葉派）と「国語派」（精神派）であり、前者は外国語としての日本語の実用を教えるのに対して、後者は日本語の教育、普及を通じて日本文化、日本精神の扶植を目標とするのであり、その着地点が異なるというのだ。(26)

こうした問題は、占領地における言語の理念と実用の問題と重なっていく。百瀬侑子は『知っておきたい戦争の歴史――日本占領下インドネシアの教育――』の中で次のように述べている。

第一の目的は、言語を理念から捉えた判断であり、第二の目的は、言語を実用面から捉えた判断である。だが、実際の日本語普及において、この二者は矛盾することがあり、同時に達成することは容易ではない。思想性を優先すれば、言語形式（仮名遣い・漢字・語彙など）は高度、複雑になるので、日本語習得に時間がかかる。一方、実用性を重視すれば、日本語習得は速いが、話しことば中心の実用日本語の習得はできても、難しい言語形式をともなう「日本精神」の理解は十分にできない。(27)

占領地域における日本語普及の底に根強く存在し続けていたこのような問題は、どちらか一方を選んで解決できるものではない。

言葉は無機質な記号ではないので、そこに文化や思想が含まれていると考えるのは普通のことだ。国語意識は必要であるし、そこに日本精神が宿るとする考えを拒むことはできない。しかしあまりにこの考えに固執し続けると、コミュニケーションを行いたいという原始的な本能のはけ口が閉ざされ、言葉は、人と人とを結びつけるという本来の目的を失う。多少自由な日本語であっても、人と感情を共有できたときの共鳴や共感は無上のものであり、言葉でつむぎ出される文学作品の最大の魅力もここにあるのではないか。そもそも、正しい日本語の基準はどこにあるのか。これは常に時代の中では変化をみせている。

いくつかの言語が混交して出来上がるピジン語やクレオール語のごとく、日本語もまた、大日本帝国のアジアへの広がりとともに、混ざり合い、変化していった側面があるようだ。先の川村湊は、「占領初期に従軍文化人として日本語教育に触れた人々の間では、『日本語』の〝乱れ〟を嘆き、憤る火野葦平タイプと、日本語と現地語との混成したピジンやクレオールのような『共栄圏語』の生成を考える大江賢次タイプの二つの類型があったように想われる」(28)と述べているが、インドネシア語を日本語の作品に多用している林芙美子もまた、どちらかと言えば後者のタイプであったと思われる。

さてここで、瑞穂学園の生徒たちが残した二十四枚の感想文をみてみよう。彼らはそれぞれ印象に残ったことを書き残しており、まとめて読んだ場合に、「スマトラ――西風の島――」では記されていない情報も明らかになる。三月四日、林芙美子は瑞穂学園の校長とともに教室を訪れ、十時三十五分から五十分まで講演を行った。生徒たちは「佐藤先生」に日本語を習っていた。ここで芙美子は、健康な肉体に健全な精神が宿ると述べた以外に、「よく学びよく遊べ」という格言を披露している。このことは注目に値する。国家総動員法によりすべてを戦争遂行の流れへと方向付けることが強制されていた中、当時の世間において「遊び」の要素は歓迎されるものではないはずだ。「贅沢は敵だ」などのスローガンは推奨されるが、「よく学びよく遊べ」の語は、決して時流にそったものではなかったはずだ。しかし若者には、そして人間には遊びという余裕から生まれるものも必要であることを芙美子は伝えている。

「正しい日本語」にこだわり、厳しく日本精神をたたきこむというよりも、むしろ芙美子は「よく学びよく遊べ」の語にあらわれる日本精神のおおらかさを伝え、日本語というものの寛容さを感じてほしかったのではないか。

7　日本語教育の現場で芙美子が得たもの

インドネシア語を公用語として普及させながら、日本語も学ばせる当時の言語政策は、インドネシアの国民へ、そして、林芙美子へ、様々な影響を与えることになった。母語が残された、比較的おおらかな言語環境が日本軍政期にあったということは、芙美子の文学にとっても、その後の日本とインドネシアの関係においても、大変意義深く、幸いなことであったと言える。倉沢愛子は、日本軍政下におけるインドネシアの言語政策を朝鮮や台湾の例と比べて次のように述べている。

たとえば朝鮮では校内に「国語常用箱」をおいて、朝鮮語を使用した学生をみたら、見た学生は使用した学生の名を書いて入れ、投書された学生は週末に処罰されたという。すなわち、そこでは彼らの母語の使用を禁止し、それを抹殺しようとする意図がはっきりみられるのである。しかしジャワではそれとは明確に異なり、日本語は「ニッポンゴ」と呼ばれ、「コクゴ」という表現は使われなかった。そして、学校における正式の教授用語は日本語ではなく、ジャワの地方語ならびにインドネシア語と定められた。（略）ジャワでは日本語はほとんど定着しなかったようであるが、その一方で、この時期にインドネシア語は消滅させられるどころか、むしろその使用が拡大し、より根強く定着させるような方向へと進んだ。民族の言語を抹殺しようと試みた台湾、朝鮮の場合と非常に対照的である。(29)

こうしたことは「日本の教育政策がジャワ社会に残した、数少ないインパクトの一つ」[30]であったという。確かに、日本軍政期における言語政策は、その後もインドネシアの人々の言語感覚の奥底に根付き続けることとなる。まずは自らの言葉である地方語、そして多くの民族からなるインドネシアという国のインドネシア語、そして「大東亜の共通語」[31]としての日本語の三つの言語をそれぞれ学んでいったインドネシア人の多言語に対しての受容力は、現在、「大東亜の共通語としての日本語」の部分だけが〈世界の共通語としての英語〉と変更されて引き継がれていると筆者には感じられる。

それにしても芙美子は、きらきらとしたまなざしで健気に日本語を学ぶ瑞穂学園の生徒たちの姿に理屈を超えて感動したのであろう。言語習得における初期段階の、たどたどしくはあるが何かを伝えたい思いの方が勝る姿は、胸を打つものがある。芙美子はこの姿に愛しいまなざしを向けている。それは日本語の乱れを嘆く姿勢でもないし、クレオール的な混合する言語を面白がる視線でもない。「伝えたい」という思いによって発せられた言葉の原点の魅力を、芙美子は十分に感じている。帰国後芙美子は、十月十四日に藤倉航空工業株式会社で行われた講演で、南方従軍中に体験した日本語教育体験を次のように述べている。

どこへ行っても、昔の寺子屋のような小学校(スコラ)があって、子供たちは、先生の日本語の号令で元気よくラジオ体操をしております。日本語もならっていました。パレンバンのみづほ学園の生徒は日本語のつづりかたを書いて私に下さいました。もう一、二年もしましたら、子供たちは何不自由なく日本語でお話が出来るようになるだろうとおもいます。私も今度また行くときがありましたら国民学校の先生になってゆきたいと思いました。[32]

芙美子にとって、インドネシアで日本語教育に触れた経験は、「国民学校の先生になってゆきたい」と思わせるほど印象深い体験であった。芽吹いてくるもの、生まれ出ずる言葉をいとおしむ感覚は、帰国後、養子を受け入れ、児童向けの作品を描こうとする創作姿勢へと結びついていったと考えるのもあながち間違いではないかもしれない。いずれにせよ、インドネシア滞在中における「日本語」と「インドネシア語」をめぐる体験が、芙美子の文学に刺激を与えたことは確かだ。

註

（1）左藤正範「インドネシアにおける日本軍政期の言語・教育政策―日本海軍支配地域の場合―」（『京都産業大学論集』12巻4号）二四三頁。

（2）倉沢愛子「日本軍占領下のジャワにおける教育政策」（藤原彰、荒井信一編『現代史における戦争責任』一九九〇年七月　青木書店）一八七頁。

（3）神谷忠孝「南方徴用作家」（『北海道大学人文科学論集』20号　一九八四年二月）。

（4）倉沢愛子「解題」（『南方軍政関係資料⑨　日本語教科書』（一九九三年一月　龍溪書舎）二頁。

（5）関正昭『日本語教育史研究序説』（一九九七年六月　スリーエーネットワーク）四十頁。

（6）インドネシア語は当時、一般にはマレー（マライ）語と呼ばれていた。マレー語はマラッカ海峡の両岸地域に発祥した地方語の一つである。この言語が二十世紀になり、インドネシアの独立を目指す人々によってインドネシアの共通語となっていく。

（7）百瀬侑子『知っておきたい戦争の歴史――日本占領下インドネシアの教育――』（二〇〇三年三月　つくばね舎）。

（8）明石陽至「解題」（『南方軍政関係史料⑲　軍政下におけるマラヤ・シンガポール教育事情史・資料（1941～1945）』一九九九年二月　龍溪書舎）。

（9）百瀬、前掲、六十三頁。

（10）林芙美子「南の田園（二）水田祭」（「婦人公論」一九四三年十月号）五十～五十一頁。

（11）百瀬、前掲、八十一頁。

（12）浅野晃「ジャワに於ける日本語教育」（「東亜文化圏」一九四三年正月号　引用は『南方徴用作家叢書②ジャワ篇　浅野晃（二）』一九九六年十月　龍溪書舎による）一六六頁。

（13）林、前掲、五十六頁。

（14）林、前掲、五十四頁。

（15）林、前掲、五十六頁。

（16）林、「南方朗漫誌　マラン市街」（「週刊朝日」一九四三年五月三十日号）十九頁。

（17）林、「物を大切にする心」（「日本少女」一九四三年十二月号　小学館）五十五～五十六頁。

（18）林、『人間世界』（一九四七年三月　永晃社）一九二頁。

(19) 林、「スマトラ——西風の島——」(「改造」一九四三年六月号) 九十一〜九十二頁。
(20) 詳細は、「ソコロワ山下聖美　文芸研究室」(https://yamashita-kiyomi.net)「林芙美子の研究」のカテゴリーに二〇一一年九月十日に公開。
(21) 「スリヴィジャヤ・ポスト」二〇一一年九月十二日、十五日に掲載。
(22) 江上芳郎「南方特別留学生招へい事業に関する研究 (14) ——南方特別留学生名簿——」(「鹿児島経大論集」35巻1号　一九九四年四月) 四十一、四十三頁。
(23) 加野芳正「戦争が育てた知日家」(新堀通也編著『知日家の誕生』一九八六年四月　東信堂) 一三一頁。
(24) 多仁安代「南方特別留学生の諸相」(「太平洋学会誌」90号　二〇〇一年十月) 三十三頁。
(25) 上遠野寛子『改訂版・東南アジアの弟たち——素顔の南方特別留学生』(二〇〇二年二月　暁印書館) 一四五頁。
(26) 川村湊『海を渡った日本語　植民地の「国語」の時間』(一九九四年十二月　青土社)。
(27) 百瀬、前掲、七十四頁。
(28) 川村、前掲、一二三頁。
(29) 倉沢愛子「日本軍占領下のジャワにおける教育政策」、二〇二〜二〇三頁。
(30) 倉沢、前掲、二〇三頁。
(31) 倉沢、前掲、二〇三頁。
(32) 林、「物を大切にする心」、五十六頁。

第五章

ジャカルタ滞在と文化工作

1　一九四二年十二月のジャカルタ滞在

前章までにおいては、ボルネオ、ジャワのスラバヤ、スマトラにおける行程の解明を行ってきたが、これらの地域を巡る際の中継地点としてあったのがジャカルタだ。本章では、ジャカルタにおける芙美子の足跡を紹介したい。一九四二年十二月九日、林芙美子ははじめてジャカルタのあるジャワ島を訪れた。そのときの様子を新聞は次のように伝えている。

「ジャワ新聞」（一九四二年十二月十一日）記事「美しき緑の島　林芙美子さんのジャワ印象」

南方戦線に陸軍報道部より派遣された女流作家林芙美子女史は九日空路来島、〝ジャワは美しいですね〟と前置きして

美川きよさんと御一緒に内地を発ったのですが、一足遅れて参りました、ジャワは本当にすべてが美しいという印象をうけました、しばらく滞在して出来ますればボルネオもみて来たいと思います

と語ったが林さんのノートにはこんな詩が走り書きしてあった

〝バタビヤは美しきかな空から眺める赤屋根のバタビヤ、インドネシヤの多いバタビヤ〟

「バタビヤ」とはジャカルタの旧名で、芙美子が訪れる直前まで用いられていた。ジャカルタにおいて芙美子は、同じく南方に派遣されていた女性作家・美川きよと再会する。このときの様子について美川は次のように記している。

「朝日新聞」（一九四三年三月四日）記事「南進女性へ　慎ましさを失うな　美川女史が語る注意の数々」

たった一人でジャワにいた頃、後から林芙美子さんが飛行機で見えた時には、本当に嬉しく胸のつかえが一時に下りたようで、しばらくは握った手を離せなかった。

当時、美川は「ジャワ新聞」に記事「喜びの涙で曇る融和　興亜祭のバタビヤ」（一九四二年十二月十日）を書いており、開戦を記念する十二月八日から始まったとされる「興亜祭」の第三日目の十日、「インドネシア青年同盟」のスカルノの講演を聴いたことを記している。ジャカルタに到着したばかりの芙美子もまた、この「興亜祭」の場にいたと思われる。

そしてもう一人、この場にいたと思われる人物がいた。朝日新聞社の従軍特派員としてジャカルタ支局に赴任していた、むのたけじである。以下が彼の証言だ。

林芙美子が従軍作家としてバタビヤを訪れた七月のある日、ちょうど炎天下の中央広場でスカルノが演説した。長い流刑生活から再び民衆の前に姿をみせた独立運動の指導者が、一語一語の効果を計算に入れた熱弁を続けるあいだ、「清貧の書」のぬしは、マライ語のわからないせいもあってか生あくびをかみ殺してばかりいた。が、一たん市場[バザール]に案内されて豊富な純綿、純毛、砂糖、缶詰のたぐいを見たとたん「すばらしいわ、すてきだわ」と眼をかがやかせたのであった。[1]

むのは当時を「七月」と記しているが、「十二月」の記憶違いであると筆者は推測している。なぜならば、林芙美子が七月にインドネシアのジャカルタにいたという記録は残っていない上に、むのが見た彼女の姿（物資を見て感動するなど）からすると、ジャカルタに到着したばかりの、まだ何もかもがもの珍しい、その土地に慣れていない様子が見てとれるからだ。インドネシアは熱帯の国である。十二月であっても十分に「炎天下」を体感できる。こうした事情から、むののこの言及は、先に美川きよが記した十二月十日の「興亜祭」の場であったと思われる。

それにしてもむのが目撃した林芙美子の姿は面白い。ジャカルタに到着した直後、思わずショッピングに夢中になってしまいそうになる彼女の姿には、男性と肩を並べて大きな使命をまっとうしなければならないという気負いがない。気楽なものだ、と思われかねない様子ではあるが、生活する女性の視点をもったまま南方に来たこと、そして、そうすることが許されていた彼女の立場がうかがえる。

一方で、美川きよと芙美子が語るジャカルタの印象が新聞記事に残されている。ジャカルタからスラバヤに移動した後、二つの街からインドネシアの印象を述べている。

「朝日新聞」（一九四二年十二月二十九日）記事「日本人に慕いよる　インドネシヤの子供達　美川・林両女史の〝南の印象〟」

【スラバヤ特報】戦争の試練をへたジャワが日本の指導の下に新しい東亜の一翼として起き上がりつつある、その正しい姿を故国に伝えようと来島した林芙美子、美川きよ両女史の目にどんな風に映じたか、以下は両女史がスラバヤの宿舎で交々語るジャカルタ、スラバヤの観察であり、空から見たジャワの旅の印象である。

林　私室から見てお日様に恵まれ、あまりにも恵まれ過ぎたというような感じでした、ただ水田が多いせいか、ちょっと水浸しといったように思われるところもありましたが、それにその水が何だか汚れたような色をしていますね、しかしここに来て日本のことを考えると、改めて日本の美しさを考えます。

たとえば日本の樹の緑は霜に堪えた美しさですがこちらの樹の緑は何というか明けっ広げた緑といった感じです。しかし街を上から見ると緑の中に青い屋根が散らばってきれいです。私はまだジャカルタとスラバヤを見ただけですがジャカルタは古い都といった感じで、小金を貯めて生活している人が多いように見られますがそれにクラブやバーは活気に溢れて、ちょっと上海に来た気分があります。

それから街の店などに日本の名をつけたのを見受けますが、これからはもう横文字の名などいらぬのではないかと思います。はじめのうちは少し変でしょうが、慣れればそれでもよくなりましょう。

しかしインドネシヤ人に親しみのあるマライ語を話しかけるのは結構だと思います。この意味でバタビヤを日本名とせずジャカルタとしたのは大変よいことだったと思います。

美川　ジャカルタで千早塾（日本語を用いて教育する学校）を参観しましたが、仮名はもちろんのこと、相当むずかしい漢字など用いる際子供たちが読めるようになっているのには驚きました。

林　ジャカルタなど小さい子供が日本語を習っていてこれで用を足してくれます、どうしても教育は小さい子供から始めねばなりません。

美川　インドネシヤ人がわれわれ日本人に親しむことは非常なものですね

先程の千早塾に私が参りまして子供たちを五、六人集めて写真を撮ろうとしますと百人ぐらい集まって取囲んでくれました。また帰ろうと自動車に乗ってからでも「先生、先生」とすがりついて来て……

林　非常に親しんでいるのは結構ですが、それと同時に甘やかしてはいけないと思いますね。

現在世界中が戦争なのだから物のないことは当り前だということをよく知らせ、そして物がなければこれを造り出す積極性を植付けなければならぬと思います。

美川　ジャカルタでオランダ人の家庭を二、三見ましたが、家の中はきれいにして見た目には豊かそうに見えます。

しかし婦人たちは何というか人種の誇りとでもいったものを鼻の先にぶら下げていて、あまり感じはよくありませんでした。それに徹底した個人主義で一軒に数家族住む場合一番先に入った者が一番よい部屋を占領して、あとからきた者には絶対に譲ろうとしないと聞きました。

それから男の捕虜たちの部屋も見ましたが、細君の写真を飾っているのはたくさんありましたが子供の写真を飾っているのは一つもありませんでした。日本の人々が皆子供さんの写真を大切に持っていて話のついでにまずこれを見せて頂くのですがここでも国民性の相違をはっきり見せられるような気がします。

家庭欄に掲載されるこうした言及は、女性作家から女性読者へ向けての軍政地レポートである。女性の視点で描くことにより、女性にも南方の国について興味を抱かせることが軍の目的であり、芙美子がこの仕事を全うしていたことがわかる。記事を読むと、とくに女性作家に課されていたのはいわゆる当時の「女性」ならではの視点であったことがうかがえる。林芙美子は、男性として、戦地へ行くのではない。あくまで女性として戦地に行くことが彼女の仕事であった。先述のむのたけじが書いているように、ときに物資の豊かさに夢中になりながら、「女性」の感性のままに軍政地を体験し、描くことが、林芙美子ら女性作家たちに期待された仕事であったのだ。

2　一九四三年二月のジャカルタ滞在

むのたけじと同様に朝日新聞社に所属し、当時「ジャワ新聞」へ出向していた鈴木敏夫もまた、ジャカルタにおける林芙美子に関する言及を残している。鈴木は、一九四三年三月にジャカルタに到着し、市内随一のホテルであるデス・インデスに一週間滞在した後、「ジャカルタ市内メンテン通り三十四番地」にある「ジャワ新聞社総支配人・田畑忠治氏の住む宏壮な邸宅」に移ったという(2)。ここに林芙美子もまた滞在していたというのである。

私が当てがわれた部屋は、田畑さんによると「こないだまで林お芙美が居候で使っていた」んだそうだった。事実であることを、私は戦後、林芙美子本人に確かめた。私は週刊誌流にいうと「お芙美さんと同じベッドに寝た男」ということになる。(3)

芙美子は、一九四三年一月末から二月にかけて、ジャカルタを中心とし、その周辺各地に滞在している（冒頭の「林芙美子南方従軍行程」を参照）。自然豊かなボルネオ・バンジャルマシンでの生活、スラバヤ近郊のトラワスにおけるホームステイ体験を経て、ジャカルタに戻った芙美子は、しばしの休息と、来るべきスマトラ縦断の冒険のための調整を行っていたのだろうか。

従軍中の芙美子は、軍指定の「兵站(へいたん)旅館」にしばしば宿をとっている。林芙美子が南方訪問時に滞在した兵站旅館については、現地調査に基づいた調査結果を第七章にまとめているのでここでは詳細は省くが、先の鈴木敏夫の言及のように、芙美子は兵站旅館をはじめとする様々な場所に宿泊していたようだ。また、ジャカルタでは鈴木と同じようにデス・インデスにも宿泊している。日記（新宿歴史博物館所蔵）の二月十九日の記述を引用してみる。

二月十九日
この二三日朝から雨が降りつづき、昼間一寸霽(は)れ間をみせて夜更けからまた雨が降る。
十七日にスラバヤからジャカルタへ戻って来た。
このごろ望郷の念しきりなれど、何となく果ててしまいたいような運命的な気持もしばしばあるのはどうしたものかと思う。

夕方五時頃、ドカアル（馬車）に乗ってバヤビヤの郊外のカンポンに走らせてみる。カンポンダリーと云うところには沼あり泥の小川あり、馬車〔一字不明〕ありで面白いところであった。人間はよく淋しいと云うことを口にする。こうした旅空にいると、なおさら多くの人からしばしば淋しさのぐちを聞くけれど、〔一字不明〕しいのが多いみほど淋しいのかも知れない。ジャカルタの淋しさはゼイタクな淋しさだ。

小さい島々で戦う兵隊の淋しさを一寸でも味ってみるがよい。ソロモンやニューギニヤ住いになってみれば淋しさなどは吹きとんでしまう。ところで、そうは云っても私もなかなか淋しい。緑樹はうっそうとして、小鳥はさえずっていても人間的ないとなみ薄さを嘆じるのみなり。深夜嵐の如き風の音をきくなり。雨夜。

デス・インデス百十五号室。


日記からわかるのは、現存する「旅行券」（北九州市立文学館所蔵）に「昭和十八（一九四三）年二月十日―十七日　給養済ガロー兵站掛」と記されている二月十七日に、芙美子はスラバヤからジャカルタに戻ってきているということだ。「ガロー」（ジャカルタ近郊）における宿泊予定が中止になったのか、縮小されたのかは不明だが、いずれにせよ、スラバヤに行ったのは確かなことだ（次項で述べるが、この時期芙美子はスラバヤにて婦人団体との交流を行っている）。

一方で日記から読みとれるのは、雨の夜、珍しく弱気な思いを吐露する芙美子の姿だ。同じ日付で、遠い故郷をなつかしく思う旨が記される詩作品「望郷」も残されており、南方視察において心身にたまった疲れを感じさせる。雨のジャカルタで、旅愁にさいなまれながら、ふと弱音をこぼす芙美子の姿がここにはある。

ちなみに、前日の二月十八日には、陸軍報道班員としてジャカルタに滞在していた武田麟太郎と会っている(4)。芙美子は日記に弱音をこぼすものの、感傷に浸り続けるひまはなかったようだ。彼女は、停滞することなく動き続けること、終わりなき流動に自らの身をゆだねることで、生きていた。

二月二十五日にはジャカルタで、インドネシアの女性たちと座談会を行っている。

「ジャワ新聞」（一九四三年二月二十六日）記事「優雅と忍耐を説く　林芙美子さんとインドネシア女性の座談会」

ジャカルタ滞在中の林芙美子女史を囲むインドネシア回教徒婦人会の座談会が二十五日ジャカルタの回教徒連盟本部でひらかれた、集まった婦人たちはいずれもインドネシアの有識階級の女性四十人、ボルネオ、セレベスからジャワ各地を遍歴しカンポンにまで入りこんでつぶさにインドネシアの生活を体験しつつある日本の女流作家林芙美子さんに尊敬と感謝の眼ざしを集めつつ、林さんの言葉から妻として母として日本の女性を学びとろうと美しい緊張につつまれて話はすすめられたが、林さんは

——何よりも私の願うことはあなた方にほんとうの日本を、日本の女性を知っていただきたいことですと銃後の家庭を静かに護りつづける日本婦人のたたかう姿を説明、インドネシアの女達はまだ古い習慣にとらわれているという彼女達の慨嘆に対し

——世界中どの国でもそうだと思うのですが家を護るのが女のつとめです、自分の国の習慣にしたがって、つつましい女の愛情で家庭を固めて行くことが最も必要です

と答え、また

――インドネシア婦人の特徴を聴いたときそれは「優雅」だと答えた、日本の婦人もあなたがたと同じように生活の形式のうえにも心の中にも優雅さを持っているが、その他にもうひとつ持っているものがある、それは「忍ぶ」ということだ、優雅と忍耐とを合わせ持ってこそほんとうの女性といえるのですと教え最後にインドネシア婦人のもつ東洋的風格をじっくりと生かして新しいジャワを建設せよと力強く激励しつつ座談会を終わった

「自分の国の習慣にしたがって」や「インドネシア婦人のもつ東洋的風格をじっくりと生かして」という言葉に見られるように、芙美子は高見に立った視点から「日本婦人」の姿を押しつけることを決してしない。むしろ、インドネシアの女性たちを「優雅」という言葉で表現し、半ば賞賛のまなざしを向けていく。一方で、最後に「忍耐」という語を控えめにではあるが印象的に紹介している。決して押しつけることなく、重要なことをささやくごとく、「日本婦人」の文化をさりげなく伝えていく。これぞ戦時中における彼女なりの「文化工作」であったのではないか。

3　女性たちへの文化工作

一九三〇年代から四〇年代にかけて、日本が行ってきた東南アジア地域における文化工作については、蔡史君「日本の南進における文化工作論と華僑政策――『台湾本島人利用論』を兼ねて――」に詳しい。「文化工作」とは「ある国が自国の文化と思想を国内外に向けて宣伝する活動」[5]であり、その「宣伝」は、「暴力を加えて相手方に無理強いをすること」ではなく、「飽く迄も説得の形を採り、根気強く繰返えし繰返えし、相手の心深く喰い入り、これを揺り動かすものでなければならない」[6]という。相手の心に深く食い入り、揺り動かすこと。これはまさに文学の仕事である。この意味で言えば、林芙美子こそ、「文化工作」をするにあたり、うってつけの存在であったと考えられる。

南方従軍時において芙美子が、現地に暮らす婦人たちとの交流をもった記録がいくつか残っている。第一章でも紹介したように一九四二年十二月二十四日にはボルネオのバンジャルマシンで現地婦人との交流会（「ボルネオ新聞」一九四二年十二月二十六日「手をつないで建設へ　女も一生懸命頑張り抜きましょう　林女史と現地婦人が睦びの一夕」）が行われている。また、一九四三年二月十三日のインドネシア語の新聞「スアラ・アジア」の記事には、スラバヤの婦人団体との交流記録も残っている。ここにおいても、「相手の心深く喰い入り、これを揺り動か」していくような立ち居振る舞いと語り口調であったことがうかがえる。以下に、新聞記事を発見したスーシー・オングによる日本語訳と訳者註を紹介する。

「スアラ・アジア」（一九四三年二月十三日）記事「県庁における婦人たちと林芙美子女史との会合」（翻訳・スーシー・オング）

昨夜、スラバヤ県庁の応接室にて、スラバヤの婦人指導者約50名と、日本の著名な女流文学者林芙美子女史との会合が持たれた。

出席者には、アイシヤ[※1]及びプトリ・ブディ・スジャティ[※2]の理事たちと、その他の婦人団体指導者がいた。夜8時10分に、スディルマン夫人が開会を宣し、ラデン・アユ・ムソノ夫人が義母の葬式に出るためトゥルンアグン郡[※3]に赴いているため、当日の会合を欠席せざるを得ないことにつきお詫びをした。

そのため、スディルマン夫人とサベクティ夫人は当日の会合の主催者を務めた。

開会宣言の後、出席者一同は起立し、亡きトゥルンアグン郡長夫人の冥福を祈るため、しばらく黙祷することを求められた。

その後、スディルマン夫人は当日の会合の趣旨について説明し、スナリョ・スナリヨウィジョヨ氏に林女史の紹介を依頼した。

スナリョ氏によると、林女史はインドネシアの婦人たちと交流するために、大日本政府により派遣された女流文学者・小説家である。

日本では、彼女の作品、殊に若き日の貧困生活を描いた作品は広く愛読されている。

スナリョ氏の紹介の後、林女史は発言を求められた。

林女史は微笑をたたえながら立ち上がった。

純朴な魂の持ち主であることは、一目瞭然だ。

黒地に白の水玉模様のワンピースに身を包み、白の靴を履いたその姿は、まさに純朴そのものであった。目が繊細な輝きを放ち、芸術家としての純潔な血を印象付けた。

林女史は落ち着いた繊細な声で、自分は語り手ではないが、自分が心で感じたことを全て話したいと言った。

今回の旅行中の体験を全て出席者に話すことはもちろんできないが、これについての本が出版されたら、インドネシア語に翻訳され、こちらの婦人たちも読むことができるよう、期待している。また、林女史は、戦争が終わってから、日本の自宅で本日の会合で出席した婦人たちと再会し、みなさんを日本に案内したい、と言った（会場に笑い声が聞こえた）。

林女史による挨拶の後、婦人問題に関する質疑応答の時間となる。

会場からは、大きな喜びを呼び起こす一つ二つの質問もあれば、予期せぬ質問もいくつかあった。それは、インドネシアの婦人たちの視野の広さを示してもいる。

数人の婦人は、例えば、教育や日本におけるイスラム教について質問をした。これを受けて、林女史は微笑みを浮かべながら、「みなさん、私は百科事典でも辞書でもなく、単なる文学者です」と答えた。

以下、数人の婦人の質問とこれに対する林女史の答えを採録する。

スディルマン夫人：目下の戦時中における日本婦人の仕事についてお伺いしたい。平時とはどのように違うのか。

林女史：違いはありません。日本の婦人は常に生活の原則を守っています。それは家事の手を抜き夫を心配させることがないように心がけることです。

倹約も昔から常日頃、心がけています。

日本の婦人は今戸惑ったりはしない。彼女たちはただ自分に課された高貴なる義務を果たすのみ。即ち家を守り、それによって国家に貢献することである。

暇があれば、困っている隣人を助けたりする。かつては家に男手がいて、今はいない、というぐらいの違いだ。

ザイナル夫人：日本では結婚後も働く女性は多いか。

林女史：いることはいるが……

ザイナル夫人：仕事に出かけている間は、誰が家の留守番をするのか。

林女史：日本では、何軒かの家で相互扶助を目的とした組織がある。

そのため、ある家の者が必要に応じて仕事しなければならない場合、その隣人は子供の面倒見など、家事の手伝いをする。

その話を聞いて、出席者は不思議に思い、また感動もした。

林女史：夫が出征している場合、政府もその妻をサポートする。

アリ・サストロアミジョヨ夫人：インドネシアでは婦人が礼儀正しく振舞うこと、怒っている時も自制することが大事だとされている。日本の婦人の場合はどうか。

林女史は微笑をたたえながら、同じです、と答えた。

出席者はそのほかにも幾つかの質問をし、林女史から満足の行く回答を得た。

会合は9時50分に終了した。閉会前、林女史は、これからも礼儀正しさを保ち、また、大日本の今般の聖戦に協力するよう要請した。

林女史の会合の後、新聞社代表は以下のような感想を寄せた。今度の会合ではみなさんが大変積極的であり、有意義な一時を過ごした。

『スラバヤ・ドウメイ』紙は、「あたかも彼女をずいぶん前から知っているようだ」と書いている。

※1　ムハマディアの婦人部、一九一七年五月十九日創設。なお、ムハマディアは一九一二年に中部ジャワ島ジョグジャカルタで設立された改革派イスラム教団体である。

※2　一九一九年にスラバヤ市で設立された婦人団体

※3　東ジャワ(7)

殺到する質疑に関して、「微笑みを浮かべながら、『みなさん、私は百科事典でも辞書でもなく、単なる文学者です』」と答えつつ、「日本婦人」について「ただ自分に課された高貴なる義務を果たすのみ。即ち家を守り、それによって国家に貢献することである。暇があれば、困っている隣人を助けたりする」と説明し、また「日本では、何軒かの家で相互扶助を目的とした組織がある。そのため、ある家の者が必要に応じて仕事しなければならない場合、その隣人は子供の面倒見など、家事の手伝いをする」と紹介することで、出席者たちを不思議がらせ、感動させている。最後に「林女史は、これからも礼儀正しさを保ち、また、大日本の今般の聖戦に協力するよう要請した」という。

こうした記事からもわかるように、林芙美子は「女性」であること、作家であることの利点を最大に活かし、現地の女性たちの心をつかみ、緊張感をときつつも、当時の日本という国の文化と思想を現地女性に宣伝することに成功している。こうしたことが南方従軍中における、林芙美子の重要な仕事であったのだ。

南方視察において軍から女性作家たちに課された課題については「はじめに」で述べたが、望月雅彦は「開戦一周年に当たり日本軍南方占領地域に新聞、雑誌記者、女流作家を派遣し、南方での軍政の浸透度などを見聞させ、日本国内向け戦争プロパガンダのために利用」するものであったとまとめている[8]。確かに芙美子は日本の新聞の家庭欄などに寄稿し、内地の婦人たちに向けて、盛んに南方のレポートを行っている。一方で、内地以外の土地に住む女性たちへの「文化工作」という仕事も課せられていたのだ。林芙美子らとともに南方視察に行った記者たちの言及をまとめた次のような記事がある。

> 「ジャワ新聞」（一九四三年一月五日）記事「『弟』として適格者　若々しい熱情で導け　雑誌記者の印象記」
>
> インドネシアの婦人に呼びかけて家庭生活の再訓練ということも考えられる、それには日本女性の指導者が必要だ、またこちらの有力婦人が内地の家庭を学びに行くのもよかろう、とにかくジャワの家庭では婦人の勢力が相当なものと聞くから例えば貯蓄心の涵養といったことも家計の改善指導から実現出来るのではなかろうか

インドネシアにおける「日本女性の指導者」としての役割を期待されていたのが林芙美子を含む女性作家たち

であったのかもしれない。

こうして、女性から女性への文化工作が必要とされる中、林芙美子は精力的に現地の婦人団体との交流を行った。交流の内容を読めば、芙美子が「指導者」として一方的に日本の習慣を押しつけていたというよりも、インドネシア独自の習慣を尊重する、おだやかな交流であったことがうかがえる。また、特筆すべきことは、芙美子は女性たちが持つ「生活」に対しての興味に寄り添い、生活するものとして同じ視点で語ることができるということだ。庶民感覚を持ち、懸命に生きる普通の人々にまなざしをそそいできた林芙美子ならではの技である。林芙美子は、戦時中であっても、他民族・多文化の地であっても、このまなざしを貫き通し、「文化工作」という名の交流を行ったのであった。「スアラ・アジア」の記事の翻訳を行ったスーシー・オングもまた

> 興味深いことに、軍政府の斡旋を通じてとはいえ、彼女は実に多くのインドネシアの婦人団体指導者と交流した。林芙美子の来訪を紹介する記事や交流会における質疑応答から、当時のインドネシア婦人団体のリーダーと林芙美子にとって、日本軍政期は「戦争」や「占領」、「侵略」といった概念では括りきれないものがあった。(9)

と述べ、両者の間に戦時体制を越えた交流を感じとっている。

4 「文化工作」という名のコミュニケーション

以上のように、林芙美子が南方従軍時のジャカルタにおいて、どのような仕事をしていたのか、現時点で明らかになったことを提示した。

一方で本章では、従来言われていた南方従軍時における仕事内容に、さらに、現地女性たちへの「文化工作」という使命も含まれていたことを提示した。これは当時の大きな問題であった。インドネシアという異なる文化の国においていかに軍政を円滑にすすめていくのか。これは当時の大きな問題であった。だからこそ、「文化工作」が必要とされたのであり、男性たちや教師、軍人、そのほか様々な職業の者たちにより、様々な手段で当時の日本の文化や思想が教えられていた。このような中、「女性」ならではの視点で、生活する者の立場から言葉を発していたのが林芙美子であったのだ。

戦時中における林芙美子の役割を「戦争協力者」と見て批判するのか、または、彼女を日本の文化を伝えることのできるコミュニケーションの達人と呼ぶべきであるのか。戦後七十年以上がたち、いまだかつてないグローバルな世界の中で、多様な文化や背景を持つ人々と共に生活していかなければならなくなった今の日本において、林芙美子が戦時中に行った「文化工作」という名のコミュニケーションは注目に値すると筆者は感じている。従軍作家・林芙美子について、新たなる評価のまなざしが必要であるのではなかろうか。

註

（1）むのたけじ『たいまつ十六年』（二〇一〇年二月　岩波現代文庫）四十頁。
（2）読売新聞大阪本社社会部編『戦争　6』（一九七八年七月　読売新聞社）一五〇、一五一頁。
（3）前掲、一五一頁。
（4）浦西和彦「武田麟太郎／年譜」（佐伯彰一、松本健一監修『作家の自伝105　武田麟太郎』二〇〇〇年十一月二十五日　日本図書センター）。
（5）蔡史君「日本の南進における文化工作論と華僑政策――『台湾本島人利用論』を兼ねて――」（「重点領域研究総合的地域研究成果報告書シリーズ：総合的地域研究の手法確立：世界と地域の共存パラダイムを求めて」二十七号　一九九六年十一月）五十七頁。
（6）中島鈆三（扉には平井政夫との共著とある）『宣伝戦』（一九四三年八月　ダイヤモンド社）六頁。
（7）スーシー・オング「文学者と文芸銃後運動　日本軍政期インドネシアにおける林芙美子の足跡」（『世界の中の林芙美子』二〇一三年十二月　日本大学芸術学部図書館）八十九頁。
（8）望月雅彦『林芙美子とボルネオ島　南方従軍と『浮雲』をめぐって』（二〇〇八年七月　ヤシの実ブックス）二十頁。
（9）スーシー・オング、前掲、九十頁。

第六章

林芙美子とマレーの四行詩パントゥン

1　詩人・林芙美子

林芙美子と言えばその文学の出発点が詩であったことが近年しばしば言及され、研究がすすんでいる。詩人・中村文昭を中心とする江古田詩人会（えこし会）のメンバーによる「林芙美子座談会1〜3」[1]、野田敦子編纂による全集未収録詩作品集『ピッサンリ』の刊行[2]、「現代詩手帖」における詩人・林芙美子の特集など[3]、詩人としての評価・発掘を促す動きが盛んだ。

確かに芙美子は、国内外の多くの詩を読み、愛し、膨大な散文群とともに、生涯において詩を書き続けていた。こんな林芙美子が影響を受けた海外の詩作品については、清水正「世界文学の中の林芙美子——林芙美子が読んでいた本を探る——」[4]において紹介されたり、海老田輝巳「林芙美子の作品における中国唐代以降の文学・哲学」において中国古代の詩との関連が指摘されている[5]。また、浦野利喜子「心の旅路にルバイヤートを」[6]においては亀井勝一郎「印象」における「ルバイヤードの一句を林さんは近来愛唱していたようである」[7]の言葉を受け、十一世紀ペルシャの詩人オマル・ハイヤーム作の四行詩ルバイヤートと芙美子文学との関連を示唆している。

本章においては、ルバイヤートと同じ四行詩であるマレーの定型詩パントゥンを取り上げ、林芙美子との関連を探ってみたい。戦時中の南方視察時に、芙美子はマレー文化における伝統的な定型詩パントゥンに出会っている。この南国の詩を芙美子はいかに愛し、作品に描いていったのだろうか。

2 「南の田園」に描かれるパントゥン

パントゥンが描かれる林芙美子の作品に「南の田園」（初出「婦人公論」一九四三年九、十月号）がある。このエッセイは南方視察時に、ジャワの農村トラワスに滞在した際の体験を綴ったものである（第二章参照）。芙美子はホームステイ先の村長と連れ立って、村の米祭りを見学に行く。

女達の髪油の匂いや、チャンパクの花の匂いが如何にも山村の祭りらしい。豊饒な土の匂いもしている。その豊饒な収穫のよろこびが、こんなにも農村の人達のこころをかきたてて歓びの祭りを天へささげるのかと、私はこの初々しい米の祭りの市を珍しく眺めていた。広場では裸足の女や男のロンギンが始まっている。ガムランは少しずつ高調子になって来た。何時の間にか、村長のスプノウ氏夫妻も私のそばにやって来た。月の空を夜鳥が啼き渡ってゆく。芭蕉（ピィサン）の実を平たくして焙って売っているところには子供連れの女衆ががやがやとおしゃべりをしている。短調なガムランの音色はいつまでもつづいている。私は持って来たジャケツを羽織った。夜になると四囲は急に涼しくなり、秋の気配を感じる。虫が啼き、夜露が草木にきらきら光って来るからだ。

ジカ　ティダ　カルナ　ブラン
マサカン　ビンタング　テモール　テインギイ

ジカ　ティダ　カルナ　トアン
マサカン　カミ　ダタン　クマリ

ロンギンの踊りの群からはパントゥンの四行詩が唄われている。月もこの素朴な祭りにほほえみ給うたのか、雲一つなく青い光は天上の湖かと眺められた。スプノウ氏の説明によれば、このパントゥンの意味は、この世に月がないならば、いかでか高く東の星がまたたこうぞ、この世にあなたがいなければ、かく逢う二人もないものを、といった愛らしい歌だそうで、私は南国らしいこの歌にききほれていた。(8)

ここで芙美子は、トラワスという村について自らの五感を駆使し、感性豊かな描写を行う。南国情緒に満ちた匂いや音とともに、芙美子の眼は夕闇の中、月に照らされ行き交う人々や屋台の食べ物、自然風物をとらえ、同時に、灼熱の南国にありながら高地にあり、避暑地としても知られるトラワスの空気を肌で受容するのである。

筆者は実際にトラワスでこの文章を読んだ際に、なんとも言えない感動に襲われた。トラワスという地をここまで体感的、抒情的に描いた作品はない。現在でもこの文章を読むとトラワスが筆者の中で蘇り、胸がしめつけられるような懐かしさを味わう。

そして、これら五感表現の末にエッセイ中に立ち上がってきたものがパントゥンだ。林芙美子はパントゥンを「南の田園」に挿入することにより、感覚の駆使の後に抒情がきわまり、詩情が湧き出で、一つの芸術が生み出される過程を表現したのである。

3　パントゥンとは

ここで描かれるパントゥンとはマレー文化における伝統的な定型詩であり、元来マレー語で創作されてきた。インドネシアにおいては、マラッカ海峡をはさみ、マレー文化圏の一部であるスマトラにおいて盛んであるが、「南の田園」の舞台はスマトラではなくジャワだ。

森山幹弘は「東南アジア島嶼部の聯句、パントゥン」の中でパントゥンの歴史と芸術性について紹介し、「マレー語が交易のための共通言語として東南アジア島嶼部一帯で広く使われたために、パントゥンもいつしか各地に伝わっていった。[9]」と述べている。

つまりパントゥンは「インドネシア文学の中で、もっとも大衆的な、そして暗示的な、いわば象徴的な短詩形[10]」であり、ここには人々の自然観、運命観、恋愛の感情などが豊かに詠われている。形式としては、四行から構成され、各行は四語からなるのが原則である。一行目と三行目、二行目と四行目の最後の母音はそれぞれ韻を踏んでいる。口承性の強いマレー文化の中で育まれてきたため、リズムが重要視される。三行目、四行目において真意を伝え、一行目、二行目は暗喩の役割を果たすために自然などが描かれることが多い。宮武正道は一九三九年に刊行された『南洋文学』（弘文堂書房）の中で、「丁度最初の二行は我国の枕言葉の様な役割を果して居るものと見てよかろう[11]」という見方を示している。また、こんなことも言っている。

マレー人はよくこのパンツンで我国の歌合せに似た遊びをする事がある。今でもスマトラ其他奥地の結婚式には集って来た村人達が互にパンツンを歌って競争するし、又若い男が娘の家の軒下に来てパンツンを歌って其の意中を伝えれば、家の中から娘が美しい声で之れに応ずるといった風景も見られる。(12)

当時、パントゥンがいかに人々の生活において一般的に詠われていたかがうかがえる。一方で一九八七年に発表されたエディ・ヘルマワンの「インドネシアのパントゥンと客家情歌」においてはこう書かれている。

マレーシアの首都クアラ・ルンプルでは、一九六〇年ごろまで、パントゥン〝歌合せ〟が行なわれていた。土曜日に、ある場所で、両列の歌人は即興行されており、又ラジオを通じての、日本のような歌合せ（マライ語ではパントゥンを売ると言う）は実に興味深いところであったのだが、いつの間にか中止されてしまった。マライ語新聞や雑誌にたまに刊載されていたにもかかわらず、パントゥンは、残念ながら、スマトラの一部分郷村以外、もうすでに消えてしまったと言えるだろう。(13)

筆者も近年インドネシアの人々に会うたびにパントゥンのことを尋ねるようにしているが、林芙美子の滞在したトラワス、またはジャワの各都市、とくに首都ジャカルタの二十～五十代においては、パントゥンは完全に「昔のもの」という認識になっているという印象を受けた。

4 「作家の手帳」に描かれるパントゥン

このようなパントゥンが日本の詩歌と通底しているものであるという指摘がある。「このパントゥンこそは、日本人には、心の底まで沁み込むような詩の形[14]」と紹介されていたり、また中西龍雄は「インドネシアの古代歌謡『パントゥン』について（前承）――〈我が国古代歌謡との比較研究〉――」の中でインドネシアのパントゥンと日本の古代歌謡や古来より伝誦される民謡との間には、「類似性を超えた一致的性格が存在する」ことを明らかにし、日本文化がはらむ南方的要素の存在を指摘する。[15]

また、林芙美子も「泉の詩――詩についてのかたちとこころ――」（「少女の友」一九四六年九月号）において三好達治の詩を取り上げながら「この詩を、よく眺めて下さい。非常にぎこうのすぐれたもので、南のジャワや、スマトラ地方に、パントムという四行詩がありますけれども、何だかそれに非常に似ているとわたしは思います[16]」と紹介している。

さらに芙美子は、インドネシアで出会ったパントゥンを非常に気に入り、戦後、エッセイ「作家の手帳」（初出「紺青」一九四六年七～十二月号）に書き残している。

私は南を旅行して日本人が非常に南方の種族と似た習慣を持っているのに驚きました。

Boeah lada dibelah — belah
oelar berlingkat atas peti
Rasanja dada bagaikan belah
rasa terbakar dalam nati

これはジャワのパントゥンと云って四行詩なのですけれど、日本の和歌や俳句のみじかさに似ていると思いました。万葉の相聞にも比すべきものを感じて、言葉の流れの微妙さを、まるで風媒のようだと思ったものです。

胡椒（こしょう）の実は裂け
蛇は箱の上にとぐろを巻く
わが胸も裂け果て
心の中に炎は巻く。

と云う意味で、この四行詩は八ツの聯をなした恋歌だけれど、何と云う優雅なものなのかと、私の旅のノートは南の四行詩のスケッチで埋もれてしまいました(17)。

ここで興味深いのは、芙美子はパントゥンを日本語訳にする際に、ただ単に意味を説明するのみではなく、韻を踏み、リズムをふまえ、その詩情を日本語として豊かに表現していることだ。これは詩人・芙美子ならではの技であろう。この他にも四篇ほど、芙美子はパントゥンの日本語訳を紹介している。これらからは、可能な限り韻を踏み、リズムを重要視していた痕跡がうかがえる。また、「私の旅のノートは南の四行詩のスケッチで埋もれてしまいました」と述べるように、芙美子がいかにパントゥンに興味を抱いていたかがうかがえる。

5　パントゥンとの出会いの重要性

このようにパントゥンを紹介した後、芙美子は

男女の想いを相聞風に交わしあうこの詩のみじかさは美しい言葉の花のようなものと云えましょう。世界のどこかに文学の祭典と云うものがもよおされたならば、このパントゥンも参加して人々の心にうるわしい思いを呼びおこす事と思います。[18]

と述べている。

芙美子はインドネシアで出会ったパントゥンを生涯忘れることはなかったのだ。戦争という非常事態の最中にあった南方視察時、「ここで芙美子はあらゆる詩的精神を失った[19]」とも言われる時期に、南の国のパントゥンという詩と出会ったことは、当時の芙美子にとって重要な詩的体験であり、貴重な文学的収穫であったのではないか。芙美子は「泉の詩――詩についてのかたちとこころ――」において

詩は、古今東西を問わず、詩人の魂の歴史であって、家系とか、国柄の歴史とは全く違うものなので、わたしは、これを人間の感性の歴史と云いたいのです[20]。

と述べている。大きな時代の波に流され、国家間の事情に翻弄され、それでも、今、目の前にある使命を全うすることを選び、南方の地に赴いたのが林芙美子という作家だ。こんな彼女にとってこの時期に出会ったパントゥンは、時代や国家の制約を超え、心にしみ入り魂を潤す芸術そのものであった。この体験こそが彼女に「家系とか、国柄の歴史」とは異なる「魂の歴史」「感性の歴史」を体感させたものであり、すべての価値観が変わった戦後においても忘れられない、魂に刻印される「歴史」となっていったのであろう。

一方で、パントゥンと出会うことにより、芙美子はマレー文化、そしてインドネシアという国と深い部分で共鳴することができたのではないかと思われる。戦後、様々な作品の中で南方の事象を描いた芙美子の南方への思い入れの一つに、パントゥンという詩の存在があったと考えてもよいのではないか。

註

（1）「林芙美子（1903―1951）の文学――詩を中心に――」（『林芙美子の芸術』二〇一一年十一月　日本大学芸術学部図書館）、「林芙美子座談会Ⅱ」（「江古田文学」81号　二〇一二年十二月）、「林芙美子座談会3」（『世界の中の林芙美子』二〇一三年十二月　日本大学芸術学部図書館）。
（2）林芙美子著　野田敦子編『ピッサンリ』（二〇一三年十月　思潮社）。
（3）「現代詩手帖」57巻4号（二〇一四年四月　思潮社）。
（4）清水正「世界文学の中の林芙美子――林芙美子が読んでいた本を探る――」（『世界の中の林芙美子』二〇一三年十二月　日本大学芸術学部図書館）。
（5）海老田輝巳「林芙美子の作品における中国唐代以降の文学・哲学」（「語学と文学」30号　二〇〇〇年三月　九州女子大学国語国文学会）。
（6）浦野利喜子「心の旅路にルバイヤートを」（『世界の中の林芙美子』二〇一三年十二月　日本大学芸術学部図書館）。
（7）亀井勝一郎「印象」（「文學界」一九五一年八月号）八十七頁。
（8）「南の田園（二）　水田祭」（「婦人公論」一九四三年十月号）五十四頁。
（9）森山幹弘「東南アジア島嶼部の聯句、パントゥン」（「アジア遊学95　和漢聯句の世界」二〇〇七年一月　勉誠出版）一四九頁。
（10）高橋邦太郎「四行詩パントウン――インドネシア文学の珠玉――」（「月刊インドネシア」一九五一年七月号　日本インドネシア協会）十頁。
（11）宮武正道『南洋文学』（一九三九年五月　弘文堂書房）一三九頁。
（12）宮武、前掲、一三九～一四〇頁。
（13）エディ・ヘルマワン「インドネシアのパントゥンと客家情歌」（「大東文化大学紀要」26号　一九八七年三

月）三八七頁。

(14) 高橋、前掲、十頁。

(15) 中西龍雄「インドネシアの古代歌謡『パントゥン』について（前承）――〈我が国古代歌謡との比較研究〉――」（「大阪外国語大学学報」31号　一九七四年三月　大阪外国語大学）五十九頁。

(16) 林芙美子「泉の詩――詩についてのかたちとこころ――」（「少女の友」一九四六年九月号　実業之日本社）三十九頁。

(17) 林、「作家の手帳」連載第5回（「紺青」一九四六年十一月号　雄鶏社）一〇四～一〇五頁。

(18) 林、前掲、四十六頁。

(19) 中川成美「林芙美子の詩的精神　抒情の発見」（「現代詩手帖」57巻4号　二〇一四年四月　思潮社）八十一頁。

(20) 林、「泉の詩――詩についてのかたちとこころ――」三十六頁。

第七章

林芙美子が滞在した南方の宿

1　〈我が家〉としての旅の宿

旅を愛し、全国をかけめぐった林芙美子は、滞在した宿を作品などに明確に書き記す傾向があった。宿の名前だけではなく、内部の様子や周囲の景観、そこで出会った人々のことまで詳細に記述し、ときには宿の主人や女将と仲良くなり、写真に収まり、手紙のやりとりをし、色紙を残していく――。こうして誕生していった芙美子ゆかりの宿は日本全国に点在し、現在においてもその歴史を脈々と語りついでいる。幼少の頃から、一つの場所に定住する生活環境をもたなかった芙美子にとって、その日宿をとる場所こそが〈家〉であったとするならば、旅の宿もまた〈我が家〉であったはずだ。ときに芙美子は〈我が家〉で作品執筆をし、女将や主人と人生の話に花を咲かせた。様々な人間が様々な予定や事情を抱えてつかの間の休息を求める旅の宿は、まさに人生が凝縮した場所であり、そんな場所で交わされるよもやま話によって、芙美子は多くの物語の着想を得たことであろう。

さらに言えば、芙美子の旅は国内だけにとどまらなかった。広くヨーロッパからアジアを股にかけ、世界をかけめぐったと言っても良い。もっとも、その半分ほどは従軍であり、当時の国家戦略にのっとったプロパガンダの役割を担ったものであった。が、芙美子はむしろその役割を利用して世界をかけめぐり、任務を遂行しつつ、自らの〈旅〉をまっとうしたと言ってもよいのではないか。

そんな芙美子の〈旅〉の典型が、南方への従軍である。ここでも芙美子は積極的に現地の人々と関わり、彼らの生活を聞き、メモをとった。その姿勢は、国家のために仕事をしているというよりも、人間へと深いまなざしをそぐ、作家の仕事そのものである。

こんな南方従軍という〈旅〉における宿泊先は、現地の村長宅や、新聞社の宿舎、パッサン・グラハン（官営の簡易旅館）や軍の指定の兵站（へいたん）旅館、軍が接収したヨーロッパ人御用達の高級ホテルと、実に様々である。これらの中で、所在が確認されているものについて紹介することにしたい。アジアにおけるつかの間の〈我が家〉はどのようなものであったのか。（なお、ホテルの名称、及び内容は、調査当時のものである。）

2　イースタン&オリエンタルホテル（マレーシア・ペナン）

広島の宇品港から出発し、まずはシンガポール視察を終えた芙美子は、マレー半島を北上し、視察を続けながら、ペナンを訪れる。

マレー半島における足取りについては「南方従軍時ノート」（新宿歴史博物館所蔵）に一部の日記が記されている一方で、「南方初だより　マライからの第一信」（「婦人朝日」一九四三年新年特別号）などの報告文がある。「南方従軍時ノート」には、一九四三年十一月二十七日の記述に次のようなものがある。

夜はペナンホテルに泊る　ホテルのうしろ海なり。夜の海は〔一字不明〕と香いのみにて暗し。

イースタン＆オリエンタルホテル（2011年）

サロンの天井は円いドームなり。部屋より海の音きこゆ。

芙美子の書く「ペナンホテル」は、現在の「Eastern & Oriental Hotel イースタン&オリエンタルホテル（E&Oホテル）」である。

このホテルは、一八八五年に、アルメニア人商人のサーキーズ兄弟により創業された。サーキーズ兄弟は、ヨーロッパ植民地下のアジアにおけるホテル建設に力を注ぎ、E&Oホテルの他にも、シンガポールの「ラッフルズ・ホテル」、ミャンマーの「ザ・ストランド」、インドネシア・スラバヤの「オラニエ・ホテル」（現在のホテル・マジャパヒト・スラバヤ）などをつくっている。

これらのホテルは、当時の植民地行政官や欧州からやってくる旅行客、国内外のエリートたちに支持され、その歴史を刻んできたが、イギリス統治植民地下のペナンに創業されたE&Oホテルにも、ヘルマン・ヘッセやサマセット・モームなどが滞在している。一九四一年十二月、日本軍による統治がはじまると、E&Oホテルは軍に接収された。Ilsa Sharpがまとめた *The E&O Hotel : Pearl of Penang* には次のように記されている。

During their occupation of Penang, Japanese military officers used the hotel as their own private club, now renamed the Penang Haitan Ryokan. Management was provided by the Japanese Daimaru company. (Marshall Cavendish Editions　二〇〇八年)

日本軍政時代、軍部は「ペナン兵站旅館」と改名されたホテルを自分たち専用の社交場として使用していた。経営は日本の大丸という会社が担っていた。（筆者訳）

接収後、"Penang Haitan Ryokan" すなわち、「ペナン兵站旅館」となったのである。林芙美子が記す「ペナンホテル」とは、この "Penang Haitan Ryokan" のことであろう。

また、芙美子は「サロンの天井は円いドームなり」と書いたが、円いドームはホテル創業当時からの特徴でもある。一九九六年から行われた大規模な全面改築工事の際も、ロビーのドームは継承され、二〇一一年時点では健在であった。

さらには、芙美子が書いたように、ホテルの後ろは海である。芙美子とマレー半島の旅を共にしていた窪川（佐多）稲子もまた「ペナンでは朱色の帆を上げた舟のすべるように夕陽の中を入ってくる海辺のホテルで泊った。ホテルの費用は軍の会計でまかなわれた。」（「虚偽」）と記している。戦時中であるにもかかわらず、歴史ある海辺のホテルにて、ひとときの優雅な時を味わうことができた様子が伝わってくる。今も昔も、静かな波の音が宿泊者たちの耳に響き続けているのだろう。

イースタン＆オリエンタルホテルのロビー。
天井は円いドームになっている。（2011年）

海に面するホテル後方（2011年）

3　ホテル・マジャパヒト・スラバヤ（インドネシア・スラバヤ）

ホテル・マジャパヒト・スラバヤの中庭（2011年）

マレー半島視察を終えた芙美子は、ジャワに上陸し、ジャカルタなどに滞在したのち、まずはスラバヤを訪れている。一九四二年十二月十二日から十四日にかけて、「スラバヤ兵站事務所」の指定旅館に宿泊した「旅行券」（北九州市立文学館所蔵）が残っているが、この旅館がどこであったのか、不明である。一方で、翌十五日からのボルネオ・バンジャルマシンにての滞在後、一月六日に再びスラバヤを訪れた芙美子は手帳「スラバヤ州行」の中で、次のように記述している。

六日夜七時にスラバヤに着き大和ホテルより電話して自動車で支局へ行く。

「大和ホテル」に滞在したのか否かは不明であるが、スラバヤに夜七時に到着し、まず向かうところはその日の宿泊先であるのではないか。以後、芙美子は一月十二日までスラバヤに滞在し、トラワス村を訪問してから十七日にスラバヤに戻り、五日間ほど滞在したのち、バリ島を訪れ、一月二十八日に再度スラバヤに戻っている。

芙美子のスラバヤ滞在におけるすべての宿泊先は不明だが、彼女が「大和ホテル」の名を手帳に残していることは確かだ。「大和ホテル」はスラバヤの名門ホテル「Oranje Hotel オラニエ・ホテル」を一九四二年に日本軍が接収した際の名称である。「オラニエ・ホテル」は一九一〇年に、先にも紹介したサーキーズ兄弟によってつくられており、歴史を綴るホテルのパンフレットには次のように記されている。

1942 - HOTEL YAMATO
The Imperial Japanese Forces took over the Oranje Hotel and re-named it Hotel Yamato and made it as their headquarters in East Java.
大日本帝国軍はオラニエ・ホテルを接収し、大和ホテルと改名した。東ジャワの軍部上官たちが利用した。（筆者訳）

吉川英治は『南方紀行』（一九四三年一月　全国書房）の中で「大和ホテル」に宿泊した旨を「七、八年ほど前にチャップリンが泊ったホテル・オランエというのはここかもしれない。いまは兵站旅館大和ホテルとなっている。」と述べている。

現在、このホテルは「Hotel Majapahit Surabaya ホテル・マジャパヒト・スラバヤ」として、当時の面影を残す、夢のように美しいコロニアル調の外観のまま営業されている。

4 イナ・ガルーダ・ホテル（インドネシア・ジョグジャカルタ）

イナ・ガルーダ・ホテル（2011年）

ジャワ島に滞在中の芙美子は、スラバヤとジャカルタを拠点とし、トラワス村やバリ島を訪問したり、バンドン、ジョグジャカルタなどに出向いている。ジャカルタでは「ホテル・デス・インデス」の「百十五号室」に滞在し（第五章参照）、また、「旅行券」によれば、「ジャカルタ兵站事務所兵站指定旅館上高地ホテル」にいた形跡もある。同じく「旅行券」によれば、バンドンでは「バンドン兵站事務所兵站旅館」に、ジョグジャカルタでは「ジョグジャカルタ兵站事務所兵站指定旅館旭ホテル」に宿泊している。「ホテル・デス・インデス」は当時のジャカルタにおいて最も高級なホテルであり、日本からやってきた多くの著名人が宿泊していた。「ジャカルタ兵站事務所兵站指定旅館上高地ホテル」と「バンドン兵站事務所兵站旅館」については、不明であるが、ジョグジャカルタの「旭ホテル」は、二〇一一年時点では「Inna Garuda Hotel イナ・ガルーダ・ホテル」であった。

ホテルの歴史を書いた資料には、

1942 - 1945 : Hotel Asahi
At 1942, Japanese came and conquered Indonesia, including Yogyakarta and the Grand Hotel De Djokdja. Japanese changed the Hotel name into Hotel Asahi.
一九四二年に日本軍がやってきて、インドネシアを支配下に置いた。ジョグジャカルタや当時の「グランドホテル・デ・ジョグジャ」もまた支配下に置かれ、日本軍はホテルの名前を旭ホテルと改名した。（筆者訳）

と書かれてある。

このホテルは、オランダ統治下の一九一一年に、「Hotel Jogja ホテル・ジョグジャ」という名前で営業が開始されており、古い歴史をもつ。ジョグジャカルタで最も豪華であったこのホテルには、オランダ軍の要人が宿泊したという。先の資料によると、その後ホテルは「Grand Hotel De Djokdja」となり、一九四二年から一九四五年までは、日本軍により「旭ホテル」と改名された。林芙美子が訪れたのはまさにこの時期であった。

5　ホテル・スヴァルナ・ドゥヴィパ（インドネシア・パレンバン）

ホテル・スヴァルナ・ドゥヴィパ（2011年）

ジャワの各地をめぐったのち、芙美子はいよいよスマトラへ上陸する。一九四三年三月三日、スマトラのパレンバンに到着した彼女は、宿泊先の様子やそこから見渡す風景を「スマトラ――西風の島――」（「改造」一九四三年六月号）の中で、次のように述べている。

三月三日のパレンバンの街は一寸の影もみあたらないほどのかッとした暑い日で、宿舎の部屋にじっと腰をおろしているのが耐えられない位だった。二階の私の部屋から黄色い池が眺められる。昼間から蛙が啼きたて、部屋の中は何も彼も煎餅のように乾ききっていた。建てかたが悪いのか、水掃便所の水も、洗面所の水も枯れてしまって、一滴の水も出て来ない。卓上の小さい扇風機をかけて辛うじて肌へ

涼を入れることが出来た。空は雲一つなく森々と晴れている。（略）
一雨、雨がほしいほど暑い。その暑い日中の池のまわりを、さくさくと足並そろえてインドネシヤの少年群が走ってゆく。私は窓に凭れて、その少年達の行軍するのを眺めていた。

パレンバンでの宿泊先については、名前が残されていない。ヒントは、この記述にある、宿舎の二階からは池が見渡せる、という情報だ。現在、パレンバンにおいて池が見渡せるホテルは「Hotel Swarna Dwipa　ホテル・スヴァルナ・ドゥヴィパ」である。池は芙美子が述べるように周囲「二、三丁」（約二二〇メートルから三三〇メートルほど）だ。池の周りは確かに今でもランニングコースのように、人が走ったり歩いたりしている。

聞き取りのために、まずは、一九二八年生まれのDR. H. Mochtar Effendy, SE氏を訪ねた。氏の従兄弟が、「スマトラ――西風の島――」に描かれる瑞穂学園に通っていたそうだ。瑞穂学園のことはよく覚えているとのことで、文中に描かれているように確かに生徒達が池の周りを行進していたという。続いて、「ホテル・スヴァルナ・ドゥヴィパ」の従業員の方に聞き取りを行った。このホテルは、確かにオランダ統治時代から存在し、「Hotel de Buy」という名で、「Stanvc」という会社の宿泊所であったそうだ。

以上の証言から、林芙美子が記したホテルは現在の「ホテル・スヴァルナ・ドゥヴィパ」である可能性が非常に高い。ちなみに戦時中にパレンバンに滞在した画家の鶴田吾郎は『南方スケッチブック』の中で、「パレンバンの宿舎前の池畔に飼われてある鹿」の絵を描いている。鶴田もまた池の前に建つ芙美子と同じ宿舎に滞在したのであろうか。

池が見渡せるホテルの二階（2012年）

ホテル二階からの風景。木々の向こうには池が広がる（2011年）

6　グランド・イナ・ムアラ（インドネシア・パダン）

グランド・イナ・ムアラ（2012年）

パレンバンを視察した林芙美子は、そのまま自動車でスマトラ縦断の旅に出る。三月八日、パダンに到着し、この日から十二日まで、軍指定「大和ホテル」に宿泊した。

パダンの「大和ホテル」とはどこなのか。ヒントとなるのは、短篇小説「荒野の虹」にある「パダンの大和ホテルの前に教会があったのよ」という記述だ。現在、パダンで最も古い教会の前には「Grand Inna Muara グランド・イナ・ムアラ」がある。建て替えたばかりの非常に新しくきれいなホテルであるが、もともとは「Oranje Hotel オラニエ・ホテル」であった。教会と「オラニエ・ホテル」、それらはまさにオランダ植民地時代の象徴である。日本軍の接収時に「大和ホテル」となった可能性は高い。ちなみに「荒野の虹」（第三章参照）には、「大和ホテル」の前の教会について次のように描かれている。

そこにオランダの女たちがしゅうようされてたンだけど、教会の裏口にいつも二、三台の自転車がとまっていてね、私、妙だと思っていたの。華僑の商人が、いずれはオランダが再び戻って来ると云うので、化粧品だのタバコだの、菓子だの信用貸しで売りに行ってる自転車だなンて聞いたンだけど、いまになってみれば、全く華僑のそのみとおしのよさって、吃驚しちまうわね。根気のいいのに呆れてしまうわ。――大変な犠牲を払って留守番に行ってたみたいなンですもの……

パダンの「大和ホテル」に限らず、本章で紹介したホテルはみなオランダ植民地時代から存在する由緒正しいものである。日本軍によるたった二、三年の接収期間は、ホテルの歴史からすれば、まさにつかの間の「留守番」に違いない。ホテルによっては、日本占領期の記録さえ残っていないところもある。この「つかの間」に、林芙美子が「つかの間」の〈我が家〉として宿泊したこと。埋もれてしまいそうなこの事実を、本書によって歴史に刻印することができれば幸いである。

第八章

「古い風新しい風」——南方体験の行方

1　地を描き、人間を描く

林芙美子の小説は、様々な土地が具体的に描かれ、土地から土地への移動を伴うことが多い。芙美子自身、生涯において実に多くの土地へと移動を繰り返しており、その経験が作品に色濃く反映されている。一方で、舞台としての土地は、作品において重要な役割を担っている。その地が描かれることには大きな意味があり、隠喩としての機能を果たしていると考えられる。

芙美子文学においては、根ざしている土地を抜きに人間を語ることはできない。風土や土地柄がその人間を形成する。土地が変われば、風景、空気、食べ物など、私たちが感受するすべてが変わる。肌感覚が変わり、匂いが変わり、味が変わる。こうした体感に敏感であった芙美子は、各土地を体感で捉えながら描写することによって、そこに生きる人間を描き出した。好んで様々な土地を旅したのも、体感によって、人間というものを深く考察し、表現するためであったのだ。

私はさまざまな土地を旅したけれど、結局は地球を信じ、空気を信じ、月を信じ、太陽を信じ、黴（かび）を醱酵させる地上のいとなみを信じます。人間の浅い知識でだけで生きようとする、信仰心のない仕事を、神はあわれんでいらっしゃると思います。(1)

こう述べているように、土地を通して地球を描き、地上の営みそのものを描いたのが林芙美子という作家の特徴である。もはや彼女にとって、土地こそが「信仰」となっていることがうかがえる。とくに芙美子に影響を与えたのは、異国という未知なる土地だ。芙美子は自分自身の肌で感じた外国を作品に描くことが多く、戦中になると従軍という名のもとに中国や南方地域に赴き、作家としてどん欲に土地から得たものを表現している。

戦後、社会が変わり、すべての価値観が変容する中、彼女が書くものも変化しつつあった。流行作家として時代の要請を敏感に察知する芙美子であったが、敗戦という激しい変化を経ても変わらず、失われなかったのは、戦時中に南方の各地で得た経験、及び、「体感」であったのではないか。

南方を舞台にした作品の集大成としてあるのは『浮雲』（一九五一年四月　六興出版社）だ。『浮雲』においては、互いに惹かれ合ってゆく男と女の本能が、仏印のダラットという土地の描写と濃厚にからみあいながら表出されてゆく。敗戦後、ダラットの地から去った二人の間に、もはや恋の炎が燃えさかることはない。最終場面において、失われた情熱を求めるように、南方の地を目指し、二人は当時の日本の最南端の屋久島へと赴くのであった。こうして、『浮雲』においては、登場人物を描く際に南方の土地が重要な役割を果たしている。南方体験がなければ『放浪記』と並ぶ代表作『浮雲』は誕生していなかったのであり、その意味で、戦後の芙美子文学において大きな影響を与えた土地は南方であると言える。

本章では、南方のボルネオが舞台の一部となっている林芙美子の小説「古い風新しい風」の解釈を通して、戦後の林芙美子文学における南方体験の影響と重要性を確認してゆく。

2　テキストについて

林芙美子の作品については、いわゆる全集収録作品と、未収録作品に大別して捉えていくことが多い。この場合の全集とは、一九五一年から一九五三年の間に刊行された新潮社版全集をもとにつくられた文泉堂出版版『林芙美子全集』（一九七七年）である。全十六巻からなるこの「全集」は、実際には全集とは言い難く、収録されていない多くの作品が存在している。しかし、全集未収録作品の全貌は明らかにされていない。すなわち、戦中戦後にわたり、芙美子がいかに多くの作品を描いてきたのか、その作品群についての正確な情報はいまだつかめていないというのが現状だ。現在、各研究者によって地道な調査が行われている。

「古い風新しい風」は全集未収録作品であり、森英一「林芙美子資料紹介」（「金沢大学人間社会学域学校教育学類紀要」3号　二〇一一年二月）にて一部が紹介された。雑誌「新風」に一九四七年十月から一九四八年五月まで、八回にわたり、連載されており、全文は、国立国会図書館にて閲覧が可能だ。生原稿は新宿歴史博物館に所蔵され、二〇一一年に開催された神奈川近代文学館の「没後六〇年記念展　いま輝く林芙美子」にて展示された。これを見た「古い風新しい風」の担当編集者であった平林敏彦は「林芙美子について　一九四八年『新風』」[2]の中で、「新風」という雑誌の情報を中心に執筆当時の状況を振り返っている。こうして「古い風新しい風」は半世紀以上の時を経て、研究者の間で日の目を見ることとなったのである。一方で「古い風新しい風」と、ほぼ内容が合致している別タイトルの作品「望郷」もある。これは「新婦人」（能加美出版）に一九四六年十一月から連載されていたとされるが、全連載の存在は現時点では確認できていない。(3) 本章では、一般にはほぼ知られることのないこの物語を読み解きながら、林芙美子文学における本作品の位置づけを行ってゆきたい。

3 「退屈な」ボルネオ

「古い風新しい風」に描かれる土地は、「H県のこの海辺の、O市」(広島県尾道市)、東京、ボルネオ、北信州のR、である。これらは、林芙美子の実人生において重要な土地だ。学生時代を過ごした尾道。亡くなるまで暮らすこととなる東京。戦時中に従軍して視察に訪れたボルネオ。戦争末期の疎開先であった信州。これらの土地の中でもとくに、作品において鮮烈に印象深く描写されるのがボルネオである。

ボルネオを描いた他の作品に「ボルネオ　ダイヤ」(「改造」一九四六年六月号)がある(第一章参照)。「ボルネオ　ダイヤ」は戦中のボルネオ・バンジャルマシンにて、日本人男性を相手に、自らの身を捧げて商売を行う日本人女性を描く物語だ。女主人公・球江と逢瀬を重ねる真鍋は、内地に妻を残し、「N殖産会社」の社員としてボルネオに赴任する身である。一方で「古い風新しい風」にもまた、「N殖産会社」に勤める男・嘉隆が登場する。嘉隆はボルネオ赴任を控え、物語の女主人公・和子と結婚し、共にバンジャルマシンにて生活をするものの、妻だけが東京へと戻り、一人でこの地にとどまることとなる。「N殖産会社」の男性をはさみ、「ボルネオダイヤ」では愛人の側から、「古い風新しい風」では妻の側から描かれる両作品は、反転する構造をもっていると考えられる。

「古い風新しい風」の女主人公・和子は、東京の出身で、「津田の英学塾」を卒業した後に、「H県のこの海辺の、O市」の女学校にて英語教師をしている。林芙美子は、幼少期における各地を転々とする生活の末、尾道に辿り着き、小学校生活を送ったのち、女学校に進学した。約六年を過ごした「O市」（尾道市）は、芙美子にとっての青春の地だ。物語には、和子の教え子で、恋愛の果てに上京への願望を抱く春江が描かれるが、彼女もまた芙美子自身の若き日が投影された人物であろう。

尾道から東京へと一時帰省していた和子のもとに、突発的に縁談話が舞い込む。多少の躊躇はあったものの、見合いの話を受け、ボルネオ赴任が決まっていた嘉隆と結ばれた和子は夫婦共々日本を後にする。こうして、異国情緒に満ちた南方での生活がスタートする。そもそも「どんな男かは知らないけれども、和子は、ボルネオと云うところに心が誘われた」とあるように、ボルネオへ行ってみたいがために、和子は嘉隆との結婚を決意したようにもみえる。

では、和子が多大な魅力を感じるボルネオは、テキストにおいてどのように描かれているのか。芙美子は、南方時代に体感したボルネオの風景を、体験した者でなければわからない独特の「体感」をもって描いている。以下、「古い風新しい風」の引用はすべて初出に拠る。

バリト河口の濁水をのぼって、マングローヴの原始林のなかを、ゆっくり船が走っているのは、旅づかれのした和子には、耐えがたい旅愁をそそられた。賑やかな処から、急に、原始的な淋しい土地へ来たせい

か、和子は、空想していた処とは杳（はる）かに遠い土地へ来たような気がした。（略）
バンジャルの朝夕は退屈なものであった。ああこれが心に描いていたボルネオの景色だったのかと、昼寝の白い蚊帳のなかに、子供に添乳（そえぢ）しながら、深い溜息をつく。
熱帯の土地は、匂いや音や、ものうさが肉体をむしばみ、そろそろ虚脱の徴候が神経をがりがりと噛みくだく。

ボルネオは「虚脱」するほど「退屈」であるという。この地の退屈さは、そのまま嘉隆に対する盛り上がりのない感情へとつながっていく。つまり、ボルネオの土地は、嘉隆という一人の男の存在とオーバーラップしており、この地を描くことは、嘉隆との生活の間に漂うものを表現することへとつながっていく。それは当時の和子にとって、とにもかくにも「退屈」なものであったのだが、後に、東京に戻った彼女は次のように回想している。

ふっと、嘉隆の姿が心に浮かぶ。太陽の輝くボルネオの、バンジャルの日々がいまごろになってしみいるようになつかしかった。巨きな旅人椰子の扇子を拡げたような木蔭に、白い椅子に凭れている嘉隆のやつれた姿が思い出される。

ボルネオの地を回想することは、嘉隆を懐かしむことそのものであり、土地を描くことと、人間を描くこととの関連がうかがえる。

4　ボルネオの子・南美子

ボルネオにおける「頭も体もすべてがしびれ」るような、たまらない退屈の中、運転手のサオジンにほのかな誘惑を仕掛けてみたり、教師時代の同僚であった金山登を夢に見たりと、和子の女としての本能は、嘉隆からは得ることのできない何かを求め続ける。このような状況の中で描かれるのが、按摩（あんま）を頼む場面だ。

和子は退屈だったので、女の按摩を頼んでみた。若い肉体はようしゃもなく刺激を求める。年をとった女按摩は、和子を裸にして、その背中に椰子の油をべたべた塗りつけた。指の先で渦を描くように肌が押される。言葉一つ交わすでもなく、黙ったまま按摩がつづけられている。シーツの上に大判のタオルを敷いて、腹這いになっている一つの姿体、この体はいったい誰のものだろう……。（略）体を揉ませながら、和子は自分のそばに寝て、ぢいっと、天井をみている子供の横顔を眺めながら、この子供はきっと感情のない女にそだつかも知れないと苦笑する気持だった。

全身をボルネオの地にゆだね、肌感覚そのもので土地を感じながら、この身体は誰のものだろうと問う和子。彼女は自らの意識と身体を切り離し、「誰かのもの」として客観的に捉えることにより、身体とボルネオの地との一体化を描いている。和子の身体は、嘉隆の妻としてのそれであるのと同時に、ボルネオの地そのものと合体

するそれであるのだ。芙美子はエッセイ「作家の手帳」の中でボルネオについて、

熱帯の絢爛とした自然と人のいとなみは、さながら現世の童話(めるへん)だと思いました。千古の原始林はたっぷりと水をたたえて、黒々と繁植しているし、その中に生きている数種類の民族は、蝶や花と同じような生殖のしかたで素朴であった[4]（略）

と記し、「自然も人も一つにとけてたわむれあって[5]」いると述べている。つまりこの地では、人と自然とが密接なつながりを持ちながら生が営まれている。風土と人間との生々しい関わり、これを芙美子は、先の場面において描いたのである。そして、自然と人間との密接なつながりの中に生まれたのが、和子のそばで寝ている子供・南美子だ。まるで、ボルネオと自らの身体を通して生まれてきたような存在こそが「南の美しい子供」の意味をもつ、この赤ん坊なのである。

「ボルネオ　ダイヤ」においても、女主人公・球江が按摩を頼む場面がある。

球江は裸で白い蚊帳のなかに腹這っていた。長い枕のようなダッチワイフに両足をのせて、まるで蛙を引き伸ばしたようなかっこうでジャワ人の女按摩に躯を揉んでもらっていた。女按摩は球江の躯じゅうに椰子油をぬるぬると塗りたくりながら、固い掌でゆるくの字を書くようなしぐさで、油で濡れている背中を揉んでいる。大判のタオルに顔を押しつけて、球江は手離した子供のことを考えていた[6]。

ここでもまた、按摩の最中に子供についての記述が現れる。全身の肌感覚の表現の末に表出されるのは、どちらの作品においても、子供の姿である。しかし「ボルネオ　ダイヤ」の場合、球江は自らの身体を通して生まれた子供に会うことさえかなわない。ここで、子供に代わるものとして存在するのが、ダイヤモンドであった。「柔い女の肌」を連想させるものとして描かれる一方で、「もう一度明るいところで、ダイヤモンドをしみじみと眺めた。ふっと、何の関連もないのに、別れた子供の顔が眼に浮かんで来た」というように、子供を連想させるものとしても記されていた。ダイヤモンドはボルネオの土地から採掘されるものであり、ボルネオの土地が生んだものの象徴であると考えられる。

5　金山という男

ボルネオで南美子を生んだ和子であるが、母親の死去の知らせをきっかけとして、夫を残して帰国する。実のところ、和子の心にあるのは、夫ではなく、尾道の女学校時代の教師仲間・金山登であったのだ。「美校を出て二年目に、胸を病んで、田舎の女学校に赴任して」来た金山は、繊細な性質とその風貌もあいまって、生徒たちからも人気を得ている絵の教師であった。生徒たちだけではなく、和子も、そして、同僚の秋子も、金山に好意を寄せていた。金山自身も二人の好意を無碍にすることなく、東京帰省中にはそれぞれ二人と密会する機会を得ている。

和子が嘉隆と結婚した後、金山は秋子と結婚する。一方で、ボルネオから帰国した和子を待ち受けていたのは、アメリカとの開戦、戦況の悪化、「北信州のRと云う山の中」への疎開という厳しい現実であった。「自殺の一歩手前まで追いこまれたような人生に耐えがたい思い」で生活を続ける和子であったが、夫の嘉隆はボルネオからいまだ戻ることはない。和子の不安は増すばかりである。

こんなときに思いがけなく現れたのが金山だ。満州の女学校に赴任している最中に、妻の秋子を急性肺炎で亡くした金山は「糸をたぐり寄せられるような気持で」和子を尋ねにきたのだという。金山は、炬燵の中で、和子との再会を次のように感じている。

金山登は膝頭がやっと暖まって来た。人間は何時でもその環境に応じて、自然に変化出来る反応を持っているものだと金山は膝頭の暖気にうっとりとしてきていた。もう、むずかしい話はまっぴらだった。只、深い考えもなく、和子を慕って尋ずねたことに金山はぬくぬくとしたのを感じる。

「何時でもその環境に応じて、自然に変化出来る」人間というものの本性が、金山の姿を通して描かれている。秋子を失った今、金山は、自らの生への欲望に導かれるように、和子のもとを訪れた。体裁や常識、「むずかしい話」などとは関係なく、金山の生存本能が和子を求めたのである。どのように環境や土地、価値観、社会が変わろうとも、人間は生きていかなければならないし、慣れることができる本能をもっているようだ。戦況の悪化という状況、そして後に訪れる敗戦による価値観や社会の大変容にも、金山は慣れていかざるを得ない宿命を担っている。

金山が担ったこの宿命は、当時の多くの日本人も同様に担わされたものであった。『浮雲』の富岡兼吾もまた、体裁や常識、さらには道徳観や倫理観にとらわれることなく、生存本能の赴くままに自らの身を置くべき女性のもとを転々とする。富岡兼吾についてはその名前「兼吾」から、「日本人一人一人の〈吾〉を〈兼〉ねている」という指摘がなされている。(7)「古い風新しい風」の金山は『浮雲』の富岡が形成される前段階の登場人物であろう。金山や富岡こそ、戦中戦後を体験した芙美子が描くことを切望した日本人像であったのだ。

ちなみに、「古い風新しい風」において、金山と和子がはじめて結ばれる様子は次のように記されている。

> お互いの呼吸がすべてを語っていた。何一つ言い出す必要もないのだ。
> 和子は自分の頬にかかる男の固い髪の毛に頬を埋めた。ああこの感触と匂のなかに、生涯を埋めても悔いのない、仄々(ほのぼの)とした性のよろこびがあった。

もはや和子は金山の感触や匂いから離れることができない。ここに男と女の本能をうかがい知ることができる。一方で『浮雲』においても、ゆき子が富岡の体臭に惹かれる場面があり、理性でははかることができずに続いてゆく男と女の結びつきが記されている。道徳観や倫理観、プライドを捨て、どのような環境にも慣れることで、生活せざるを得ない男。理性や知性を超えた感性で生きざるを得ない女。芙美子が描く人間たちの特徴だ。物語において、こうした人間たちは様々な土地に解き放たれ、生かされていく。芙美子は、彼らを通して人間の真の姿を捉えようとしたのである。

6　名前のない赤ん坊

嘉隆が戦死し、和子と金山の新たなる生活がはじまっていく。女学校時代の生徒・春江の存在が二人の間に波風をたてる中、和子は金山の子供を宿す。この子供を堕胎したくてたまらない和子であったが、無事に男の子が生まれた。

赤黒い赤ん坊の顔が金山のおもかげそっくりで、和子は神秘な気がした。南美子は嘉隆に似ていたし、赤ん坊は金山に似ている……。相手によって、それぞれに似た風貌をそなえて生まれて来る子供に対して、和子はひそかに微笑ましいものを感じるのであった。

和子を通して生まれた二人の子供、すなわち、戦中のボルネオで生まれた嘉隆の子と、戦後の東京で生まれた金山の子は、「相手によって、それぞれに似た風貌をそなえて」いるという。これをただ単に、それぞれの父親に似ているという意味でのみ捉えるのではなく、彼らがそれぞれの生まれた土地の特徴や思いを兼ね備えた存在であると解釈することが必要である。彼らは、それぞれの生まれた地を象徴する子供として描かれているのだ。このような子供たちに対して和子は、「ひそかに微笑ましいもの」を感じる。「ひそかに」という部分が重要だ。そもそも金山の子を堕胎することを始終考えていたはずの和子である。煩悶の果てに生まれてきた子供ではあるが、自らの意志や憂いを超えたところにある、どうしようもない自然の原理に、思わず「微笑ましい」ものを感じてしまったということであろう。

一方で、生まれてきた子供について、和子と金山が、それぞれ異なる思いを抱えながら見つめる場面がある。

何とかして、子供をおろしてしまわなかった事を和子は幾度となく後悔していたのである。その迎えられざる子供はいま、すくすくと生まれ、金山は満足そうに小さな生物にみとれている。――金山は金山で、心のうちで、薄陽の射すような幸福を感じていた。

子供を、敗戦後の日本・東京を象徴する存在としてとらえた場合、新たなる世界に躊躇する和子の思いと「何時でもその環境に応じて、自然に変化出来る」金山の思いの相違を読みとることができる。子供の誕生を何よりも喜ぶ金山。彼を後日（しりめ）に、和子は複雑な気持ちを抱えたまま「やみくもに突きあげて来る涙をどうする事も出来なかった」。彼女の涙を、どのように解釈したら良いのだろうか。安堵感と、困惑と、希望と、あきらめ。こうしたものが混在する気持ちは、次のようにも記されている。

和子は行きばのない孤独に追いつめられてしまった自分のみじめさを感じた。時代は変わったのだ。すべて古いものは遠く杳（はる）かな風に乗り、いまは新しい時代になり、その新しさは、すべての人間を風化してしまう事のみに役立っているような気がした。この新しさは少しも進歩的ではない。その日、その日が崩れ、風化してゆくだけの光陰にしか考えられないのだ。（略）この長い戦争の為に、男も女も、何かしら大切な一つのポイントをなくして生きているような気もして来る。そのポイントは何だろう? 心のなかで踠く事を忘れ去って、ただ空洞になった今日を生きる肉体だけが生きて行動している。

戦後の日本人がなくしてしまった「何かしら大切な一つのポイント」とは何だろうか。なくしたものがわからないまま、ただ「空洞」となっているその部分を抱えているからこそ、和子は「やみくもに突きあげて来る涙をどうする事も出来な」いのだ。この空洞を抱えてしまった者は、もちろん、和子だけではない。名付けることのできない「空洞」は、作者・林芙美子、そして、私たち日本人に突きつけられた問題でもある。この空洞を抱えたまま経済発展を成し遂げ、私たち日本人は戦後を生き抜いてきた。空洞は埋められることのないまま、戦後七十年以上を経た今も私たちの前に顔をのぞかせる。芙美子が「古い風新しい風」で記した「何かしら大切な一つのポイント」は、現代の私たちこそが考えてしかるべき問題なのではないか。

「古い風新しい風」においては、戦後日本の象徴である和子と金山の子供の名前は最後まで不明なままだ。ボルネオで生まれた南美子に対して、戦後日本に生まれた名無しの子供が意味するものは大きく深い。「何かしら大切な一つのポイント」が何かわからないように、私たちは、この子供の名前を永久に知ることはできない。

7　南への希求

最後に、物語の最終場面を引用する。


「南美子遅いね……」

金山は壁の手拭を取って手を拭きながら
「名前は何とつけるかな……」

と、大きい声で云った。

湯をつかって、新しい着物に着替えた赤ん坊は、産婆の手から、金山の手に渡された。案外軽い。たよりない程軽い。南美子のずっしりした手ごたえと違い、赤ん坊は柔く軽かった。


ここで記される、南美子の不在に、一抹の不安をもった想像力がかきたてられなくもない。物語の終盤には、嘉隆の母親が孫の南美子を引き取りたいと言いながら、一人で留守番中の孫に新宿でおしるこをふるまう場面がある。また、想像力を駆使しながら先を読み進むと、「南美子のずっしりした手ごたえ」を感じたという金山の肌感覚も少々懐疑的に捉えることができる。「ずっしりした手ごたえ」とは南美子を〈重荷〉と感じることにつながっていく。自らの子供の誕生を体験し、金山は「ブローカーでも何でもいいどのような卑俗な仕事でもやってのけられる勇気がふつふつとして湧いて来るのはどうした事なのか」と思ったというが、もしかしたら、自分と和子、そして生まれてきた子供が生き抜くために、南美子という〈重荷〉をなんらかの形でとり除いたのではないか、と考えることも可能である。「この半年の身を食いつくすような貧窮の生活には二人とも参りきっていた」のだ。和子が金山との子供を堕胎しようと考える一方で、金山が南美子を犠牲にしようと考えていたとしても不思議ではない。

こうして、戦中の南方で生まれた南美子が不在のまま物語は幕を閉じた。目の前にいるのは、敗戦後の日本で生まれた、まだ名付けられない赤ん坊である。ずっしりと重い南美子の喪失が暗示され、「軽い」何者かを目の前につきつけられたまま、金山と和子はこの先を生き抜いていかなければならないのだろう。

南美子について、その存在の行方がはっきりと記されていない以上、様々な自由な解釈が可能であるが、いずれにせよ、南方という土地は敗戦後の日本から失われ、芙美子の中においても思い出だけのものとなった。失われた南の地を、戦後、芙美子は何か大切なものを刻印するように、様々な作品に記していった。『うず潮』には、ジャワの歌「ブンガワンソロ」が描かれ、晩年の代表作『浮雲』もまた、前述したように南方の地を舞台としている。そして、南方への憧憬を抱え続けた芙美子の晩年を表すエッセイ「屋久島紀行」には次のような記述がある。

現在の日本では、屋久島は、一番南のはずれの島であり、国境でもある。種子島を廻り、屋久島が見える頃には、このあたりの環礁も、なまあたたかい海風に染められているであろう。すばらしい港はないとしても、私は何も文明的なものを望んでいるわけではないが、南端の島に向って、神秘なものだけは空想しているのはたしかだった。戦争の頃、私は、ボルネオや、馬来や、スマトラや、ジャワへ旅したことがあった、その同じ黒潮の流れに浮いた屋久島に向って、私はひたすらその島影に心が走り、待ち遠しくもあるのだった。(8)

さらに作品には、ジャワの風景を思い出す場面がいくつか描かれており、屋久島滞在中の芙美子の心に、常時、戦時中の南方の記憶があったことは明らかだ。

屋久島滞在体験が『浮雲』の最終場面へとつながっていくことは先に述べたが、屋久島へと向かった主人公たちが、過去に失った南の地を取り戻せたとは言い難い。ダラット時代に燃え上がった富岡とゆき子の日々は、屋久島で再現されることはなかった。病身のゆき子は、富岡の愛を確認できないまま、屋久島でその生涯を閉じていった。もはやこの地はゆき子にとって、「自然も人も一つにとけてたわむれあって」いる「現世の童話（めるへん）」とはならなかったのである。「南の地」は、戦後、芙美子の中で激しく求めつつも、永遠に失われたものとなってしまったのであろうか。

「古い風新しい風」の最終場面における「南美子」の不在はこうして、芙美子文学の重要なテーマとなる、失われた南の地を予感させるものとして読み解くことができた。この意味においても、本章で取り上げた全集未収録作品「古い風新しい風」は、一般には知られることのないテキストではあるが、「ボルネオ　ダイヤ」や『浮雲』などの名作と深いつながりをもつ、重要な作品として位置付けることができるのではないか。

註

（1）林芙美子「作家の手帳」連載第5回（「紺青」一九四六年十一月号　雄鶏社）一〇四頁。

（2）平林敏彦「林芙美子について　一九四八年『新風』」（「現代詩手帖」57巻4号　二〇一四年四月　思潮社）。

（3）『林芙美子全文業録　未完の放浪』（二〇一九年六月　論創社）の作者であり、書誌研究に秀でる廣畑研二によると「芙美子は新興誌『新婦人』の依頼を受け、『望郷』第一回を執筆し、編集部が組んだ版下は挿絵も含め十五頁分の分量であった。（略）ところが、実際に発行された昭和二十一年十一月号では当初原稿約五頁分のスペースしかとれず、残る十頁分のうち五頁分を昭和二十二年一月号の第二回に回したのだが、残余の五頁分はどこにも発表せず、中断したのである。そして、別の新興誌『新風』昭和二十二年十月号に、「望郷」第二回のうち約一五％を削除した作品を「古い風新しい風」第一回として掲載した。よって、当初の「望郷」第一回の分量十五頁分のうち、三分の二は発表したものの、残る三分の一は『新婦人』にも『新風』にも掲載されず、校正ゲラのみ芙美子旧蔵資料に埋もれているのである」（筆者への手紙より）とのことである。

（4）林、前掲、一〇四頁。

（5）林、前掲、一〇三頁。

（6）林、「ボルネオ　ダイヤ」（「改造」一九四六年六月号）一〇二頁。

（7）清水正『林芙美子の文学　『浮雲』の世界　No.1』（二〇一三年十二月　D文学研究会）一一二頁。

（8）林、「屋久島紀行」（「主婦之友」一九五〇年七月号）五十頁。

第九章

『うき草』——『浮雲』を予感させる作品

1　イロンイロンから『うき草』へ

南方従軍中に見た浮草（イロンイロン）に人生を感じた芙美子は、戦後、『うき草』というタイトルの短篇を発表した。（初出「婦人公論」一九四六年六月号）『うき草』はインドネシア体験をそのまま描いた小説ではないが、浮草（イロンイロン）の文学的モチーフを長篇『浮雲』へとつなぐ役割を担った作品のうちの一つとして、本章において解釈を試みたい。

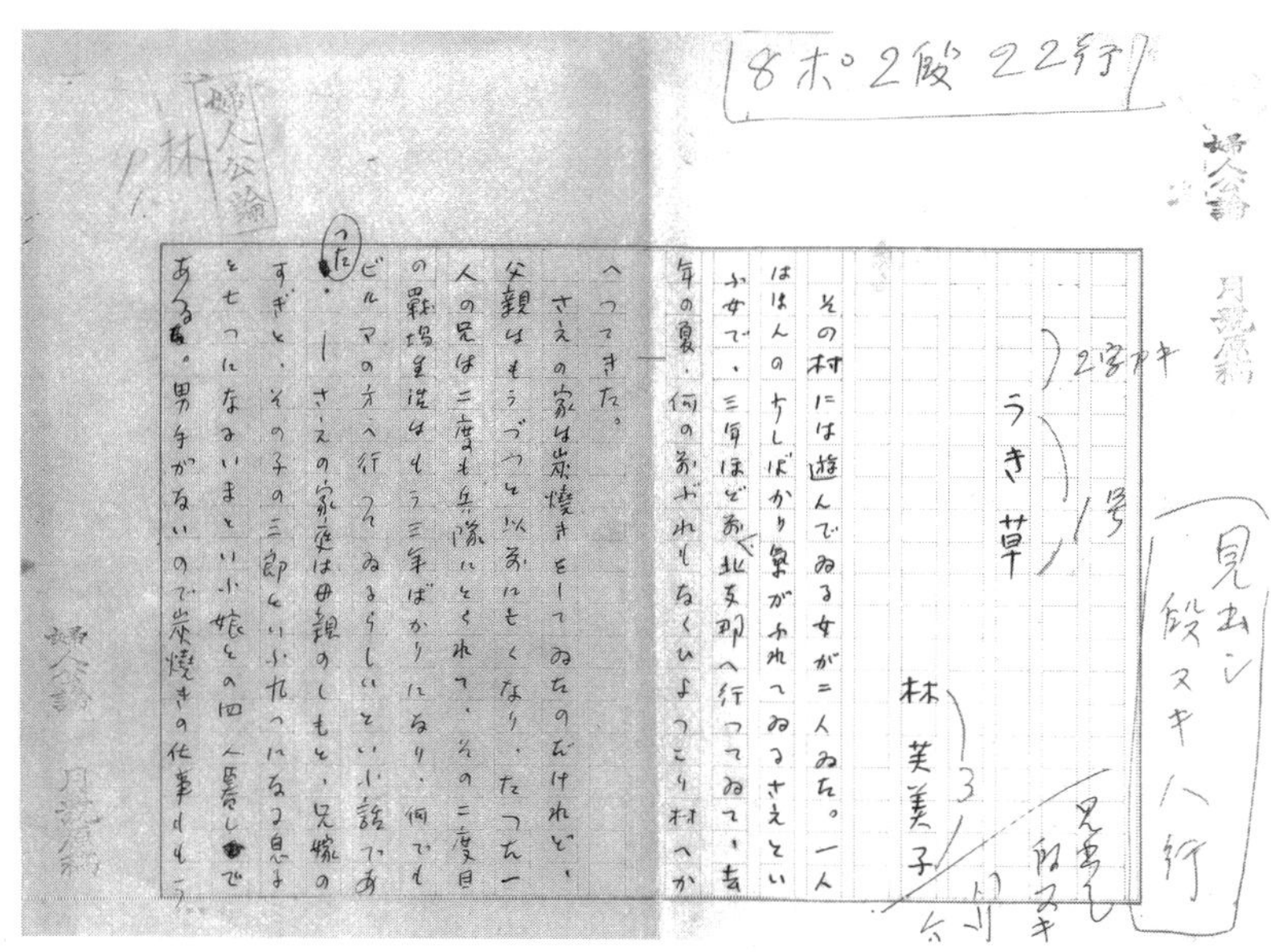
うき草
林芙美子
その村には遊んでゐる女が二人ゐた。一人はほんの少しばかり畠が入れてゐるさえといふ女で、三年ほど前に北支那へ行つてゐて、去年の夏、何のおふれもなくひよつこり村へかへつてきた。
さえの家は炭焼きをしてゐたのだけれど、父親はもうずつと以前になくなり、たつた一人の兄は二度も兵隊にとられて、その二度目の戦場に出るともう三年ばかりになり、何でもビルマの方へ行つてゐるらしいといふ話である。さえの家は母親のしもと、兄嫁のすぎと、その子の三郎といふ九つになる息子と七つになるいまといふ小娘との四人暮しである。男手がないので炭焼きの仕事ももう

『うき草』生原稿（日本大学芸術学部図書館所蔵）

2　さえと蝶子――浮遊する二人

『うき草』には二人の女が登場する。二十六歳のさえと三十一歳の蝶子。彼女たちは冒頭において、「遊んでいる」と表現されるが、これはいったいどのような意味なのか。文字通り、働かずにぷらぷらとしているということであろうか。確かに彼女たちは、日中に誰もいない公共の風呂に入りに来ることができる時間をもっている。二十六歳のさえは「気がふれている」ために、家族と暮らしながら、労働を免除されているし、三十一歳の蝶子もまた、足が悪く、一般の労働を行うことが不可能であるためか、長五郎から生活費をもらうことで生計をたてている。

こうした意味で彼女たちは、働かずに遊んで暮らしている、と言うことも可能であるが、一方で「遊んでいる」には、日常の生活を離れ心身を解放し、別天地に身をゆだねる、という意味も含まれている。つまり、日常から浮遊しているということだ。日常ではない、別のところに身をゆだね、流される存在である彼女たちはまさに、遊んでいるのであり、浮いているのである。

村という共同体から浮遊している二人の女。さえは「気がふれている」ことによって、そして蝶子は足が悪く、私生児を抱えることによって、村の暗黙の掟の枠から、はみ出し、浮遊する。さらに、彼女たちの浮遊は、村という共同体からのものにとどまらず、生きてある時代や現実そのものからの浮遊へとつながっていく。テキストの引用は、単行本の初版である『うき草』（一九四六年十二月　丹頂書房）に拠る。

戦争が段々苛烈になって来ると、この村でも早朝から女の集まりをして竹槍のけいこをするようになり、蝶子もびっこをひいて国民学校の庭に出掛けて行った。気の狂っているさえも、いつも家の者のかわりにされては竹槍を持って国民学校へ行った。（略）蝶子は何処と戦争をしているのかわからなかったし、竹槍を持っている女達の鉢巻き姿がおかしくてならなかった。（略）さえも、竹槍をふるいながら、自分で何をしているのかかいもく判らないのだ。竹槍を空へ突きあげるたびに、大きい星がぴかぴかと光っているのをうっとりとみとれている時がある。

戦争一色の現実のなかで、さえも蝶子も、日本がどこと戦っているのかさえわかっていない。竹槍訓練の意味を理解することなく、ただただわけもわからず空へ向かって竹槍を振り回す彼女たちは、時世からはみ出し、浮遊する存在であると考えられる。

このような二人が、日中の公共浴場で共に入浴するシーンがある。他の村人のように、野良仕事もせずに「遊んでいる」女たちだからこそ可能な、昼間からの入浴。そして、湯の中に浮かぶ「藻のようなもの」。これこそが、タイトルに表現される「うき草」である。村という共同体の中で浮遊する女たちはまさに、湯の中にどろどろと浮かぶ「うき草」そのものである。

さえは、入浴中に空を見上げる。目に映るのは、「動いてゆく白い雲」だ。これは「浮雲」と表現されることはないが、作品『浮雲』において「何時、何処かで、消えるともなく消えてゆく」と記述される「浮雲」と同じ、白い雲そのものである。どろどろとした藻の浮かぶ湯の中を、村という共同体と考えるならば、その上に広がる空は、人間が生きていかねばならない大きな世界、そしてこの世そのものの象徴と解釈することができる。いずれの場所においても、彼女たちは浮遊し、流されるままの存在なのである。

3　暗示されるさえの死

では、浮遊する二人は、最終的にどのような末路をたどるのか。

まず、さえに待ち受けるものは、雲のように流れてはかなく消える〈死〉であった。彼女は過去に、男と共に北京で暮らしていた時期がある。しかし、ある日突然「ひょっこり」と村へ戻っている。いったいこの男とさえの間に何があったのか。物語に彼女たちの関係が詳細に記されることはないが、おそらく、「気がふれている」というさえの心の奥底には、この男との別離の経験が渦巻いていたのであろう。

物語の最終場面において、さえは、村を出る。北京の男のもとへと向かった可能性が物語には示されるが、一方で、彼女の〈死〉を暗示するものもテキストに描かれる。

山ぐみの赤い実がたわわになっている枝をかかえて、見知らぬ男が桑畑の横を降りて行った。

「あれ疎開者かね？　見かけたことのねえ男だねえ」

さえが行方不明になった日、村にあらわれた「見知らぬ男」。物語には、この男について詳細に記されることはなく、解釈は読者の手にゆだねられる。男を、北京にいたさえの恋人であると考え、二人は手に手をとって村を出た、という解釈もできそうだが、「気がふれている」女を戦時中にわざわざ迎えにくる男があるだろうか。そもそも、多くの男性が徴兵される戦争の泥沼の中で、村の中を、ハイカラなかっこうをした男が一人で歩いているというのはとても怪しい。男がもつ「赤い実がたわわになっている枝」の「赤」は、いわゆる「アカ」、当時は非合法であった共産党の象徴であるのだろうか。それにかかわると「非国民」とののしられ、日の目を見ることさえもできずに逃げ回らざるをえなかった男がこの村にたどり着いたのであろうか。

いずれにせよ、「見知らぬ男」はどこまでも怪しい存在である。「気がふれている」さえが、追い込まれた不審者であるこの男と遭遇し、何かの拍子に命を奪われたと考えることもできる。さえが行方不明になったことを聞いた蝶子は、次のように述べている。

「それぢゃア、昼も晩も飯食わないでどうしたのかねえ……」

林芙美子の文学には、ものを食べるシーンが多く描かれる。『うき草』においても、二人の女は「かぼちゃ飯」「支那そば」などの話に花を咲かせ、配給の粉でせんべいを焼いて食すなど、始終、食べ物に関わっている。『うき草』以外の作品でも、ものを食べる場面が多いのが林芙美子文学の特徴だ。エネルギー溢れる芙美子文学初期の代表作『放浪記』には、私は朝から何も食べない。童話や詩を三ツ四ツ売ってみた所で白い御飯が一カ月のどへ通るわけでもなかった。お腹がすくと一緒に、頭がモウロウとして来て、私は私の思想にもカビを生やしてしまうのだ。ああ私の頭にはプロレタリアもブルジュアもない。たった一握りの白い握り飯が食べたいのだ。

「飯を食わせて下さい。[1]」

あぶないぞ！　あぶないぞ！　あぶない不精者故、バクレツダンを持たしたら、喜んでそこら辺へ投げつけるだろう。こんな女が一人うじうじ生きているよりも、いっそ早く、真二ツになって死んでしまいたい。熱い御飯の上に、昨夜の秋刀魚を伏兵線にして、ムシャリと頬ばると、生きている事もまんざらではない。[2]

などのように、食べることこそが生きることであった林芙美子の思想の原点が描かれている。生きること、イコール、食べること。この図式のもとにおいては、「飯食わない」ことは、〈死〉を意味する。

ちなみにさえと蝶子は作中、次のような会話を交わしている。

「うん、北京へ行くのさ、おれ、もう荷物つくったンだよ」
「お前、そうたやすく切符は買えないよ」
「なアに飛んで行きアいいよ。わけないさ、子供じゃアあるめえし……」
さえの眼中に怪しい光があった。蝶子は妙な気がしてくすくすと笑った。

「怪しい光」を灯した眼で「飛んで行く」と言ったさえは、この世ではない別のところへ、「飛ん」だ。もしかしたら、さえが会いたくて仕方のなかった北京の男は、飛ばなければ会えないところに、すでにいたのかもしれない。

4　飛べない蝶子

以上のように、物語の中にさえの〈死〉は、暗示されていた。一方で、蝶子の末路はどのようなものなのか。「蝶」という、飛ぶことのできる昆虫の名をもつ蝶子であるが、『うき草』においては、彼女はさえのように飛んでいってしまうことはなかった。そのかわりに蝶子が見たものは、Ｂ29が飛ぶ場面である。


二機、銀色の大きい飛行機がぐうんぐうんぐうんと明るいエンジンの音をたててコバルト色の晴れた空の上を飛んでいる。驚いて見ている間に大きい飛行機は東の山ぎわへ吸いこまれるように去って行った。

「えらい立派な飛行機だなア」

「母さん、おれ、初めて敵の飛行機見たよ。いまのがＢというンだろう」

蝶子もびっくりして空を見上げていた。

この日、蝶子は長五郎の出征を遠くで見送っていた。長五郎の家族に気づかれないように、しかし、一目でも愛する長五郎の姿を見、別れを告げたいと願う蝶子の目に飛び込んだのは、空を飛ぶ飛行機の姿であった。飛行機は、遠くの町に空襲をしかけたようであり、炎が夜空を赤く染めあげる。蝶子は不安と恐ろしさを感じながら、体中をがたがたと震わせる。愛する長五郎との別れ、飛行機から放たれる炎の恐怖、これらに打ちのめされる蝶子。彼女は、「蝶」という飛ぶべき名をもちながらも、飛ぶことができずに体中を震わすのみである。空襲のために飛ぶ飛行機は、飛ぶに飛べない蝶子の不安と恐怖を暗示している。

彼女は、愛する長五郎と話し相手のさえがいなくなった村という共同体で、依然として浮遊しながら生きていくのだろうか。また、自分の祖国がどこと戦争をしているのかわからないままに、空に向かって竹槍を振りかざし、時世からも浮遊して生きていく運命にあるのか。

浮きながらも、「飛ん」ださえと、飛べない蝶子。林芙美子は苛烈な戦時中において浮遊する二人の女性を描いた。そして、浮遊する彼女たちの姿は、敗戦後の東京を舞台とする長篇代表作『浮雲』に引き継がれていく。

5　林芙美子文学における「浮」

芙美子は敗戦後の執筆活動期において、『うき草』と同じく「浮」の字をタイトルにもつ作品をいくつか書いている。長篇『浮雲』、短篇「浮き沈み」「浮洲」などだ。なぜ林芙美子は、作品のタイトルに「浮」の語をよく用いたのか。

長篇『浮雲』については、まず、作品中に「富岡は、まるで、浮雲のような、己れの姿を考えていた。それは、何時、何処かで、消えるともなく消えてゆく、浮雲である」と記述される。これは物語を締めくくる最後の文章であり、印象的な余韻を読者に残す。また、林芙美子自身は、『浮雲』の「あとがき」において、「一切の幻滅の底に行きついてしまって、そこから、再び萌え出るもの、それが、この作品の題目であり、『浮雲』という題が生まれた」と述べている。

これらの言及は、あくまで「浮雲」という語についての解釈、すなわち、「浮」そのものではなく、むしろ「雲」のほうにより重点を置いた言及である。しかし、だからこそ、タイトルが「雲」ではなく、あくまで「浮雲」であったということに、「浮」というものに対して林芙美子が抱いていた、うちなる固執がうかがえる。

ここで、『浮雲』と『うき草』における、ある共通した場面に注目してみたい。まず、『浮雲』では、

> 宿の人々は親切で、風呂をわかしてくれた。少人数で、風呂の水を替える事もしないとみえて、濁った湯

だったが、長い船旅を続けて来たゆき子には、人肌の浸みた、白濁した湯かげんも、気持ちがよく、風呂のなかの、薄暗い煤けた窓にあたる、しゃぶしゃぶしたみぞれまじりの雨も、ゆき子の孤独な心のなかに、無量な気持ちを誘った。

というように、ヒロイン・ゆき子が湯につかる場面からはじまり、『浮雲』は、「富岡は、まるで、浮雲のような、己れの姿を考えていた。それは、何時、何処かで、消えるともなく消えてゆく、浮雲である」の文章で幕を閉じる。

一方で『うき草』には次のような場面がある。

のびのびと湯につかり、湯の中に汚れものをつけて洗濯を始める。湯の中は、どろどろと藻のようなものが浮いていた。掘立小屋のかしいだような格子の間から動いてゆく白い雲が見える。暗い天井裏のはりには古ぼけたお札が張りつけてあった。ゆっくりゆっくりと湯の上にも空の色がうつっている。

戦時中のボルネオで見た浮草（イロンイロン）を敗戦後の芙美子は、湯の中に浮かぶどろどろとした藻のようなもの、として描いている。はかなく流されていく人生の象徴であった浮草は、ここでは、人間の生活の汚れがしみついた洗濯物とともに浮かんでいる。それはまるで世俗にひたる人生を表しているかのようである。そして描かれるのが湯の中からみる「動いてゆく白い雲」だ。これはまさに『浮雲』の物語の原型となるようなシーンである。『うき草』のこの場面には、『浮雲』の冒頭とラストが凝縮されている。『うき草』は、そのタイトルの類似性や、これらのシーンの存在により、林芙美子の長篇代表作『浮雲』の誕生を予感させる要素をもった小品であることがうかがえる。

「浮（うき）」には、沈まずに漂っている、着くところがなく漂う、頼り所がなくさすらう、などの意味や、心が落ち着かず、ふらふらする。不安で動揺する、などの感覚、さらには、根拠がない、確かでない、あてにならない、などのニュアンスもある。すなわち、「浮（うき）」とは、確固とした基準や支柱がなく、ふらふらと流されていく状態と言える。

『うき草』において、さえと蝶子は、確固とした絶対的なルールや基準・価値観をもち合わせてはいなかった。村という共同体における暗黙のルールを絶対視していたというわけでもなく、宗教を信じ絶対的な神をもつとか、何があっても守らなければならない家族をもつということもない。また、愛国心という使命もない二人にとって、戦争中における判断の基準はいったい何であったのか。善悪の基準はあったのか。彼女たちは、何を最も大切にして生きているのか、精神の拠り所というべきものがみつからない。

強いて言えば、彼女たちの拠り所は、愛する男であった。しかし、さえの愛する北京の男はすでに亡くなっている可能性が高く、蝶子が頼る長五郎は、徴兵にとられてしまった。男という精神の拠り所さえも失った彼女たちは、判断の基準を失い、ひたすらにさすらい、どこに行くあてもなく漂うしかない存在となる。

一方で、『浮雲』において、富岡とゆき子という二人の男女もまた絶対的な基準をもつことなく流されていく存在であった。敗戦による価値観の大崩壊を体験し、戦後の日本をさまよう二人には絶対的な倫理基準がない。ゆえに、お互いの不倫関係に罪悪感を抱くこともない。また、守るべき家族もいなければ、信仰する神もいない。ゆき子は、インチキ新興宗教で稼いだ金銭で生活をしていた時期もある。

さらに言えば、愛する男が唯一の拠り所であった『うき草』のさえや蝶子とは異なり、ゆき子と富岡は、お互いの存在を精神の拠り所とはしていない。もはや二人は、男と女という結びつきさえも、あてのないものであることを知ってしまっている。

林芙美子は、こうした意味合いをもつ「浮（うき）」を、敗戦後の作品タイトルに頻繁に用いた。重要なのは、「浮」の発想を、戦時中、南方視察の際に「浮草」を見ることにより強固にしているということだ。軍部の意向にもとづき仕事をこなす一方で、インドネシアで目にしたごくふつうの浮草（イロンイロン）を文学的センスのもとに感受し、人生を考え、描いてしまう。これが作家・芙美子のどうしようもない文学魂であり、どん欲な作家精神でもある。どんな状況にあろうとも、書く題材を探す、どんな状況さえも文学に生かすことを考える強さが彼女にはあった。

私たち人間は、時代の中に存在している以上、大きな流れには逆らえない。芙美子の場合の大きな流れは戦争であった。流れに文句を言うよりも、どのような流れにおいても書き続けること。これが芙美子のもつたくましさであり、書かずにはいられない人間のどうしようもない生の姿である。

結果、彼女は生涯において多くの作品を残した。戦中、発禁になっていた『放浪記　第三部』のあとがきには次のようにある。

独りでこつこつ書いて来た。只仕事以外にはない。私は私の不遇な頃の人の心と云うものを白々しく見せつけられている。誰をも信じない。仕事だけが私の救いであった。（略）私は一生懸命に己れの仕事を守って来た。(3)

すさまじく、だからこそ健気でさえある、書くこと、仕事をすることへの執着。これは彼女の人生においてぶれることなく貫かれたのである。

註

（1）林芙美子『放浪記』（一九三〇年七月　新潮社）一五五頁。
（2）林、前掲、六十四頁。
（3）林、『放浪記　第三部』（一九四九年一月　留女書店）二二六頁。

第十章

インドネシアからベトナム・ダラットへ
――『浮雲』の舞台をめぐって

林芙美子の代表作『浮雲』（一九五一年四月　六興出版社）には、仏印（現在のベトナムを含む地域）のダラットが魅力的に描かれる。

　夕もやのたなびいた高原に、ひがんざくらの並木が所々トラックとすれ違い、段丘になった森のなかに、別荘風な豪華な建物が散見された。いかだかずらの牡丹色の花ざかりの別荘もあれば、テニスコートのまわりに、ミモザを植えてあるところもある。金色の花をつけたミモザの木はあるかなきかの匂いを、そばを通るトラックにただよわせてくれた。ゆき子は夢見心地であった。

主人公のゆき子と富岡は、この美しい地・ダラットで愛を育んだ。あとがきには、「戦争中、南方の島を八ケ月ほどまわり、この地方を知っていたので、仏印を背景に選んだ」と書いてあるため、作品を読む誰しもが、作者・林芙美子が実際にダラットを訪れたことを疑わなかった。

しかし近年、林芙美子は実際にはダラットを訪れてはいない、という説が有力になりつつある。望月雅彦は『林芙美子とボルネオ島　南方従軍と『浮雲』をめぐって』（二〇〇八年七月　ヤシの実ブックス）の中で、彼女が軍の派遣で一九四二年から一九四三年にかけて東南アジアを訪れた際の記録に、ダラットの文字はなく、実際に行くことも不可能であったと考えられる、ゆえに、ダラットではなく実際に訪れた確証のあるジャワでの体験が『浮雲』の下地になっているのではないか、と述べている。また、加藤麻子は論文「南方徴用作家　林芙美子の足取り――馬来・蘭印行程と、『浮雲』の仏印行程――」（「武蔵大学人文学会雑誌」36巻3号　二〇〇五年一月）の中で、ダラットの描写は他の本を参照したのではないか、と指摘しながら「林芙美子の仏印行程は、その特定以前に、実行自体に否定的にならざるを得ない」と結論づけている。

こうした意見を聞くにつれ、筆者自身も「なるほどそうかもしれない」と思いつつも、一方で、「あれだけいろいろなところを訪れた林芙美子が、行っていない土地のことを書くだろうか、彼女の作家としてのプライドがそれを許すだろうか」という思いもまた抱えていた。

そして二〇一一年の夏、林芙美子の東南アジアでの足跡を追って約三ヶ月の研究調査を行うなかで、筆者は、問題の地・ダラットを訪れてみた。

ここで筆者は直感的に、林芙美子は実際にダラットに来た、と感じた。芙美子が訪れた痕跡はどこにも残っていないが、『浮雲』というテキストを読み、実際にダラットを見、肌で感じたことで、筆者は林芙美子のダラット訪問を体感したのである。

とくに、主人公ゆき子の宿泊所となる「地方山林事務所」の記述は、ダラットに来た者でなければ描けない。なぜならば、この描写は実際にダラットに存在するいくつかの建物の外観や内観、そして、そこに漂う空気をミックスして生み出されたものであるからだ。

> ランビァン山を背景にして、湖を前にしたダラットの段丘の街はゆき子の不安や空想を根こそぎくつがえしてくれた。以前は市の駐在部であったという白亜の建物の庭にトラックがはいってゆくと、庭の真中に日の丸の旗が高くあげてあった。（略）湖の見える応接間で、一行は事務所長の牧田氏に会った。」（略）二階の一番はずれの部屋で、湖や街の見晴らしはなかったが、北の窓からはランビァンの山が迫ってみえた。庭にはいかだかずらの花が盛りで、毛の房々した白い犬が芝生にたわむれていた。

ゆき子が見た、ランビァン山を背景にして湖が広がる街の風景は、当時のランビアン・パレス（二〇一一年当時のソフィテル・ダラット・パレス）からの眺めだと思われる。ランビアン・パレスは先の引用箇所の数行後に「茂木技師や、瀬谷たちは、ダラット第一級のホテルである、ランビァン・ホテルに牧田氏の自動車で引きあげて行った」という記述で登場する。芙美子は「ランビァン・ホテル」と書いたが、ダラット第一級のホテルという記述もあるので、「ランビアン・パレス」のことであるに違いない。芙美子は、ランビアン・パレスを実際に訪れ、そこから見渡す美しい光景を作品の一部としたのではないか。

ソフィテル・ダラット・パレス（2011年）

ソフィテル・ダラット・パレスから望む湖とランビァン山（2011年）

ランビアン・パレスは一九二二年に創業され、フランス植民地政府の迎賓館としても機能していたホテルである。一九四二年に、それまでのロココ調の外観から、よりすっきりとした外観に改築されている。芙美子が見たのはすっきりとした方であったのか、ロココ調の方であったのか。芙美子のダラット滞在時期が一九四二年十一月から一九四三年四月の中で確定されていないため、不明である。

歴史ある旧ランビアン・パレスは、二〇一一年時においてもダラット随一の歴史と格式を誇るホテル「ソフィテル・ダラット・パレス」として町の中心の高台にそびえ建つ。まさに「白亜の建物」で、スアンフーン湖を望み、晴れた日にはランビァン山が眺められる（しかし来訪した当時は木々に遮られあまりよく見えなかった）。

ここからの景色は、現実を忘れさせてしまう魔力をもつ。高台にあるホテルは、下界と遮断されたユートピアだ。特権階級の贅沢と美が、浮き世からは隔離されたものとして、現在でもダラットの高台から人々を見下ろしている。かつては、ベトナムのグエン王朝最後の皇帝バオ・ダイの宮殿があった場所にあり、フランス植民地政府が大切な客人をもてなしていた特殊な場に居ることについて、『浮雲』には、

極楽にしても、ゆき子はかつてこんな生活にめぐまれた事がないだけに、極楽以上のものを感じてかえって不安であった。富豪の邸宅の留守中に上がり込んでいるような不安で空虚なものが心にかげって来る。

と描かれている。

一方で、林芙美子は、ゆき子の宿泊所を描く際に、旧ランビアン・パレスだけではなく、他の場所をもモデルにしたと思われる。ゆき子自身の部屋からの眺めや、食堂の描かれ方などは、ランビアン・パレスよりも、ダ

バオ・ダイの別荘（パレスⅢ）(2011年)

バオ・ダイの別荘（パレスⅢ）にあるピアノのある客間(2011年)

バオ・ダイの別荘（パレスⅢ）から見るランビァン山(2011年)

ラットにいくつか残るバオ・ダイの別荘をモデルにした可能性が高い。別荘であるパレスは現在三つあり、それぞれ一九二〇年代から三〇年代に建てられている。現在では、とくにパレスⅢが観光地として有名だ。パレスⅢからは湖は見えないものの、ランビァン山が見える。また、旧ランビアン・パレスよりもこじんまりとしており、部屋や階段、食堂が、『浮雲』に描かれる大きさの感覚と似ている。また、パレスⅢには、当時から残るグランドピアノが見どころのひとつとして展示されている。『浮雲』においてゆき子が宿舎で弾いたピアノはこれだったのかもしれない、と想像がかきたてられる。

以上のように、『浮雲』におけるダラットの描写の舞台となった場所について推測してみたが、特徴は、絶妙なミックス、ということに尽きる。そしてこのミックスの中に筆者は、林芙美子が実際に体感した、いきいきとした五感を感じた。自らの身体で体感したことを、書く行為へと集約していくのが芙美子の基本的な創作方法である。パンフレットや参考文献の知識を頭で理解して書くのではない。現実のダラットを体験して、それを独自にミックスして、「『浮雲』のダラット」というユートピアを作り上げたのである。

もちろん、林芙美子がダラットの描写の参考にしたと言われている、明永久次郎『佛印林業紀行』（一九四三年十月　成美堂書店）が、参考文献として大きな存在であったことは否めない事実である。しかし、参考文献を用いる前提には、林芙美子の「体験」が存在しているのではないか。今川英子もまた「ダラットの『ランビアンホテル』、現在のダラット・パレス・ホテルに立つと、実際に訪れなければあのような瑞々しい描写は困難だと思われる」（「林芙美子　自伝小説を超える装置としての巴里体験」神田由美子・髙橋龍夫編『渡航する作家たち』二〇一二年四月　翰林書房）と述べているように、確かに物語には芙美子の体感が息づいているのである。

では南方従軍中のいつ、ベトナムに行ったのか、という問題になると確認する資料は今のところ残されていない。しかし、共に南方に派遣されていた小山いと子は「南方ではスマトラに住居を定め、ジャワ、バリー、マレー、サイゴン等を旅行して」（『夫婦』一九四七年七月　興風館）と記しており、スマトラからサイゴン（仏印）に旅行に行くことが可能であったことが考えられる。

それにしても、透き通った高原の町に、悠然と建つ旧ランビアン・パレスやパレスⅢは、『浮雲』に描かれるように、まるでおとぎの国のお城のように美しかった。ダラットの町も美しいが、パレスの名をもつこれらの建物は別格だ。

長期にわたる南方派遣において、林芙美子はインドネシアを中心に、東南アジアの各地を飛び回り、ときに現地の人々と交流し、精力的に仕事をこなした。実際に彼女の足跡を追ってみると、その過酷さがよくわかる。疲労感にうちひしがれるときもあったはずだ。ダラットの旧ランビアン・パレスや、いくつかのパレスは、芙美子にとっていっときの癒しの〈ユートピア〉であったのではないか。

付録

林芙美子インドネシア作品集

物を大切にする心

私が南方へ参りましたのは去年の十月の終わりでございましたが、往(ゆ)きは船でしたけれど、一路静かな航海で、内地は紅葉のころで朝夕うすら寒い気候でございましたのに、台湾あたりからだんだん暑くなり、昭南へ着きましたときはすっかり夏仕度になり、同じ地球の上でもこんな風土があるのが不思議だとおもいました。十年前に、私は巴里(パリ)のかえりにこの港へ着いたことがございましたが、その時は五月でしたので、その暑さはもっともっときびしいものにおもいました。

南方へ参りましたら、おもにインドネシヤ人の田舎の生活とか、子供や婦人の生活、それから、こんな大きい戦争をしていらっしゃいます兵隊さんの御苦労なさいましたあととか、また、暑い土地々々の気候風土をよくみて来たいとおもいました。

十年前のシンガポールといっておりました昭南港(しょうなんこう)の町は、何となく場末の町と云った感じでございましたが、今度参りました昭南の町々はすっかり四囲(い)の様子が変わっていまして、戦前は随分イギリスがここにお金をかけていろいろな防備をしていたのだなということがはっきりわかるのでございます。昭南へ着きました日の夜は昭南の郊外にあります兵舎へ泊めていただきました。ここにも、それはそれはたくさんな兵隊さんがおられました。もとは英国兵の兵舎だとかで、みはらしのいい小高い丘の上の兵舎は黒っぽい建物で大きい時計台なんかがございましたが、その時計台にも砲弾があたってとまっておりました。ここは通過部隊の兵隊さんが多いのでございましたが、どんどんあとからあとから来られる兵隊さんたちが多いのにとても静粛で、清潔で、人一人いないような静かな兵舎でございました。

昭南では軍の方と御一緒にアロスターというところまで参り、戦跡を見て参りましたが、アロスターと云う処の、とある田舎道では兵隊さんの墓標の上に鉄かぶとがかぶせてありまして、私はおもわずしばらくそのつましいお墓の前から立ちさることが出来ませんでした。村の入口に咲いている黄色いカンナのお花をおそなえしてそこを去りましたが、ふっと、安倍女郎（あべのいらつめ）のうたった、「わが背子（せこ）は、ものな思ほし事しあらば火にも水にも吾なけなくに」と云う歌をおもい出しまして、日本にある何万と云う女性の強さをこころにおもいました。この墓標の方のおかあさまはどんなにりっぱなすこやかな方であろうかと思いました。戦跡にはいたるところ墓標が立っていました。これらの英霊にたいしましても、銃後の私たちはつつましい清らかな気持で最善の、力いっぱいの仕事でおむくいしなければならないとぞんじます。

「大君の命かしこみ磯に触（ふ）り海原渡る父母（ちちはは）を置きて」

と、丈部人麻呂（たけべのひとまろ）の歌をしみじみとおもい、兵士の方々の御父母の姿を尊くおもい、遠い故国へ向かって合掌のきもちでございました。

私は昭南から、ボルネオ、ジャワ、スマトラと参りましたが、暑い土地での兵隊さんの御苦労は並々ならぬものがございます。暑いところでございますけれども兵隊さんの身だしなみは内地の夏と少しもかわりません。インドネシヤの服装は、みなさまも報道や写真で御承知でございましょうが、簡単な上衣をきて、腰には男も女もサロンと云う広幅の布を腰に巻いております。女のひとは、髪をぱっちりと襟（えり）もとにまるめて涼しそうなかっこうをしております。赤ちゃんを抱いているひとはかならず横抱きにしているのも風習として珍しいとおもいました。ことばなんかもとても内地のことばに似かよっていて、女のひとのことをニョニャというのなぞは内地の女人（にょにん）というのに似ています。日本語に、のるかそるかというのがございますが、あちらでも天国か地獄かと云う意味をヌルカスルカというのだそうでございます。そのほかにも、取り替えるというのをトッカールとか、おしゃべりすることをベチャラベチャラなぞというのは面白いではありませんか。

インドネシヤは市場（バッサール）が好きとみえて、どんな片田舎へ参りましても、市場がありまして、とても商売繁昌（はんじょう）でにぎやかでございます。マライのクアラルンプールの市場とかスマトラのメダンとか、パレンバンの市場なんかは東洋一とだれかがいっておりましたけれど、本当に大きい市場でびっくりいたしました。お魚類も豊富ですし、果物もたくさんございます。珍しくおもいましたのはお豆腐だの油揚げまであるのには驚きました。インドネシヤの子供たちはすぐ兵隊さんと仲良しになって、日本の唱歌をならいます。どこへ行っても、昔の寺子屋のような小学校(スコラ)があって、子供たちは、先生の日本語の号令で元気よくラジオ体操をしております。日本語もならっていました。パレンバンのみずほ学園の生徒は日本語のつづりかたを書いて私に下さいました。もう一、二年もしましたら、子供たちは何不自由なく日本語でお話が出来るようになるだろうとおもいます。私も今度また行くときがありましたら国民学校の先生になってゆきたいと思いました。

南方一帯は非常に暑いところでございますが、一日のうちに四季があるように思われました。朝晩が涼しくて、夕方になりますときっとすごい雨が降ってきます。時にはものすごい雷さえ鳴ります。私は雷がとてもきらいで、ものすごい雷鳴をきくたびに、蒼くなってしまいましたが八ケ月もおりますと、いまはその雷鳴さえもなつかしいような感じがいたします。花は年中咲きっぱなしで、驚いたことには大輪の朝顔も咲いていました。いつもいつも蛙(かえる)が啼(な)いていたり、虫の声が絶えません。ジャワではトッケイという動物の声をききました。夜になって、どこからともなく、大きい声で、トッケイ、トッケイ、トッケイと何度も啼くのです。

内地は氷の張るような寒さですのに、南方では大きい蛍がいつも飛んでいました。

どんな山の奥にも日本の方々がおられて、鉱業の方も大変な勢(いきおい)で拡張されておりました。スマトラへ参りますと、畑の中を農園用の汽車が走っているような広大な農場もあるのです。日本の力を大きいものに思いになりませんか。何がとぼしいとかこつ前に、日本の力はどんどんこうしたところに前進していて、大東亜の民族みんなをほんとうに幸福にしてあげようと働いておられるのです。

少しぐらいのとぼしさはがまんして今こそ馬力を出して私たちもお役に立つときだとおもいます。

私は昭和十三年の武漢戦にも従軍いたしましたが、守る力のない国ほどみじめなものはないとおもいました。長い行列をして、ほんのひとかけの塩を貰い歩くみじめさをおもい出しますと、私たちは幸福だと思います。

国とともにある以上、国とともに苦労してゆくのは当然な事だとぞんじます。どんな日でもやすらかに、自分のお寝床で平和にねむれる幸福を持っているのは日本だけではないかとおもいます。

大きい飛行機でもあったら、みなさんをいっぱい乗せてあげて、兵隊さんの本当の御苦労を見せてあげたいようにおもいます。兵隊さんたちのように、私たちも、みなぎりあふれるようなものに耐える精神力を衰えさせてはなりません。

みなさんが、女の修業として、お茶やお花をおならいになるのも結構なことでございますけれど、形式的な習いかたならば、そんなことはやめた方がよく、一つでも国のお役に立つお仕事をした方がよいと思います。

お茶やお花の美しさというのは、外がわから眺めたものをさしていうのではないと思いますけれど、いかがなものでしょうか。どなたの歌でありましたか。

「神よ神よたとえば海の流れ木もあだしえみしにまかせずもがな」

と歌った女の方のこころを、私たちいまこそみんなで持たなければいけないときかと考えます。

お茶の根本というものは、金のかかった茶室とか、お道具や着物などをいうのではないとぞんじます。物を大切にし、心を正しく清らかにすることから始まっているのではないかとおもいます。茶碗を一つ手にとるにもかならず両手でいただくようにすれば、そこにりっぱな安定があり、押しいただけばこれから頂戴するという感謝の念が湧くはずとおもわれます。その感謝の気持と同時に、隣人にむかっておさきにいただきますと云う礼儀も湧いて来なければなりません。

お花を活けても、ただ上手に活けてあるだけでは何もならないでしょう。上手に活けたままいつまでもそのままにしておけば水もくさってくるし、花も早く枯れてしまいます。時々は清麗な水をとりかえて、花の茎も少しずつ、切ってやる愛情は花の生命を長くたもつ事が出来ましょう。ほんの少しのこころづかいということがどんなに日常を明るく住みよく愉しくすることでしょう。

　兵隊さんの規律ある生活をみておりますと、私たちもあのようにすっきりした日常を持ちたいものとおもいます。

　おもいやりの深い女性が家庭にはいって、赤ちゃんをそだてるようになれば、どんなに美しい家庭が生まれることでしょう。

　三ツ四ツの子供が、若いおかあさんに、何彼とたずねたがるものですが、あのお花は何ですかときいても一々うるさいなんかと片づけてしまわないで知っている花だったら、あれは何の花ですよとやさしく教えてやるのが大切ではないでしょうか。

　幼い時から少しずつ積みたててゆく子供の科学心と云うものは、やさしいおかあさんの訓育にあるとぞんじます。乗物にのってもあたりかまわず泥靴をそばのひとにくっつける無作法も、物を大切にするおかあさんからは生まれて来ないとぞんじます。自分の子供さえいい場所をとって、窓の外を見させてやればいいと云ったしつけは、大人になってからも一人よがりな性質にそだててしまいはしないかと案じられます。

　みなさんのような、これからの方達が、けんきょな美しい心で、物を大切にする心づかいをお持ち下さいましたら、千万の力があふれてくるような気持がいたします。

　物を大切にする心というものは、一等すぐれた愛国のまことではないかとぞんじます。人のものだからどうでもいいと云うこころは、小さいときに、泥靴を人のひざに押しつけたこころとおもいます。

　人のものであればなおさら大切にするという気持を持たなければいけません。物というのは物質だけをいうのではなく、みなさんの軀もこころも大切な物です。

　日常つかっているお箸から茶碗にいたるまで、電車や汽車も職場のあらゆるものすべて生命をもって生まれて来たものです。

それらのすべてを大切にいたわってつかうべきだとぞんじます。

そして、神よ神よ、たとえば海の流れ木も、あだしえみしにまかせずもがなの昔の女のひとの強いやさしいこころをこころとして、いまは一生懸命に働きとおす時代だとぞんじます。

ここでみなさんがおつくりになった落下傘が、遠いパレンバンの上空に舞い下ったことを思い出しますだけでも、私はその土地をふみその土地の青い空を眺めておりますだけに、ほんとに涙ぐましい感謝の気持でいっぱいでございます。

貴重な石油の街パレンバンはいまどんどん発展してたくさん兵隊さんがおられます。

力強い自信のあるこころで、元気よく一生懸命、兵隊さんにまけないように私たちも働いてまいりましょう。


「日本少女」(一九四三年十二月号　小学館)

赤道の下

蘭領(らんりょう)ボルネオのバンジェルマシンで今年の正月を迎えた。一面の平原地帯のようなところで、よっぽど遠くにでもゆかなければ山を眺めると云うことは出来ない。この南ボルネオの一帯は、河川による沖積土が発達していて、豪雨にながされた土壌が、遠い山の水源地から運搬せられて豊沃な腐蝕土を海岸に押し流して来ていると云うことであったし、又海洋から生じた堆積層もボルネオの産業上に大切な役割を果たしていると聞いた。

飛行機の上から見ると、一面の湿地帯で、このような処に人が住めるものであろうかと思ったほどだったけれど、地上へ降りてみると、川添いに家はつらなり、樹木はうっそうとよく繁って、素朴な風趣(しゅ)をそなえていた。

＊

バンジェルの町の交通と云うものは水運の便以外には奥地へ行く自動車道がわずかに展けている位で、水上がまるで鉄道のような用をなしていた。町のなかを黄色いようなバリト河が流れていて、その支流のマルタプウラの流れも相当の河幅を持っている。珍しいことには、ここでは土着民のメインストリートはみんな水へ向って店が展げられていて、買物をするにはプラウ（土民の船）に乗って行かなければならない。

朝夕の河の上はまるで玩具箱をひっくりかえしたような沢山の船の往来である。

一日このプラウの出入を見ていて飽きることがない。日本のお伽話（とぎばなし）に一寸法師が赤い椀の舟に乗って箸のかいを持っている絵があるけれど、こっちでは雨傘ほどもある赤いまんじゅう笠をすっぽりとかぶって、細くて平べったいプラウを漕（こ）いでいる図は一寸法師の物語のようでもあった。

家族で乗っているプラウもあれば、食物屋のプラウ、野菜売りのプラウ、干物屋のプラウなんかが水の上を行ったり来たりしている。

店々も水へ向かって呉服屋、雑貨屋、農具屋と何でも並んでいる。

家は小舎がけのようなそまつなもので家鴨も鶏も羊も人間も自然に住んでいてなかなか愉しそうな風情である。稲の苗をいかだの上でつくっているのは珍しいと思った。

＊

私は南のいろいろな土地へ行ってみたけれど、何処へ行っても華僑（かきょう）の存在と云うものは相当な数量に登り、バンジェルのようなところにも華僑は根強い一つの町をつくっていた。林語堂は支那は四億の民があると書いていたけれど、全く華僑のひろがりと云うものはこれは豪雨で押し流される沖積層のように根強いものだと思わざるを得ない。

南ボルネオで歴史的に日本人の事業を根深くかまえている会社では野村殖産の仕事を尊敬せずにはおられなかった。

南方の島々では一番季候の悪いところだろうと考えられるボルネオが、私には一番季候のいい住みいいところのように思われてならない。

バンジェルマシンは雨季は雨水をとってそれで用を足すのだけれど、乾季にはいると水が不自由で河水を使うようになると聞いた。

私がいた頃は雨季だったので、水には不自由をしなかったけれども、濁った赤い水で水浴をするのなぞはあまり気持のいいものではない。それでも馴れて来ると、この水で口もゆすいだりする。

水が悪くても、不思議にマラリヤだのデングなぞと云う病気はいたって少ない。

一日のうちにかならず沛然（はいぜん）としたスコールが来る。時には激しい雷鳴さえとどろく。私はこの雷鳴にだけは命がちぢみそうであった。家をゆすぶるような激しい雷が去ってゆくと、まるで嘘のように空がからりと晴れて来た。一月だと云うのに河岸では大きい蛍が飛び蛙が啼き、虫の音色が旅愁をそそった。

むし暑い夜もあったけれど、いったいに考えていたほどの暑さではない。人情は到って素朴である。

＊

ある日、バリトの河口近くのプロヴサリーと云うところにコロネサシーの農業を見に行ったけれど、旧蘭印政府が、コロネサシーの事業と云うものにどんなに力を入れようとしていたかが判って、日本の農業家にも見せたいものだと思った。スマトラのあの広大なエステートの規模までにはゆかずにこの大東亜戦争に逢い、そのコロネサシーの仕事もここでひとまず区切りをつけたかたちになってしまっている。

コロネサシーと云うのは人口の少ないボルネオに他の土地から農業移民を呼んで、人口の調節をはかり、外領に於ける食料の自給自足の目的を計ろうとする仕事で、蘭印政府がコロネサシーに着眼したのは一九〇五年に、スマトラで計画着手して三十年間も失敗に失敗を重ねて、漸く（ようや）一九三四年には成功の軌道に乗りかけて来たのだと云う事であった。

＊

コロネサシー実施にあたっては政府ではかならず運河をつくって、その後にこの運河の流域に移民を入植させたと云う事である。移民は政府の指導のもとに、一定の距離に移民達に水路を開かせて、各家族に与えた土地を開墾させこたのである。

コロネサシーと云う言葉は運河のかたちを梯子型にしたところから起こったものだと云うことだ。

コロネサシーはおもに爪哇（ジャワ）人を使っている。プロヴサリーなんかでも三年間に約六百家族もはいっている。中央を主運河がゆうゆうと流れ、それから二〇〇米ほどに支運河が分かれていて、運河を中軸にして部落がつくられている。何よりも、出来上がった農産物を運河で運び出す便利を驚きの眼で私は眺めた。

＊

青々と米田が展けていて、若い日本の農林技師のひとがいまはせっせとこの移民の仕事を指導しておられる。

このボルネオはスマトラや爪哇と違って、これからもどんどん人手のほしいところであり、土地は未開発の宝庫のように私には思えた。

ホテルの裏にあるマルタプウラの河岸に出てみると朝夕の潮（しお）のひき具合で、濁った水の上をすさまじい勢いで沢山のほてい草が流れている。これをウォターヒヤシンスとも云うのだそうだけれども、インドネシア人はイロン・イロンと云っていた。根のかたまりあったイロンの草が、潮流のかげんできしきしと音をたてて流れているのは何とも壮観である。

水草の流れを見ていると、〔一字不明〕の方が動いているような錯覚にとらわれる。

インドネシヤのマカン・アンギンと云う〔二字不明〕があるけれど、直訳すれば風を喰うと云うのだそうだ。ここでは散歩の意味だそうで、如何にも散歩することは、風を喰って歩くのにちがいないことで、面白い言葉だと思った。イロン・イロンの草も四時たゆみなく水の上をマカン・アンギンしていて、何時河岸へ行ってみてもふわふわと水の流れに身をまかしているほてい草をみかけない事はない。

人の運命を浮草のようだとたとえた歌もあったけれど、イロン・イロンの草の流れは第一に旅人の眼をひくものであろう。

＊

このボルネオが欧洲人に発見されたのは十六世紀の始めだそうだけれど、そのずっと以前に、六世紀頃には〔四字不明〕初の〔一字不明〕島をめざして支那人が〔一字不明〕来して来ていた様子である。

オランダが南ボルネオへ来たのは一六〇八年頃だそうだけれど、爪哇（ジャワ）へ経営の精力を取られて充分の力がなくなってしまい、案外原始の状態のままで現在まで来たのではないかとも考えられ、かえってその粗朴なボルネオのありさまが私には初々しい住みいい土地のように思われてならなかった。

＊

水ぎわにはマングローブが発育し、ニッパ椰子とか、古々椰子、砂糖椰子とか、鉄木だのカボックだの、様々な熱帯樹が繁っていて、何時見ても緑は衰えを知らない。ゴムとか石油、ダイヤモンドマンガンなんかも、特筆すべき産物だけれど、とてもここでは紙数がなくて書ききれない。

奥地へ行ってみると日本の善いエンジニアの人達が沢山の土着民を〔一字不明〕って日夜涙ぐましいばかりの働きをしておられる。小舎がけでランプのとぼしい灯の下で、青写真をつくっている若い鉱山技師のひとにも逢ったけれど、ここでは日本人は私達二、三人だけですが仕事に忙わしくて少しも淋しいとは思いませんと云っておられた方もあった。

＊

私はまたダイヤク族の部落にも行ったけれど、ダイヤク族の顔は日本人そっくりで、おや誰かに似ていると云ったような顔にもあった。ダイヤク族の子供達は見よ東海の歌をきれいに歌っていた。

バンジェルの夜市では椰子油をとぼしてサッテ・アイアム（焼鶏）を売っていたけれど、一串一銭五厘（りん）位であったろうか。

サッテ・アイアム、サッテ・カンピン、サッテマズラと云う〔一字不明〕のやきとりの小〔一字不明〕を、いまでもなつかしく思い出すのである。（おわり）

「東京新聞」（一九四三年六月十一〜十三日）

マルタプウラア

ひとの心は切なく〔一字不明〕ふてくる旅愁を仰ぐ
赤い遊星のような蛍が虚空をかすめて飛ぶ

何処かで蠟燭の灯が光っている
最後の夕映が遠く去ってゆくと
イロンの草も静かに水の上に停止する
漕ぎ出る舟には水草の匂いと
流れの音が暗くよどんでいる
その水は厳しいものをひそめている
生きている何かをひそめて
ぴちゃぴちゃとバリトの流れに吸われてゆく
悠々として河岸の唸り木（ボコルウ）が風にそよぐ
水の上の家々は硬化したものも脆弱なものも
抱きあいいたわりあって静かに眠る
ものうい蛙の声に暗い水面は拡がる
暗い家の中では祝いごとでもあるのか
タンゴのひとふしが菌類のように
ひそかにかなでられて尾を引く

「ボルネオ新聞」（一九四二年十二月二十五日）

新年所感

南の旅へ来て約二ケ月になるけれど、季節は何時までたっても、白い夏のいでたちで何となくあっけない。厳しい寒さを迎えてやがて来る美しい春を待つ日本の土が南の旅地では有難いもののように思えるけれども、何時もかわりない、春秋のない景色のなかに暮らしているせいか、かえってこうした日本の美しい冬の姿が、ひとしお懐かしいのであろうと考えられる。翠緑したたる小松を戸外に立てて、まず、正月第一日の晨夕をあらたかに祝いことほぐ、日本の風習のすがすがしさには何かしら愛しいばかりの郷愁を感じる。

南の暑熱のなかで迎える正月の所感は、憶うことすべて故国の風景人情であろう。

秋を知ることもなくまして冬もない南の旅地ではあるけれども、時には襟を吹く風、眉をうつ雷雨に愉しい望郷歌を吟じ、孜々として故郷の戦いにともに添う心で遠く来ている兵士の方々は、この新しい南の正月を意義深いことに想われる事であろうと胸に沁みる気持で、私はこの暑い正月を迎える。バンジェルに来て二十日あまり、そしてまた、この土地で正月を迎える私の心のなかには、耕織忙わしい戦時の素朴な、故国の姿をしのび、必死な見聞を貯えねばならぬとひそかに、新年の祈念をこめて東方へ向って合しょうするのであります。(バンジェルにて一月元旦)

「ボルネオ新聞」(一九四三年一月一日)

雨

バンジェルに来て夜の雨音を聴く
冷音　冷音ときこゆなり
ながい旅地もこうしてみれば
遥情哀れなるをさとるのみ
稲妻のおどろに光るを見れば
ごう然と坐れる女の淋しさ
ああ飢寒もなきに痛むこころよ
此旅地すべてとぼしからざれども
などてこの心貧しきよ
歴世の車瞼をよぎる
漠々として哀れなるわがこころ
旅情を惜しむによしなけれども
夜の雨すずろに胸を噛むなり。

「ボルネオ新聞」（一九四三年一月二十九日）

タキソンの浜

タキソンの浜辺はなつかしきかな
黄ろなる砂地に子供の描ける軍艦の絵あり
わが故国の運生の逞しさに神おろがみぬ
歳暮ともおもえぬ南の暑き浜辺に来て
土民の子供の描く日の丸の旗々を見るなり
悠々として立つ龍の如きわが故国の力知るなり
耳かたむければどよめくばかりのかちどきの声よ
海の向うにきこゆなりこの力ある声
晨風（しんぷう）すずろなりこの浜の黄なる波濤
万里の波勢に洗われゆく砂浜に
私の足跡の何と小さく可愛ゆき
うむこと知らずさくさくと私は歩ゆむ
悦びに心躍り五晴を超えて杳（はる）かなる故国を想えり

「ボルネオ新聞」（一九四三年二月二日）

南の雨

今日の雨は明日の雨ならず
沛然と降る夜の雨
音ばかりは快活に降っているけれど
須臾（しゅう）にして何かをさらってゆく
このさみしい旅地の雨よ

○

トッケイが鳴いている
床席に近々と声たてて
気味悪き音を抗げるなり

○

今日の雨はもはやすでに旧雨
思い出に消え去る杳（はる）かなる雨ならむ
厭々（えんえん）としてつきる事なき南の雨よ。

「ボルネオ新聞」（一九四八年二月五日）

スラバヤの蛍

スラバヤにて

光っているからつかまえようと焦る蛍（コウナン）
つかまえようと手をさしのべると
すっとあとなく消えてゆく蛍（コウナン）
ああ何かあるようで何もない光の斑（まだら）
スラバヤの夜の歩道のとある草原に
光って消える無数の蛍（コウナン）
ぴかぴか人の思いの向うに光っては消えてゆく二月の蛍（コウナン）
ものうい夜の闇にガロメロンの音（ね）は哀しく蛍（コウナン）を呼ぶ。
佇（たたず）む人達をわけて南京豆（カッチャン）売りが通る
虫の音色、トッケイの声
ただむし暑い二月の夜のスラバヤよ
とらえるすべなき遠き光の蛍（コウナン）を眺めて
行軍してゆく兵士の軍歌を念ずる憶いにて聴くなり。

「週刊婦人朝日」（一九四八年三月十日号　朝日新聞社）

道路標（「マルタプウラア」より）

空気さえも違ってきた五月の朝
鶏もわたしといたいとよろこんでいるし
鍛冶屋はまだ早いと眠むそうだ
今日はよろこびごとが沢山あるけれど
こんな時代の貴族院議員さまは一寸怖い。
いつもわたしは裸足です
バリ島が好きでカンポン住いが幸福だった
月はまあるく金色に光っている
星は無数夢はいくつも貯えています
あなたとわたしのことも。

榕樹（ワィリンギン）の下で風に吹かれる無上
わたしは何もない裸ん坊
死ねば風葬烏（からす）よ　うじまでもついばめ
みんなひとよ

人々は行ってしまう
何処かへ手のとどかぬ向うへ

何も彼も灰とはなりし……
そのかわり危険はない
ただこのひとは立派だったとか
立派でないとかの墓碑が建つのみ
金銭の多少のおかしみも記念して。

人は何処へ行くのか知らない
誰も誰も知らない
地獄があると云う事だけは灰かに知っていよう……
さて、道路標には何を書いてあるやら。

「婦人文庫」（一九五〇年十二月　鎌倉文庫）

赤い花

再び会い逢うその日もあらば
きれいな南の赤い花よ
仕事が近づけてくれたこの幸福を
人の世ではかりそめと云えと云うなり
夜更けてわが閨（ねや）の蛍を眺め
心噛みしめる苦しみを
一人のひとに責めるなり。

明日はまた雨よ降れ
一人のひとをとどめる雷雨よ
ブキ・タンガの緑をそめる豪雨よ
きれいな赤い花も蛍も
人の心なぞ何も知り申さず候と云うなり。

昭和十七年十二月八日

（新宿歴史博物館所蔵）

望郷

（一）

逢いたいと思うひとがいる
何処にどうして住んでいる人なのだかわからないのだ
けれど
そのひとに何となく逢いたい
名前も知らないし
顔も知らない

ただ何となく逢いたいと云う此思いは
南の国のこの毎日の雨（ウジャン）のせいであろうか
遠く故郷を離れている淋しさから
ふっとあてもないひとを懐しがるのかも知れない

（二）

もう一度めぐりあいたいと思う景色がある
緑の松に白い砂の続いた海でもよい
遠い故郷の身に沁みるばかりの山と川よ
日本の何処の景色でもよいから
はっきりとその景色のなかに私は復えってみたい
頭がすっとするような爽快な故郷に戻れる
日は何時の事であろうか――。

ジャカルタ、二月十九日雨夜

（新宿歴史博物館所蔵）

南の田園（一）　トドンの挿話

　ふっと眼をあけると同時に、表の土間の方でカッツン、カッツンと木時計（ケンロガン）を打つ音が四つきこえた。暫（しばら）く耳を澄ましていると、さわさわと夜風の吹く村の方々で辻の木時計がにぶい音をたてて応えている。壁にひっかけてある豆ランプの灯がとろとろと光っている。私は寝巻の上から部屋着を引っかけて部屋の外へ出て、表口への大きいこわれた扉を押した。土間へ出ると冷たい身ぶるいするような夜明（よあけ）の風が吹きつけていた。土間の壁に張りつけてあるいろんな日本字のポスターが風にはためいている。

　土間の前のペナングアンの山々もまだはっきり見えない。土間のこわれた固い椅子に腰をかけると、土間から一段ひくくなった事務室（カントール）の土間から誰かが「タベエ」とあいさつをしている。薄くらがりのなかを透かしてみると、郵便配達のトドンが茣蓙（ござ）の上につくねんとしゃがんでいた。

　今日は夜明の六時までトドンが木時計を打つ当番とみえる。この山の中の夜明の風は全く身に沁（し）みるように寒い。星がうすく光っているのが、何となくうそ寒い。そのくせ耳を澄ますと、田園（サワ）の方で蛙が啼きたてている。もう間もなく山の後の方から朝の神様を連れて来るであろう気配をこめて、夜の闇が少しずつ水ににじんだように仄々（ほのぼの）としはじめている。

　村長のスプノウ氏の咳（せき）をしている声が奥からきこえて来る。三つになった一人ッ子のディアナが何かむずかっているような声もしている。私は寒むかったのでサラサの部屋着を頭からかぶった。

　ペナングアンの小さい富士山のような山ぎわが少し明るくなり始めた。トドンは暗いなかで椰子煙草（やしたばこ）に火をつけている。マッチが不自由なので石のようなものを打ちつけて火をおこしている様子だ。

　トドンはまだ十七、八のようだけれど、軀つきはもうすっかり大人になっていて背（せい）も高い。

　四囲は少しずつ明るくなっている。一番はじめに夾（きょう）

竹桃(ちくとう)の桃色の花がはっきり見えて来る。女中のワラシが起き出したと見えて台所のかんぬきをはずす音がしている。昨夜は遅くまでタミチンの部落で祭りがあるとかでガムランの優さしい音色がしていたものだ。

「トドン、祭りには行ってみたの」

　私がふっと声をかけると「はい(ヤア)、奥さま(ニョニャ)」とトドンは煙草を口から離してうやうやしくおじぎをしている。こうしたしつけのよさと云うものはジャワ人特有のものなのか、時々ものがなしい思いにさそいこまれる。結びめをぴんと後に張ったさらさの帽子をかぶって、トドンも寒いのか、腰布(サロン)をすっぽりとだるまさんのように肩からかぶって膝を組んでいた。つつましい礼儀作法をおろそかにしないこのような人達のすなおさに心が熱くなって来る。木時計(ケンロガン)は一間ばかりもある乾いた木を吊(つる)して、それを木の槌で時報がわりに叩くだけの簡単なものだけれど、どこの村でもこの時計は眼にする事が出来た。村長の事務所(カントール)ではじめに時を打ってやれば、村の辻々の木時計の下にはかならずその日の当直がいて、村長のところの木時計の音を合図に槌で叩きはじめる。バリーの島ではこの木時計(ケンロガン)をクルクルと云った様だった。

　太陽の神スウリヤがペナングアンの山の上から金の馬に乗って走って来た。トドンは頭を地につけて夜明けのお祈りをしている。原住民達はみんな信仰にあつくて、自然風物のものすべてを、神になぞらえて、その自然のあついめぐみを子供のように無邪気に受け入れているのだ。

「奥さま、今日はタミヤチンの方へおいでになってみては如何ですか、籠椅子(タンルウ)もございます」

　トドンが云った。

　私はこのトラワスの山の村へ来て、丁度二週間になる。毎日サワに出て原住民の百姓仕事を眺めるのが愉(たの)しみであったし、小学校(スコラ)へ行って先生に日本語を教えるのも愉しみであった。

　トラワスの村はずれに、巨きい榕樹の木があって、誰でもこの不幸な木の下を通る時には走るように通りすぎた。私は学校の帰りに、この榕樹の下に来て暫く涼をとるのが好きであった。村の原住民達はこの木を不幸な木だと云った。この木の下に長くいると榕樹の精霊が人の軀にとっついて離れなくなり、いろんな不幸なことが始まると云うのだけれど、私はこのあたりでも一番眺めのいい場所にあるこの榕樹の木が好きであった。

太陽の神スウリヤは、すっかり朝の光をふりまき始めた。木時計は六時を打った。丘の下の道を、羊(カンピン)を連れた女達がまずぞろぞろと通り始め、口々に「タベエ」と朝のあいさつをしてゆく。今日は日曜日で、窪地の広場では市場(パッサアル)の開く日だ。

ペナングアンの山が茄子色にくっきりと鮮やかに姿を現し、美しい円を描いて山の上に重なりあった田圃(サワ)は、朝の光を浴びて金色に光り始めて来る。トドンは安心したように槌を壁へかけて自分の家へかえって行った。ペナングアンの山は千六百米位の高さで、まるで富士山のようなかたちをしている。村長の家の土間から真正面なので、まるで広重の絵を見ているような気持だった。鶏の時を告げる声が所々にしている。前の市場には馬に荷物を積んだ男が来た。その男のあとからあとから、まるで流れるように近在の商人がいろいろなものを市場の中へ運んでいる。ただ屋根だけのがらんとした市場だけれど、やがて場所割りのくじが始まったようだ。

女中(バブウ)のワラシが、裸足で熱いコーヒーを持って来た。小柄で、十四、五歳の少女だけれど、顔の表情は老人のようににぶい。私は熱いコーヒーを見ると、急におなかが空いたような気持になった。ワラシは私の足もとの土の上にきちんと坐って、私の用事を待っている様子だ。

私は、部屋のランプを消すことと、毛布を干して貰うことと、少しばかりの洗濯物を頼んだ。ワラシは泥の土間に額をつけるようにして音もなくすっと奥へかくれてゆく。市場の向うの田圃(サワ)では丁度田植が始まっていた。内地では三月だと云うのに、この南ジャワの山の上では田植が始まっている。

柔い雲が田圃(サワ)の上でただようている。水田への道を、犁を白い牛につないだ原住民が四、五人で歩いてゆく。原住民達は、何故か高声で話しあうと云う事をしない。

良質の水田は幸福気に見える。なだらかな起伏をみせた田圃（サワ）の道ぞいに、カポックの木が並木になっている。所々の火焔木の赤い花も美しい。

ディアナが起きてきた。手に私のつくってやった日の丸の旗を持っている。ワラシが小さいディアナを横抱きにするようにして賑やかな市場へ降りて行った。事務所（カントール）の二人の事務員がやって来た。スプノウ氏と、夫人のアシヤさんも起きている様子だ。私は部屋へはいり、タオルを持って、裏の水浴場へ行く。裏口にはもう下男（ジョンゴス）が来ていて、さかんに薪を割っていた。

ここでは下男（ジョンゴス）は通いと見えて、朝、自転車でやって来るとすぐに薪割りから始め出すのだ。暗い台所ではかまどの火が燃えている。煤（すす）けた天井には、唐（とう）もろこしの束（たば）になったのが、いくつも、いくつも吊り下げてあった。日本の田舎の生活と少しも変わりがない。狭い中庭には、黄いろいアラマンダーの花が、まるで月見草のように露（つゆ）に濡れてべっとりと咲いていた。薪割りの音は吸いつくような音を立てている。小学校のそばで小舎がけの飲食店をしているテラギアと云う寡婦（かふ）が、青いみかんのはいった籠（かご）をさげて下男（ジョンゴス）のところへやって来た。あたりには蟬が鳴きはじめた。外気は少しずつ暑くなり始めている。

水浴場（マンデー）へ這入って行くと、かけひの水がひんやりとしていた。石造りの水槽には冷たい清水（しみず）があふれている。オートミルの空缶が桶のかわりになっている。紐に服を引っかけて冷たいしびれるような水を全身にあびる。

昨日のことが思い出せないような、そんな呆（ぼ）んやりさになっている。水浴（マンデー）を済ませると、気持が少しばかり爽やかになった。——土間へ出て行くと、もう事務所（カントール）の石の段々から下の往来へかけては、石油の配給を受ける村の人達が瓶を手に持って、泥の上に静かに坐って待っていた。誰一人話し合っているものもない。列を作って泥の上にべったりと坐って順を待っているのだ。二人の事務員は大きいドラム缶からジョウゴで瓶の中へいくばくかの石油をついで金を受取っている。銅銭は、昨夜トドンの坐っていた茣蓙（ござ）の上へ落葉のようにつもっていった。石油を貰った人達は丁寧に額に手をやって、中腰で列の前を通って道へ降りてゆく。

女中のワラシ(バブウ)は、郵便配達のトドンが好きであったが、気の弱いワラシは、トドンの姿をみるとすぐかくれていたけれど、トドンの妹のナンカが石油を買いに来ると、如何にもなつかしそうに走ってかえって、土間の上からにっと笑ってあいさつをしていた。

中土間の暗い食堂では朝の食事が始まる。

右端に腰をかけたスプノウ氏は、こんな貧しい家に、二週間もいていただいた事は光栄ですとのべる。まだ三十歳を越えたばかりの若い村長のスプノウ氏は、バタビヤの医科大学を出たのだとかで、ドイツ語もフランス語も達者だった。

この村長の官舎は、泥の上に四本の柱をたてて、板だけで部屋割りをしてあると云ったそまつな建物であった。月のいい夜なんかは、壁の板戸から月の光がベッドの上へ縞になって流れこんだ。

床は泥の固い土間になっていて、椅子を置くと、土のくぼみでぎくしゃくと動いた。夫人のアシヤは二十二歳で、仏像のような顔をした美しいひとであった。夫婦とも日本に非常な興味を持っていて、何とかして日本へ行きたいものだと話していた。この二月にあったスラバヤでの村長会議にも、沢山の村長達が日本へ行きたい話をしていたとスプノウ氏は素朴な表情で話す。日本へ行(ゆ)きたいと云えば、トドンがさかんに日本語をならいたがっているけれど、ほんの少しの会話でも教えてもらえないであろうかと夫人のたのみであった。トドンはプリガンの生まれで、白人の別荘相手にささやかな食料品店を両親がいとなんでいたけれど、白人達はトドンの家から食物をとって一銭も払わないで逃げてしまったそうである。トドンの両親は大きい子供達を連れてこのトラワスの部落に戻って来て、いまはささやかな田地を借りて百姓をしていると云う事であった。トドンは何処かでしらべたとみえて日本の医科大学にはいりたいと熱心に思いつめているのであった。

唐(とう)もろこしを塩煮にした柔い粥(かゆ)と鶏卵(たまご)の目玉焼きと

コーヒーの朝の食事はなかなかおいしい。このへんの住民は唐もろこしを常食にしているとかで、夫人はうでて乾かした唐もろこしの束ねたのを持って来て見せてくれた。

十時頃になると市場はもう近在の買物客でいっぱいだった。私も市場へ降りてみた。果物は青いみかんがさかりとみえて油の浮いたような肌の柔い青いみかんが山のように積まれている。

豆腐屋、肉屋、黒砂糖屋、噛み煙草、農具、何でも、土の上に店をひろげている。大道の飲食店では焼肉に、凸凹の大きい果物ナンガを切り売りしているのもある。――トラワスの村では昼の食事が三時になっていた。今日は小学校の先生達へ、私は十二時から日本語を教えに行くことになっている。この山のなかにいる日本人（にっぽんじん）は私一人きりであったので、狭い村のなかはスプノウ家にいる私のことが相当問題になっている様子で、道であう人達は遠くから中腰になってしずかにえしゃくをして私のそばを通ってゆく。

市場の外の荷馬車のたまりで私はトドンに逢った。トドンは丁寧におじぎをして何か話しかけて来たい様子だった。

「何なの（アパ）？」

私が声をかけると、トドンはまぶしげな表情で、日本語の本を出して「今日は、よい、お天気です」と云った。私は瞼（まぶた）のおくが熱くなった。チャンパクの黄いろい花の匂（におい）がただようている。

紺の洋袴（ずぼん）をはいた女が煙草を吸いながら、市場へはいって来た。爪を紅（あか）く染めているのが、この山のなかでは時代おくれに見える。

市場の奥にある綿布（カイン）商人のところへ云って、声高にしゃべりながら布を買っている様子だ。誰もこの不作法な女達を注意している者はなかった。私はトドンと畦道（あぜみち）を歩いた。トドンは古くなった黒のビロード帽子をかぶって、白い襯衣（シャツ）に青竹色のサロンを腰に巻いていた。ねんどのように柔（やわらか）い畦の上は裸足にならなければ歩きにくい。私は白のゴム靴をぬいで裸足になった。トドンは吃驚（びっくり）していた。土地の女達がするように、私も裸足だと云うと、トドンはにこにこ笑った。

「郵便局（ディマナ・カントル・ポス）はどこなの」

とたずねると、トドンは、プリガンまで行（ゆ）かなければ本局はないのだと話していた。

畦の上を蜻蛉（とんぼ）が飛んでいる。田圃（サワ）の水は小波をたてていた。田から田へ流れあっている水は畦のきわにリボンのような小川をつくって爽々と窪地の方へ流れていた。川岸には匂（におい）のいい芹のような草がしげっていた。裸足で歩いているのは気持がよかった。トドンも勿論裸足である。女中（バブウ）のワラシを好きかとたずねると、トドンは眼を染めて、

「はい（ヤァ）……」と小さい声で云った。


ワラシは百姓の娘で、家が貧しくって、十六にもなって、まだ前髪を切る式の金も出来ないのだけれど、私もワラシもまだ若いのだから一生懸命働きさえすれば、神様は幸福を下さいますでしょうと云うのである。トドンは白人相手の商売をしていただけに、英語も、フランス語も少しばかり話した。私とトドンの会話は不思議な力で通いあっていた。それは全く不思議な力で。二人の間に、もどかしい話題が出ると、二人は畦道に立ちどまって、両手で言葉の意味をつくる。

トドンは私を何処へ連れてゆくのか、黙って山のなかへ這入りはじめた。山道へかかるところどころの芝生の広場には白人の別荘があったりした。いまは住むひともないと見えて、庭には草がはびこったままだ。

途中から、村の顔なじみの男の子が二人私の後について来た。トドンは私の靴を持ってくれた。子供達は野花を摘んでは私のところへ持って来る。

「何かうたって（ニャニ・ニャニ）」

私が歌をせがむと、男の子たちは、ミヨ、トウカイノ、ソラ、アケテ、と歌いはじめる。南ジャワのこのような山の中で私はインドネシヤの子供の口から祖国の歌を聴くのだ。祖国は遠いけれど、祖国の歌はこのようなところまで飛んで来ている。

三キロばかり深い森のなかへ這入った。小道を黄いろい水蛇が走り去る。

「このさきに、空から降って来た仏陀（ぶっだ）があるのです」

トドンの説明は、私には一寸わからない。空から降っ

て来た仏陀、私はなおも一心に苔で滑(すべ)っこくなった山道をあえぎながら登った。薄いジャケツを着ているのだけれども少しも暑くない。

　オランダ時代の円いトーチカがある。草の中に鍋を伏せたようで不気味であった。こんな山の中にもトーチカがあったのかと思う。暫くゆくと、十畳敷位(じょうじきぐらい)の巨きい石のかたまりが樹間に見えた。

　トドンが静かに額に手をあてて祈った。

　裏側は屹立した山肌で、一寸した窪地のなかへ、胸から上だけの仏像の顔が空を向いて横たわっている。そばへ寄ってゆくと、小山のように大きい石の顔である。柔和にみひらいた顔が、山の中の小暗いところだけに気持がわるい。胸のゆるい窪んだところには苔色の水がたまり、青い空の色がうつっていた。

　全く、空からでも降って来なければ、このような落ちかたはしないであろう仏陀の顔を私は暫く眺めていた。トドンは、仏陀の蓮の花のような耳へ唇を寄せて祈った。私も山ぎわへまわって、左の耳へ祈った。トドンは両手で巨きい石仏の首へ手を巻きつけた。トドンはそうする事によって、若い憂悶を慰められている様子だった。生気をとりもどしたような表情で子供達をからかい始めた。

　二、三日して、トドンがスプノウ氏や私に別れを告げに来た。スラバヤの造船所の人夫に傭(やと)われていくのだと云うことである。

　スラバヤの港では日本の船がどんどん造られている。トドンは夢を持っているのだろう。日本船(にっぽんせん)をつくるところへ行って遠い日本の空気を吸いたいのであろう。

　女中(バブウ)のワラシはトドンが村からいなくなっても少しも悄気(しょげ)てはいない様子で、相変わらず朝は五時に起きてディアナを守りしていた。ワラシは時々小さい声でパントゥンを口ずさんでいた。美しい声であった。

　夕方になると、椰子油(やしゅ)をとぼした飲食店のテラギアの家が、村の若い衆で賑わった。砂のようなコーヒーに羊のサッテを食べて、青年達は日本の話をしている。日本(にっぽん)はどんなに大きく強い国だろうと云うことを。

私はだんだんトラワスの生活にも馴れて来た。村長から小馬をかりて、山越えをしてプリガンの町へも行ってみた。

白人の別荘地のようなプリガンの山の町はひっそりとしていた。水田はどんなところにも開墾されている。火焔木(かえんぼく)や、いかだかずらの花にかこまれた白人の別荘だけが死んだように静かだけれど、そんなものにはかかわりもなく、百姓達は、神のあらたかなめぐみのみを信じてせっせと田園で働いているのであった。

今年は天候の工合がよいので、このままでゆけばまず豊年であろうとスプノウ氏が話していた。

山では陽がはいるのは九時頃である。黄昏はみじかいけれども、暗くなるまで、はっきりとした明るさがつづく。その黄昏前にはかならずひどいスコールがあった。米のとぎじるを流すような沛然(はいぜん)とした雨が降り、凄い稲妻が光り、雷鳴がした。ペナングアンの山も雨煙にかくれ、庭先の桃色の夾竹桃の花だけが水しぶきの中で鮮やかであった。

ワラシは土間に坐(すわ)って雨にみとれている。スプノウ氏夫妻は部屋へ引っこんでしまう。私も雷にへきえきしてベッドへ逃げこむ。台所では年をとった女中(じょちゅう)が鶏を絞めている。一時間もすると、幕を引いたように緑色に光ったペナングアンの山が見えひぐらしが鳴きはじめるのだ。

トドンは二、三日して、日本字で書いたハガキを私によこした。線の面白い占いのような字であった。スラバヤで働きながら日本語をならっている由である。

毎晩、夜更けてから、トラワスの村に木時計は鳴っていた。にぶい打音をきくと、いつかの夜明けのように、トドンが莫蓙の上にうずくまっているような気がしてならない。

私は小学校(スコラ)の先生達に、毎日、日本語を教えに通っていた。小学校のかえりに、私は丘の上の不幸な木である榕樹(ワイリンギン)の下で涼をとるのもまるで日課のようになった。涼をとりながら、日本の友人知己の事を考え、思いに耽(ふ)けることが唯一つの愉しみであった。

村では誰もここでは涼まない。夜の神様が犁星や、南十字星を連れて来るまでにはまだ五、六時間も、この村は明るいのだ。

この村へ来る郵便配達は、若いトドンのかわりに、もうかなりな年配の背の小さい男が、半洋袴をはいて、ヘルメットをかぶって、裸足でくばって歩くようになっていた。名前は何と云うのか、どこから来るのか知らない。榕樹（ワイリンギン）の下の私に遠くからえしゃくをして、プリガンの方へ小走りに去ってゆくのである。

（つづく）

「婦人公論」（一九四三年九月号　中央公論社）

南の田園（二）　水田祭

小さい裸馬に乗って、石ころ道を下ってゆく。みがきこんだ青い空に神話的な積乱雲がむくむくと小高い田圃（サワ）の上に出ている。いろっぽい風情をしたいかだかずらの紫紅の花が土民の家の石崖を上に咲いている。トラワス村から、プリガンの町へ抜ける間道で、道幅は人が二人位並んでとおれるほどな狭さである。馬のたづなを持っているのはキホイと云って、少しばかり耳の遠い気だてのいい男であった。途中の土民の家では、どの家も子沢山で、子供達は裸で遊んでいるのもいた。私の馬は時々石ころにつまずきそうになる。栗色の肌が濡れたように汗で光って来た。馬も暑いのであろう。どこまで行っても田圃（サワ）のせせらぎの音がして爽涼とした小波のような風を耳に伝える。

田圃（サワ）で働いている人達は腰をのばして馬の上の私の方へ挨拶をしてくれた。もの静かな表情は活人画の絵のように品がいい。これらの原住民達は東西南北の心得はあっても、その東西南北の遠い彼方に、どんな国々があるのかは一向に知っている様子もない。ペナングアンの山を中心にして朝は太陽に礼拝し、夕べには月に祈りをささげ、南十字星の光に家族の健康を祝いあった。何のくもりもない美しい月の出が一日一日盈(み)ちてゆくのは豊年の象徴であり、順調な旱天(かんてん)は村の人達の気持を陽気に明るくしている。川添いのタミヤチンの部落へ着くと、「一、二、三、四、五、六、七、八……」と先生が号令をかけている声がしている。ラジオ体操が始まっているのだ。日本語の号令が微笑をさそう。小学校の前にもいかだかずらの花が咲いている。馬から下りてキホイに馬をあずけて広場へはいってゆくと、若い校長先生がにこにこして出て来た。建物の中は納屋のように暗くて涼しい。教室の中に鶏がはいっていて、小さい子供達に追いまくられている。男の子はみんな黒いつばなしの帽子をかぶっている。

教室を抜けて裏庭へ出ると、涼しい木蔭に椅子が二つ出ている。私は校長先生と時間の打ちあわせを済ませると、これからプリガンまで行ってみるのだと話した。薄い薬草の匂いのするコーヒーが出た。私は来週の水曜から女の先生達にも日本語を教えることになっているのだ。村の若い先生達は日本語を習ふ事になかなか熱心である。校長先生は眼鏡をかけて白い背広を着て、腰には派手なサロンを巻いてサンダルを素足に引っかけていた。タミヤチンの小学校(スコラ)は窪地の仄暗(ほのぐら)い樹の間に建っていて原始的な小舎(こや)のようなかまえである。

ラジオ体操はまだつづいている。

やがて私は校長先生に別れをつげて、キホイの待っているかどぐちへ行った。若い校長先生はプリガンへの途中で食べるようにと云って、ランピュタンの実を五つ六つキホイに渡した。キホイは私達の弁当のはいっている籠の中へそれをいれて馬のたづなを握った。プリガンへの道は広い自動車道路もあるにはあったけれども、近道の間道を行くには馬が一番いいのだと村長スプノウ氏の話である。裸馬の背に乗っていることは相当苦痛ではあったし、乗りつけない私には何となく全身の神経がつかれてくるようで、少しずつ憂鬱になって来ている。

四囲にはさまざまな小鳥が鳴きたてていた。遠くでは山鳩も鳴いている。まだこの坂を降りきって、四キロも行かなければならないのだそうだ。気が滅入って来て時々キホイの後姿を呆んやり眺めてみる。キホイは裸足で、よれよれの洗いざらしたサロンをみじかくバンドにたくしあげていた。右手で私の馬のたづなを握り、左腕には弁当入りの籠のつるをとおして、野花とむちを持って黙々と歩いていた。

キホイが泥水をよけるたびに、白い野花は薄荷のように涼しく匂った。熱帯のめぐみをうけて、キホイの皮膚は健康な茶色に染って、馬の肌のように汗で濡れていた。田圃は一段ずつかさなるようにして片側の山道の向うへ展けている。畦の小流れの水が絹のような音をたてて可愛く流れていた。昼近くになったせいか空の真上でぢりぢりと太陽は白い炎をあげて来た。そのくせ、田圃の所々には人眼につかないところに暗いような木蔭をつくっておもいがけない美しい景色を見せている。大きい蜂がさっきから私達のまわりをさきになりあとになりして追いかけて来ている。全く大きい蜂だ。遠くには平たい丘のような山々が重畳とつづいている。白い堤防には村の女達が洗濯物を地べたに干していた。この、なごやかな景色は、人の心をものがなしい思いにさそいこむ作用をおこさせるものなのか、私もキホイもさっきから一言もしゃべる必要もなく呆んやりしてしまっているのだ。ただ小さい馬だけが鼻息荒く時々ぶるぶると立ちどまって首を振っていた。

キホイは土地の百姓であるけれども、子沢山なので、方々の田圃に傭われて行ったり、時々は道案内にもたのまれたりするのである。力仕事の出来るさかりの年齢とみえて、たくましい肩つきには何となく力が満ちているように見えた。キホイは耳が遠いので、自分でも口数がすくなくて、何時も人を見るのに子供のようにまぶし気な表情をしていた。キホイは何を考えているのか、時々遠くの空を見上げるようにして歩いていた。小さい疏水のそばへ来ると、四ヶ月半で伸びきった稲穂は金色のもうせんのように輝いて、ここでは一家じゅうがとり入れに忙わしそうである。キホイが畦(あぜ)に坐っている男に何か云った。ねばっこいしっとりした畦の土も汗ばんでいるようにみえる。畦と田圃(サワ)のさかいのくぼみに清冽な水が小波をよせて流れている。その涼しい流れに畦の男は足をひたして涼んでいるのであった。私も疲れたので馬から下りた。のびのびとした気持になる。

今夜は月の出を待ってこの村では米祭りがあるのだとかで、キホイは両手をつかって説明をしてくれた。私はその米祭りをみたいと思った。七ツ八ツの子供が蜻蛉(とんぼ)をつかまえては袋に入れながら走って来た。蜻蛉は食用になるらしく、トラワスでも子供達が蜻蛉をつかまえていたのを見た。キホイは馬のたづなを握ったまま、流れに自分の足をひたして小さい声で畦の男と何か話をしている。背中の軽くなった小馬はのろのろと歩いて道ばたの草を皓(しろ)い歯でむしっていた。

私はこの涼しい水ぎわで弁当を食べたいと思った。キホイから弁当入りの籠を受取ってうで鶏卵(たまご)や、芭蕉の葉に包んだ焼飯を出してキホイにも与えた。キホイは押しいただいていくら食べるように云ってもにこにこ笑ったままで食べようともしない。主人と下男が一緒に食事をするものではないとでも思い込んでいるのか、至って礼儀正しく、ただそっと私に背をむけて椰子煙草(やしたばこ)を吸うだけである。

田圃はこまかに区分されて石段のように山の上までよく開けている。青い実をつけた蜜柑の木が陽当たりのいい窪地に群生している。西の空が少しばかり昏(くら)くなって来た。急に何とも云えない涼しい風が吹いてきた。狭い畦土の上を蜻蛉とりの子供が綱渡りのように腰をふらふらさせて谷の向う側の道へ歩いて行った。私は原住民のするように手で焼飯をたべた。

四囲はねむたくなるような景色である。私の坐っている草の上には、黒い蛞蝓(なめくじ)のようなどろっと光った虫が一匹しずかに動いている。大きい雲はいつのまにか小さくちぎれ、風にゆられて浮動しはじめる。キホイが私の方をふりむいて「雨(ウジャン)ですよ」と云った。棹をさすようなかっこうで、空のすべてのものが全速力で東へ走ってゆく。急いで食事を済ませると私はすぐキホイに馬を連れてきてもらって道を急ぎはじめた。巨(おお)きなスコールの来る前ぶれだからだ。小さい村の入口にある二叉道まで来ると、曇った空からしのつくような雨が降りはじめた。私は馬から下りて、角店になっている支那人の荒物屋の庇(ひさし)の下へ逃げこんだ。雨はすさまじい勢でごうごうと煙をあげて降りはじめた。私とキホイが雨やどりをしているきりで、原住民達は平気で雨の中を歩いている。ここからプリガンへは一キロ。坦々とした広い道が、急に文明の世界へ来たような感じである。雨はなかなかやみそうにもない。クレップ襯衣(シャツ)を着て黒いズボンをはいた番頭が暗い土間から椅子を持って来た。店の台の上には白砂糖や、小麦粉、干魚なぞが木箱に山盛りになって、そのどれもに蠅が真黒にとまっている。土間の陳列には日本製のセルロイドの玩具が少しばかり並んでいる。色眼鏡だの安全ピンだの、ハンカチ、そんなものがごちゃごちゃ並んでいる。

　三十分位もして雨は少しばかり霽(は)れてきた。荒物屋では少しばかり買物をして、びっしょり雨に濡れた馬に乗ってプリガンの町へはいる。山間の美しい町である。山へ向った建物の大半が白人や華僑の別荘だけれども、いまはほとんど住む人もいない様子だ。とり入れをした稲穂をてんびん棒で荷なった百姓が四、五人大急ぎでゆるい坂を登っていた。

　雨あがりの冷たい山の町は、壁や赤屋根の色彩が水ににじんでいる。ふっと、一軒の商い店に雨に濡れた日の丸の旗が出ていた。私は暫く呆然となり、祖国の美しい旗にみとれている。

　道の片側にセメントで固められた溝にはまるで瀧(たき)のように激しい雨水が流れている。山の町のプリガンをまわって、もときた道へかえすと、私達は竹藪(たけやぶ)の小道から曲がって田圃への近道をとった。何処へ行っても竹の群生がある。キホイに竹を指差してたずねると「バンブウ」だと云った。馬来語に竹をバンブウと云うのだろうかと不思議に思った。内地では想像の出来なかったような幻想的なこの田園の景色が、私の遠征旅行を非常に勇気づけてくれる。このような田園の風土は人に烈しい感情をおこさせるものだ。粒々辛苦して日々を田畑に働いている原住民の姿には根強い土への執着がにじんでみえる。働かざるもの食うべからずの哲学を知るのだ。プリガンの町の姿よりも、私は田圃(サワ)に出てはるかに力のみなぎるものを感じて来た。

　キホイには四人の子供がある。四人とも男の子供だそうで、一番上の子供はもう何処へでも使い走りをしていた。キホイの家を一度たずねた事があったけれども、真暗い家の中には羊の仔と同居で、小柄な細君は終日子供を横抱きにしてキホイと田圃(サワ)に働きに出ていた。——早くかえって、私はキホイの案内で米祭りを見に行かなければならない。空はすがすがしく霽(は)れて今宵は美しい月の出が見られるであろうと楽しみである。月が出るごとに一ケ月はすぎてゆく。私は南へ来て五度目の月の出を迎えた。マライで一度、ボルネオで二度、スラバヤで二度、そしてこのモジョケルトの山村で一度……。村へはいると、シリイの袋を腰にした老人がキホイと挨拶をして通りすぎた。野良がえりの女達は正しい姿勢で頭に荷物をのせてさっさと行(ゆ)きすぎてゆく。律動的な動きが、どんなみにくい女をも美しく見せている。

　その夜、私はキホイの案内でタミヤチンの部落(カンポン)に米祭りを見に行った。驚くほど大きい月の出である。椰子油を瓶の中へとろとろ燃やして露店を出している女達がいる。焼肉(サッテ)を焼く脂臭い煙がただよい、ドリアンの実や、ランピュウタンだの、ドクウなんかの果物を売っているところもある。にぶい太鼓や、ガムランの哀々とした音色が人の心をそそるようだ。キホイは小さい子供の手を引いていた。新しい派手な紅色のサロンを巻いてサラサの帽子をかぶっていた。田圃(サワ)では大きい蛍が飛び、ギターの太い音色のような食用蛙が啼いている。蛍は時々人ごみの中にも飛んで来た。山風(やまかぜ)は爽涼としていて、ペナングアンの山も影絵のように月夜の空にくっきりと浮かび出ている。女達の髪油の匂いや、チャンパクの花の匂いが如何にも山村の祭りらしい。豊饒な土の匂いもしている。その豊饒な収穫のよろこびが、こんなにも農村の人達のこころをかきたてて歓(よろこ)びの祭りを天へささげるのかと、私はこの初々しい米の祭りの市を珍しく眺めていた。広場では裸足の女や男のロンギンが始まっている。ガムランは少しずつ高調子になって来た。何時の間にか、村長のスプノウ氏夫妻も私のそばにやって来た。月の空を夜鳥が啼き渡ってゆく。芭蕉(ビイサン)の実を平たくして焙って売っているところには子供連れの女衆(おんなしゅう)ががやがやとおしゃべりをしている。短調なガムランの音色はいつまでもつづいている。私は持って来たジャケツを羽織った。夜になると四囲は急に涼しくなり、秋の気配を感じる。虫が啼き、夜露が草木にきらきら光って来るからだ。

ジカ　テイダ　カルナ　ブラン
マサカン　ビンタング　テモール　テインギイ
ジカ　テイダ　カルナ　トアン
マサカン　カミ　ダタン　クマリ

ロンギンの踊りの群からはパントゥンの四行詩が唄われている。月もこの素朴な祭りにほほえみ給(たも)うたのか、雲一つなく青い光は天上の湖かと眺められた。スプノウ氏の説明によれば、このパントゥンの意味は、この世に月がないならば、いかでか高く東の星がまたたこうぞ、この世にあなたがいなければ、かく逢う二人もないものを、といった愛らしい歌だそうで、私は南国らしいこの歌にききほれていた。

　日本の山間の松林のように、到(いた)るところに椰子の木が丈高く繁り、月夜の椰子の木の風情は高雅でもある。私はタミヤチンの区長の家の間で暫(しばら)く休ませてもらった。椰子(やし)油の灯火がにぶく人々の顔を照らしている。屋根の上の月光の方が椰子油の灯火よりも明るい。天井でちちちちと蜥蜴(とかげ)が啼いている。プリガンの町のように、白人の官邸の遺物一つもない浮世ばなれのした村の生活は、文明に汚(よご)れることもなく、自然風物を素直に受け入れている。オランダ時代の文明と云えば、この村にもたった一つホテルをつくっていた。だけどそのホテルもいまは廃墟のようになってしまって、小人数のドイツ人が静養をしている位である。ドイツ人の飼っているボルゾイ種の大きい犬がよく村のあっちこっちでせっかちに吠えたてていた。爪を染めた白人の女達もどこかの別荘にいる様子ではあったが、村の人達はすべてに無関心だ。

区長の家の土間には、田舎の電車の停留所のようにいろんな人があつまり、小さい声でささやきあっている。軈(やが)てぬるいコーヒーが出た。夜道をかえる私の為に、椰子の葉で葺いた籠椅子が用意されている模様なので私はスプノウ氏にことわって貰った。村の人達と一緒に、夜の田圃(サワ)を私も歩いてかえりたかったからだ。

祭りはまだ続いている。二時頃までも続く様子である。区長夫妻はもう老年に近い人達であったが、ものごしが柔和で、幸福そうな家庭人に見えた。土間の庇を蛍が飛んだ。

ロンギンを踊る村人達は、あとからあとからくりこんでいる。

豊年を祝い踊りをささげるこの人間の美しさに光をますように、夜の自然すべては錦織りの布地のような背景をみせていた。

軈(やが)て、女中(バブウ)がバナナの揚げたのを皿に盛って出て来た。バナナの天麩羅はボルネオでも食べたけれども、柔(やわらか)い歯あたりのこの揚物はなかなかおいしい。

土間の竹張りの壁には、日本のポスターが貼ってあった。そのポスターの横に大きい世界地図がかけてあって、日本の赤い色だけがくっきりと私の眼に沁(し)みる。

区長は私に新しい日本語の教科書を持って来てみせたりした。

月夜の田圃(サワ)には月がくだけて光り、畦の道はしっとりとやわらかである。ガムランの音色が段々後へ遠くなってゆく。私達は小学校(スコラ)の前を通った。平べったい建物の中は森閑(しんかん)としていた。村の家々には椰子油の灯火がとぼっている。暗い戸口で蹲踞(しゃが)んで話しあっている家族もいる。

或る家の横では、家鴨(あひる)ががやがやとなきたてた。家鴨は盗人の番人だと何かで読んだけれど、そうぞうしい家鴨のなき声に私達はおかしくなってくすくす笑いあった。

スプノウ氏が先頭になり、アシヤと私がつづき、あとはキホイ親子と村の人達が四、五人だ。

家へかえると、月はもうよほど高くなり、石崖の下のところまで女中のワラシが迎えに出ていた。私達はまた暫く、土間になったカントールで椅子に腰をかけて話しあった。

土間の隅に村長の事物机が一つある。その机の後に、書類や書籍にはさまれて、細い台の上に大幅物の白木綿の布地がひとまき置いてあった。村のうちに誰かが死ぬると、死装束として、何尺かのこの白木綿が与えられるのだ。私はまだ、インドネシヤ人の生活様式についてのタブー（禁制）を何一つ知らないけれども、死んだ人に白木綿を巻いてやる風習をきいて、自分の国でも死装束にかたびらを着せる風習がつづいているのを思い親近なものを感じた。

木綿が不自由なので、昔のように長いものを死装束につかう事が出来なくなったと云う話である。

私は豊饒なジャワの土に就いて村長と話しあった。人口四千万以上の密度だときくジャワ全土の農村は、この人口をまかなうに充分であるのだろうかと思ったからである。一年中の季節に変化のないジャワの水田は、一定の時期もなく勝手に時を得て種を植えつける様子だ。

火山の多いジャワの土は充分な太陽の光と湿潤な大気によって羨ましいばかりの沃土をつくり、収穫時にもなれば穂摘みのような稲刈をする。肥料はさほど施されなくても自然の火山灰が旨い米を実らせてくれるのだ。昔はボルネオへもいくらか米を出した事もあるけれど、現在では人口が多くて自給自足のかたちではないかと云う話だった。

オランダ時代からの農村の生活は、話にならぬほどみじめなもので、この村へ用事で来る白人は、別荘を建てるにいい場所を選びに来る位で、働く百姓の生活に就いて親身に視察したり話しあったりする白人は一人もなかったのだそうである。スラバヤの官吏からまわって来るものと云えば税金のとりたての紙が来る位で、百姓は朝から夜まで働きどおしで、貧しい暗い住宅に住み、めったに米を食べる事も出来なかったと云う事だった。

ニッパ椰子で葺（ふ）いた暗い小舎のなかに百姓達は住んでいる。だけど、私には大理石の床をつくり、雪のように白いシーツの敷いてある部屋で扇風機にあたっている文明の生活を少しもいい生活とは思わなかったし、羨ましいとも思わない。何はなくても、最愛の家族とともに土に働く人は幸福だと思える。

ペナングアンの上に出ている月の光はますますさえて来たし、夜風は胴（どう）ぶるいがくるように寒くなって来た。私は挨拶をして部屋へ行く。スプノウ氏は夫人とランプを持って奥の部屋へ引きとって行った。耳の中がしびれたように静かな夜更けである。壁の豆ランプの下に枕とダッチ・ワイフを寄せて、私は馬来語の字引をたんねんに操っている。

マカン、アンギン。風を喰うと云うのは、散歩の意味だそうだ。風を食べると云う語源はどこから出たのか、あまりにうがっていて、一人で微笑している。明日（あした）は十時から日本語を教えに行（ゆ）くのだけれど、私の瞼（まぶた）のなかには、水曜日から教えに行（ゆ）く四人の若い女の先生の顔が何故だかふっと浮かんできた。

四人の女の人達は、誇張した表情もしなかったし、白人の女のように山ではく男ズボンなぞはきたがらなかったし、コンパクトも持たなければ、口紅一つつけてはいない。白い上着に絹のように柔（やわらか）くなったサロンを腰に巻いて、素足に革のサンダルを引っかけているきりだ。髪に花をさしている人もいた。白人の文明に汚されないインドネシヤの女の服装は、世界的にも一番着心地がいいのではないだろうか……。壁の表で急に木時計（ケンロガン）が十二時を打った。耳を澄ましていると、あっちでもこっちでも木時計がにぶく鳴っている。私は色々な事を考える。

（つづく）

「婦人公論」（一九四三年十月号　中央公論社）

果物と女の足

南の広い土地々々で私は沢山の果物を見た。マンゴーだのドリアンだのは内地でも知らないひとが沢山あるだろうと思う。ドリアンは中の実がシュークリムのように白くねばっこくて漬物のような匂いがするけれど、食べ馴れて来るとなかなかおいしいものだ。丁度いまがドリアンのシーズンだけれど、ドリアンを積んだトラックに出遭うと、ドリアンの風が吹きつけてきて、何となく豊年の気分を与える。日本の人達は食べずぎらいの人が多いけれど、私は好んでこれを食べる。極楽の国がどんな処かは知らないけれど、私は南へ旅をしてみて、地上の極楽という処はこの南の土地々々ではないのかと思えた。数かぎりもなく果物は実り、鳥はさえずり、野猿さえも人怖じしないで田舎(かんぽん)の道端へ出て来る。

樹木も巨大なものがすくすくと生い繁っている。二月だというのに、どうかすると、五月の爽かな宵をおもうようなきれいな黄昏があって、詩心がなくても、この風物には惹かれてしまうに違いない。

ナシガラガライマ　NASI GALA GALA IMAN という言葉があるけれど、たどたどしく字引をひいてみれば、衣食足って礼節を知るとでもいうのであろうか、私はボルネオのバンゼルマシンの草市で、小さい米田の模型を眺めた時に、この面白いナシガラガライマの立札を見た。インドネシヤは日本の私達と同じようにみんな米を食べる。米を大切にするのは勿論だけれど、私は米の種類の豊富なのにも驚いてしまった。米田の模型を草市に出品して、衣食足りて礼節を知るという立札をつけておく民心の優しさに私はほほえましいものを感じた。

この可愛らしい米田の模型を見ているうちに、私は米のよく出来るジャワの田舎に住んでみたいと思った。私も何時までも旅情にひたってはいられない。現実は私のようなものまで動員されていると思えば、私は何かに向って念じ祈りたい。一茶の信念ではないけれど、「五十にして冬籠りさへならぬなり」の言葉をここに来て噛みしめて味わう気持である。

風の音信によれば日本は数日前に雪が降ったということである。「心から信濃の雪に降られけり」これも一茶の句であったろうか、私はこのつつましい詩人の、慟哭する息吹を受けている日本の血を、いまさらに美しく強いものに考える。ところで、日本の蜜柑は豊年であったろうか。

○　○

風のない、空気のひやりとした日本の小春日の朝というものは、これはまったく世界的な朝かも知れない。柔かな光や影で満ちている日本の風物を私はなつかしいと思う。温暖（あたた）かな南縁で蒲団を干したり、縫物をしたり、下駄の音のこまやかな女の発音は、私の旅愁のなかに千人針の赤い糸の粒々のようなものを憶い出させる。

馬来でも、ボルネオでも、ジャワでも、女のひとはたいがいは裸足で歩いていた。都会の焼けつくようなアスファルトの歩道の上を、インドネシヤの女達は平気で裸足で歩いている。

発音のない女の歩みを見ていると、何だか黒い猫を聯想（れんそう）してくる。インドネシヤの女の足は汚いけれど、馴れて来ると、その足は段々と美しく見えて来るし、第一、生活的で諷刺（ふうし）をひそめている。働く女の足、何処までも歩む女の足は美しい。靴をはいたり、靴下をはいたりして、人間本然のものを虚夢（きょむ）的に忘れ去っている、あのむつかしい文化的というものが、インドネシヤの女の生活のなかにはあまりないように思える。長い間、白人の支配下にあって、文化的なものを身につけたつもりでいても、うっかりと、女の足だけは原始時代そのままで、黒い足は裸足のままだ。たまには裸足の足にサンダルをつっかけているものもあるけれども。インドネシヤの女の足だけは、素直に文化的なものを忘れ去っているといえよう。子供も裸足が多い。

男も働いている人達は裸足が多い。その裸足の足によく調和して、都会も田舎（かんぽん）も好ましい潤いを持っている。

南のこうした土地々々が、どうしてもっと早くから私達の地理歴史の教養の中にじっくりとはいって来なかったのかと口惜しくも考える。

暑くて、耐えがたいほどの様々な病気があって、蛇(へび)やわにや、悪い蚊がいて、水が悪くて、こんな色々な悪いことずくめな南の土地を空想している人々に、私は、私の見た南方旅行をお話したいものだ。こちらへ来て四ヶ月近くになるけれど、私はまだ一度も病気をしない。乏(とぼ)しい体力では無理がきかないのは勿論(もちろん)だけれども、無理をしない程度の心の悠々さは南の生活の第一条件であろうかと思える。

「週刊朝日」（一九四三年五月十六日号　朝日新聞社）

南方朗漫誌　ジャワの夜は……ガメロンで

爽味のない南の朝

南の食物で、米の次に大切なものは唐(とう)もろこしであろう。インドネシヤの言葉でいえば唐もろこしをジャゴンというのだそうである。田舎でも都会でも市場へ行けば、皮ごとふかして乾(ほ)してあるのを、いくつかの房(ふさ)に束ねて売っている。どんな料理にもつかいこなしてあるけれど、私はトラワスの田舎で食べた唐もろこしの柔かい粥(かゆ)の味だけは生涯忘れることが出来ない。内地へ帰ったら、空地にジャゴンを植えて柔かい粥をつくって食べようと愉(たの)しみに空想している。

時過ぎゆくに非ざるなり、吾等過ぎ行くなりと外国の作家がいったそうだけれども、南へ来て見ると、歳月の速いのには驚いてしまう。

四季がないせいか、一日のうちの時間の速度が少しも感じられない。朝はたいてい八時に夜が明ける。長い仄暗さはつづかない。仄々明けてゆく漂よいというものが少しもない。もう夜が明ける頃だなと思うと、子供の寝起きのように、すぐ、からりと朝になる。

夜が明けると花売りが通る。果物売りが通る。兵隊さんの行軍の軍歌がきこえて来る。鳥が啼き始める。ジョンゴス（下男）が起きて手鼻をかむ音がする。次にはバブウ（下女）が起きて咳をしている、何だか牧歌的な朝で、窓を開けると、もう、じりじりするような青い空に入道雲の白いのがむくむく動いている。カンナの花は四季咲きっぱなしで、夜露にべとついてしなだれているし、朝顔の花がビロードのように木蔭に開いている。赤い蟻がぼつぼつ柱や石の床に進軍して来る。

往来では人種も区別つかない様な白人の女達が黒眼鏡をかけて自転車に乗って通る。

ベチヤ（リヤカアのようなもの）が通る、ドカアル（馬車）が鈴を鳴らして通る。朝は何も彼もが生々している。スラバヤでもバタビヤでも街のなかを運河が流れているけれど、河の水だけは黄粉を流したように濁っていた。見馴れて来ると、その河の水色も牧歌的だ。私は枯れた木というものをあまり見ないけれど、この土地の植物の生存はどんなものであろうか。気候に支配されて、生命はどの位の長さで樹木を繞っているのであろうか、私は不思議で仕方がない。

芭蕉は到るところにあるけれど、芭蕉のあの不恰好な広葉の間から、黄色いバナナが実るのだ。私は四季のない南の土地へ来て、植物の年齢や生き方や、結実が不思議で仕方がないのだ。

静かな真昼どき

スラバヤというところは暑いところだと思った。昼間は軀がじっとりして来るほど汗臭くなって来る。空は眼を開けっぱなしているように青く眩しい。

南の民家の建築物には二階家というものがほとんどない。天井が高くて、窓硝子がなくて、ちょっとした家の天井には扇風機がぶんぶん廻っている。

白人がインドネシヤに残している文化というのは、結局はこの扇風機と白いエナメル塗りの電気冷蔵庫かも知れない。馬来の田舎をまわっても、小金のある家では宝のようにアイスボックスを飾っている。民家の台所をのぞいて注意を引いたのは、日本でいう蝿帳（はえ）といったような箱だけれど、夏になると、こまかな金網を張った箱に食物を入れて、台所の涼しいところに置いてある蝿帳が、南の土地では、食堂の片隅に、まるで本箱か、衣装棚のように飾ってあって、扉にも刻りの入れてあるのなぞがあった。けれど、裏側をのぞいてみると、裏側は全部素透しで金網が張ってある。

　ここでは昼の食事は二時か三時に食べる風習だ。トラワスの山住いをしている時の私の昼食は何時も三時に始まる、インドネシヤの食事は皿が一枚あればこと足りるといっていいほど一枚の皿に御飯もおかずもスープもごったに盛って食べる。辛いけどおいしい料理の仕方は日本料理のようなすずやかな色彩というものはないし、また、支那料理ほどの味の複雑さもない。――ただ皿の上は何となく黄色いものの山盛（もり）なのだけれど、私は何度もおかわりをして食べる位うまいと思った。

　南の土地で、平民的でうまい食物は何といっても、サッテにとどめをさすだろうと思う。何のことはない焼鳥の一種で、色んなたれをつけて、胡瓜（きゅうり）なんかと食べるのはおいしい。何しろ鶏も羊も牛も安いのだから。

　私はインドネシヤ人が寝室とマンデー以外には帽子をとった事がないだろうと思えるあの回教とかいう宗教の事はあまり知らないけれど、足は跣足（はだし）でいても、帽子だけは絶対にとらないのが妙で仕方がない。女は戸外を歩く時はゆるやかな布を頭からかぶっている。

　真昼の街や田舎は、鶏まで昼寝をしているのか森閑（しんかん）として静かな時がある。インドネシヤという民族は、じっとみていると、なかなか純朴で勤勉さを持っていて親しい感じがして仕方がない。

宵は蛍と音楽で

　このころは雨季なので、夕方になると雨が降る時には凄(すさ)まじい雷鳴をまじえて豪雨が降る時がある。雨は日本のようにしとしとと降る雨というのはめったにない。非常に男性的な雨で、一時はどうしたらいいかと思うような沛然(はいぜん)とした雨が、一、二時間も降りつづくと、まるで物忘れした人のような表情でけろりと霽(は)れてしまって、いっせいに並木の梢で小鳥が啼きたてる。

雨が来る前にはきっと風が木の梢を波のようにゆすぶっている。雨が霽れたあと、思いがけないような彩雲がきらめきそれからまたすぐ夜になる。夜明けの漂いがなかったように、この土地の黄昏(たそがれ)もほんの一瞬のうちに暗くなってしまう。

夕飯は八時頃から始まる。

田舎の生活では十時に食べた事もあった。

田舎といえば、モジョケルトの田舎では電気がないので、ランプをつかっていた。バリのキンタマニー阿巌荘でもランプだったし、ブドグールの湖畔にあるパサングラハンではヤシ油の灯油をとぼしていた。

馬来の旅でも大きい蛍の光を随分見かけたけれど、スラバヤでは街のなかを蛍が飛んでいた。二月だというのに、南の土地では蛍が飛び、秋の虫が啼きたてている。

ジャワに渡って不思議だったのはトッケーの啼声(ごえ)で、夜になるとはっきりした声で、トッケイ、トッケイと啼くのが、まるで子供のいたずらのように聞こえた。馬来のアロスターでは天井に屋守の這うのを見たけれど、これはなかなかの愛嬌(あいきょう)者で少しも怖ろしいとは思わなかった。

夜更けにふと眼を覚ますと、不気味な食用蛙の鳴声を耳にする。世界中の夏の風物が、ここでは四季たゆみなく生活をいとなんでいる。音楽は金属性のガメロンの音と、にぶいタイコの音が印象に残る。夜は早く眠るので夜更けの街の姿を知らないけれど、蚊帳(かや)ごしに硝子戸のない窓を見ていると、暗い天空は襦子のように光って暑くるしい。そのくせこの暑さは爽涼としたものがあって寝苦しいと思う夜は一夜もなかった。

窓越しに夜中の月を眺めていたら、よどんだような月の色が涙を誘った。

些細(ささい)なことが私達を慰める。何故というに些細なことが私達を悲しませるから。パスカルの言葉ではないけれどどんな夜もあった。

「週刊朝日」（一九四三年五月二十三日号　朝日新聞社）

南方朗漫誌　マラン市街

田舎（かんぽん）

インドネシヤの子供は純朴で可愛（あい）らしくて仕方がない。どんな山の中へはいっても、子供は手を振って、オハヨウと挨拶をしてくれる。何気なく田舎（かんぽん）の学校（スコラ）へ立寄ると子供はすぐ日本の歌をうたってくれる。

私はジャワへ渡ると、スラバヤ州にあるモジョケルト県ジャボン郡のトラワス村の村長さんの家へ十日ばかり住まわして貰った。ペナングアンという小型の富士山のような秀麗な山を中心にして、どんなところにも美しい米田が展けている。丁度、信州の姥捨（すて）のようなところで、月でもあれば田ごとの月を眺められるであろうと思えるような濃やかな田園である。石崖（がけ）の上の小庭には桃色の夾竹桃の花が咲き、月見草のような黄色い花の咲くアラマンダーの木もある眺めは、日本の初夏の田舎と少しも変わらない。

　南の土地々々は何処へ行ってもそうだったけれど、兎に角、何処へ行っても広いと思う。無限に広い感じだ。このモジョケルトにも十六の区があると村長さんに聞いて吃驚してしまった。たどたどしい片言でたずねたのだから間違いがあるかも知れないけれど、発音の通りに私はメモに十六の区名を書きつけて来た。トラワス区、タミヤチン区、カタパンラメー区、カシマンカンロン区、プレー区、シロタパー区、カロンウレー区、シロリマン区、カアソメン区、セリカアテン区、ゾラモチョウ区、シコサリー区、ジャディジェジェアル区、ショウゴン区、パアナアンクガン区、ルウヨン区、これだけの土地の広さを考えて地図を見ると、何だか島根県位の広さはあるように思えた。朝起きて市場へ行くと、山の中の田舎とはいいながら、小銭を使うのに溜息が出るほど物価は安い。

　市場へ買物に来た女衆は、いくつも包んだ紙包から金を出して肉を買ったり、魚を買ったりしている。肉でも魚でも、料理をしたものでも、あらゆるものすべて、ここでは芭蕉の葉で包んで売っている。女衆は隣り近所から頼まれて来るのであろう、十銭位の肉片をいくつもの芭蕉の葉包みに〔一字不明〕して、籠を頭上へのせて帰る。鶏は生きて啼いているのを買って行くのだけれど、一羽の値段が田舎で二十銭位、都会で四、五十銭のものだと市場で聞いた。全く食べるものは安い。道端の飲食屋の食事ならば、インドネシヤは二銭五厘で結構生きてゆかれるのだ。

マランの蝶

　馬来を旅行していると、何処へ行っても華僑が多いけれど、ジャワに来ると、ジャワ人のジャワといった感じが深い。華僑のことは私にはまるでスフィンクスのようなものだ。この人種の生活を辛抱強く見ているのはやりきれない。馬来では自然の風物すべてが男性的、あのえんえんと続いたゴム園と同じように、私達に何となく理想を吹きこんでくれる。馬来の将来はすっきりと開けるような気がして来る。ジャワの風物はしっとりと女性的で、何となく月の出のような感じだ。仄々しているけれど、何となくとらえがたい。

どんなに偉い人の風評話を聞いても、まず一度は会ってみなければ印象は語れないのと同じように、その土地もまず踏んで足をつけてみなければよく判らないと私は思う。私は内地で空想していた南の考えがまるきり違っていたのに吃驚している。

欧洲の旅行でもそうだったけれど、愉しく描いていてがっかりした国もあった。土地も行ってみて始めて風物人情が判るし、人も会ってみて始めて何かが判るのだと思う。

南の土地は来てみていい土地だと思った。

一領の衣服さえあれば四季はそれで済む。雨も気にしなければ、何の遠慮もなく濡れてしまえる。豪雨の中を、子供が嬉々として濡れてゆくのを見ていると、パラソルを売っていないのも不思議とは思わない。

回教の根強さにくらべて、クリスト教というものが、東洋ほど強くはいっているとは思われないのは私の考え違いであろうか、ここでは白人の資本が手放しで遠慮もなく到るところに洒落た別荘やホテルをつくっている。

朝鮮や台湾なんかに、日本人がこんなに沢山の別荘やホテルをつくったらどんなものだろうと、日本人の質素やつつましさに胸を打たれる。

街を行く兵隊さんの姿を見ても、そのつつましい服装には、遠く来て信頼を持つ気持だ。日本人のうつぼつとした気持を代表して若い兵隊さんは元気よく行軍してゆく。スラバヤのそばのマランでは久しぶりに漢口戦時代の○○大佐にお眼にかかれて瞼が熱くなった。

マランの街道ではよく綺麗な蝶々の飛ぶのを見た。白い羽根に紫や紅の斑がある。大きい青い蜻蛉も稲田の上に沢山飛んでいた。

キラ・キラ

ゴムの樹は遠くから見ると、まるで白樺のように見える。私はとくに、幼齢林優圃のゴムの樹が好きだった。カポックの木はまるで電信柱のように行儀がいい。

ドカアルで田舎道を走っていると、カポックの木の実が白いままでちぎり捨てるように飛んで来る。泊り泊りの家では、かならずこのカポックの綿を使った寝床にやすんだ。枕にもカポックがはいっているし、ダッチワイフにもカポックがいっぱい詰まっている。南の旅へ来て夜の寝床で不思議に思うのは、巻寿司のような長枕のダッチワイフがかならずついている事だった。足が疲れている時は、これに足をのせていればいいし、うそ寒い時はダッチワイフをおなかに抱き締めて寝る。

南の女の好んで口にたしなむものにガンビルというものがある。タンニン材料としてもまことに大切なものだけれど、女達は香料としてガンビルを使っているそうだ。

私はまだインドネシヤの女の風習をよく知らないけれど、薄暗い皮膚の色は、私には何となく親しめるものを持っている。女の子の風習のなかに、白粉（おしろい）を額にべっとりと塗りたくっているのがある。白粉というものは東西を問わず女には魅力があるものらしい。

私は支那にも度々行ったし、支那の文学もすこしばかり読んだけれど、支那の風物や人生観には何となく肯定がないように思える。逃避的なものが妙に鼻について来る。老年になって、あきらめに逃げてゆくのもよいであろうが、それでは美しい団結した国は出来てゆかない。すぐ、ぽきりと折れたがるのではないだろうか。

老年になっても、生活を憶うねばり強さはほしいものだと思う。南の風土には、支那のような大きな芸術はないかも知れないけれど、風土人情そのものが、身を持ってことに当たっている感じがしてならない。年を取っても老年臭がなく、勤勉に暮らしているような民衆が多い。

インドネシヤに年はいくつだと尋ねると、キラキラいくつと答へる。キラキラと云うのはおよそと云う意味だそうだけれども、随分面白い云い方だと思う。私もこれからキラキラで年を云おうなどと微笑ましくこの言葉を味わった。

「週刊朝日」（一九四三年五月三十日号　朝日新聞社）

スマトラ――西風の島――

一

スマトラと云う処を、どんな土地だろうと、少しでもこの風土に興味を持っている人達に、私は今度のスマトラ三千キロの旅行を書いてみたい。

東京を出発したのが十月の末で、もう、南へ来て約六ケ月になる。六ケ月の間に、私は馬来から旧蘭領ボルネオ・爪哇（ジャワ）・スマトラと旅をつづけていた。南の土地々々へ来て想う事は、これまでの南洋の紹介と言うものが、ついこの間まで随分簡短に省略されていて、私達が識っている南洋の風土は案外幼い知識でしかなくて、暑くて住むに耐えがたい土地とのみしか考えられなかったものである。私は南の土地へ来て、この巨きい地球と云うものをもう一度考えなおしてみる必要がありはしないだろうかと思った。

自然と云うものは何と云うゆるぎない岩畳（がんじょう）さで、そしてまた豊麗なものであろうかと思う。暑くて住むに耐えがたい土地と考えていた南の土地々々が、既にこの様に沢山の住む人々をかかえて繁昌していたのかと思うと、今迄の南洋に就いての私達の知識が案外なところで浅くて茫洋としているのに気がつく。その点から言っても、今度の私の南方への旅は千載の一遇とも言うべきで、私は自分の生涯をこの光栄ある旅に果てるとも悔いなしの気持が独りで歩いた。

パスカルの言葉のなかだったかに、人間と云うものの大きいところを知らずにおいて、獣に等しいことをあまりしばしば知らせるのは危険だ。それと同じように卑しいところをぬきにして大きいところばかりをあまりにしばしば知らせるのも危険だと云う風な一章があったけれども、私は地球の智識に就いても、このパスカルの味わい深い言葉をあてはめて考える事が出来ると思う。

地球は巨きいと云う事は解るけれども、まるで林檎のくさったところを切り捨てでもするかのように、北のはじと、南のはじは人も住めないような土地のように教えられる事は危険な事ではないだろうか。地球の巨きさを識る為にも、私達はこれからはもっと注意深く地図を読む必要があるだろう。

南の旅を続けていて何時も心に去来するものは、この悠大な東洋諸国の新しい恢復期は、何と云っても、日本の国が先に立って、一つの境地を創り出さなければならないと云うことで、東洋の豊麗な伝統を創る国は、これからは日本をおいては他にありえないし、恢復期の清新な風をおくるのも日本のこれからの大事業だと思われる。

馬来では、マラッカへ行った時に、丘の上の長官々邸の庭に紫色の朝顔の咲いているのを見て、私は何となく故国への郷愁を感じ、日本の四季の美しさを憶って切ないものがあった。長く旅を続けている間に、ボルネオでも爪哇でも、朝顔の花の咲いているのを見て、私は、南洋の土地の風俗や習慣のなかに、非常に日本的な親近なものを感じるようになり、山田長政以前の、もっと遠い昔から、人の交流や、植物の流植と云うものはあったのだろうとなつかしく南の風物を眺めた。たとえば、住宅にしても、服装にしても、如何にも日本に似通うているところが多くて、その点では、隣の支那大陸とくらべてみて、むしろ、南洋の諸国の方が、日本に向っては多くの通じるものがあるように考えられるのである。住んでいる人達の肌の色は褐色で、日本人に近い骨格は、人種的に云っても、私達よりそう遠い人達とは思えない。風貌は牧歌的で、柔和な表情は、南の暑熱の自然が創りあげたものであろうか、いったいにのんびりとした物憂そうな動作が、四季のある国から来た私には一寸ばかり間のびた感じにさえも見えるのであった。人情は純朴で、原住民の住んでいる巷には初々しい世相がうかがえる。私はインドネシヤ人が好きだ。

二

爪哇での二ケ月の旅を終えて、ジャカルタから飛行機でスマトラのパレンバンへ飛んだのは三月三日のお雛様の日だった。

昭和十七年の二月十四日にパレンバンの上空に空の神兵である日本の落下傘部隊が降りてからのパレンバンは、日本の人々はスマトラのパレンバンの地名を永久に忘れる事は出来ない。三百年の長い夢をむさぼっていたオランダ人の頭上に、日本の落下傘部隊が降りて行った時の、その日の感激を想うと、パレンバンの赤土の飛行場に降りた私は、青い晴れあがった空を暫く見上げていた。

爪哇ではほとんど毎日うっとうしい雨に屈していた私は、抜けあがる程晴れ渡ったパレンバンの空を見上げて、ボルネオも、爪哇も、スマトラも、同じ南の島でありながら、空の色も、土の色も、草の色も異なって見えるこの土地を珍しく眺めた。蘭領東印度の重要な地点であるパレンパンの空には、香ばしい石油の匂いがする。

スマトラは赤道を挟んで、北緯五度四分から、南緯五度五十九分にまたがり、東経九十五度から、百六度あまりに達する南北に長い、世界で第三番目の大きい島である。スマトラと云う地名は、和蘭領有の折の名前だそうだけれども、土民はプラウ・パラト（西風の島）と呼んでいたと云うことで、また或る地方では、プラウ・ペルチャー（ゴムの島）とも云ったり、プラウ・アンデラス（黄木の島）などとも呼んでいたと云うことだ。

和蘭語ではスマトラと云う言葉をどのように訳すのかは知らないけれども、土語で西風の島と云うのを聞いて、からりと晴れた美しい大きい島の景色を空想せずにはいられない。スマトラをゴムの島と云うのも中々いいし、黄木の島なぞと呼ぶのも如何にも南国らしい。

スマトラ島は、東半分は馬来半島に向い合い、内地の瀬戸海のような静かなマラッカの海峡に面している。南の方は爪哇島に近々とせまっていて、この狭い海峡からは、爪哇の文化がどんどんスマトラへ流入された事と思われる。北の方はベンガルの海に向い、西海岸は印度洋の紫波に面して、広々と熱い海に根を張ったスマトラ全土は、おおらかな壮年期にあるような、そんな雰囲気を私に感じさせた。――ボルネオのバンジェルマシンと云う処に暫く滞在した事があったけれども、ボルネオの自然を見ての感想はまだ青年期にはいったばかりの島のように思い、このスマトラの風土とくらべてみて、将来のボルネオの発展も愉しみに考える事が出来た。

　爪哇と云う処は、これはもう、展けるだけ展けてしまってこれ以上の人間を入れる余地のない、完成された老年期の島だと云う印象をうけた。

　南方の土地は、住むに耐えがたい暑さではないけれども、明けても暮れてもかなり湿度は高く、人間の動作をにぶくするような、そんな物憂い日の連続で、この変化のない日常は永遠に続いているようなやりきれない焦心を与える。こちらの田舎の歌に、この暑さにうんざりして床にはいり、朝もうんざりして起きると云う言葉があると聞いたけれども、変化のない、眼にするものすべて緑の季候では、寝るのも起きるのもうんざりすると云う言葉はなかなか面白いたとえである。だけど、私はこの暑さは非常に好きだ。去年の東京の暑さよりははるかに涼しいし、海山の食料にはめぐまれているこの風土の人間が、少々ばかり皮膚の黒いのは太陽のめぐみの光沢であろうかと思えて、私はほほえましい気持でインドネシヤ人を眺める。――赤道直下と云う言葉があるけれどもスマトラへ来て、その赤道標の前に立ってみると、私は、爽涼とした風の吹いているのに吃驚してしまった。赤道標の四囲には青々と水田が展け、蜻蛉が飛びかい、百姓家の庭では鶏が長閑に鳴いていた。自動車道路の道が白い砂埃を巻きたてているきりで、焦熱地獄のような暑さは少しもない。赤道直下と云えども田園には秋を憶わせるような涼しい風が吹き渡っていた。

　内地の雑誌で、面白おかしく、スマトラには虎や象が沢山いるように書いてある漫文を眼にしたけれども、このような不真面目なスマトラ紹介はさけなければいけない。スマトラを三千キロ走って、私は一度も虎を見た事はなかったし、私の乗った自動車の運転手はインドネシヤ人だったけれども、彼も、スマトラ生まれで、かつて一度も野生の虎や象を見た事はありませんと話していた。鰐の話も聞くけれど、私は動物園以外には、街の雑貨屋の飾り窓に女のハンドバッグに化している鰐を見ただけである。

三

パレンバンの街は華僑が多い。ところどころの古い看板にパレンバンのことを巨港と支那字で書いてあるのを眼にしたけれども、如何にも巨港と云うにふさわしい街であった。街のなかを、大きいムシ河が悠々と貫流していて、その黄濁した広い流れは天然の豊饒な産物のあるのを思わせる。ムシ河の大河はパレンバンの平野を培い、流域数百哩に達するこの河の各支流は、魚骨のように流れあい流れあって、ジャンビーからパレンバン、ベンクーレンとこの三州に美しい田園譜を織りなしている。

パレンバンの街は河の街と云ってもいい程ムシ河はパレンバン市のメンストリートを思わせた。戦前は十一万の人口だったそうだけれども、現在はもっとそれ以上の人口をかかえているかも知れない。

賑やかなところはほとんど華僑の住居と云ってもいい。ボルネオでも、馬来でも、爪哇でも、スマトラでもそうだったけれど、海辺とか、河岸に近い都会には岩にくっついた貝のようにかならず華僑が住んでいた。栄記とか福録公司とかのめでたい文字の金看板をかかげて、華僑は賑やかにこの南方地域の都会に繁殖している。パレンバンのバッサル街にも亭子脚の軒をつらねて、華僑が賑やかに店を出していた。表情のない支那人の顔は、烈日の空の下では病人のように肌が青く見えた。

三月三日のパレンバンの街は一寸の影もみあたらないほどのかっとした暑い日で、宿舎の部屋にじっと腰をおろしているのが耐えられない位だった。二階の私の部屋から黄色い池が眺められる。昼間から蛙が啼きたて、部屋の中は何も彼も煎餅のように乾ききっていた。建てかたが悪いのか、水掃便所の水も、洗面所の水も枯れてしまって、一滴の水も出て来ない。卓上の小さい扇風器をかけて辛うじて肌へ涼を入れることが出来た。空は雲一つなく森々と晴れている。この青い空にかつては水母のような落下傘が無数に飛んで降りたのかと、私は暫く空を眺めて勇ましい落下傘部隊のおもかげを瞼に描いていた。

一雨、雨がほしいほど暑い。その暑い日中の池のまわりを、さくさくと足並そろえてインドネシヤの少年群が走ってゆく。私は窓に凭れて、その少年達の行軍するのを眺めていた。三回も四回も行列は速足で走っていた。周囲二、三丁はあるであろう池のまわりを、先頭には中年の日本人が一人、この少年群に時々号令をかけて走っている。宿舎のひとに聞くと、この少年達は瑞穂学園の生徒達で、毎日こうして池のまわりを走るのだと云うことだった。

翌日、或る役人の方の御案内で、私は瑞穂学園に見学に行った。

創立されてまだ幾月にもならないのだけれども、四十名ばかりの生徒は、もうかなり日本語を解するようになっていて、若い日本人の先生が黒板に書いておられる文字は、相当むずかしいものであったけれども、生徒はすらすらと読みあげている。(湯が煮える、湯が煮えた) こんな文字が黒板に大きく書いてある。この生徒は男子ばかりで、十六才から二十才までの相当の家庭の息子ばかりだそうである。まだ若い方だけれども先生は熱情こめて教えておられた。学課の終わった後、私にも何か話すようにとの事で、通訳なしで話していいと云うので、私は、昨日、池のまわりを走っていた生徒の教練を見た話から始めた。がらんとした教室に、朝の涼風が窓から吹き込んで、如何にもなごやかな教室であった。私は生徒の前に立って話しているうちに、自然に瞼の熱くるしくなって来るような心持になっていた。日本の地図がはっきりと心に浮かんで来る。私は黒板に、私の名前を書いた。もし、日本へ来るような運命があったら、ぜひ、私の家も忘れないでたずねていらっしゃいと話すと、生徒達はにこにこしてうなずいてみせる。ここの生徒は寄宿舎生活をして三ケ月経てば卒業だそうである。夕方とどけられた生徒の四十何枚かの私への感想文は、これがインドネシヤの少年の書いたものであろうかと思うほど、そのどれもが心打つ文章ばかりであった。モハマド・ザハリ君の書いたものをここへ書いてみよう。

――今日の朝に、一人の日本の女は私達を見る為めに私達の学校へ来ました。彼の名前は林芙美子です。

彼は東京から飛行機でボルネオやジャワやスマトラや、本を書く為めに行きました。

彼は私達に話しました。そして彼の声は小さいです。しかし聞く事が大変宜く出来ます。それだから私達は彼の話すことを大変分かりました。始めに彼は、彼の名前の意味を話しました。其の名前の意味と云うのは花がならべて植えられています。其の花は大変美しいですと云うことでありますっ。そして彼は私は昨日皆様の池をまわり乍ら走っている事がホテルの二階から見ました。其れは心と身体の為めに大変宜しいです。立派な身体に立派な精神があります。皆様此処に日本語や精神や教練や唱歌や、一所懸命に勉強しています。日本人も只今一生懸命にいっぱい心で亜細亜の為めに働きます。其れは日本精神です。若し皆様の中に東京へ勉強するとどうぞ私の東京にある家に来ますといいました。

三ケ月の修業で、漢字やひらがなが書け、通訳なしで、これだけの意味がくみとれると云う事は大したことだろう。インドネシヤの優秀な青年達が、一人でも多く日本の言葉を理解し、日本を識ろうとしていることは頼もしい事である。

昼から私はパッサル街にタオルとシャボンを買いに行った。ジャワにあったような三輪車に乗って街へ走らせていると、到るところの濁った水辺にマンデーをしている女や子供達を見る。この様なきたない水で水浴をして、ひどい疫病がないと云うのは不思議だ。世の中にきたないものはないものだと云う感を深くする。とある橋の上で、車をとめて、私は暫く子供達の水浴を眺めていた。黄濁した水の上にはほてい草が沢山流れていた。

四

パレンバンは河と石油の街だ。

黄昏ごろ船に乗ってムシ河の埠頭から河下へ下ってゆくと、両岸に対して戦前のシェルとスタンダードの石油工場が見える。灰色の大きい建物は四囲を圧するばかりだ。落下傘部隊の兵士の方々にまた感謝の想いがうつってゆく。勇敢な兵士の方々よ！　今日のこの光栄ある石油工場の煙を内地の人々に見せたいと思う。

西洋諸国の侵略で昔のパレンバンは荒廃しつくしていた。この殷盛さは近々五十年位のうちに盛りかえったものだそうだけれども、今後のパレンバンの石油の街としての発展は素晴らしいものがあるだろうと考えられる。

石油のことをミニヤク・タナと云う。

私はこの街で、正金銀行の和田氏の御紹介で明治の頃から貿易商をしておられる糸川氏に会った。この人の話を聞いていると、現代の山田長政のような気風を感じる。南洋での一生涯に近い生活はさだめし数奇をきわめた物語になるであろうと思った。糸川氏が南の土地々々に最初に日本から輸出されたものは大正琴だったそうで、糸川氏の持って来られた日本の大正琴が、南洋の津々浦々の部落(カンポン)の人達にかなでられ愉しまれた事を思うと、貿易の外交官糸川氏の仕事に微笑を禁じ得ない。

馬来の田舎に日本製の大正琴があったと或る従軍記者のひとが云っていたけれど、その大正琴も糸川氏の貿易品の一つであろう。

糸川氏は貿易としては多く綿布を扱い、内地の四国から随分取り寄せて英国製品やドイツ製品と競走したものだと話しておられた。

綿布で思い出したのだけれど、将来南洋へ来る婦人の為に、私はこちらの日常につかう服装に就いて少しばかり書いておきたい。内地を出る時に単衣を二、三枚持って来たのだけれど、こちらへ来てからは少しも着る気がしない。袖も帯も軽々としないし、足袋に草履ばきは何としても暑苦しい。

南の日常では洗濯が激しいので地質のいい綿布が一等着心地がよい。私の絹地の服は二ケ月もしないうちに染色があせて破れて来た。一日に二回位は着がえるので丈夫な綿製品が何よりである。六月の南方生活で私は一日も帽子をかぶることがなかった。内地では婦人の帽子店があれど、ここから思うと、婦人の帽子位興味のないものはない。

肌衣も絹よりも木綿が一番いい。病気を一度もしないせいか、薬に就いてはあまり敏感ではないけれども、ひととおり持っている事は何となく心丈夫な気持である。南方へ来た当座は風呂へはいれないのがかなしいと思ったけれど、この頃は水浴（マンデー）にすっかり馴れてしまって、一日に三、四回も水浴（マンデー）をする事が、軀（からだ）の為に非常にいい事が判った。寝巻は四着位は必要である。南の生活では寝巻と大判タオルとサンダルと皮膚病の薬、これだけ持っていなければ不自由だ。

パレンバンを出発したのは五日のお昼であった。正金銀行の空自動車が一台、パダンへ行くのがあると云うので、支店長の和田氏の御好意で、その自動車に乗せて貰うことになった。遠い旅路なので、運転手は二人つけてあげましょうと云って、インドネシヤの青年ショフエルを二人つけて貰った。

パレンバンでも、出発の時は、途中の森林では虎や象に気をつけるようにと注意された。虎は昼間は出て来ないけれど、夜か朝がたには出没すると云うことだった。

十二時四十分パレンバンを出発。前の日は夕方からひどい豪雨だったので、私は途中の道を心配しなければならなかった。街はずれのカンポンで、ショフエルにバナナと蜜柑を少しばかり買わせた。運転手はふとった方がアケトと云って、二十二才で母親と二人暮らしだと云うことだった。レスリングの選手のようないい体格をしている。性質は優さしくて考え深い。現在は日本の軍隊の仕事もさして貰っていると話していた。瘠せた方はワウイと云って二十一才、無口で支那人のような骨格をしている。自動車はシボレーの四十一年だとかで乗心地はいい。石油の産地の旅行なので、まるでガソリンの海を航海しているような安心した感じだった。

パンカラバリー村には一時四十分に着いた。ここまでの道は昨日の雨で泥濘（ぬかるみ）と化していて自動車は家鴨のように軀を動かして滑りながら走ってゆく。危険な航海である。

最初の村であるパンカラバリーの村は、ゴム園に働く人達が多いと見えて、この辺いったいは土人ゴムの林が多い。

プリンバラケットの渡し場へ着いたのが二時四十分。陽はさんさんと輝き、黄濁した小河の両岸にはうっそうとした竹藪が水田にあふれていた。渡しは三つの小船に板を渡した上へ自動車を乗せて対岸へ渡るのだ。やっと渡り終って、烈日のゴムの森林の中を自動車は走る。走るところすべてゴム林である。

十四、五分もすると、また大きい河ぶちへ出た。シヨフエルに訊くと、スゲーリンの渡しだと教えてくれた。舟に鉄板を乗せた丈夫そうな渡しだった。半裸の渡し守が五、六人で自動車の世話をしてくれる。私は自動車を降りて河風に吹かれながら昼食のバナナを食べた。二人のシヨフエルは芭蕉の葉に包んだ弁当を蹲踞(しゃがん)で食べている。大河の水面を、自動車や、人間を乗せた渡しが悠々と対岸へ渡ってゆく。晴天で西風がそよそよと水の上に荒い菱波をつくっていた。

五

私達の生活の中で、護謨(ゴム)と云うものはいまは大切な物の一つになっている。自動車のタイヤ、自転車のタイヤ、これなんかは最も必要なものとしてはっきり判る事だろう。爪哇のボイテンゾルフで見たタイヤ工場の繁忙ぶりは、もしもあの大工場が映画となって、内地へ紹介する事が出来たならば、内地の人達は眼頭を熱くしてこの戦いの力強さを知るだろう。

護膜は膠科の樹木で、丁度内地の白樺の樹に似ている。五ケ年位しなければ乳液を取ることは出来ない。白樺のような爽やかな樹からゴムを取ると云うことが何となく愉しい。飛行機の太い車輪もゴム、子供のよろこぶマリもゴム、風呂で使うスポンジもゴム、雨降りにはく長靴もゴム、働く人がはく地下足袋の底もゴム、まだそのほかにゴムの製品は数かぎりもなくあるだろう。――スマトラのゴム園は馬来やボルネオとくらべて素人目にも、二歩も三歩も進歩しているような感じだった。地質もいいのだろうけれども、金肥、緑肥、植新、休養と、あらゆる手段がゴム園の為にほどこされているのが判る。スマトラの農業に就いての弱点は人手不足だと云うことを聞いたけれど、爪哇人の出稼人の多いのを見ても、如何にもシベリヤあたりの広漠とした田園を見ているような広々とした印象をうけた。

スゲーリンより、パニンガランの渡しにあるまでにパームオイル（油椰子）の植林地を通った。流石に油が取れるだけあって、黒々とした葉を繁らせた油椰子は壮んな勢で私の眼に強く印象された。旅人としての私の眼にはこの植物は野蕃(やばん)人のような原始的なものに見える。不格構で、武骨な風情で、烈日の下に黒々と繁っていた。

パニンガランの渡しには三時四十五分に着いた。河の上はかっとした水の反射で、眼をあけていられないほど暑くてまぶしい。三時四十五分と云えば、インドネシヤの時間にすると丁度正午すぎた頃あいで暑いさかりである。

女一人の旅だけれども、道中は少しの不安もない。若い二人の運転手は到って忠実である。この辺にはあまり稲田を見かけないけれど、米は充分なのだろうかと案ぜられた。ウビカイユだのバナナの植えてあるのが眼につく。赤黒い魔法瓶のような大きいバナナの花の中から固くて青いバナナの実が歯のように並んでいる。黄いろくなって熟しているのもある。木瓜(もっか)だの、バナナだの、南国は果実だけは豊富だ。これで四季があれば、果物の味も一つ一つ異なった味覚をそそるのだろうけれど、暑さが一年じゅう変わらないと云う事は、どんなものを食べても同じ味覚におもえるのはどうした事であろうか。風景にした処で、スマトラの片田舎を走っていて、おや、ここはボルネオではなかったのかと思えるような処がある。爪哇や馬来に非常に似ているところもあったりで、田園の景色は一様に印象が混りあってもうろうとして来る。四季のない国から偉大な人、偉大な芸術の生まれて来ない理由もこうした暑さにあるだろう。

バンヨリンチエルの渡しには五時頃着いた。四囲はまだ暑くて道は非常に悪い。割合平坦だけれども切り開かれたばかりの新しい道なので自動車は中々走りづらそうであった。

疲れてしまったのでバニヨリンチエルの村で自動車を停めて休むことにした。汚い茶店を河辺でみつけたのでそこへ這入ってみる。ドラム缶をのせたトラックが後から来て、一人の兵隊さんが茶店へ這入って来た。お国はどちらですかと聞くと秋田の人だそうで、この近くの採油隊の兵隊さんだそうである。皿にあふれるような水っぽい土人のコーヒーを飲みながら、秋田の話を兵隊さんと暫く話す。この茶店で御不浄をかしてほしいと思ったので裏口へ行くと、内地の菖蒲園なんかに渡してあるような稲妻型の細い橋があって、河の上に小さい小舎の便所（カルマンデー）がある。ボルネオでもそうだったけれども、河辺へ行くと、原住民の住居では便所はどの家も河の上へ出ていて小さい橋でつないであった。

丘の上のトンピイノの村へ着いたのは六時半頃であった。雨もよいになり、村の中のバスの発着所では火を焚いて唐もろこしを焼いて売っている。Y字形に道が分かれて、ここからジャンビイ市まではいい道が展けている。トンピイノの村はかなり大きくて丘の村の景色は美しい。

ジャンビイに着いたのは七時一寸過ぎで、町へはいるなり、私はその牧歌的な町の姿に吻っとするものを感じた。スマトラのジャンビイと云う町は生涯忘れがたい。ジャングルだの、ゴム園だの、油椰子だのばかり見て来た私には、この森の中の丘地の町は、まるで野天芝居の舞台にでも立ったようになごやかに思えた。町の底地になった処をバタンハリーのスマトラ第一の大河が流れていて、広い河床が田園のように見える。

ここではパッサン・グラハンに泊まる。

戦戦の蘭領地域に行くと、ボルネオでも、爪哇でもそうだったけれど、かならず官営の旅館（ホテル）があって、これをパッサン・グラハンと云った。（未完）

「改造」（一九四三年六月号　改造社）

スマトラ（続）――西風の島――

六

誰か知るべきぞ、
この旅情の河辺の黄昏を。
雷霆（いかずち）は鳴りとどろき、
ほどろに光る稲妻の矢。
バタンハリーの河の上に、
白雨（ゆうだち）さわぎて船帆ははためく。
軒下に寝る燕（つばくろ）のさえずりにあわせて、
インドネシヤの子供は唄うなり、
日本の兵士の歌を。
誰か知るべきぞ、
この一瞬の美しき異郷の黄昏を。

馬来の人種は、スマトラから発祥して、アレキサンダーの後裔なりと聞いたけれど、アレキサンダーの血をひくというスマトラの子供達が、黄昏の戸外で日本の軍歌をうたって遊んでいる風景は、日本の輝かしい戦史に一掬（いっきく）の光をそえる思いがする。

馬来人の種族には、バタツリ人とか、アチェ人、メナンカボウ人、パレンバン人とあるそうだけれど、私はこれ等の人種の習癖が少しずつ判るようで興味を持った。

南方の土地々々はあらゆる人種の混合地とも云える。支那人あり、白人あり、爪哇人、印度人、アラブ人まだこの他に数かぎりもなく人種が混りあい、血統の美しさと云うものは考えられない。人種と宗教の力と云うものも南方へ来て識る事が出来た。回教とヒンズーの布教された跡が水路のように南の住民生活のなかに深く喰い込んでいる。バリー島で見聞したヒンズー教の遺跡は、宗教が血統のような力を持っている事を知った。

ジャンビーの人口は戦前は二万三、四千と聞いた。そのうちで華僑は五、六千人位もいるだろうか。河辺に添って華僑の商店がつらなり、玉突屋の多いのが眼につく。町はずれの河辺に灰色の小さい税関の建物のあるのが、船舶の出入の激しかった当時を思わせる。ジャンビーはパレンバンと同じように、土人ゴムで有名なところだ。ジャンビーとはどんな意味なのでしょうかと土地の人に聞くと、ビンロー樹の一種の名前ではないかと云う事だった。ゴムと椰子と石油の町ジャンビーは、旅人の眼には如何にも初々しい都会だ。

　町のゆるい起伏街路を呑気そうに馬車が走っている。町のなかには亭々（ていてい）と大樹が繁っていて、街路は到って涼しい。

　パッサングラハンの女主人はインドネシヤ人で、ジャワ生まれだと云っていた。良人はオランダ人で戦前ジャンビーの長官をしていたとかで、あいそはいいけれどなかなか気位が高い。二羽の九官鳥を飼っていて、朝から晩まで、この九官鳥はマンデー場の前でダアーとか、ニュニャンとかしゃべっている。マダムは日本人に似ていた。夜、女の按摩を頼んでみた。按摩は小皿に椰子油を持って来て、私の軀じゅうに油を塗ってもんだ。スマトラの物価は大変高くて困ると云っていた。早く日本から安い丈夫な木綿は来ないものだろうかと年老いた按摩は話していた。

　ジャンビーの市場ものぞいてみたけれど、ここの市場も大食漢の肚のなかのようにすさまじく壮んな物資で、魚を売っている処には、生きたなまずを棒のさきで殴りながら買っている女達がいる。内地で五銭位もする白糸のひとまきが三十銭もしていた。パレンバンの市場も広大なものだったけれど、ジャンビーの市場もなかなかさかんである。割合に豊富な物資だ。売っているものを見ていると、地上のあらゆるものはどんなものでも食べられると云う悟りが展けて来る。鶏は生きたのが一羽一円位だった。

　ロマンティックな事には寝床の中に撒く草花のカクテルも売っている。南の花々は美しい割合に匂いが薄いけれど、匂いのあくどい花も色々あるのか、白、ピンク、紫と、とりどりに花を混ぜあわせて芭蕉の葉に一山包んでくれる。丁字のような匂いのする花が私は一番好きだった。市場の中で、雑貨屋の前を通っていると、タオルだとかハンカチ、キャンパス、靴なんか昔の日本品を大切そうに売っている店がある。戦前、日本品の進出がどんなに原住民の生活をうるおしていたかが判る。パレンバンで買ったタオルには大山と云う日本文字の赤いのが織り出してあってなつかしかった。丈夫でいいタオルであった。――南方にはカポックと云う木があって、その実は綿の代用をしているけれど、その綿から綿布を織り出す事は出来ないそうだ。十二月のボルネオの田舎で、このカポックの白い綿毛が、走る自動車の窓に牡丹雪のように降りかかっていたのを見た。カポックは電信柱のように行儀正しい木だ。行末はまだ遠しとは云え、一風あるごとに、綿の実は燕の如く散り、何処かにかくれ落ちてゆく、そんな仄々しい白い実を持ったカポックの木である。

七

七日の朝、八時四十分にジャンビーを出発。ジャンビーには二日ほど滞在した。ここでは正金銀行の佐藤氏に大変お世話になった。前夜は夜半から大豪雨大雷雨で、何とも寝苦しく、始めて家郷の夢を見る。遠くにある人達の日常安かれと祈る気持で沛然たる雨の音を聴く。

朝は前夜の雨で乳色のもやがかかって道は水びたしのところが多かったけれど、この一日のコースは、スンゲダレーまで長駆することにした。ジャンビーよりおよそ十時間位はかかり、五、六百キロはあるだろうと運転手が話していた。ジャンビーのパッサングラハンの宿泊料は五円だった。

パジュバンの石油の山村に着いた頃、やっと輝かしい朝日を浴びた。森林地帯を切り開いたなかに、石油タンクだの地を這っている石油の輸送管が眼につく。パジュバンの村を過ぎる頃からうっそうとした密林地帯にはいる。この辺から虎が出るのではないかと運転手に聞くと、大丈夫だと笑っている。両側の道ぎわに月見草の花がいっぱい咲いていた。道は新しくてチョコレート色をしている。モアラタンバレーの町へ着いたのが十時四十三分、一寸した町で、町のほとりをバタンハリーの大河が流れている。

　ガソリン船の渡しでハリマハの渡し場を渡る。ここではサイダー瓶いっぱいのガソリンを渡し守に与えなければならない。ハリマハを過ぎると、延々と続いた土人ゴムの林で、まるで、海底を行くような気持だった。自動車のスピードは六十キロ、道が悪いので、なるべくスピードを出さないように注意々々とくりかえして云う。スピードを出した為に、南方では自動車の災難がかなり多いと聞いた。土人ゴムの林を過ぎると、またうららかに陽が射して来て少しずつ暑くなって来た。ゴム林は十里も二十里も続いているように広い。時々すれちがう原住民のバスは、ゴム油の代用品で自動車を走らせている。臭い煙を何時までものこして走って行っていた。

　自動車道には、時々牛だの羊だの、鶏がいて少しも動こうとはしない。運転手は窓から手を出してシッシッと鶏や羊を追っている。私の運転手は気が弱くて、パダンへ行くまでに、一羽の鶏も殺さなかった。時々採油隊のトラックに逢う。トラックの上の兵隊さんに丁寧におじぎをすると、兵隊さんは吃驚したように私の自動車を見ておられる。一瞬の相逢であり、一瞬の別れだけれども、日本の兵隊さんが、こうした奥地にまで沢山来ておられるのは頼もしいかぎりであった。

　スマトラは爪哇（ジャワ）と違って、鉄道の交通は案外貧弱だ。何故なのか、鉄道の開発は不振で、交通の便は自動車道路を利用するか、水路に頼るより他に道がない。自動車道路も、爪哇よりは道が悪いけれども、兎に角、南から北への三千キロの島のなかは自動車があれば縦断する事が出来る。

　いよいよ山路へかかる小さい橋のほとりで自動車のタイヤがパンクした。二人の運転手がタイヤをはずしている間に、私はその辺を少し歩いてみた。谷あいの水の流れが淙々ときこえて、美しい小鳥の声がして、蟬がしんしんと四囲の樹木に鳴きたてている。枇杷の木のようなのだの、桑の木に似た木が崖の下に繋っている。小さい白い蝶々が飛び爽かな風が頬を吹いてゆく。時計を見ると十一時半だった。雲が悠々と山の上に流れている。私はペンキ塗りの白い橋のそばへ立っていたが、旅行者の癖として、橋杭に落書がしたくなり、鉛筆を出して橋杭に美し橋と書いた。昭和十八年三月七日午前十一時半パダンへの途中ここを通過するなりと書いた。再びこの橋を渡る事もあらじな美し橋よと云った思いで橋の上を行ったり来たりしてみる。三十分ほどしてタイヤを入れ替える事が出来た。橋を過ぎると泥濘(ぬかるみ)の道がつづき、カイユの木を枕木のように敷いた道をごろごろと自動車は走る。泥の水しぶきが硝子窓へびしゃびしゃとかかる。泥濘の道が切れると、又、暫くは土人ゴムの林のなかへ自動車がはいってゆく。この辺は誰一人通る人もない。月見草は相変わらず咲いている。ゴムの森林を抜けると丘陵地にかかり、自動車はあえぎながら高い山の上へ登ってゆく。まるで伊豆の天城越えをしているような景色にはいる。山のなかは、ところどころ焼きはらってあって、これから開耕しようとするところである。大森林地帯で道は文字通り九十九折の暗い山中へ這入ってゆく。自動車案内の赤い標木のあるのだけが山中の文明で心強い。谷間から淡い霧が巻きあがっている。道の曲がりかどで時々美しい景色に逢ってみとれてしまう。

自動車の窓から空を見上げても、森林はうっそうとしていて空は一筋の細い流れのような白さにだけしか見えない。その仄暗い森の中で、ポオポオと警笛を鳴らして赤い郵便自動車に行きあった。時計を見ると一時四十五分。赤い自動車の色が森の中では眼に沁みるような美しい色彩である。森を出はずれると間もなくムアラテボの渡しである。ここもサイダーの瓶にいっぱいのガソリンを渡し守に与えなければ渡る事が出来ない。ジャンビーからムアラテボまでは約二百キロ位の地点であろうか。

丁度向岸を渡しが離れたばかりの処だったので、私は丘の上に小舎がけをしている汚い駄菓子屋へ上って行ってバナナを一房求めた。二十本位も実がついていて十銭であった。小舎の前には鶏も羊も犬も仲よく土にたわむれて別天地のような天衣無縫ののびやかさである。ムアラテボの渡しを渡ると、またしばらくはバナナ畑が続いている。暑苦しい積乱雲がもくもくと高い空に大きい形をいくつもつくって流れていた。まるで丸ビルのような建物が空にいくつも出来ている。その暑苦しい層雲の下を広々とした平原やゴム林がかさなりあうようにしてうねうねと続いている。スマトラは全く広い。唐天竺（からてんじく）まで広かったとデコラチーブな事を云いたくなるほどに全く広大な土地つづきである。

三時頃暗い森林の中の道で、ＰＡＳと白文字を胴体に書いた原住民のバスに逢った。道はなかなか悪い。段々軀にひびいて来るようでおしまいには頭の芯までずきずきと痛みはじめ嘔吐をもよおして来たりした。あまり気分が悪いので自動車を停めさして暫く土の上に蹲踞（しゃが）んでみた。運転手はガソリンを入れかえている。

もう、少々の大森林を見てもあまり驚かなくなり、いまは虎や象の出て来る事も信じなくなり、すっかり呑気な気持になってしまっている。仁丹を少し噛んでみる。酢っぱいげっぷが出て、軀がぞくぞくと寒くなって来た。ケースのなかから黒い毛糸のジヤケツを出して羽織った。二、三十分も休んでいるうちに気分がよくなって来たので、五十キロ位の速度で自動車を走らせてみる。森林を出はずれると、また見馴れた赤土の平原つづきに出た。

トロコワリーの部落（カンポン）へ着いたのは三時頃であろうか、ここではまた自動車のタイヤがパンクしたので少し休んだ。茶店の隣に村長の家があったので、その家の土間でやすませて貰う。門表には村長の名前が出ていて、パテイラへムと書いてあった。自転車屋の息子でラジエル君と云うのも私の自動車のパンク直しを手伝ってくれた。三時半頃カンポン・トロコワリーを出発する。田舎の行商人、呉服屋なにがしと云いたいようなトロコワリー村長パテイラへム氏に茶代を一円置くと、子供も妻君も出て来て、またここを通るような事があったら是非寄ってくれと云ってくれた。人情に変わりはないものだと思う。

三、四十分して、プロムサンと云う村の川岸へ出た。バタンハリーの大河が悠々と流れている。切通しになった道を下ると広い渡し場が坂の下に待ちかまえていた。ここも渡しが丁度対岸を出た処なので、二人の運転手と丘の上に並んだかけ小舎の茶店へ行って涼をとった。凸凹の崖の上には汚い小舎が十軒ばかり並んでいて、河を渡る人達の為にコーヒーやバナナを売っている。綺麗そうな茶店を選んで這入った。さっきまでの積乱雲も消えて、なめて拭いたような広い青い空になっている。一番暑いさかりと見えて、四囲は物音一つないような森々とした暑さ。運転手はコーヒーを飲み終ると、二人とも河岸へ水浴に出かけて行った。私は手拭を頭に巻いて色眼鏡をかけて河岸へ降りてみる。川岸では黒砂糖を売っている商人がお上りさん連中に一斤いくらで商売をしていた。十五ばかりの女の子で、仏様のような顔をした美しい娘がいたので、名前は何と云うのかと尋ねると、その小柄な娘は人なつっこそうに私のそばへ寄って来てエマと云う名前だと教えてくれた。笑った拍子に、皓(しろ)い大きい前歯に黄色い歯糞が沢山たまっていて何となく粗朴(そぼく)な感じだった。河の流れは丘の上から見ていると悠々と流れている水のように見えていたけれども、そばへ寄ってみると、水の流れは案外の急流で、砂地のなぎさは涼しげな流れの音さえたてている。

色の黒いエマもサロンを胸から巻きつけて流れにはいって行った。頭からずっぷりと水に濡れている。何となく川端康成氏の描く少女のようである。艶のない汚れた髪の毛が、水に濡れると、まるで孺子(じゅし)のようにしっとりと光っていた。——対岸の渡しがやっと一時間位して着いた。私の自動車を洋袴(ズボン)一つになった運転手が平べったい渡し板に乗せる。私もその板の上に飛び乗ると、渡しの男達は「トロース・サヂャ、トロース・サヂャ」のかけ声で、渡しの鉄の縄を引きはじめた。泳いでいたエマは笑いながら、私の乗っている渡し板につかまって一、二間流されてついて来た。皓い歯が水の中で愛らしく笑っていた。流れが早いので、この渡しが一番難所のように思えた。煙草を出して一本ずつ渡しの人夫に与える。このプロムサンから今宵の泊まりであるスンゲダレーまで約八十八キロ位だと人夫が教えてくれた。

渡しではパダン行のバスと一緒になった。バスはまるで引越しのように屋根の上まで荷物が山のように積んである。黒いコーヒー袋だの、みかんの苗木だの、油缶だの荷物が眼についた。バスの窓からのぞいていたインドネシヤの青年が、ふっと「あなたは、どこの方へ行くか」と私に話しかけて来た。案外な場所で日本語でしゃべられたので一寸吃驚してしまう。少しばかり日本語を知っていると云って、その青年はなかなか美しい日本語を話した。私の乗っている自動車の速度が早いから、もしよかったらパダンまで乗せて行ってくれないかと云うことだったけれど、私は、一人できままに旅行をしたいのだから同乗はかんべんしてほしいと云うと、その青年は、私のバスはこれから三、四日もしなければパダンまでは行けないし、それほど、このバスは老いぼれていてのろいのだとひどくこぼしていた。この青年はパダンの近くにあるブキチンギの呉服屋の番頭をしているムイスと云う男で、ブキチンギへ来る事があったら是非寄ってくれとなかなかあいそのいい事を云っていた。呉服屋の名前はアンチ・マハールと云うのだそうである。（未完）

「改造」（一九四三年七月号　改造社）

作家の手帳（抄）

あと数週間で正月が来るのだけれど、私は数年前の正月を、南ボルネオのバンジャルマシンと云うところで、過ごした事を思い出しました。永遠の暑熱にむされている森林の国ボルネオの町は、思い出のなかでも感動深いもので、米国人、アグネス・キース女史の風下の国と云うボルネオの事を書いた小説を読んで、私は、ボルネオで傭（やと）った下男と下女のみをあつかったその作品にどんなにか共鳴するものを感じたのです。

——もう四年になる。その間というもの、私は故国の人達の健康を祈って幾たびか乾杯して来た。その際、共に乾杯して来た人たちは私の故国とはちがった土地を想い、ちがった国の事を考え、その人達の子供たちはちがった土地で遊んでいる。私たちはお互いに「故国」のことを語りあう。だが、彼等の故国は英国なのである。私の心の中はもう彼等と何のわけへだてもない。彼等も、私をそう思ってくれていると信じている。併し、英国人は例の通りむっつり黙っているのに、私が米国人の癖を丸出しで喋り始めると、誰がアメリカから来た人か、もう疑う余地がなくなってしまう。英国人の妻である私は、「英国人気質の研究」など書く気は毛頭ない。そうした書物は、既に有り余るほどある。夫がパイプを口から離して、話をしてさえ呉れれば、夫の言うことは完全に了解出来る。宣伝に就ての夫の意見は、分かりすぎるくらいはっきり分かっている。だから、今私がここで「北ボルネオ林務官兼農業監督官」と突然書いて、未知の読者の注意を暫らく引くのは、私のボルネオでの唯一の仕事が、そういう肩書の男の妻であるからなので、別に夫の宣伝をするつもりからではない。――

　アグネス夫人は、こうした環境で北ボルネオのサアダアカンで、数年を夫とともに暮らしたのです。私は、東京を発つ時、友人にこの書物をおくられて、ボルネオには非常な関心を持って出掛けました。私は南ボルネオのバンジャルマシンと云う土地は初めてでした。A新聞社の飛行機で、スラバヤからこの土地の上空へ来た時には、地上一面の炎えるような緑の大地と、魚骨のような河の流れのみで、人間が何処にいるのかと不安になるほどな大自然の景色に驚いてしまいました。

　地上に降りて、遠い町まで運ばれてゆく間に、自然に可愛がられたような小鳥の巣のような原住民の小さい家々が、河添いの水の上に点在しているのを見ました。びろうどのように濃い緑の森、灼熱した太陽。何の物音もない森閑とした広い土地。耳の中がぴたっとふさがれたような静かな土地です。

　河の黄濁した流れは、何となく豊饒な感じを旅人に与えます。同じホテルに五月信子と云う、昔の映画の女優さんが、興業に来ていてびっくりしました。何気なく訪ずれてみると、五月さんは大判のタオルを腰に巻いた裸姿で、何とも美しい黄色の肌が、この年をとった落魄の女優をこよなく美しいものに見せていました。

　夜になって、私は錻力の手桶で、部屋の一隅にしきってあるマンデー場で水をかぶって、南の国々の習慣である水浴を済ませたのです。夜の町を一人で歩いてみると、町のところどころに椰子油の灯が明滅して、はっきりしない言葉がひそひそ語られているのです。私は路上に食物を売る椰子油の灯火をたよりに歩いてみました。大きい蛍が行きかい、食用蛙の啼いている声がきみ悪くきこえます。ある町角を曲がると、インドネシヤ人の踊り小舎があり、そこでも、馬来やジャワで聴いたことのあるソロの唄をききました。雨もりのしそうなかたぶいた小舎の中は、人でいっぱいです。何だか、人間の魂をゆすぶられるような原始的な素朴な美しさがあふれていて、何千里も離れた故郷の姿がもうろうとかすんで来るのです。家族と云うものがなかったら、私は一生ここで埋もれていたいような気持ちになってしまいました。

バリトの大河と、その支流をなすマルタプウラの三角洲（デルタ）に置かれたバンジャルマシンの町は、千古からの姿のままと云った幼い景色で、自然も人も一つにとけてたわむれあっているような清純な、牧歌を唄っています。手づかみで食物を口に運んでいる路上の飲食店も好ましい風景で、村落をカンポンと云う名前で呼ぶのもふさわしく思いました。ジャワとくらべて、森林事業は発達している土地でしたが、農業が遅れているとかで、大量の移民を入れるにも、まず耕地の要所々々に運河をつくり、それから移民を入れるべき建物をつくって、人を呼ぶのだと云う、オランダの策を偉いものだと思いました。かつての、日本の満洲開拓の事業を考えてみますと、何だかぞっとするほどの寒気を感じないではいられません。耕地もなければ、道すらもない、しかも家もない荒涼とした寒い土地々々へ無雑作に人間を送り、その開拓民たちが、まず、住む家をつくり、それから耕作して、何年目かにトラックの道をつけるのです。何の思いやりもなく裸身のままの人間を送りこんで、長い間かかって、やっとどうにかなった時にこの敗戦なのです。政府が、満洲の開拓民の人々にどれだけの責任を負うのでしょうか。日本での土地を手放して、意気に燃えて渡満して行った人々が、今度はまた裸で戻って来なければなりません。

そのひと達の土地はもう故郷にはないのです。

開拓の人々を入れるのに、最初に、運河を造り、道をつくると云う事は何と云う文明でしょうか。道もない家もない寒冷の土地に人を送ると云う事は、少しも平和な開拓にはならないのです。

一つの巨きな国家的な事業をするには、歳月をかけてとりかからなければなりません。文明を毛嫌いして、なるべく金を使わないようにして、せっかちになされた事業が、巨きな花を開くと考えるのは夢物語に過ぎないのです。少ない資本で巨利を占めようとする欲ばりは神様もお笑いになる事でしょう。

吾家の一坪の菜園ですら、手で掘るのはむずかしい事だのに、まして、太陽は、地上から上って地上にかくれると云う満洲の広野に、人々を裸身で投げ出してどうして仕事が出来るのでしょうか。神様は愛のない人間の仕事をおきらいになりましょう。役人の机上の計画だけでなされた仕事や法律に、泣く人の生まれないはずはありません。私はさまざまな土地を旅したけれど、結局は地球を信じ、空気を信じ、月を信じ、太陽を信じ、黴（かび）を醗酵させる地上のいとなみを信じます。人間の浅い知識でだけで生きようとする、信仰心のない仕事を、神はあわれんでいらっしゃると思います。

熱帯の絢爛（けんらん）とした自然と人のいとなみは、さながら現世の童話（めるへん）だと思いました。千古の原始林はたっぷりと水をたたえて、黒々と繁植しているし、その中に生きている数種類の民族は、蝶や花と同じような生殖のしかたで素朴であったし、聖経と赤道の楽園は、南方での偉大な文明だと思いました。赤道標のあたりに秋風のような涼しい風が吹き、農家では鶏が鳴き、田園の稲はしたたるばかりの房をつけています。

スマトラに四人の王子が生まれて、その一人は日本へも行ったと云う伝説を話していたひとがあったけれども、私は南を旅行して日本人が非常に南方の種族と似た習慣を持っているのに驚きました。

Boeah lada dibelah — belah
oelar berlingkat atas peti
Rasanja dada bagaikan belah

rasa terbakar dalam nati

これはジャワのパントゥンと云って四行詩なのですけれど、日本の和歌や俳句のみじかさに似ていると思いました。万葉の相聞にも比すべきものを感じて、言葉の流れの微妙さを、まるで風媒のようだと思ったものです。

胡椒の実は裂け
蛇は箱の上にとぐろを巻く
わが胸も裂け果て
心の中に炎は巻く。

と云う言葉で、この四行詩は八ツの聯(れん)をなした恋歌だけれど、何と云う優雅なものなのかと、私の旅のノートは南の四行詩のスケッチで埋もれてしまいました。

蛇は箱の上にとぐろを巻き
不動のラクサマナは静かに歩を運ぶ
わが心の中に炎は巻き
いかにせばやわが心の悶え鎮まらん。

藤は野良の人にぞひき裂かる
王の花瓶に盛られた彩りの花束
われ聞く恋は黒蜂が天駆り齎(もた)らすものを
君が胸へこの思い運ばれしか否。

王の花瓶に盛られた彩りの花束
恋の竹山頂に戦くよ
君が胸へこの思い運ばれしか否
君への悶えに堪えかぬるこの軀よ。

恋の竹は山頂に戦くよ
わが稲の茎は既に葉落ち果つ
君への悶えに堪えかぬるこの軀よ
溶けて葉も落ち果てたるはわが心。

男女の想いを相聞風に交わしあうこの詩のみじかさは美しい言葉の花のようなものと云えましょう。世界のどこかに文学の祭典と云うものがもよおされたならば、このパントゥンも参加して人々の心にうるわしい思いを呼びおこす事と思います。

バンジャルマシンの一日は、夕方、規則的に訪れてくる豪雨と、蛍と、食用蛙と、犬の遠吠えと、河を埋めて流れる布袋草のいとなみと、食堂の皿の上にむらがる蠅と、路上の焼鳥屋（サッテ）の椰子油のランプの光と、かっと照りつける太陽のめぐみとの連続です。

私は日本へ戻って、渋谷の百軒店で芝居をしている五月信子の一座を観にゆきました。熱帯の土地々々で興行していた時よりも、何となくうらぶれた感じであっただけに、思い出は美しく、もうあの日の五月信子は杳（はる）かに遠く去って行ったのだとあきらめた感じで芝居小屋を出ました。熱帯の村落（カンポン）をまわっている五月信子と云う女優の姿が、どんなに美しかったか、季節や風景がどんなに、人々には重要なものかと思います。

（略）

私は、どうかすると、時々、遠い夢の記憶の世界に消えて行った、南のバリー島のある日を思い出すことがあります。そこでは、穴のあいた一文銭のようなお金がまだ通用していて、豊かな地上のみのりにあふれた地上では、裸で暮している人間の皮膚が、まるで、ビロードのように、ぼってりとしていたものです。

バリー島の第一の都会である、デンパッサルの踊り子、チャワンと云う娘は踊っていない時は、野良で畑仕事をしていると云う素朴さでした。

島全体が、百姓仕事をしていると云う感じで、村や町の辻々にある、夢のような裁判所には、天井や壁や、柱に、彩色のしてある、絵が描いてあったものです。すべてがシンプルな生活、そしてシンプルな法則。バリー人達は、愉しく、自然にたわむれて暮らしていると云った極楽境を見ては、私は、バリー人に帰化出来るものなら、そこへ住んでみたいと思いました。

スウヴェストゥルの作品のなかに、――だいいち金持ちになりたいというあの飽くなき欲求は、いったい何のためであろう？　他人より大きな杯で飲んだからといって、果たして他人より余計に飲めるだろうか？　平和と自由との豊かな母である、あの凡庸さに対するすべての人間のあの嫌悪は、いったい何処から来るのだろう？　と云う一章がありますけれど、政府で、何の裏づけもない紙幣を沢山出しておいて、金持と貧しいもののけじめをますます多く製造していていいものかと割り切れない気持ちがして来ると同時に、宇都木よし子の、りりしい気持が、秋夜の星のようにさえて見えるのです。

「紺青」（一九四六年十一、十二月号　雄鶏社）より抜粋

ボルネオ　ダイヤ

暗い水のほとりで蠟燭の灯が光っている。ほんのさっき、最後の夕映が、遠く刷き消されていったとおもうと、水の上を一日じゅう漂うていた布袋草(イロンイロン)も静かに何処かの水辺で、今夜の宿りに停まってしまうに違いない……。漕ぎ出ている小舟(タンバガン)の楫(かじ)の音がいやにはっきりと聞こえる静けさだ。ぴちゃぴちゃと水の音は聞いている者のこころの芯にまで吸いこまれるように、たまらない人恋しさと、淋しさを誘ってくる。時々、家のまわりの唸り木がざわざわとゆれていた。――球江は裸で白い蚊帳のなかに腹這っていた。長い枕のようなダッチワイフに両足をのせて、まるで蛙を引き伸ばしたようなかっこうでジャワ人の女按摩に軀(からだ)を揉んでもらっていた。女按摩は球江の軀じゅうに椰子油をぬるぬると塗りたくりながら、固い掌でゆるくのの字を書くようなしぐさで、油で濡れている背中を揉んでいる。大判のタオルに顔を押しつけて、球江は手離し

た子供のことを考えていた。随分遠いところへ来てしまったものだと思っている。もうこのまま内地へは復えれないような気さえしてくる。どんよりと重苦しいほど暑くて、それに、やかましく食用蛙が啼きたてているせいか、考えることは少しもまとまって瞼に浮きあがってはこない。広島の港を離れるときは雨が降っていたかしら。……四ケ月前の、けなげな自分の旅のすがたがいまでは人のことのように思い出されるだけだった。バリトの広い河口へ船がはいって来たのは夕方だったかしら……。マングローブの茂った土手沿いに、赤く濁った水の上を船はゆるく滑っていた。うつつからうつつへ、季節のまるでない妙な季節が、他愛もなく球江の思い出のなかに、独楽のように毎日同じところをぐるぐるとまわっているのだ。内地を発ってからまる四ケ月は過ぎてしまった。この南ボルネオのバンジャルマシンという処へ来て、休みなく毎日毎日、夕方には雨が降った。それがまるで細引のような太い雨で、暑い処なので、雨は湯煙をたてているような激しさで四囲が乳色に染ってくる。このような処へ働きに来る女たちというものは、内地で散々苦労をした挙句の果てに来たと思われるような者が多かったけれども、球江だけは、もののはずみで、人に誘われて、こんなところへ来てしまったといった風な女であった。球江は髪結いの娘であった。兄は支那と戦争が始まると同時に出征して、ウースン上陸で戦死してしまい、次の兄は戦争を怖ろしがって、自分から進んで軍需会社へ勤め口をみつけて水戸の工場へ行ってしまった。球江はそのころ女学生であったけれども、これも学業はそっちのけで、毎日全生徒が学校から工場通いをしなければならなくなってくると、球江はつくづくそんな生活が厭になってきて、あと一年で卒業だという時に、母親には黙って学校をやめてしまうと、上野駅の食堂へ給仕女の職をみつけた。ここでコックのようなことをしていた松谷と知りあい、上野駅の近くの宿屋で時々あいびきをかさねているうちに、球江はとうとう妊娠してしまった。球江は六ケ月近くまで自分が妊娠しているということは知らなかった。松谷に変だと言われて、初めて軀の調子がおかしいと思ったくらいで、まだ十七だった球江には、自分の軀の異常がそんなに気にかかってはいなかった。家出をして松谷の下宿に一緒に住むようになってはじめて、球江は自分の運命というものがだんだん正常でないことに気づき、何となく物哀しい気持になっていた。十八の春、球江は松葉町の小さい産院で女の子を生んだ。子供が生まれると、松谷は球江に相談もしないで、まだ球江が産院にいる間に子供を王子の方へくれてしまった。球江はまだ若かったので、子供へのみれんもあまりなかったけれども、人の手に渡してしまうということは何となく不愍(ふびん)で仕方がなかった。親のところを逃げ出したままだったので、配給のない球江は、松谷から食べものの工面をしてもらって生きているような仕末であった。松谷が勤めに出た間は、一日部屋にこもってごろごろしていることが、球江には退屈だったので、ある日、近くの桂庵を頼ってゆき、熱海の旅館の主人だという女にあって、窮屈な内地の生活のなかであくせくしているよりは、一つ南へ進出して働いてみてはどうかとうまいことを言われて、球江は急にそんな気になり、仕度料としてその女主人から二千五百円の金を貰った。千円を母親へ送り、あとの千円を松谷の下宿へ残しておいて、誰にも黙って、球江は自分と同じような仲間の女達五人ばかりと広島へと発って行ったのだった。

五人の女達は、みなそれぞれかわった身の上話を持っていた。広島を出て三週間近い船旅では、毎日、五人の女たちから球江は同じ話を何度もくりかえして聞かなければならなかった。五人のうちでは球江が一番若くて、年長者には、三十をすこし越した女もいた。一行は女主人の福井と、球江のような女達五人と、ボルネオから迎えに来たという黒眼鏡をかけた酒田という男との八人であった。——海の上がだんだん暑くなり、毎日単調な船倉生活が女たちにはたまらなかった。段々旅愁のようなものに誘われていた。船は表面上は病院船ということになっていたので、一緒に乗っている沢山の兵隊は勿論、球江たちも、昼間は船倉でじっとしていなければならなかった。デッキにある便所へ出掛けてゆく時は、汚れてどろどろになった白衣を肩にはおって行くことになっていた。夜になると、船の横腹に赤十字のイルミネーションがとぼった。女たちも兵隊も、終日船底でごろごろしている。球江は薄汚い毛布に寝ころんだまま兵隊の持っている雑誌を借りて来ては読んでいた。それにも飽きると、袋から何かとり出してはむしゃむしゃ食べる。それにもまた飽きてくると、球江は眼をつぶって、貰われていった子供のことや、松谷のことなぞを考えてみる。松谷が自分を探している姿が浮かんで来ると、ふっと涙がつきあげてきた。もう一度東京へ戻りたいとも思った。ボルネオは二年という約束だけれども、二年ぶりに戻って行って、松谷をたずねて行ったら松谷はどうして迎えてくれるだろう……。近いうちに兵隊にとられやしないかと心配ばかりしていて、もしも兵隊に行くようなことがあったら、脱走してやるのだと云っていたけれど、話が配給のことになってくると、松谷は「全く、俺たちのようなものは」天(あま)が下に住むところなしだなと苦笑するのだった。

　四ケ月の間のことが朦朧としていて、球江は、もう内地のことは遠い昔の夢のようにしか思えないのだ。ボルネオへ着いて、球江は始めの二、三日は耐えられないような自責を感じていた。東京での約束とは何も彼も違っていて、ここでは軀を犠牲にするということだった。どの部屋にも粗末な畳が敷かれていて、塗りの荒い卓子が置いてあった。外地から来る上官の為には床の間のある部屋もつくってあった。床の間には富士山の軸がさがっていたし、唐獅子のような妙な置物も置いてあった。奇形的な日本の部屋のかっこうが、かえって熱帯地では貧弱に見えた。

　ジャワ人の女按摩がかえってゆくと球江は起きてマンデー場に行き、何杯も水を浴びた。朝も夜もないような家のなかには、いつも将校や兵隊や軍属が詰めかけていた。下男(ジョンゴス)が球江を何度となく呼びに来た。こんなことで二年も勤めるのではたまらないとぷりぷり腹をたてながら、それでも鏡の前に坐って球江は化粧を始める。一緒の部屋にいる澄子という女は一週間も商売を休んで寝ていた。軀が悪いのだといって、部屋に閉じこもったまま客席には出なかった。椰子でつくった扇子でゆるく蚊を追いながら、さっきから暗いヴェランダで何か考えごとをしている様子だったけれど、球江が鏡の前に坐ると、やっと澄子は部屋のなかへ這入って来て、「あんた、タンバガンへ乗って涼んで来ない？」と球江を誘った。河口のバリトの支流が、丁度、このバンジャルの町を三角洲のようにして、マルタプウラの河が町の中央を流れていた。河畔へ行けばいつも小舟がもやっていて、まるでひところの円タクのように、何時いかなる時間でも気軽に河の上を流してくれた。「河風にでも吹かれてくればさっぱりするかもしれないわ」「だって、また叱られるわよ。戦地へ来ているンだから、勝手な真似をしちゃアいけないってね」「かまうことあないわよ。そお言っている人達がみんな勝手な真似をしてるじゃないの……」澄子はサロンを巻いて、ボイルのブラウスを着ていた。唇がいやに腫れぼったく色が悪くて、暗い灯のせいか浮かぬ顔色をしていた。眉と眼が濡れたようにはっきりとしている。球江はシュミイズ一枚でべったりとアンペラ莫蓙の上に坐って、煙草を一吸つけた。化粧をした顔が浮き浮きした心の弾みかたをみせている。球江にはそのころ好きな男が出来ていたせいもあったけれども、化粧の仕方も、身のこなし工合も一人前に、そんな女達のようにちゃんとわきまえるような経験を積んだせいか、年齢よりは一つ二つ老けてもみえた。女中（バブウ）に市場で買って来さしたブンガ・スンピンという匂いのいい白い花を髪に飾って、球江がボイルの黒い服を着こむと、ひとかどの女になったような気取った気持になってきて、鏡のなかをのぞきこんでいた。「ねえ、このひまに、一寸、河へ行って来ない？　暗いのだもの、わかりゃアしないわよ」「どうしようかなア、まアちゃんが来るには来るンだけど……」「待っててくれるわよ。わたし、一人じゃ淋しいの、一寸ばかりつきあいなさい。死ねばもろともの旅を一緒にしたンじゃアないか……」「はいはい、承知いたしました」二人は革のサンダルをつっかけて、ヴェランダから芝生へ降りて行った。暗い空の上に、黒い旅人椰子のそそり立っているのが、如何にも遠い地へ来ている感じであった。河岸へ来ると、もう満潮時で、道の上にまで泥水が押しよせていた。二人は小高くなった草むらのなかを歩いた。「タンバガアン……」澄子が舟を呼んだ。岸へつき出た黒い樹の下蔭からにぶい声で船頭が「やあ」と返事をして、軈て楫の音をさせて、二人の足もと近く舟を寄せてきた。二人が舟へ飛び乗ると、屋根つきの細長い船はしばらくハンモックのように左右にゆれ動いた。水の上はひっそりとした夜気が逼り、暗い岸辺が茫んやりと夜霧の彼方に遠く離れてゆく。澄子が急に「ああ、わたし、内地へ復えりたい。復えりたくなったなア」と、いった。突然だったので球江は返事も出来なかったけれども、何となく澄子のそうした心持は迫っているような気がした。河の中心へ舟がくると、舟頭は心得て楫をやすめて舟を水の流れに任せた。両岸の水の上の家々には椰子油の灯が蛍の光といっしょに明滅している。球江は茣蓙の上に寝転んでいた。白いスンピンの花の匂いが軟風にのって甘い香気をただよわせている。「ねえ、詩を唄ってよ」球江がたわむれて舟頭へ声をかけると、舟頭ははにかんだような声で笑っていたけど、案外若い声で四行詩を唄い出した。河の面に木霊して、さびのあるいい声だ。――「何もなくってもいいから内地へ復えりたいわねえ、どうせ内地へ復れば、また、ボルネオが恋しくなるンだろうけれど、一度だけ東京へ復えってみたいわ」球江はそういいながらも、ほんとうは、そんなに復えりたいわけでもない。「わたしは違う、わたしは泳いででも復えりたいのよ。どうしてこんなところへ来たかと残念なの。お神さんは神経衰弱だよっていってるけど、そうじゃアないわ。わたし、デングでわずらって寝てる時だって、こんなところで死にたくはないって思ったものねえ、戦争さえなけりゃア早く戻れるンだろうにねえ」「あんた、あのひとが死んだから、それで急にがっかりしてるンじゃないの」澄子は、客のなかで好きな兵隊がいたのだけれど、一ケ月ほど前に、奥地のモロンプダックの油田作業場で怪我をして死んでしまった。――いつの間にか舟頭の唄声は消えている。そしてまた楫の音がしていた。球江は涼しい舟の上で一夜を明かしたい気持だった。のびのびと誰にもさまたげられないで眠りたかった。

二人が部屋へ戻ってきたのは九時ごろであったろうか。球江が座敷へ出てゆくと、いつものように、酒に乱れた連中が幾組も軍歌をうたったり、議論をしたりしていた。澄子はこうした部屋には出て来なかった。球江は強いブランデーを二、三杯飲まされると、もう、いつものように陽気な性分を取り戻していた。何も考えることはない。金色燦然としたものが軀からエーテルのようににじみ出ている。そして、どんな場所にも怖れることなく、力いっぱいの情熱をこめて坐りこんでるおられる。四ケ月の彼女の歴史などは須臾のように消えていってしまうのだ。自然に、何も彼も自分というものが毀れてしまったと安心してしまえば、どんなところにも平然と坐りこんでいられた。辱ずかしいということもなくなった。どの男も自分の前にはひざまずいてくる自信があった。いまの生活が球江にとって面白くないはずはない。——夜遅く、真鍋がマルタプウラのダイモンド鉱区から自動車で逢いにきた。狭い部屋で二人きりになると、球江はシュミイズ一枚になって扇風機の前に立った。子供のように両手をひろげて酔ってしゃべっている。真鍋も卓子の上に防暑服をぬいで蚊帳のなかに滑りこんでいた。廊下ではいつものように女を取りあう小汚い言葉が飛んでいた。球江はいつまでも動力の弱い扇風機の前に立っていた。色の白いふっくりした軀つきを、わざとみせびらかしているような幼いしぐさで、球江はとりとめもない歌を小声でうたっている。「何故、ここへ来ないのかい?」「暑いのよ」「扇風機にあたったあとはもっと暑く感じるンだぜ。ここへお出で……」球江は素直に扇風機を蚊帳の方へ向けて真鍋のベッドへ行った。そして、癖のように球江は真鍋の胸のあたりに頭をさしよせて、真鍋の右の指を噛んだ。二人は幾たびかこうしてよりそっては眠っていたけれども、まだ一度も軀の関係はなかったのだ。激しい戦いをしながらも、真鍋は球江の軀を抱きしめているだけで、朝になると、何ともいえないすがすがしい気持でお互いの顔を見合わすことが出来ていた。「あんたはわたしを好きじゃないのよ、わたしそう思っているの。あんたは人間のこころなんか持ってはいないのね」「そんなことはないよ、俺はね、君が好きだから来るのさ。不自然だと思うだろうけど、こんなところで君と逢えたことが因果だと思っている位なンだよ。皆の眼が光っていなかったら、そして、戦争でなかったら、君と結婚したいと考えているンだけど、どうにもならないじゃアないか。妙なことがあってごらん、二人は離れ々々にされてここから追放だよ」「正々堂々と結婚式をすればいいじゃアないの？」「うん、だけどここは戦場で、軍隊がいるんだぜ。俺だって軍属でもなかったら簡単なんだけど、どうにもならないじゃないか……」「ええ、ええそうなのね、まアちゃんには奥さんも子供もあるンだし……不義はいけないというわけだから……」真鍋は黙っていた。軈てポケットから小さい薬包みのようなものを出すと、「俺が掘りあてたダイヤモンドだけどね、内地へ戻ることがあったら、あんたの指輪にしなさい」黄色く光った原石のダイヤモンドを一粒、球江の汗ばんだ掌にのせた。ダイヤモンドは濡れたように光っていた。明るい窓から見える芝生の旅人椰子が寝て見るせいか真鍋には明るい壁画のように拡ろがってみえる。湿地帯の朝の空気は何も彼もが夜露で濡れてべとついている感じだ。球江はダイヤモンドを手にして、暫くその光にみとれていた。ダイヤモンドというものが案外つまらないもののように見える。「ボルネオのダイヤモンドは質のいいものじゃアないけど、君の指輪にならア丁度いいだろう」「これ、どの位に売れるものなの？」――内地の手近かな工場の入口に立っていれば、球江のような平凡な顔はいくつも見られるだろう。何処といってとりたてて云うほどもない平板な顔に、どうやら異彩を放っているのは、小さい唇と、一皮目の柔和な眼であった。見たような顔、誰もがそう思うほどのなじみやすい顔である。その球江が、いつの場合も現実的で、ダイヤモンドをいくら位で売れるものなのかときかれると、真鍋は一寸ばかり興ざめた気持ちになり、「そうだねえ、五、六千円には売れるだろう」と、球江を驚かせる心算(つもり)で云った。「まア、こんな石が、そんなに高いものなの、吃驚したわア、それじゃア、わたしにとっては財産になるわよ。ほんとにそんなにするの？」球江はいっそう熱心にダイヤモンドを視つめている。真鍋が放心したように窓のそとを眺めていると、球江は真鍋の首に抱きついて、汗ばんだ頬を何度も接吻した。――帝大の採鉱冶金を出て、N殖産会社から、南ボルネオ占領と同時に、軍属として、足掛二年もマルタプウラの小さい官舎に住んでいる真鍋は、民政部の招宴の席で球江に初めて逢ったのだ。球江はすぐ真鍋を好きになり、ある日、インドネシアの女に化けて、四キロの道を歩いて真鍋の官舎に遊びに行ったりしたこともある。真鍋も始めはものずきな女だと思っていたけれども、球江の激しい熱情には段々惹かされてゆくものがあった。そのくせ、最後のところまでにはどうしても降りきれない潔癖さを真鍋はもてあましている。球江の軀を一夜の慰みものとすることは、禅で云うところの、念と無念との究竟平等を意味することで、一瞬の情火がさっと過ぎてゆけば、また明日の朝は平和な世界が、真鍋を悠々と落ちつかせることが出来た。偶一念迷い初め、自ら凡夫となるゆえに、三毒五欲の情起り、殺生偸盗邪婬慾、悪口両舌綺語妄語、瞋り恚ち愚癡我慢、貪り惜みて嫉み妬みだった……。真鍋は学生のころ読んだ、夢窓国師の三等の弟子の遺誡を、心に銘じていた。猛烈に諸縁を放下して専一に己事を究明することを上等となし、修業純ならず、駁雑にして学を好む、これを中等となし、自ら己霊の光輝を昧まして、ただ仏祖の涎唾を嗜む、これを下等といった。たとえここが戦場だからといって、球江を金で自由にすることは、潔癖な真鍋にはそこまでつきつめてはゆけない。といって、現在の真鍋のこうして遊びというものが正しいのかとじっくり自問自答をしてみれば、これもやはり己霊の光輝を昧ましていることに変わりはないのである。何となく、ここは戦場というところに気兼ねもあった。無数の日本人の眼も怖ろしい。それにまた官学生の真鍋には将来の「名誉」というものも眼のさきにぶらさがっている。そのくせ、異郷での淋しい夜々、自分一人にだけささやいてもらえる異性の甘く優しい言葉は、真鍋にとって何と快いものであったろうか。同じ官舎にいる男で、毎日新妻に日記がわりの手紙を書いているものもいたけれど、真鍋はこうした若い男の清純な旅愁も羨ましいと思っていた。——軍隊というものは、一つの土地を占領するまでは勇ましく突き進んで何も考えるひまもないのだけれど、一つの土地を占領して、そこへ落ちついてしまうと、名誉のある軍隊の規律は、平和的なものに臆病になり、落ちつきがなくなってくる。四囲が平穏になればなるほど、軍隊の規律は乱れはじめてくる。濁ってくるのだ。真鍋の場合もそうであった。占領地の鉱区を整備して走りまわっているうちは、生命を賭ける程の思いではあったのだけれども、ぼつぼつ結果が現れ始めてくると、真鍋はもう退屈でやりきれない思いに苦しめられている。日本人によく似たダイヤ族の、バブウ下女の歩く姿に茫然とみとれていたり、鉱区で砂を洗っている馬来人やジャワ人の女たちの中から、美しいかたちを何となく求めている卑しさに赤面することもあった。——軍からの要求どおりのダイヤモンドを掘るということは、朝夕もないような忙わしさではあったけれども、ダイヤモンドの「石」自体が持っている光沢は、いつも、柔い女の肌を空想させずにはいられなかった。色んな機械に利用されるダイヤモンドの効果よりも、美しい女の装飾品としての連想が真鍋にはずっと愉しいものであった。黄色、すみれ色、紫、コバルト、ピンク、さまざまのダイヤモンドが、何万という人夫を使って、天上の星の如く少しずつ砂の中から現れて来る。その、ほんの少しずつ現れて来るダイヤモンドは、内地の軍需工場であえなく消化されて、「石」自体のロマンチィックな光沢の美は、鉱区を離れてゆくと同時に、流星が石に化してしまうが如く、はかなくその美を雲散霧消して、戦場の露となってしまうのだ。——真鍋は、大粒な最も素晴らしいコバルトダイヤを妻へ送ってやった。妻からは、送っていただいたダイヤモンドは数日ならずして、政府へ供出してしまいました。そして、何となく愛国的な気持になり、あなたのお気持を無にしなかったことを讃(ほ)めて下さいという見当違いの手紙がとどいた。自分の鉱区では二度とそのような美しい石は求められないだろうと思ったほどの逸品だったので、真鍋は妻の鈍感さに腹を立てて口惜しがっていた。まるで、印刷機械にかける無数の活字のようにしか考えられていない妻の宝石感が不愍（びん）でもあった。日本の女は、本当の宝石の美や、その世界的な価値を知らないのだ。日々を多忙に追いまくられている荒びた女の指には、あまりに美しすぎるダイヤモンドの美は怖ろしいのかもしれない。流血の果てに得た一つの土地が、無智な侵略者の為に圧制を敷き、民衆を烏合とあなどり、失政を気づかないおろかさというものは、ダイヤモンドの価値を知らない日本の女のこころと何か通じあっているように考えられ、停滞しきっているこのごろの軍政に真鍋はそれを感じるのであった、いくらぐらいのものなのかと、卒直に球江にたずねられたことが、いまではかえって、真鍋には気持のいいことである。

　球江は下女（バブウ）に市場から、辛子つきの焼鶏（サッテ）を二十本ばかり買わせてきて、真鍋と二人で蚊帳のなかで食べた。今日も暑い。からりとした南国特有のコバルト色の空が、眼のなかにこまかい針をさしこむようにまばゆく見える。自動車か自転車以外には、庶民的な交通機関のないバンジャルの乾いた町は、朝から晩までひっそり閑としているけれども、一歩河筋へはいってゆくと、泥で濁った河の上はおもちゃ箱を引っくりかえしたような小舟の賑いで騒々しかった。楫をつかっている手が、ほんの一寸見える程の、椀状の大笠が、水の上を花を流したように流れてゆく。その賑やかな小舟の間をものすごい大群の布袋草（イロンイロン）がきしみあって河筋を潮に押しあげられてゆくのだ。水もみえないほどの水草の流れは、暫く眺めていると、自分がレールの上を滑って動いているような錯覚にとらわれてくる。ここでは地球が動いている感じなのだ。両岸の家々は水に向って店を開いている。呉服屋の前にも舟を停めて買い物が出来る。米屋も雑貨屋も水ぎわであきないが出来るのだ。小舟自身もコーヒーをあきなっていたり、タバコを並べて楫をゆるく漕いでまわっているのもある。布袋草（イロンイロン）の根をかきわけて真裸の子供が泳いでいる。人間と自然とが、この河筋だけは戦争とはおかまいなしにたわむれあい、犬ころのようにふざけあって如何にも愛らしい自然の国を創っているのだ。ボルネオの人達にとっては、戦争位迷惑なものはないであろう。

　ここでは天水を利用しているので、誰もが歯をみがくことを億劫がっていた。真鍋も煙草で染った黄色い歯をしていた。「ねえ、澄子さんねえ、東京へ泳いで復えりたいンですって……あなたはどう?」「君こそいったいどうなの? お母さんに逢いたいだろう?」「ええ、そりゃアねえ、時々夢に見るけど、でも、ここまで来てしまったンだもの仕方がないでしょう……。澄子さんねえ、狂人になるンじゃないかと思うのよ。何だか変なの、兵隊が死んでから、まるっきり駄目になっちゃったのよ、あのひとあんなに思いつめられるものかしらねえ……。わたし、バンジャルの気候のせいだと思うわ。暑くって、頭を冷やすって時がないんですもの……」球江は不行儀に真鍋の胴の上に両脚を凭れさして、頭をベッドからずりおちそうなアクロバチックなかっこうで煙草を吸っている。一晩じゅうかけっぱなしの扇風機が、動力が弱いせいか空缶を引きずるような音をたてて鈍くまわっていた。「あのひとは少しやつれたね。何だか淋しそうな様子になったなア」「そうでしょう。でも、何だかこのごろの方が鋭くなって綺麗よ。二十七ですって……」「もう、そんなのかねえ」「ええ、神戸で生まれて、女給さんをしたり、芸者をしたり、まア、いろんなことをしてきたひとなんですってよ」「へえ、そんな風には見えないなア」「あのね、昨夜、二人でタンバガンに乗ったの。澄子さんてば泣くのよ内地へ復えりたいって……」澄子が泣いたときいて、真鍋は気の毒に思った。誰だって、こうした暑い処ではどうしようもないのだ。何といっても兎に角暑い。真鍋は思いきって球江の軀を押しのけると蚊帳から出ていった。鏡を見ると、一夜にして髯が生えている。油ぎった顔が茶色に濁っていた。べとついた防暑服を着て、「じゃア、また来るよ。元気でね」そう云って、白い蚊帳ごしに球江の額に接吻した。酢っぱい香水の匂いがした。球江は寝たままの姿で、真鍋を見送っていた。やがてしばらくして、遠くの方で古ぼけたエンジンの音がして、自動車がラッパを鳴しながら行ってしまった。球江は枕の下からダイヤモンドの包みを出して、もう一度明るいところで、ダイヤモンドをしみじみと眺めた。ふっと、何の関連もないのに、別れた子供の顔が眼に浮かんで来た。黄色をおびた石の色が冷く光っている。ダイヤモンドを手にするということは、生まれて始めての経験で、球江にとっては微妙な気持だった。指にあててみると、笑くぼのある寸のつまった指には一寸淋しい石の色だ。心のなかで、わたし、ルビーの紅いのがよかったンだけどと球江は正直のところそう思っていた。こんな石がそんなに高いものなのかしら、価値の高い割には魅力がないけど、お神さんはよく宝石屋を呼びとめてはダイヤモンドの品さだめをしていたけれども、このダイヤモンドをお神さんに売りつけてやろうかしらとも球江は思っている。

――「球江さん、大変なのよッ」窓からまさきがあわてたように顔を出した。「あのねえ、澄子さんが、とうとうやっちゃったのよッ」「ええ？　何さ、何をやったのよッ？」球江はすぐダイヤモンドの包みを持ってベッドから滑り降りた。「これよ」まさきが舌を出して、両手をぶらんとさげた。「まア、いつなの？　いつのことなのよッ？」そのままの姿でサンダルをつっかけて、まさきと自分達の部屋へ走って行った。軍医と二、三人の陸戦隊の兵隊が来ていた。球江は部屋のなかにはいって、暫（しばら）くむざんな姿を眺めていた。死人を見ていると、生命への煮えたぎるような感覚が、素肌の肩さきに、腕に、ふくらはぎに、電気のように熱くしびれて感じられる。「今朝がたなンだって」「マンデー場のところでやったンだってよ」他の女達もお神さんを囲んでがやがやと騒ぎたてていた。軍医や兵隊が去ってゆくと、酒田が下男（ジョンゴス）を指図して、澄子の哀れにしぼんだような遺骸を敷布に巻いて部屋の隅に置いた。裸足の足がいやに平べったく大きく見えた。酒田が、胸の上に仏の両手を組ませようとしたけれども、もうその手は自由にはならなかった。枕もとには、澄子の浴衣がぶらさがっている。「昨夜のままだわ」白いボイルのブラウスに、サラサのサロンを巻いた澄子の薄眼をあけて舌を出している姿は正視するに耐えなかった。――急に、球江たちには一日の休暇が出た。女たちは弁当をつくってもらって、タキソンの浜辺へドライヴしに行った。自動車は民政部のを借りたもので、馬来人の運転手までついている。運転手が椰子煙草を吸って臭い煙を吐かないならば、まことにこころよいドライヴであったのだけれども。球江は重たい気持であった。昨夜、最後に別れるまで、澄子の死ぬほどな悩みを考えられなかった自分の浅はかさが自分で苦しかった。澄子が死んでも、別に誰もとりみだして泣いているものもない。不思議なことには、儲けやだというお神さんだけが少しばかりハンカチを眼にあてて泣いていた。「おかみさん泣いてたわね……」まさきが自動車の中で思い出したように云った。「きまぐれだからさ……」黒子とあだなのある色の黒い大柄な静子が薄情なことを云った。――タキソンの浜辺の小高いところにあるパサングラハン（官営旅館）に着いたのは昼ごろであった。たとえ赤茶けた泥色にもせよ、広々とした海の景色を前にすると、みんなもうはしゃぎきって、勝手なおしゃべりを始めている。海というものは青いものだと思っていた女達の眼には、このタキソンの赤い海の色は、何とも落魄の思いを深めるばかりであった。球江は茹で卵子をむいて食べた。澄子の悲惨な表情が浮かんでくる。わたしは悪い女なのかしら……球江は、何も彼も虚空の彼方に忘れがちになっている自分のこのごろの感情を呆れて眺めていた。古ぼけて、いまにも朽ちてしまいそうなバンガロ風の板敷の広間で、女達は弁当をひらいた。管理人のヅスン族の男がぬるいコーヒーを淹れて来た。「静かねえ、戦争なんて何処のことかと思う位ね」着物をきたかっこうが、浅草あたりの小料理屋の姐さんにみえる年増のまさきが、一服つけながら、海を眺めている。「澄子さん、随分、内地へ復えりたがっていたのよ。昨夜、いっしょにタンバガンに乗ったンだけど、それが最後だったのねえ、――何も死ななくてもよさそうなものだわ」「ううん、球江さんは子供だから知りゃアしないのさ、澄さんの好きな兵隊が、何故モロンプダックにやらされたかっていうのは知らないだろう？　何ていうのかね、重営倉っていうのかねえ、あんなの食って行っちゃったのさ、みんな、澄さんの為なのさ、二人で逃げて土人に化けちゃおうなんて考えてた位に思いつめてたンだから、下手をすると、その兵隊は死刑よ、ねえ、思いつめてたひとが死んでしまったのだもの、澄さんだって、こんな旅空で面白くもないやね、まだ歩いてゆけるところにいると思えば気が済むなんて云ってたンだもの……それに軀も胸の方が大分悪るかったし、あんなになる運命だったのよ澄さんってひとは」静子が説明している。雨気をふくんだ叩きつけるような重たい風が吹きはじめた。杳(はる)か下の方の熱帯樹の蔭に自動車が風をよけている。村の子供達が砂地を走りながら自動車を見物に来ているのが小さく見えた。風にさからいながら、子供の走るかっこうが海老のように見える。

「改造」(一九四六年六月号　改造社)

古い風新しい風

第一回

塩崎秋子と、桑重和子が、H県のこの海辺の、O市の女学校へ赴任して来て、二ケ月は過ぎた。その短い、たった二ケ月の月日を、もうすでに過去にはなったのだけれども夢とも現実ともつかない空間にぶらさがっているような、単調な毎日が、二人の若い女教師には何となく退屈で仕方がなかった。

あと、二、三日すると、学期試験が終わり、冬の休みになる。秋子は下宿の夕飯が済むと、暫く答案をのぞいていたけれども、何となく劈痕(ひび)のはいったような孤独に耐えがたくなって、あわてて外套をひっかけて、桑重和子の下宿先さえ尋ねてゆく気になった。帽子をかぶり、マスクをして、戸外へ出ると、星屑のちらばった寒い夜空に、小さく唸るような音をたてて夜間飛行機の赤い灯が星の間を流れていっていた。

　だらだらとした小径を降りて、線路ぞいに出ると、ほんの少しばかり淋しい空地がつづいていた。背のひくい倉庫がぽつんと建っている。その空地を二人の人影がゆっくり歩いていた。

「勿論、学校はやめてしまうわ。私も、すぐ東京へ行くッ。どうしても待ってなンかいられないもの……」

　若い女の声である。如何にも情に激したような云いかたで、女が立ちどまると、二、三歩行きかけた男も後がえりするようにして、「そんな無茶なことがあるかッ。来年は卒業だもの、どんな事があっても、学校だけは出なくちゃいけないよ。せっかくここまで来て、そんな馬鹿な事を……君のそこのところが心配だね」

　秋子は闇のなかに立っている女が、自分の生徒の江口春江だと思うと、奈落におちこんだような身ぶるいを感じた。歴然（れっき）としたこの二人の対話を聞いて、秋子は自分がまるで罪人にでもなったような気がしてくるのである。

　そそくさと線路を踏みきって、秋子は道を急いだ。夢中で路地から路地を抜けて海辺へ出て行った。石を築いた海岸添いに出ると、ぷうんと肥料臭い匂いがして、夜の冬の海は、まるで湖水のように漂茫として、暗黒の島影を近々と浮かべて静まりかえっている。ほんのいま見てきた事が何だか嘘のようにも考えられてくる。――海辺の、旅館の一室を借りている和子の宿へ来た時は、帳場の大時計が丁度八時を指していた。

　案内を乞うと、湯上りとみえて、ぽっと赤らんだ顔をした和子が、荒い棒縞の服を着て広い梯子段を降りて来た。

「一人？」

「ええ、何だかくさくさしてたものだから……」

「相見たがいって云うところだね」

　和子の後から、二階に上がってゆくと、一番奥まった部屋。置炬燵の上に、ここにも答案が散らかっている。

「お互いに同じような事をしているのね」

「そりゃアそうさ。御職業とあれば、やってる事はいずれも同じことさ。およそ、この答案ってもの位面白くないものねえ。〔一字不明〕のなかにいるような感じよ。嘘八百ばかりならべたてていて、一つとして本当のこと書いた文章ってないンだから厭になっちまう……美文、虎の巻ってものを、生徒達は持ってるンじゃないかと思うわ。どれを見たって、雪見に訪う文とか、紅葉狩りに行く文とかなってやしないのよ。こんな、薄ぺらな虚栄心ぞろいって、郷土的なものかしらねえ。流石に、東京じゃこんな迷文なんて読もうたってありゃアしない……」

「以前にいたっていう先生の亜流じゃアないの？」

「だって、いくらなんだって、そんな亜流を、つまらないことだと見抜く生徒がいないなンて淋しいわよ。一人位、純粋な生活を書いたってよさそうなものだわ。――一つ、迷文を御紹介つかまつるかな……。これが二年のＡクラスの級長の作品だから、君よ驚くなかれだわ。――拝啓一筆まいらせ候。夢よりもはかなく、年の暮せまり候て、何となく人生の哀れ感じられかなしく候。正月の休みにはお出でありたしとのお手紙うれしく候。東京はあこがれの都にて、この正月は、ぜひぜひ、お母さまをときふせて参上いたしたく、いろいろ身仕度とどのえおり候。東京といえば、すぐ目白の女子大学がこころに浮かび、上京いたし候えば、その足にてすぐ、女子大の建物を見に参りたくぞんじおり候。小浪姉さま、三越にもお連れ下さる由、うれしく心おどり候。帝劇はいまどのようなるもの演じられ候やおたずね申し上げ候。このごろ、Ｏ市もめっきり寒く相成り、昨日はみぞれまじりの雪も降りおどろき候。お送りいたし候鋼の〔二字不明〕き、御笑納下されたく候。お母さまよりくれぐれもよろしく申し上げくれとのことにござ候。――どう一寸御笑納あそばしまして、驚いたわねえ。女子大と、三越と、帝国劇場……東京ってところをこんな処だって考えているのね。まるで明治風だわ。こんな嘘っぱちを書いて、何が人生哀しく候なのよ。ちっとも哀しい御身分じゃないじゃないのッ」

和子はひどくむくれている。下宿でだけたしなむのであろう。キリアジの煙草に火をつけてぷうっと美味そうに吸った。

「女学生の感情って、鐘の音みたいなものだと愉しみにして来たんだのに、もう、こうした商業地の女学生ってものは、すべてが理詰めで、若さってものは何も知りゃアしないンだから不憫なものだわ」

「そうでもないわよ。性根を見せない要心に、ありゃア一種のカムフラアジュなンだわ。性根を見せない要心に、ありふれた、あたりまえのことを書くって云うだけの事なのよ。商業地って云うものは、ここだって大阪だって同じじゃないのかしら？　――正直でないンじゃなくて、そんな風にそだってゆく土地柄に出来ているもンじゃないかしら？」

「ふうん、そう云われれば、そんなものかもしれないねえ。第一、ここの生徒達、みんな利巧だよ。そして、意地が悪くてねえ」

和子は東京から送って来たのだと、榮太樓の梅干飴を出して、自分でコーヒーを淹れた。ミルクと砂糖をうんと入れて、「どう文明も悪くはないね？」と、和子が眼鏡をとって、熱いコーヒー茶碗を吹きながら飲んでいる。

「いま、私ね、うちの生徒が男のひとと歩いているのを見たのよ……」

「へえ、男と歩いたって珍しかないでしょう？」

「うん、それが、一寸、おだやかでない対話なのよ。ほら、江口春江ね、あの子なンで驚いたのよ。別れのいざこざみたいで、歩きながら泣いているンですもの」

「へえ、それはまア……悲劇の中にある、その美しさ、その変妙さ、そのロマネスクを忘れてはいけないって、ボードレールって君も云ってるわ。海辺の町だもの、そうして青春もざらに落ちてるでしょうし、まア、とりたてて問題にしない方がいいわね」

「あらア、いやな桑重さんねえ、私、そんなとりたてて問題になンかしやアしないことよ。ただ、その人物が、江口春江だったから驚いたままでなのよ。あの子は私、一寸好きだったから……」

「失望した？」

「うん」

「君は夢想家だからね？」

「皮肉ねえ」

「神様って公平だわ。どんな国の人間にも、情の芽だけは片手落ちもなくお植えになっていますからね。まごまごしてると、私達はその、切角の芽を枯らして、最後は万年女教師で終わるかも知れない……」

「相変わらず毒舌家ねえ、あなたって云うひとは……それが迷文に悩まされているンだからいい気味だわ」

「全くよ。教育者なンて柄にないわねえ。それに、今日の朝礼の時の校長の話、戦争をまるで自分がはじめたみたいな意気込みで中国の悪口でしょう……一度ものぞいたこともないくせに、あんなのも迷文の方だわ。烏合の衆は感激して、すぐ向う鉢巻きを締めるかもしれないけど、おかしなものだわ。私、一日じゅう、不安で、気持ちが悪いったらなかったのよ」

答案を散らかしたまま二人は、旅の旅館にでもいるような、しみじみとした気持に溺れていた。

翌日。学校では、この年最後の、五年のA組の、英語の時間が残っていた。もう試験も終わっていたので、秋子は今日は学課の方はやめにして、何となない雑談の会にしようと考えていた。出席簿をぶらさげて教室へはいってゆくと、一番に眼につくのは江口春江の席である。

いつものように制服を着て、頭髪を真中から分けて、首の両側に編んでたらしている姿。泣き腫れたような薄紅い眼をしていた。その表情は、いつもの清楚な女学生であって、昨夜の春江とはおよそ別人のような感覚でさえあった。暫く、秋子は何かの錯覚ではなかったのかと考えていた。

「グット・モーニング。――あと一日で、当分皆様ともお別れですね……、お正月を迎えて、あなた方は、また一つ年を重ねる。……それに就いて、私、思ったンですけれど、切角、あなた方のクラスを受持っていて、私は、レッスンばかり追っかけていたように思います。あなた方の、こころのなかの、つまり、感情教育っていうものはさっぱりお留守にしていて、私は忘れていたように思いますのよ。いくら、型式的にレッスンを追って行ったところで、それが、本当に、あなた方の実になっているものかどうか……私は、ただ答案だけに頼ろうとしていたことが間違いだったとも考えはじめていますの。勿論、答案ってものは神聖なものだけれど、それが、あなた方の、その時の最高の学力だとは思われませんねえ。――私は、あなた方の学力は答案で知る事が出来ても、それと並行して、あなた方のこのごろのこころのありかたを知りたいと思っています。どんな型式でもいいのですから、御自分の考えていることを感想風に書いて下さいません？　これは答案とは違いますのよ。けっして、お点にはいるわけじゃアないの……だから、みなさんの、本当のこころをひれきして戴きたいと思います。――いま、成瀬さんに紙をくばって貰いますから。それへ書いて下さいね。けっして美文的な、飾った文章でなくていいンですよ。私はこのごろ、こんな事を考えているって云うふうな気持を書いて下さるといいの……」

組長の成瀬芳子に、秋子は用紙をくばらせた。生徒達は、正直にとうわくのいろを浮かべて、困った表情をしている者もある。江口春江は、今日はものうそうな様子でうつむきかげんにしていて、いつも秋子の時間に示す、あの情熱的な瞳のかがやきは少しもないのだった。

軈て、生徒達は、あきらめたとみえて、各自紙の上に鉛筆を走らせ始めている。秋子は椅子に腰をかけて、昨夜、桑重和子に借りて来たボードレールの感想私録の頁をぱらぱらとめくっていた。

栗色の、柔い革表紙の本の手ざわりが気持ちがいい。うそ寒くて、硝子戸が石油色に光っているようなすがすがしい冬の朝の、こうした瞬間が、秋子はたまらなく好きであった。

軀が弱いせいか、季節のうつりかわりは人並みはずれて敏感であったし、秋という季節を静かに濾過(ろか)してきた冬のりりしさは、何とも云えないすがすがしいものを肌に感じさせるのである。

ふっと眼にとまった一章、

――僕は敢えて云う。恋愛の唯一至上の快味は、「悪」をなすことの信念にあると。然も男も女も、すべて生まれながらにして、すでにあらゆる肉体上の快味は、「悪」のなかにあると承知しているのである。

秋子は読んでゆきながら、心に重たいものが来た。頬が赤く染まるような、ゆきくれた気持になって、顔を挙げると、思いがけなく江口春江が、苦悶の満ちた表情で、ぢいっと秋子の方をみつめている眼に行きあたった。

春江はあわてたように、急に首を〔一字不明〕く垂れた。眼を伏せることが間にあわなかった子供のようないじけかたで……。

ボードレールの小さい悪の見本が、いまここに現実にあるような気持で、秋子は暫く、江口春江の頭上を眺めていた。……ボードレールが恋愛の唯一至上の快味を、神聖な愛情の発露からだと断定しないところに、この作家の、人間をみつめる眼の怖ろしさを悟るのである。

またある一頁。——恋愛が、拷問又は外科手術に酷似することは、すでに一度、覚書に書いたと思うが、この考え方は、極めて深刻な見方で敷衍（ふえん）する事が出来る。二人の恋人が、互いに深く思い合い、逢いたさ見たさの情に堪え得ぬ程の時でさえ、二人のうちのいずれか一方が、相手方より幾分まだ落ちつきがあり、夢中になりながらも、その相手方にはまだ及ばないということはままあり得る。

つまり、この方の男か女が、執刀者になり、拷問する人になる。そして他の一人が、患者、又は犠牲者になる。破廉恥な悲劇の序幕であるあの切迫した息づかい、あの啜り泣きの声、あの喚きの声。あの残噛の音をきくがよい何という醜悪さだ。

然も恋をするものは、誰しもこの痛ましい所作を演ずるのだ。巧妙な拷問者によって責めたてられる苦しみとても、決してこれより痛ましいことはないであろう。夢遊病者のようなその目つき、四肢五体の筋肉が、電気にかかったかのように硬直したその有様は、たとい酒乱、狂乱、阿片中毒が、その極度に達した時でも、かくも怖ろしく、かくも奇怪な容体を示すことはあるまいと思われる。古昔（むかし）、ローマの詩家、オビイドが、み空なる星の光を反映させるために創られたと信じた、人間のこの顔貌までが、狂人の残忍な表情以外何ものをも示さず、そこに死のように横わって、のたうちまわるとは、また何事であるか。この一種の分解作用を呼ぶに「恍惚境」の語を用うるに到っては、正にこれ神観月浜でなくて何であろう。

ああ、さても、恋愛とは、また恐るべき〔二字不明〕であるよ、それをする者の一人が、必ず自省心を失うことを必要とするのだから。

秋子は怖ろしくて読むに耐えない気持で本を閉じて立ちあがった。そして、生徒の机の横を静かに歩いてみた。

五十人あまりの少女達は、思い思いのポーズで紙に鉛筆を走らせていた。窓辺に立って海を見ると、インク色の濃い景色が広々と拡がって、まことにおだやかである。

時計を見ると終業のベルに十分前。秋子は教壇に戻って、

「じゃアその位で……もう、約束の時間五分過ぎていますから、成瀬さんにあつめて戴きますよ」

生徒達は吻(は)っとした様子で、紙を伏せると、身近かな生徒とささやきあいながら、不安な表情をしている。

「これは、只あなたがたの考えている事を先生が知りたいからなんですよ。お点にはならないンですから心配しないでね？」

その後、下宿に戻って、秋子は今日の感想文をしらべてみた。まず、最初に江口春江の書いたものを〔一字不明〕してみた。思いがけなく、春江の文章は簡単で、——私は何も書くことがございません。と、それだけぽつんと書いてあるきりであった。

何も書くことがございませんと云いきった、思いつめた文字に、秋子は暫(しばら)く眼をすえていた。

ただごとではないような気持もされた。親身になって、よくいたわってやりたいような気持であった。

学期末の終業の日が来た。

式が終わってから、秋子は理科室に春江を呼んでみた。階段式になった、薬臭い部屋の中は森閑としていて、北向きの部屋のせいか、仄暗いただよいが寒さとともに、凍りつくようないんきさに見える。

「当分お別れね？」

「……」

「江口さん、どうして、何も書くことがなかったの？　あなた、何だか様子が変よ。私ね、何となく、このごろのあなたには心配している事があるの……。先生に話して下さらない？」

「何でしょうか？」

「何でしょうかって……そう、先生は、こんなことを、あなたに云って、あなたをきずつけやしないかと心配なんですけれど……ちっとも、このごろ、先生のところへも来ないし、第一、英語の答案ね、あなたの学力って、心ってあれっぽちじゃアないでしょう？　もっともっと出来る人なのよ、あなたって人は。——私、何だか不安で、あなたの答案には、どうした点をつけていいのか困ってしまったの。判りますか？　けっして、叱っているンじゃないのよ。私、あなたがたを叱れるような強い先生じゃないのよ。——だから、安心して、一つ、あなたのこのごろの心境を聞かしてほしいと思って……」

　春江は眼にいっぱい涙を溜めていた。

　遠くで、バイエルの教則本を弾いているピアノの音色がしている。運動場では、男の教師達がテニスをしている。解放されたような笑い声が賑かだった。

「お母さまもいらっしゃらないし……叔母さまの家で、誰にも云えない淋しいこと、きっとあると思うのよ。お兄さまからおたよりあって？」

「時々あります」

「ボルネオって遠いわねえ……」

　春江は大粒な涙を頬にあふれさしていた。

　固くなっていた気持ちに、一つの変化をもたらしたことに、秋子はひとしお不憫なものを感じた。

「ただ、どうしても云えないことを、先生は無理に訊きましょうと云うンじゃないの。何となく、江口さんの事心配だったの……何も書く事がないなンて書いてあったからよ。ただ、自分のことは、御自分で粗末にしないで大切にして頂戴。そして、どんな事があっても、あと一学期で卒業なのだから、有終の美をつくして貰いたいと思います。——けっして、あなたが学校をやめたいなンて、考えてるなンて云うンじゃないけど、あの答案をみてると、江口さんがやぶれかぶれになっているような気がして来るからなのよ」

春江は暫(しばら)く苦しそうに、声をしのんで、ハンカチを顔にあてていた。笑窪のあるすんなりした指が、美しくて美しくてみとれる程であった。何て、清潔な、きれいな手なのだろう。

「私は、今夜、桑重先生と東京へ帰るのよ。気が向いたら、お手紙を頂戴ね。アドレス書いておきます。――来学期は、また、いつもの明るい江口さんになってて下さい。来年まで元気でね?」

春江はよろよろとよろめくようにして、教壇に半身を伏せてむせるように泣いた。

秋子が桑重和子と、駅で落ちあったのは七時であった。黒い外套を着て、スーツケースをさげた桑重和子は、もう切符を買って、駅の売店でかまぼこの土産の〔一字不明〕をつくらせていた。

秋子も軽いスーツケース一つ。グレーの外套に濃茶の帽子をかぶって、まるで、音楽学校の生徒のような爽かな姿である。

「君も、かまぼこのお土産どう?」

「そうね、私、鯛味噌を買ったンだけど、かまぼこなンて気がつかなかったわ」

かまぼこは、この町の名物で、ゴムのように弾力のある、白い日本ソーセージは、和子もいたって好物であった。

夜汽車のせいか、あまり混みあってもいないので、二人は楽々と二等車に乗ることが出来た。やがて発車まぎわのざわめきのなかに、二人の坐っている窓をこつこつと叩くものがあった。おや、秋子が吃驚(びっくり)して硝子戸を開けると、白い毛糸の首巻きで、顔をかくすようにして、江口春江がホームに立っていた。

「見送りに来て下すったの?」

「はい」

「この寒いのにわざわざ、お一人?」

「はい」

「まア、済まないわねえ。じゃア、お約束ね、お手紙書くンですよ。私、一月の九日には戻って来ます。元気で、うんと勉強し頑張って頂戴……」

ベルが鳴ってゆるく汽車が動き始めた。桑重和子は、秋子の後からにゅっと手を出して、「私にも握手」と云った。

素直に春江は手を出して、和子の手をとらえた。汽車の速度がますにつれ、春江もそれに並行して、ホームの切れるところまで走って来た。

「先生！」

「江口さん、元気でね……」

あとはもう、頬をつきさすような冷い風が吹きつけて、お互いの声をさえぎってしまった。

「先生と生徒の、やさしい別れの景色だね」

桑重和子は外套をぬぎながら笑っている。

第二回

久しぶりに見る東京は、二人の若い女教師には何となく活動的な、愉しいものを感じさせた。闘争があり、虚栄があり、名誉があり、田舎の保守的な空気のなかに、退屈しきっていた二人には、この曖昧でない都会のきびしい空気が好ましかった。――塩崎秋子は築地に住んでいた。桑重和子は代々木。二人は東京駅でそれぞれに別れた。

代々木の練兵所近くの、ひっそりした邸町のなかの小さい門がまえの家。和子は、母親と、慶應の医科へ行っている弟との三人暮らし。久々で戻ってみると、田舎へ赴任して行った時と少しも変わらない平凡な家の中も、何となく珍しく、玄関へはいって、靴をぬぎながら、和子は、出迎えている母に、

「東京を離れてみると、東京って、とてもいいところだって判ったわ。活々しているンですものね」

と、云った。

部屋へはいると、床の間には大輪の菊が活けてあり、障子ぎわの古びたピアノもそのまま。どこかへ二、三日旅行をしていたような、森閑としたたたずまい。

「佑ちゃんは？」

「ああ、今日は、早稲田の住谷さんのおばさんのところへ出掛けて行ったのよ。あなたの電報が来てるンだ

から、早く戻って来るでしょう……」

「仏蘭西語、だいぶうまくなったかしら？」

「さア、何だかねえ……。一人で、ヌウザボンブウザベエなンて云ってますよ」

茶の間の炬燵の中にかけてあった、和子の普段着を母が持って来てくれた。洋服をぬいで、あたたかい着物に着替えると、ふっと、母は思い出したように云った。

「住谷さんて云えばね。住谷さんのおばさんが、和子にどうだろうって、縁談を一つ持ちこんでいらっして、学期末に戻って来たら、一寸、先方の方に逢って貰えないかって話なンだよ。——先方はお医者さんでね。来年の春には、ボルネオへいらっしゃるンだそうだけどね。N殖産って、南洋ゴムをやっている会社があるンだそうだけど、その会社のお医者さんで赴任して行きなさるンだって、私も、そんな、ボルネオなンて、遠い処へ行くひとに、和子さんをやるのは可哀想だと思うンだけど、住谷さんのおばさんは、向うの方が、和子の写真を見て、ぜひ見合いをさせてくれってておっしゃるので、逢わせるだけでいいから何とかしてくれって云うのよ。あのおばさんの事だから、一人ぎめに、ええこの娘は、私の心持一つでどうにでもなりますなンて云って、引っこみがつかなくなったンじゃないかね——。向うさまは、二十八で、慶應出の方でね。まだ、御両親があって、御兄弟も六人だそうでね。とても、うちの和子は、我ままだから、そンな大家族さまのところへ行けやしませんからって断ったンだけど、住谷さんきかないのよ」

和子は炬燵にもぐりこむと、座蒲団を枕にして、男の子のように、あおむけに寝転びながら、気持ちよさそうに天井を見た。旅がえりのせいか、この見合いの話は、一種の反響があった。どんな男かは知らないけれども、和子は、ボルネオと云うところに心が誘われた。暑い国に行ってのびのびと暮らす事も悪くはないけれども、只、相手の職業が、医者だと云う事に何となくこだわる。

「だって、お母さん、私、学校へ勤めたばかりで、いくらもしないで止めるってこと出来ないわ。——それに、まだ、私、そンな結婚なンて考えていませんもの……」

「ええそりゃアそうよ。でも、こんな話もあったって、あなたの耳に入れとくのよ。どうせ、佑ちゃんが、今日、あなたの帰って来る事を報告しているに違いないから、そのうちせっせとやって来ますよ。だから、一応は、あなたの耳に入れておかないとね」

母は熱いリプトンの紅茶を淹れて炬燵の板の上に置いた。和子はむっくりと起きあがると、熱い紅茶をしみじみと味わった。結婚と云う事は一度も考えた事はなかった。不意にそんな話を持ちかけられると、和子は急に、自分のような女にもそんな話があるのかとくすぐったい思いでもある。母が小簞笥(たんす)のひきだしから、ボルネオへ行く医者の写真を出して来た。和子はノートでもめくるように、その写真を取って厚い紙表紙を開いてみた。一家族の記念写真とみえて、白髪の老人が真中で、その夫人らしい老女が左側に腰をかけている。その二人をかこんで、若い男や女が、一応の正装をこらして立っている。

「一番右のはじの黒い背広を着ているのがそうですよ」……

なるほど、相当の紳士である。背は五尺五、六寸はありそうだ。三男だとかで、上の兄二人はみなそれぞれ妻君と並んで正面に立っている。妹が三人、弟が一人。妹は小さいのが女学校四年位であろうか。痩せがただけれどもきりょうはなかなかいい。子供達はみな、両親のおもかげを過不足なく頂戴している。

「ね、一寸、いいひとじゃないの?」

母ものぞきこんで来た。

眉が太く唇はたくましいが、眼が小さい。それが一寸気にくわない感じだった。胸のポケットに白いハンカチがのぞいている。両の手は小さい妹の肩にかけている。

こうした見合いの写真をみせられると、和子は、いままでに男の友人もなく、恋らしい気持ちもなくてすごした、聖教徒のような生活が、うすうすと淋しい感じだった。

その夜。——

はたして、佑三の報告を聞いたとみえて佑三につれそうようにして、住谷さんのおばさんが尋ずねて来た。

「まア、お帰えンなさい。田舎で呑気だったと見えて少々ふとったンじゃありませんか？　若い英語の先生どうです？　Oってところは、お魚のうまいところでしょう？　私、一度、うちのお父さんと、あそこから多度津ってところへ船で行った事があるわ」

だるまさんのように肥えた住谷さんのおばさんは、火鉢を引きよせて、朝日を吸いながら、縁談の話を始めた。

「あさってが日曜日だから、どう、美味しいものでも食べるつもりで、一度そのひとに会って頂戴よ。とてもさっぱりしたいい方。南洋をみておくのも悪くないじゃないの？　四月に、シンガポールに行って、そこで十日ほどして船で、南ボルネオへ行くンですって。とてもいいとこらしいわ。——御飯を食べる処は、私、麻布の興津庵はどうかって思うの。井上薫公のコックだった人がやってる店で、茶料理だけど、ここのぎょいはんってえのがとても美味いのよ。ねえ、はいって おっしゃい、はいって……厭なったらおことわりすればいいのよ。御両親も乗り気なンだから……、お父様は陸軍少将までいった方で、いまはもうお引きになって、悠々としていらっしゃるのよ。上の兄さんが、麹町で眼科のお医者様だし、次のが、内科で、これはいま慶應の病院勤めでいらっしゃるのよ。すぐの妹さんはやっぱり私がお仲人で、一ケ月程度に結婚なすったばかり。旦那さまは郵船の船に乗ってるお医者様で、二、三日前にマルセイユへおたちになったのよ」

住谷夫人は、和子の亡くなった父の末妹で、夫人の良人は住谷一夫と云って、A新聞社の論説部にいた。

無理矢理のかたちで、見合いを引きうけたものの、和子は何だか始めての事で不安で仕方がない。

「私みたいな、男みたいな乱暴者、お会いになったら、すぐ興が覚めちまうわ。おばさんだってがっかりよ」

「いいえ、女ってものは、御亭主がきまれば、ちゃんと女らしさがそなわって来るものです。老婆にならないうちが花なのよ。何って云っても、結婚しなければ、男も女も一人前の人間にはなれないンだから……」

切角赴任して行った学校を、結婚すると云う理由で、止めてしまうのも残念な気がした。せめて、三月の学期変わりを済ませてならばいいのだけれども、もし、万一、約束が出来たとなると、一月中に吉日を選んで式をしたいと云うおばさんの意向でもある。しかも、遠いところに旅立ってゆくので、ごたごたした嫁入道具も不用だし、式は、向うがクリスチャンなので、さっぱりと洋服にして、教会で簡短(かんたん)に済ませたいと云う事であった。

そうした思いやりのある話になると、母親の方が大の乗り気で、もう、まるで約束がきまったかのようなこうふんの仕方であった。それに、向うではもう、或る程度、桑重の家を調べている様子だったし、和子の亡父とは、久留米の頃知りあいであったと云う事も、向うの気持ちが動いた理由であったのだそうだ。和子の父は陸軍中将で、久留米や熊本に長らく住んでいた。いずれも恩給暮しと云う事も、向うには信用があったのに違いない。

十一時頃、おばさんは、ハイヤーを頼んで貰って自動車で早稲田へ戻って行った。和子は風呂がたっていたので、佑三のはいったあと、一人で、久しぶりに吾家の鉄砲風呂へはいった。

いままで気にもとめなかった自分の裸体を眺めまわしてみる。別に、おばさんの云うほどふとったとは思わないけれども、腰のまるみが大きい感じだった。胸も程よく張りがあり、田舎の海辺で規則正しい生活だったせいか、すくすくとした姿体が、自分でも美しいと思えた。

相手の写真に対して、不快な感情もなかったけれども、見合いをすると云う事が、和子には古めかしい気持ちだった。まるで馬か牛をばくろうが売りつけるような品さだめの出会いの場面が、勝気な和子にはしゃくぜんとしない。思いきって断ればよかったとも思った。

日曜日。早稲田から、女中が使いに来て、四時に、麻布へ出向いてくれるようにと云って来た。服装は着物でない方がいい。なるべくお洋服を着ていらっしゃいと云う伝言である。

気持が浮いてみたり、沈んでみたり、和子は妙に落ちつかない。それでも、やっと興津庵に母と二人でかけつけたのは五時一寸前であった。もう先方は来て待っていた。男の名前は小野嘉隆と云った。写真よりは幾分老けてみえた。ちゃんと写真の両親もつきそって来ている。

部屋には香が焚きしめてあり、手桶型の黒塗の火鉢には、青い炎をたてるほど、炭火がこつこつと熾っていた。

世馴れた住谷のおばさんが、すぐ話の糸口をつけてくれる。

熊本のひこしゃん団子の話から、九州各地の名物に話が及び、陸軍大学の何期生の誰それはどうしておられるとか、和子には何のかかわりもない話題から始まった。料理も半ばごろになって、今度は嘉隆が南方の話を始めだした。ぽつりぽつりとした話しぶりで、雄弁ではないが、その話しぶりは誰にも好感を持たれる。如何にも船医らしい、各地の風変わりな話題を持っている。

何処と云って難の打ちどころはないのだけれど、このひとは、ひどい心の痛手を持っているのではないかと思えるような、時々、話のつきたときに空をみつめる妙な隙間が感じられた。

「和子さまは、津田の英学塾をお出でになったのだそうでございますね。——私の姪もあそこの卒業生ですが、なかなか健実な学校でございますね」

自分の学校を讃められて悪い気はしない。

しかも、見合いの相手の母親から讃められてみると、さっき感じた、薄々とした、男の心の隙間のあるなしも、風に吹かれて行ってしまう。

この見合いは、一応はせいこうしたものと云っていいほど、食事が済んで、自動車で戻る時も、仄々（ほのぼの）としたなごやかさがただようていた。助手台に乗った嘉隆の、刈りあげた首筋も清潔そうだったし、耳もたっぷりしていた。和子は耳の小さい男は好かなかった。老海色に灰色の細かい杉あや織りの背広に、灯の下で見た、黄灰色のネクタイも厭味ではない。だけど、父親似で、眼の小さいのが一寸気に食わない。心の窓である眼の小ささが、和子には気にかかっていたし、心の狭さが感じられてもくる。嘉隆の父は、軍隊で号令をかけ馴れた人らしく、小さい眼でぢいっと人を正面から見すえる凄味がある。

非常に単純素朴な眼だ。悪気のない眼だけれども、何となく見すえられる事は息苦しい。

嘉隆の母と、和子の母と、住谷のおばさんは後の自動車。どうせ、年をとった女三人の話す事だから、お互いにそれぞれ腹の中をさぐりあうような、おせじの馴れ合いのようなさざめきになっているに違いない。

和子は、嘉隆の父と並んで腰をかけていた。バックミラーにうつる嘉隆の広い額が小さい鏡の中でぽっと浮き立ってみえる。

その夜、和子は、寝床へはいってからも中々寝つかれなかった。結婚を、いまあわてててする気もなかったし、と云って、自分の若さのうちで、度々、縁談を持ちこんで貰えると云うチャンスもそうざらにありよう筈はない。和子は、何の関連もなくO市の女学校の教員室の風景を心に浮かべていた。和子と並んだ席に、金山登と云う絵の教師がいた。美校を出て二年目に、胸を病んで、田舎の女学校に赴任して来ている。デリケートな感情の持主であった。上級の生徒からも、思慕をよせられていると云う風評があった。淡々として、どのような話題にも巻きこまれないだけの用心をかまえてはいたが、人柄のさせるわざなのか、風貌から来る好意なのか、ニックネームも、あくどいものではない。ニックネームはハイネ。ドイツの感傷詩人の名を持って来るところ、妙を得ているほど、何となく、そんな爽涼とした雰囲気を持った男であった。またのニックネームはハイカーと云うのもある。

東京生まれで、浅草の松葉町に家があるのだと云う事を和子は聞いていた。金山は、和子達より、一足さきに東京に戻って来ている筈である。東京生まれの、和子と、塩崎秋子と、金山登とは何となくうまがあった。時々、教員室に居残って話しあう時もある。

和子は、金山の虚心なこだわらない風格が好きであった。しかも、旅空の初めての赴任地で知った、最初の男の友人であるだけに、その淡い交情のなかには、和子の根深い心の底に、油断のならないほのめきもひそんでいる。

金山の事を考えていると、急に嘉隆と見合いをした事が馬鹿々々しく思えた。最も近代的な教育を受けて、満身ほこりに満ちている若い女性が、おめおめと見合いと云うものをさせられて、何の心のほのめきもない男と同棲すると云う事は、考えてみるとあまりに古風でありすぎる気もしてくる。

和子は、翌朝、食事の前に、新聞を読みながら、

「お母さん、私、小野さんの話、何だか厭な気がして来たのよ。昨夜、見合いなンかしなかったらよかったと思ったわ。――あのひと、とても眼の小さいひとね。こまっかい人じゃないかしら……まだ一、二年は、田舎の先生をしている方が丁度いいのよ」

と、云った。

「小野さんの方じゃァ、とてもいい縁だっておっしゃって、自動車の中でも、そりゃァ、小野さんのお母さん、御満足で、ま、長く御交際をっておっしゃった位だよ。――和子がべちゃべちゃしてないところが気に入ったンだって。一度、お互いの健康診断書はおみせしあいましょうってね。只、和子が眼を細くする時があるンで、近眼なンだろうかって御心配だったンで、いいえ軽いンですのよと申しあげておいたンだけど……向うじゃァ、とても気に入りなンだよ」

「自分の眼の事は棚にあげてるわ。厭だなア、見合い結婚なンて……」

「おつきあいしてみて、気持がむいたら、お互い好きになれるような方じゃないかね？」

「そうとばかりは思えないわ。私、貧乏でもいいから、もっと、はつらつとした、ファイトのある人がいいわ」

味噌汁をすすっていた佑三が、にやっと笑って云った。

「生意気云ってるよ。いまの時代にファイトなンか持ってるのは、僕達位の年齢しかないぜ」

「あら、しょってるわ。年齢の問題じゃないことよ。大いに環境の問題があると思うの。第一、私、医者っ

て性に合わない」

「手きびしいなア」

「君も医者だったわね」

「へい、さようでございます……」

姉弟はくすくす笑いあった。

和子は食事が済むと、築地に秋子を尋ねて行こうと思った。久しぶりに銀座へ出てみるのも悪くはない。秋子をさそって、暮れの巷を歩くのも魅力がある。そして、気がむいたら西洋映画の一つも見て、末広でビフテキの血のしたたるのを食べて、資生堂で、生クリームのはいったスペシャルコーヒーでも飲みたい。

和子は外套を引っかけて、戸外へ出た。もう散りかけたさざんかの花が、処々の植込みにちらほらしている。昨夜は霜がひどかったとみえて、霜どけの道がぐちゃぐちゃしているなかを、昨夜、家まで送って貰った自動車のわだちが深くえぐれて残っていた。

この世にあるは名のみか
こころの世のうすき煙よ
この世にあるは恋のくるしさ
なにものもくるしさにとどめおくのみ
切なさ　侘しさの底のみを見て
ほどよきなぐさめにとどまるこころ。

和子は、秋子がこんな詩をつくったのよと云って見せてくれたのを思い出していた。くっきりと、土に残ったわだちの跡の痛々しさが心に来る。

築地の終点で降りて、本願寺の裏側になる秋子の家。紺ののれんをさげた、塩崎海苔店と染めた文字がくっきりとしている。

横へまわって、内玄関から這入って行くとピアノの音がしていた。女中がすぐ二階へ上って行った。ピアノの音はとまって、紅いジャケツを着た秋子が降りて来た。

「まア、よく来たわねえ。今日あたり、私代々木へ行くつもりだったのよ」

「ピアノ、あんただろう?」

「うん。もう退屈しちゃってるのよ」

「早いね」

二階へ上って行くと、案外、晴々とした八畳の部屋。

数寄屋風なめんかわ柱のつくり、京壁の落ちついた色。代々木の家とはまるきり違う。恩給生活者の軍人好みの武骨な家とは違って、如何にも東京の下町らしいなまめかしさ。一間床に、緋おどしのよろいが一つ飾ってある。

壁ぎわのピアノにはレースがかかり、人形や、薔薇の花が華々しい。

「豪酒なもンだね」

「いやなほめかただわ……」

「いや、全くのとこがさ……」

「皮肉ね」

「一人娘は違うよ。——羨ましいな」

「馬鹿にけんのんね。ぷりぷりしてるの」

「うん」

「怒る事あったの？」

「あったのさ……」

「何が？」

和子はチェリーを出して口に咥(くわ)えた。昨夜の見合いの席では、煙草も吸わなかった。それほど、保守的に、その雰囲気になれあいを示していた自分のものほし気なこころもちに私にはやりきれなくなっている。

「見合いってものやったのさ……」

「へえあンたが？」

秋子はくすりと笑った。和子はマッチをすって一服つけると、如何にも美味そうに吸って、ああと溜息をついて、縁側の椅子に背を凭れさした。

「へえ、あンたが見合いしたの？　誰なの？　向うのひと、気に入ったの？」

「気にいらないのよ」

「それでむくれてンの」

「馬鹿だねえ……」

和子は無性に淋しくなって、煙草の烟をみつめている。

第三回

夕べ小暗き汚添い
寄せ来る波にくだかれる

海あおいろの苔海のくず
恋のもくずとみまごうは
汐の寒さに吹かれよる
ああわが心にも似たるかな

三十分あまりも秋子は待った。待ちつかれて、卓上のメニューの裏に、ペンでこんないたずら書きをした。銀座の夕方の歩道は、いろいろな音響が耳につく。Oの町にはない音だ。下宿のほの暗い部屋で聞こえるものは、只ぴちゃぴちゃと、石崖を洗う柔かい波の音のみ。

秋子は人知れず、東京で、金山登とあいびきをする自分の姿が太々しいものに思えた。この都会には、生徒の眼をはばかる必要もない。学校も町もみな遠い。――Oの町を去る一週間程前に、金山は、秋子に手紙をくれたのだ。秋子はとりのぼせた思いで、金山へ返事を書いた。赴任した時からあなたを見る私の思いは違っていましたと正直に書いた。すべては東京で逢いましょうと云う事になり、今宵の出逢いなのだ。

やがて、無〔一字不明〕作な姿で、金山が二階へ上がって来た。ハイネのニックネームが、ここではかえって田舎臭く見えたが、その風体が純朴に見えるだけに、金山の人柄が美しく思われる。

帽子をあみだにかぶると、照れたようなしぐさで、金山は椅子に腰をおろした。

「私あんまり遅いから、いま、帰ろうかしらなンて考えていたところなの」

「そこまで来て桑重さんに逢ったンですよ。僕は吃驚しちゃって、何とかして、うまく、ここを知らせたくないと思って、モナミでコーヒーを二杯も飲んじゃった」

「まア！」

「時計を見ながら焦々してたンだ。さかんに資生堂でお茶でも飲もうなンて云うンでなおさら、いらいらしちゃって、少し、ねばってコーヒーを飲ませなくちゃ、また、独りでここへ這入られると、悪事露見ですからね」

「あら、厭だわ。悪事だなンて……」

「いや、ごめん、ごめん、別に悪い気で云ったンじゃありませんよ」

笑う唇（くち）もとの歯が馬鹿に皓（しろ）い。まるで、昔から知りあっている、こだわりのない態度が、秋子にはうれしくて仕様がない。東京はお互いの故郷であったたし、何の解釈をつける必要もない気取りのなさが、のびのびと二人を自由な心に誘う。

秋子はゆっくりと金山を観察した。すっきりとした美しい広い額。固そうな真黒い髪の毛。眼と眉がつまっていたけれども、射るような涼しい眼もとが女の心をそそりたてる。背は随分高い。胸巾も広く、何だか絵描きと云うよりは、学者と云った方がふさわしい。

「桑重さんは、見合いをしたンだって？」

金山がふっとこんな事を云った。

「ええ、もう、おききになったの、昔、船のお医者さまをしていて、今度おつとめが変わって、N植産とかの、ゴムの会社のお医者さまで、ボルネオへ行く人なンですってボルネオってところは興味があるけれど、どうしても、その人とは結婚する気がないンですって……」

「大分、責められるンだと悲〔一字不明〕していましたよ。一、二年は学校をやめたくないなンて云ってね……」

「そうですか……でも、まんざらではない気持ちもあの人にはあるのよ。――まだ、何か云っていなかって？」

金山は卓上の橙色の灯火に顔を向けて、急に黙りこんだ。

「コーヒーは二杯も召しあがったのだからアイスクリームでも貰いましょうか？」

「アイスクリームもいいけど、どっか坐るところで、二人でゆっくりと御飯が食べたいな」

秋子はこの冬の夜が、生涯の思い出になるような愉しい気持だった。金山は、秋子の前にあるメニューを何気なく手にした。

「あら、それ厭よ。厭ですわ、私、いたずら書きしてるのよ」

金山は驚いて裏をひっくり返した。達者なペン書きで恋の詩が書きつけてある。

「君がつくったの？」
「厭！　見ちゃアいけないと云ったのを見るンですもの……」

×

昭和十三年の一月、桑重和子は、小野嘉隆と結婚をして、ボルネオの良人の新しい赴任地へ連れられて行った。南ボルネオのバンジャルマシンと云うのが彼女の良人の任地である。

船がシンガポールへ着き、冬の仕度から夏の服装へ一足飛びに変わった。シンガポールでは、便船を待つかたがた、社用もありで、小野夫婦は三日ばかりを、ホテルで過ごして、ジョホールの美しい城見物や、マラッカの海辺の町や、クアランプールまで汽車で見物に行った。見るものすべて珍しい風景ばかりである。

日本は、日華事変でごったかえしていると云うのに、国を遠く去ってみると、そんな戦争に血道をあげている故郷の姿が、妙に他愛のないものに思えて、和子は、自分だけが、埒外にあるようなのびのびした気持だった。恋もなく結婚したのだけれどもこれが結婚と云うものなのだろうと、和子は修学旅行にでも出ているような思いだった。――嘉隆は、平凡な男であると云う事にも、和子は不足を持たなかった。すっかり、日本の風景とは違うめまぐるしさが、異郷に来た和子を慰さめてくれる。

三日目に船に乗り、ジャワへ渡って、汽車でスラバヤへ出て、そこから小さいオランダの商船で、ボルネオのバンジャルマシンに着いたのは、二月の末であった。

バリト河口の濁水をのぼって、マングローヴの原始林のなかを、ゆっくり船が走っているのは、旅づかれのした和子には、耐えがたい旅愁をそそられた。賑やかな処から、急に、原始的な淋しい土地へ来たせいか、和子は、空想していた処とは杳かに遠い土地へ来たような気がした。

バンジャルでは、植産の社員の社宅に落ちついた。その家の後を、マルタプウラと云う河が流れている。その黄色く濁った河の上を、ウォーターアヒヤシンスと云う水草が、広い河中いっぱい音をたてて流れていた。

その眺めは壮観で、ぢいっとみていると、自分の体が大地ごと動いているような錯覚にとらわれる。土語では、この水草をイロンイロンと言った。

長い船旅の間、和子は嘉隆と二人で、一生懸命に馬来語の勉強をしたのだけれど、語学にかけては、和子はなかなかの天才でバンジャルに着いた時は、日常の馬来語は通じるまでに到っていた。言葉の判らないところは英語でも結構通じていたし、N植産の社員仲間でも、和子の語学はまたたく間に有名になってしまった。

クオレと云う、ダイヤ族の下女（バブウ）と、チマンと云うジャワ人の老人の下男（ジョンゴス）がいた。そのほかにも、古い車体だったが自動車を一台あてがわれていたので、新しくサンダアカン生まれの運転手も傭った。

バンジャルの季節は、日本の真夏であったけれども、一日のうちに、四季があって朝は涼しく、日中は昼寝をしなければならない程かっと暑かった。雨季のせいか、午後になると、ほんの短い間、細引を流したような激しい雨が降った。夜は大きな蛍が飛び、食用蛙が啼く。

三ケ月ほど過ごしているうちに、和子は段々この風景に退屈して来ていた。夜になると河口の汐が満ちて、庭口にまで水びたしになる時があった。嘉隆は夜になると、社員クラブに出掛けては将棋を指す事を愉しみとしていた。和子は一日じゅう何も用事がないので、ぽつぽつ英語を勉強したりした。

オランダの総督閣下夫人の招待に呼ばれる時に役立つためには、流ちょうな英語を使いたいと思ったのも一つだけれども、何にしても退屈な長い一日を過ごすには、英語や馬来語を勉強する事が何よりもの退屈しのぎになる。——日本を去る日は粉雪が降っていた。親類に不幸事があって、まだO市に戻って行かなかった金山と、二度目に銀座で逢った時、和子は、二、三日あとに結婚の式日をひかえて、馬鹿にセンチメンタルになっていたせいか、このまま金山が引きさらって行ってくれぬものかと、心の中では妙な冒険を考えていた。バンジャルへ来てから、和子は二度ほど金山の夢を見た。自分のそばに、良人が眠っていながら和子は他の男の夢を見る自分の不逞さに驚く。誰にも云えないことだけれども、その夢は血の煮えたつほどな思いを誘った。サオジンと云う運転手は和子と同じ年位で、ムルット族の如何にも高地生まれらしい強さを持っていた。何処となく金山のおもかげに似ていて和子は好きであった。

「サオジン、マカン・アンギン（散歩）よ」

と云えば、いつも牛のようなものうい声で「ヤア」と応えて、ひどい音をたててガラアジから自動車を出して来た。良人が奥地の方へ出張している時は、サオジンは自動車とともにお供で行くのだけれども、その他は、いつも和子が自動車を使った。

シンガポールやジャワと違い、このバンジャルは、乗り物と云えば、歩くか、自動車か、河の船の便利しかない土地である。バリトの大河の支流をなした、マルタプウラの河は、まるで銀座通りのように土民の船でごったかえしていた。

自動車で散歩に出る事も、いつかはあきてしまっていた。サオジンはおとなしく無智で何の手ごたえもないから……。

和子は原書で読んだユージン・オニールの海の悲劇をあつかった数々のドラマをここいらに来てよく思い出すのであった。たまらない退屈さだ。その退屈さに頭も体もすべてがしびれて来たのだった。

朝々寝床で聞く、鶏のときを告げる声だけがなつかしい日本を思い出させる。何故こんなところへ来たのだろうと、和子はひどい後悔に暮れる。嘉隆には何の趣味もなかった。嘉隆自身も退屈に食われて、生活すべてがものうくなっているのかも知れない。

和子は無意味な結婚をしてしまったように思えた。その上、和子は子供を宿したらしい気配を感じて不安でならない。その不安をえこじになって、良人に告げることをしない気の強さが、ますます和子をヒステリックにしてしまう。

退屈のなかにも、日々は流れるように過ぎた。十月の末に、和子は女の子を生んだ。バブウもジョンゴスも、運転手も、和子の出産を心からよろこんでくれた。女の子は、古くからいる課長の谷口と云うのが南美子（なみこ）

と名前をつけてくれた。小野南美子、一人の存在がここに生まれたのだ。和子は不思議な気がしてくる。

正月近いある日、珍しく秋子からの音信がとどいた。日華事変も好調子で、日本はいま朝日の昇るいきおいで勝ちつづけていますと云うたよりで、その後に、驚いた事には、すべての家族の反対を押し切って、私は金山登と先月結婚をしました。まだ籍にもはいらない不遇な夫婦だけれど、二人とも学校をやめて、表記のところに、二階住まいをしていますと云う事が書いてあった。

和子は暫く自分の眼をうたがっていた。そんな事があり得る事だろうか……。かつて、金山は、和子を忘れがたいひとですと云ってくれた事があった。自分も今日までその思い出は色あせないままでいる。でもああ、そうだったのかと、和子は、呆んやりと、子供の寝姿を見ていた。

あまりに遠い日本の消息ではあるけれども、金山登のことだけは、夢にまで現れて来ていた。——秋子の幸福そうな手紙。和子は、良人を頼んで、日本の秋子へ南ボルネオの淋しいバンジャルの町から、祝電を打って貰った。ココロカラ、オイワイス。オノカズコと云う電文をつくって良人に渡す時に、何が心からお祝いするものかと云った反撥の心が角立っている事をかくすわけにはゆかない。

嘉隆は子供を愛してくれた。

和子は自分の理想と云うものが、こんな結婚のかたちのなかにあるのだと過信していたような、自分の単純な考えにぞっとする気持ちだった。すべて運命に任せて事を運んだのだとは云え、あまりに、自分の一生を人任せにしていた事に後悔を持つのだ。

バンジャルの朝夕は退屈なものであった。ああこれが心に描いていたボルネオの景色だったのかと、昼寝の白い蚊帳のなかに、子供に添乳しながら、深い溜息をつく。

熱帯の土地は、匂いや音や、ものうさが肉体をむしばみ、そろそろ虚脱の徴候が神経をがりがりと噛みくだく。

和子は退屈だったので、女の按摩を頼んでみた。若い肉体はようしゃもなく刺激を求める。年をとった女按摩は、和子を裸にして、その背中に椰子の油をべたべた塗りつけた。指の先で渦を描くように肌が押される。言葉一つ交わすでもなく、黙ったまま按摩がつづけられている。シーツの上に大判のタオルを敷いて、腹這いになっている一つの姿体、この体はいったい誰のものだろう……。あのひとのものにはならなくて、いまは、平凡な男のそばにつとめている。嘉隆は青春を置き忘れたような男であった。嘉隆は医者ではあったけれども、和子の考えているような男ではなかった。二人の愛情は一度の氾濫をみることもなく平穏無事だった。体を揉ませながら、和子は自分のそばに寝て、ぢいっと、天井をみている子供の横顔を眺めながら、この子供はきっと感情のない女にそだつかも知れないと苦笑する気持だった。

盛りあがる愛情もなく生まれた子供……。遠くで銅羅の鳴る音がしている。開け放った窓から、旅人椰子の扇子のような、かったつな拡がりを持った葉がみえる。空は沁みるばかりのコバルト。おぼえのラッパの音を立て、旅人椰子の下の道を、嘉隆の自動車が戻って来た。

玄関で暫く話し声がしていたけれど、思いがけなくノックもなしに和子の寝室へ嘉隆が這入って来た。

妻の裸体の姿を蚊帳ごしに眺めて、嘉隆は手術室にでもはいって来たよう何気なさでいる。ヘルメット帽子を卓子に置き、

「おい、大変な事が出来たよ」

と云った。

和子はわざと、そのままの姿で、嘉隆の声の方へきき耳をたてながら、

「何かありまして？」

とおだやかに尋ずねた。

「うん。電報が来たンだよ。お母さんが亡くなったンだ……」

「まア！　小野のお母さま？」

「お前のお母さんだよ。病名も何も書いてはないンだが、ただ、カヅコノハハ一三ヒアサ六ジシスとあるンだ……」

和子は、急に、按摩の手を払いのけるようにして飛びおきると、タオルを腰にぐるぐると巻きつけて、蚊帳を出て行った。

「電報見せて……」

嘉隆から引きたくるようにして、和子は電文を読んだ。幾度読んでも和子の母死すである。和子は暫らくそこにつっ立っていたが、あまりに遠い故国の母の姿がいじらしく、子供のように、ソファに泣き伏してしまった。元気だった母だけに、急病で亡くなったのに違いないと思えた。

嘉隆はてもちぶさたでいる老婆の按摩の方に眼をやって、

「和子、按摩さんに帰って貰うかい?」

と尋ずねた。

「ええ、もういいのよ。帰して下さい」

いくばくかの金を与えて、嘉隆は按摩を帰した。和子は暫くソファに凭れて泣いていたが、どうにも仕方がないと云った様子で、マンデー場の方へ行き、やがて、ざあざあと全身に水を浴びている気配である。

暫くして、こざっぱりと黄色の麻のワンピースを着替えて出て来ると、

「ねえ、私、帰りたいわ。どうしても日本へ帰りたいのよ。いけないでしょうか」

と、嘉隆の胸のハンカチで涙を拭いた。

日華事変はますます激しくなり、故国を離れて見ていると、何とも寒々とした侵略ぶりが、和子には不安をさそうのである。そうした故国の不安のさなかに、母が亡くなってしまったと云う事は耐えがたい淋しさであった。

電報が来て、一週間ほどして、和子は南美子を連れて、帰えりの航路へついた。バリトの河口へ船が出て行った時、和子は、もう、再び、このバンジャルの町に戻って来る事はあるまいと思えた。何の足跡ものこさなかった、はかない思い出の生活が、和子にはかえってなつかしかったけれどもそのなつかしさは、使用人達へ対するきずなだけで、良人の嘉隆に対しては、案外坦々とした心でいられた。その夫婦の別れと云うものが、世の常の物語にあるような心の重さにまでなっ

て来ようとは少しも感じられなかった。

イロンイロンの水草の流れが、河口いっぱいに、陸地のようにただようている。帰りぎわになって、和子は、かえってこの景色に旅情らしいものを味わうのであった。

嘉隆はスラバヤまで送ることになり、一緒の船に乗ったのだけれども、和子は、かえって嘉隆の見送りをうっとうしいものに感じた。夜更の船室の中で、嘉隆は煙草をふかしながら、

「君は、もう、このままバンジャルには戻って来ないつもりじゃないのかい?」

と訊いた。

和子は汗びっしょりになって眠っている南美子に、枕もとの、小さい扇風機をかけてやりながら、

「帰って来ますわ。――何とかして」

「いや、戻って来ることはないだろう」

「おうたがいになっているの?」

「うたがうわけじゃないけど、人間の直感って云うものは時々的を射る事がある」

「じゃア、そう思っていらっしゃるといいわ。――どんなになるか判らないと思っていて下さればいいわ」

「冷酷無情だね」

「あら、それは、私の申し上げたい言葉だわ……」

和子は、心のうちで、本当にここへ戻って来る気はないのですと云いたかった。部屋の中があまりに暑いので、和子は嘉隆に誘われてデッキへ出て行った。赤い大きい月が出ている。金色のくだける波のあそここに、タンバガン(舟の一種)が流されていた。夢のような夜景だった。涼しい風が吹いている。以前は荷物船だったらしい小さいスラバヤ航路の船は、案外客も少なく、ジャワ人の船員も、何だか長閑に船尾の方で歌をうたっていた。

「母が亡くなってしまったのですから、私は、弟のことも考えてやらなくてはなりませんし、家だって、あのままでは、弟一人に持ちこたえるって出来ないと思いますのよ。――ひょっとしたら、当分は、バンジャルへ戻れないかも知れません……」

月光は人間の心を美しく洗い清める作用をする。和

子は正直に、嘉隆の眼をみつめた。

「僕も、会社へ頼んで、なるべく早く帰るように努力するよ」

「でも、切角、ここまでお仕事なすったンですもの……会社だって帰しませんわ」

「うん、でも、僕は、もう、ここにいる気はないな。そのうち、ひょっとしたらアメリカと戦争でもするようになったら困るからね」

「アメリカと戦争なンてあるンでしょうか」

「日本人は、いま、軍人が大変な勢力だもの、ないとは云えない。不可能な事はないと力んでいるンだもの、何かが突発しないとは云えないよ。いつだって、日本の始める戦争は、突発的に事が起るじゃないか」

「そうだったら怖いわ……」

「向うみずほど怖ろしいものはないからね。――なるべく僕も帰れるような計画を立ててみる」

戦争！　和子は、日本を去る時の駅々の出征の姿を眼にしていたのをふっと思い出した。弟もいまにその戦争へ出掛けて行くのかも知れない。和子はたまらないような恐怖を感じだした。

第四回

和子は日本へ戻って来た。

すべては昔と違う状態に到っていた。弟も出征してしまっていた。和子は母も弟もいない家に赤ん坊と二人で暮らしている事が不安であった。なつと云う、信州出の小さい女中を置いた。秋子は結婚と同時に、金山登の赴任地である満洲の安東へ行っていた。安東の女学校へ金山は職を得て秋子を連れて行ったのだ。――きびしい現実が一日々々と世相を少しずつ塗り変えてゆく。戦争へ色々変化した日本の姿が、何も判らないながら、和子の心を暗くするのである。

嘉隆のたよりも、日がたつにつれ間遠になり、何となく世の中はあわただしく人の心をいらだたしくした。やがて、昭和十六年十二月八日、人々が怖れていたアメリカとの戦争が始まった。

和子はふっと、これでもう、自分の人生も終わりだと云う予感がして、何処か、めだたない田舎に小さい家をみつけて暮らしたいと思った。塩崎秋子とともに赴任して行った尾道を思い出すと、和子は急に尾道の景色がなつかしくなり、東京の家を売り払って、尾道へ小さい家をみつけたいと思った。だが、それは空想だけにとどまり、家を始末すると云う事は中々の難事業で、女手だけではどうにもならないままに月日が流れ、戦争はますます烈しくなり、あんなに一億玉砕と気負っていた世の中もようやく疲れをみせはじめ、次々に敗戦のきざしが色濃くなって来た。和子は無為に年を重ねた。時には、気の狂いそうな気持に沈む時もあった。嘉隆へ対して、一日も早く戻ってほしいと云う手紙を書きおくるのだけれども、嘉隆からは、戦地へ来ているのも同然なのだから、いま少し我ままな気持はお互いにおさえて暮らすべきだと云う返事が来るのみで、人間的な優しい思いはその手紙には、一行もつづられてはいなかった。――和子は思いきって家を売ると、嘉隆の家の人達とはまるで喧嘩別れのようなかたちで、女中の田舎である北信州のRと云う山の中の村へ疎開して行った。昭和十九年の七月であった。

山々峰々を越えて
B29がこの深夜北の海へ抜けてゆく、
わたしは起きて月明のなかをゆく飛行機にみとれる。
文明とはかくも卒直に美しいものか
山ひだの辺を青い灯が流れてゆく
飛行機が去ってゆくと虫は啼きたてて
四囲は原始的な風景にかえる
この淋しさ……
村々の鐘は鳴り不安なひしめきがあふれる昏い谷間の村は只河音に慰められるだけだ
暗黒の底に息づく私たちのこころに
誰がこの戦争を祝福するものがあろう
ああ早く何とかどうにか平和よ早く来い。

和子はこのような日記を書いていた。自殺の一歩手前まで追いこまれたような人生に耐えがたい思いだったのだけれども、すくすくと大きくなった子供の事を考えると、和子はぼろぼろになるまで生きていなければならない責任も感じる。

山へこもって十月にはいった、初めての雪の降る日であった。思いがけなく金山登が和子の佗住居（わびずまい）を尋ずねて来た。百姓家の離れ一間を借りて、まるで流人のような暮らしでいるなかに、金山登の来訪は、和子にとっては夢のような気持であった。

「まァ！　いったい、どうしたんですのよくここが判りましたのね。――何時、あちらからお帰りですの？秋子さんも御一緒？」

まるでせきとめられていた水を噴くような勢で、和子は金山の両手を取ってゆすぶった。

「一週間ほど前に戻って来ました。秋子が急性肺炎で去年の暮れに亡くなり、それからずっと僕も体の調子が悪くてぶらぶらしていたンですが、思いきって戻って来たンですよ。内地もすっかり変わりましたね。――お宅へうかがったらもう人が変わっていて、そこで、こちらの御住所うかがって来たンです。よく、こんな山の中で我慢が出来ると僕は、村の入口で感心していたンですよ……」

「まァ！　秋子さんが亡くなったンですの？　知らなかったわ。どうして、もう少し早くお帰りでなかったンでしょう？　まァ、思いもよらない事だわ……」

登も炬燵に招じ入れて、林檎を山盛りにした盆を出すと、登は珍しいと云って、皮ごと林檎をかじった。

「南美子ちゃん！　南美子ちゃんいない？」

なつと一緒に手伝って裏口に薪を運んでいた南美子が土間へ飛びこんで来た。派手なネルでつくった綿入りの頭布をかぶって、モンペをはいた南美子が、赤い頬っぺたをして座敷へ上った。

「私の子供よ。――南美子さん、おじちゃまに御挨拶をなさい」

南美子はつぶらな眼を光らせて、和子のそばにきまり悪る気に坐った。

「ほう―、よく似ていますね。いくつなの？」

「南美子さんいくつなの、おじさまに教えて上げるのよ……」

「六ツ」

「ほうー、そりゃァ大きいねえ……もうすぐ学校だな」

和子は炬燵に向きあうと、しみじみと金山登の顔をみつめた。六、七年も逢わなかった人とは思えないほど、あのころから少しも変わってはいないのだ。何気なく私は変わりましたでしょうとたずねるのが怖ろしい気持ちで、和子は林檎をむきはじめた。

「御主人は東京？」

「いいえ、それがね、ボルネオにまだいるンですのよ。もう五年あまりよ。——国の為と云う事だけでお互いに離れ離れで、何だか妙な夫婦ですの。いまになっては、海路を戻って来るのは大変でしょうけれども……男のひとって、ねえ、金山さん。心の底から国の為にって思っているンでしょうか？　妻も子も一生離れていていいって安心出来るものでしょうか？　私は何だか、男のひとの国を想う観念と云うものは、只、虚栄心だけのような気がしてならないのよ。——昔、ボルネオにいた頃読んだ小説に、たしか、ユージン・オニールって、ひとの書いたのだったわ。北洋に鯨を取りに行った船の船長が、とても意地の強いひとで、一年以上も鯨の出てくるまで氷の海で待っているのよ。連れて行った奥さんは、淋しさに耐えかねて、一日も早く故郷の港へかえりましょうって云うンだけど、船長は、切角今日まで待ったンだから、鯨をうんと取らなければ、鯨捕りの名人である自分の男がすたると云って、港へ帰りたがっている船員や妻君をおどかしてまでもがんばって氷の海に鯨を待っていると云う筋なの……。私、それを読んで男ってどうして、ちっぽけな名誉欲をほしがるンだろうと思ったのよ。愛する者を狂人にしてまで、自分の欲をまっとうしたいなンて……あなた、どんな風にお考えになる？」

金山登は膝頭がやっと暖まって来た。人間は何時でもその環境に応じて、自然に変化出来る反応を持っているものだと金山は膝頭の暖気にうっとりとしてきていた。もう、むずかしい話はまっぴらだった。只、深い考えもなく、和子を慕って尋ねたことに金山はぬくぬくとしたのを感じる。

「ねえ、こんな戦争だってそうだわ。一皮むいてしまえば、国民のすべての心って、この戦争はやめて貰いたいと思っているのよ。それを、対面だとか意地だとかでがんばっているのはたまらないわ。私、早く日本が敗けるといいと思いますわ……」

「あんまり大きい声でそんな事を云っていると、ひどいめにあいますよ」

金山登は、にやにや笑いながら、煙草を出して一本口に咥えた。

「ひどいめに逢うのが怖いから黙って、この不安な戦争を続けてゆくなンて、そんな根性がいけないのよ。私、はりつけにされたっていいから、そンな人間がつなみのような声を挙げないものかしらなンて思うの……」

その夜、雪がしおしおと降りこめていた。なつは夕食が済むと半里もある自分の家へ戻って行き、あとは金山登と和子と南美子が炬燵にさしあって眠りながら雪の音に耳をかたむけた。

自然に運命の暗転が、ちょうど、ろくろをまわすような音をたてているのだ。暗いランプの下で南美子は眠っている。和子は狂人のように激しい息づかいで、ぢいっと、ランプの灯をみつめた。

「和子さん！」

金山も起きているのだ。和子は返事もしないで、只、ぢいっと灯をみつめた。ミシンの針のようなこまかい灯の粉が、ぼおっと天井裏に輪になって反射している。雨戸を叩く粉雪のしぶきが、山村の深夜の静けさを感じさせる。和子は耳朶がしびれるような痛さだった。

「和子さん、起きているの？」

和子は急に起きあがると、金山の寝床へ行った。無意識に二人の手は強くからみあった。そして、まるで動物が水を呑むような勢で、二人はくちづけを交わした。ことここに到っては何ものも怖れるものがない。お互いの心は、もう現実のすべてを、こばむ力も失せて、ただ、唇の息づかいのなかに呆然と己れを失い、深い淵のなかに己れを沈めてゆくのみである。自責の灰は吹きとんでしまった。

お互いの呼吸がすべてを語っていた。何一つ言い出す必要もないのだ。

和子は自分の頬にかかる男の固い髪の毛に頬を埋めた。ああこの感触と匂のなかに、生涯を埋めても悔いのない、仄々(ほのぼの)とした性のよろこびがあった。

和子はしっかりと、男の手をとらえ、腕を唇にあてた。

「ねえ、戦争のない、どこかの小さい島へ逃げてゆきたいのよ……」

「何処へも逃げられはしないよ。何処もここも戦争一色だ。どうにもならない……僕だって、明日にでも、戦争へ行くようになるかもしれない……」

「厭！ もう、厭！ そんなところへ行っちゃア厭！」

和子は、まるで十七、八の小娘のようなしぐさで、金山の髪の毛をつかんでいた。何かが逃げる。自分からすべてのものが逃げてゆくような気がしてたまらなかった。

何故、一緒に死のうと云ってくれないのだろう……。世界のどこにも住むところがないのならば、死よりほかには方法がないのだ。和子は、立ってランプの灯を吹き消した。急に雪の音がはっきりと耳につく。

「ねえ、どうにもならないのかしら？」

「どうにも仕方のない世の中だね」

「あなた、はっきりとそう思う？」

「思う……」

「赤紙が来れば征きますか？」

「行くより仕方がない……」

「そうなの……じゃア、何故、ここへ来て下すったの？」

何故、ここへ来たのかと問われて、金山は返事が出来ない。只、糸をたぐり寄せられるような気持で和子をたずねて来たとだけでは説明のつかない淋しさが、金山をこの山のなかにまで連れて来たのだ。

「私、もう、何もいらない。この夜が、いつまでも続くといいと思うのよ。朝になって、あなたが東京へ帰ってゆくのを見送る事はたまらないわ」

×

和子が怖れていた朝がやって来た。

きらめくような山の朝は、雪肌を反射させて、鏡の底にいるような明るさが雨戸の隙間からもれている。

金山は昏々と眠っていた。和子は南美子と添寝しながら、男の眠りの深さを憎んだ。（このひとも、やがてまた行ってしまうのだわ）和子は隙間から縞になって流れている朝の陽に眼をみはっていた。

南美子が眼をさました。まさぐるように、母の肌を探し求めて、南美子は安心したような声で、

「お母ちゃん、お林檎」

と云う。

和子は枕もとの林檎を取って南美子の手に握らせてやる。

やがて、金山も眼を覚ました。ううと伸びをしながら、腕時計を透かして眺めていた。

「もう九時だな……」

なつが来たのか、土間で火をたいている音がしている。南美子は林檎を持ってむっくりと起きあがると、板戸を開けてなつのところへ行った。

「奥さま、昨夜は、名古屋が空襲で大変だったそうでございますよ」

なつが大きい声で報告している。

和子はふっと手を差しのべて、金山の手を探した。金山も手を差し出していた。

「また、この手が遠くなるのね……」

小さい声で云った。金山は強く強く、和子の手を握りしめて、何も云わなかった。すべてはこのまま歯車はきしむ。そして悠々とした響音をたてて歳月は過ぎてゆくのであろう。

おそい朝食を済まして、金山は山を降りて行った。和子は雪靴をはいて、スキー服の仕度をして、金山を四キロも山の下にある駅へ送って行った。

雪は案外な薄さで、道は陽にきらきら光っていたけれども、風は冷く頬をきりでさすように、すごい唸りを山蔭から運んでいた。

「近いうちに、私も、一寸、東京へ参りますわ」

「そのうち、もう一度来ますよ。女の旅はきけんですから、当分はあすこに落ちついていらっしゃい」

鳥が群をなして啼きたてていた。誰もいない森閑とした落葉松の下道へはいった時、金山は何を思ってか、和子を引きよせて、

「本当に近いうちに僕は長くいるつもりでやって来ますよ」
と云った。

第五回

金山はとうとう山には来ないで兵隊に征ってしまった。空しい男のなごりが和子の胸に何時までも汐を噴いている。

また夏がめぐって来た。和子はもう残り少ない貯金帳を眺めて、このままで行けば、子供とともに自決するより他に方法もないと考えられた。枝の折られしは我が接がれん為なりと云う聖書の言葉が胸をついて来る。和子は狂人になりそうな気配を感じる。この激しい戦争に責められて、よくも気狂いにならぬものかなと、和子は眼をすえて四囲を見る。

真夏のかあっとした山の空は云いようのない程平和な色をたたえていながら、地上の人間の苦しみは地獄さながらであるのだ。和子は毎日役場から課せられた松の根を掘りに、南美子と女中を連れて山の中を歩いた。三十六貫の松の根を掘って供出すると云う事は、女の手ではとうてい掘れるものではない。松の根から油を絞って、それで飛行機が飛ぶ……。そして、その飛行機に乗る青年はみんな戻っては来ないのだ。人を死なせる為に松の根を掘る仕事だと考えると、和子は人知れず涙が溢れた。こんな戦争がどうして起ったのだろうか。

和子にはこの戦争が不思議でならないのだ。何の為に？　雑草に子供と寝ころび、和子は虫の声にぢいっと耳をかたむけていた。いろんな事があったと思う。尾道の海辺の学校に赴任していた頃の平和な時代……。それからボルネオ三界まで出掛けて行った結婚。この山での金山とのはかないちぎり……。みんな夢のような気がして来る。——何の為の人生なのだろう……。偽善だらけの世の中を誰一人怒ってはいないと云う事も不思議だ。

「奥様、今朝、村のひとが話していましたけど、戦争はおしまいになるそうですよ」

と、なつが汗を拭きながら云った。和子はむっくりと起きなおって、

「ええ？　なあに？」

と、なつの子供々々したまるい顔をみつめた。

「今日、天皇さまが放送なさるンだそうですよ。戦争はもう、やめろって事だろうって村の人のうわさなンですけど……」

「まア！　本当かい？　天皇さま、何時に放送なさるの？」

「さア、お昼ごろだって云う事ですけどね」

もう松の根っこなんぞ掘ってはいられない。和子は急に胸の中が波立ちさわいだ。平和が来る……。本当なのだろうか……。

「でも、もしかしたら、玉砕するまでやれって事かも知れないじゃないか。天皇さまがそんな事は云わないだろう？」

「ええ、でも、そうじゃないだろうて話ですよ。さっき、配給所でみんなそう云ってましたもの。だから、私ね、さっきから、誰も山の中へ来ていないンで妙だって思ってるンです」

なるほど、云われてみると、いつも、村の人や疎開者で賑っている山の中が森閑としている。なつの云うとうり、妙な事だと和子も思っていたのだ。蟬の声が一時にわあんわあんときこえる。

「お前、山を降りて、荒物屋さんで聞いて来るといいのよ。——本当だろうかねえ……あすこにはラジオがあるもの、聴いていらっしゃい」

なつは降りる次手(ついで)だと云って、掘り出した松の根ッこを背中にして山を降りて行った。重いのでまるで這うようにして降りてゆくなつの後ろ姿がふびんでならなかった。なつが降りて行くと、和子は袋の中からトマトを出して南美子と食べた。まるで動物のような暮らしが続いたものだと思う。南美子は歌をうたっている。和子は爽やかな山風に吹かれて、草の上に寝ころび、流れてゆく白い雲のゆくえをみつめていた。戦争がもしも終わってしまえば、この世の中はどんなになってしまうのだろう……。ボルネオからあのひとは戻る事は出来なくなるのではあるまいか。金山は鹿児

島にいると云う音信をくれたのだけれども、或いは船出して何処かへ行っているのかもしれない。東京にいる嘉隆の肉親もいまはそれぞれに疎開してちりぢりになってしまっている。

これからさき、子供をかかえてどうしてやってゆけばいいのか判らない。やがて、日本がアメリカの占領地になる……。本当なのだろうか？　あんなにきおいだっていた軍人は、忠臣蔵のような結まつになって、皆、それぞれに腹を切って果てるのであろうか……。何時の間にか和子はうとうとと眠った。時々頭の上をあぶが飛んでいる。南美子は独りで和子のそばで草をつんで遊んでいた。

暫くして、なつが、山の下の方から「奥さまア！」と呼びたてながら汗だくで戻って来た。

「奥さまッ！」

和子はぱっちりと眼を覚ました。

「やっぱりそうです。さっき天皇さまの放送があって、戦争はおしまいだって云いますよ」

「へえッ！」

和子はむっくりと起きた。軀中の血がさあっと音をたてたような気がした。本当に空想していた偶然がやって来た。

「本当だって？」

「ええ本当ですって、もう、松の根ッこなンぞ掘らなくもいいそうですよ。私、あんな重い思いして馬鹿みちまいましたよ」

なつは汗を拭きながら、いまいましそうに木の根へ腰を降した。和子は急に両手を顔へあててくっくっと泣き始めた。敗けた事の口惜しさではない。長い戦争に耐えて来た痛苦がどくどくと涙になって眼にあふれるのだ。

「みんな畑仕事も手につかないって、村のうちは、誰も彼も呆んやりしてるンですもの。天皇さまも泣きそうな声だったって云う事ですわ」

和子は泣くだけ泣くと、もう胸の中がからりとした。

「いえ、なつ、お前、奥さんと一緒にいられなくなったわ。私、二、三日のうちに東京へ帰る……」

なつは黙っていた。

「私、兎に角東京へ南美子と帰ります。山の中へこのままいたってどうにもならないもの……」

天皇さまが泣きそうなお声だったと云う事が、和子の心を切なくした。天皇さまはきっと御退位になるに違いない。そして皇太子さまがお立ちになるといいのだ。何も彼も、この敗北が本当に日本全体を救うのだと和子は思った。泣いたあとの涙は、何となく晴々として来る。この苦境から立ちあがる力が本当なのだと和子は立ちあがった。

嘉隆はボルネオの空でいったい、この終戦をどんな風に感じとっているであろうか。いや戦争には敗けない、日本はきっと勝つのだとあの人は云っていた。何てことだろう……。女の直感だって当たらない事はないのですものね……。和子は万里の海の向うの人に大きな声で吐鳴(どな)りたい気持ちだった。――終戦と云う事がどんなに人々の胸を打った事だろう。それと同時に村のなかでも、云わず語らず、ああよかったと吻(ほ)っとしないものはないのだ。

日が経つにつれ、村の中にも続々と内地にいた兵隊が戻って来た。まるで亀の甲羅のように荷物を背負って、息子が帰って来た村の家では、ああ生きて戻って来て幸せだったと、ひっそりとよろこびあい、外地にあるものは、生きて戻れるものだろうかと案じ苦しみ、二様の喜憂が村の風評のなかにただようていた。疎開者も、都会に家のあるものはぽつぽつ帰り仕度を始め出している。和子は家を売ってしまった事に後悔した。家は焼けなかったのだ。家を売ったのは、亡くなった母の親しい友達だったので、和子はひとまず、数日そこで世話になるつもりで、帰り仕度を始めた。思いがけなく村の電鉄では、荷物を引き受けると云うので、和子は人を頼んで蒲団や衣類や多少の台所道具を東京の家に送った。こんな敗戦のどさくさでは無事に着かないのではないかと案じてくれるひともあったけれど、情に激しやすい和子は、もう一刻も田舎生活をつづける勇気はなかった。それに、家を売った金がまだいくらかは残っていたので、何をするにしても、この金のあるうちであり、自分の語学を使って、アメリカ軍の方へ通訳にでも使って貰えればいい。この機会を外ずしては駄目だと思うのであった。和子は女中の田舎を頼って来たのだけれども、戦争が段々激しくなるにつれ、四囲の人情が水くさくなり、何事も金づくの世界になったのを見ては、それこそ一刻もこの空気には我慢がならない。

和子は九月始めになつかしい東京へ戻った。四囲一面荒涼とした景色で、赤羽から池袋一帯の焼野原を見ただけで、この戦争の烈しさが判るのである。小さい軀に持てるだけのものを持たされた南美子も、このすさまじい風景をみて何となく幼い眼をきんちょうさせているのである。かあっと照りつける残暑の街路を、とうもろこしがまるいロータリーのなかの空地に繋っていたりする。瓦礫の荒野を行くものは、荷物を背負った復員の兵隊や、我家へ戻ってゆく疎開帰りの群れである。

なつかしい代々木の扉もそのまま。和子は長い夢を見たような気がするのである。ガードの下の涼しい処で背中のリュックを降ろし、南美子の荷物も降ろしてやった。家を売ってしまった事に何とも云えない悲哀を感じるのだけれども、その家の金で、今日まで生命をささえて来たのだと思うとあきらめもつくのである。

「お母ちゃま、どうして、ずっと焼けたの?」

「空襲で焼けたのよ」

「南美子のお家大丈夫?」

「大丈夫よ。でもね、もう、南美子ちゃんのお家は東京にないの。志田のおばさまに売ってしまったのよ。だから、南美子のお家なンて云うのじゃないのよ」

「うん……」

しゃくぜんとしない様子で、不安そうに、南美子は四囲を眺めている。

「あッ、お母ちゃま蟬よ」

ガードの外の電柱に蟬がとまって啼いている。和子はコンパクトを出して顔を写した。長い旅路にやつれた顔が小さい鏡の底にうつっている。嘉隆がスラバヤの街で買ってくれたアメリカ製の銀のコンパクトである。急にボルネオやジャワの風景がなつかしく瞼に浮かんだ。

今日から、いままでとはまるきり違った世界が来るのだ。違った世界が……。一息いれると、また、和子は荷を背負い、南美子の手を引いて、昔の吾家へ行った。

志田信吾と云う表札が玄関に出ているきりで、昔と少しも変わらない景色だ。何も変わってはいない。玄関を開けると、タイルの土間に、荷箱が高く積みあげてある。

「ごめん下さい」

遠くで「はあい」と声がして、いっときして志田夫人が現れた。ひどくやつれている。

「まア和子さん！　どうしたのよ？　汽車で？」

志田夫人は心よく二人をかかえこむようにして茶の間へ連れて行った。かつては、母と弟と暮らしたこの部屋。あずけてある家具もそのままに使っている模様で、ラデンのはいった茶箪笥もある。扉の開いたところからはなつかしいピアノも応接間に置かれたまま見える。

東京の怖さ、田舎暮らしの住み辛さがお互いの話題で、話は中々尽きる事がない。

「でもよく戻っていらっした。お父さんとね心配はしてたのよ。どうしていらっしゃるやらって……」

「ええありがとうございます。私、来られた義理じゃないンですけど、ほんの一寸、世話になって、何処か部屋でも借りて、通訳にでもなりたいと思ったンですのよ。働かなくちゃやってゆけませんものね」

「そうそう、貴女は英語の先生だったンですもの……まア、当分ここへいらっしして、それから目的をきめるといいのよ」

二、三日はあわただしく過ぎた。

志田の家族は、弁護士をしている志田信吾と、夫人のりつ子、兵隊でスマトラに行っている長男の頼隆の妻の夏江。それに女学生の駒子と治子。それに七つになる一郎と云う夏江の男の子。若い人の多い家族は中々賑やかである。

二階にもピアノが置かれているので、戦争の終わっている現在では、娘たちははれやかにピアノを弾いていた。

　女中部屋には志田の知人だと云う戦災者で、深川で海産物を商売していたと云う老年の夫婦。食事時になれば、狭い台所はごったかえすありさまで、和子は、疎開者が沢山入りこまないうちに、何処か家をみつけたいと思った。

　十月にはいった或る雨の朝、思いがけなく金山が背広姿で和子を尋ずねて来た。

　和子は玄関に出るなり、そこへべったりと坐ってしまいそうな驚きを持った。下駄をつっかけるなり、和子は雨の中を金山の前に立って歩いた。

「信州へ行ったンだよ。君の発ったあとだった。女中に聞いてここえ来たンだ」

「元気でお帰えりになってよかったわ。私何かして働きたいと思って東京へ戻って来たンだわ」

　雨の中を濡れながら、和子はモンペ姿の自分が、何だか気恥ずかしく歩いている。

「いま、一寸出られる？」

「どうして？」

「僕のとこへ一寸来ないかな……」

「お家、お焼けにならなかったの？」

「焼けた。秋子の家も焼けた……」

「じゃア、いま、どこにいらっしゃるのよ？　遠いの？」

「うゝん。東中野にいるンだ。――ほら、尾道の女学校で、君の組だったかね、野村春江と云う娘がいただろう？　あの女の家にいまやっかいになっている……」

「まア、そうですか、そして、いま、野村は何をしているンですの？」

「未亡人になっちまったのさ。バーへ勤めるって云ってるンだがね」

「綺麗な娘でしたね……」

　和子は、金山が昔の生徒のところにやっかいになっていると云う事が不安だった。そこへ来ないかと云われたところで、おいそれと行く気はしない。

「ぜひ、君を連れて来てくれって云うンだよ」

「いま、いくつ位かしら？」

「二十四だそうだ」

「まア、もうそんなに大きくなっているのね」

考えてみれば自分も二十九歳になっている。二十九と云う年がひどく老けて思えるのだった。ああもう自分の青春は、この長い戦争の為に台なしになっている。いつの間にか来年は三十歳を迎えるのだ。厭だと思った。

荒涼とした街にはお茶を飲ませる家もないので、和子は雨をよけて駅の中で金山と立話をした。

「かまう事はないさ。僕はね、桑重先生に対して、ひょっとしたらプロポーズするかもしれないと云ってあるンだ。もう、戦争が終わったのだもの、何も彼も正真な気持ちにかえるべきだよ。――ボルネオから、もし君の御主人が戻ってみえたところで、僕はちゃんと条理を尽くすつもりだ」

「当分は戻れないでしょうけれど。でも、いますぐ、私があなたのところへ行くってわけにはゆかないと思うのよ。――あなたは芸術家だから、ものごとを卒直にお考えになるけれども、戦争がまだ続いているのなら、私はあなたのそばへ走って行ったかも知れないけれど。敗けたのですもの、主人の帰りもやっぱり待ってやらなくてはいけないと思うの……。その上で私、きちんとしてから、あなたのところへ行きたい……」

金山は黙って白けた表情でいた。和子の心の中は、いまでも走って金山のところへ行きたいのだったけれども、何がこんなに心をせきとめているのか、和子は遠慮っぽい気兼ねを持っているのだった。

「ねえ……」

「何？」

「お怒りになった？」

「うん。君はまだ嘘の中に生きていたいンだね。僕はそんな気持でいる君が厭なンだよ。僕は短い兵隊生活だったが、何時だって君のところへ行きたい空想ばかりしていたンだ。昨夜も、君が、僕の子供が出来たと笑っている夢をみたンだぜ……」

山での、不思議な夜の情熱が心に浮かび、和子は赤くなった。駅の中はざわざわとしていた。静かなところで、和子はしみじみと前途の事に就いて、金山と話しあいたかった。

「じゃア、僕かえる。こんなところに立っていても仕方がない」

　金山が切符売場のところへ行きかけると、和子は急にぱあっと火が燃えたように、金山の腕をつかみ、

「ねえ、待って頂戴！　私、一寸戻って仕度をして来ます。ねえ、このままじゃア変ですから、それに、黙って出ては心配しますからね」

と、金山の軀をゆすぶった。

　早晩は志田の家を出なければならない、何年かさきになって嘉隆が戻って来るにしても、その間だけでも生活の設計をたてない事にはどうにもならないのだ。

　和子は雨の中を走るようにして家へ戻って来た。南美子がピアノを弾いている。何だか南美子がふびんであった。

「ねえ、お母ちゃま、一寸、御用でこれから出掛けますけど、お留守番しててね。早く帰って来ますからね」

　南美子はばたんとピアノの蓋を閉めて、

「南美子も一緒に行くッ」

と云った。

「駄目、今日だけはおとなしく待っていて頂戴。ね、いいこと。今日だけはお母ちゃまの云う事を聞いててね」

　夏江に南美子の事を頼んで、和子は手早く身仕度をした。黒いスーツに、白いボルネオ木綿のブラウス。赤色のレインコートを着て戸外へ出た。良人のある女が、恋人をつくっていい事だろうか？　可責（かしゃく）が胸を締めつける。長い別居生活で、いかに愛情のない夫婦だとは云っても、二人の間には南美子と云う子供もあり、もはや自分は来年は三十になる。

　空怖ろしい気がして来る。ぱちんと蝙蝠（こうもり）をひろげると、窓のところから乗り出すようにして、一郎と南美子が、「いってらっしゃアい」と声はりあげている。

　駅へ行くと、金山がぽつんと待っていた。

「お待ちどうさま」

「馬鹿におめかしをして来たンだな……」

「皮肉ね」

「ううん、昔と少しも変わらないンで驚いたのさ。昔、そんなかっこうで、校門をくぐって来てる君を見てた

ものでも……」

「秋子さんを見てたくせに……」

金山は返事もしないで、二枚の切符を改札口に出した。

「ねえ、もう、ここは日本じゃないのね」

ホームへはいると、何となく浮々として和子は意味もない事を云った。もう、何時までたってもあの不気味なサイレンは鳴らないのだ。雨の中をアメリカの飛行機が飛んでいても、もう空から火の雨が降ると云う事もないのだ。空も地も人間も長い休息にはいった。平和な空気と云うものがすがすがしくさえあった。

第六回

良人が戻って来るまでは待ってくれと云われた事が金山の心につかえてしまった。何気なく聞き捨ててしまう事の出来ない言葉だった。――いつの日、いつの月、いつの年でも新聞と云う新聞を開けてみると、その各行に、最も怖るべき人間の敗堕の兆候と、清廉、慈善、善行に関する最も驚くべき高慢と同時に、文明及び進歩に関する呆れた肯定の吹聴に出くわさないと云う事はない。すべての新聞は、その最初の一行から、最後の一行まで、悉くいやらしい事で織られている。戦争、罪悪、窃盗、淫行、拷問、君王の罪悪、国家の罪悪、個人の罪悪、とまるで到る処、残忍の乱酔だ。然も文明人が、毎日朝食に際して読むのが、この忌まわしいアペリチフなのである。今や世をあげて、あらゆるものが罪悪の汗をかいている。新聞も、壁も、人の顔も。純潔な手が、〔一字不明〕厭の痙攣なしに新聞紙に触れ得るという事が不可解だ……。

金山はボードレールの感想私録のなかの一章を想い出していた。和子が、戦争に敗北したからこそ良人を待って、その上で事をきめたいと云う事も判らないではない。女心の微妙な心づかいを知り、金山は、和子へ対する思いがほんの少し白気たような気がした。

東中野へ降りた時は雨も小降りになっていた。赤いレインコートの反射で、和子のあごのあたりがぼおっとうす紅くみえた。駅の出口でパチンと蝙蝠を拡ろげ

ると、和子は、

「何か、お気持を悪くなさったンじゃありません？」

と、首をかしげて、金山の傘のなかをのぞいた。

「何にも……」

「でも、さっきから黙っていらっしゃるンですもの……何か考えていらっしゃるンでしょう？」

　金山は只微笑してみせた。和子はもどかしそうに、雨の道を呆んやりみつめていたが、心の中では、自分の云った言葉の反応なンか何も考えてはいない様子で、只、無意味な事でもいいから、金山に話しかけて貰いたい淋しさで歩いている。

「私ね、このままでもいけませんから、働いてみようと思うンですけど、どうでしょうか？　それに、部屋もみつけなければなりませんしね」

　働く事と、家をみつける事が、和子のいまのすべてであると云う事も、金山には、ああそうなのだと思うきりで、この敗戦後の不安のなかの霧は、いまのところ、金山自身にさえも前途への希望をなくしている以上、いい答えもしてやれる筈はない。

　荒涼とした焼跡の広い道を二人は並んで歩きながら、二人とも思い思いの憂愁をこの雨のなかに重たく考え耽けって歩いている。和子はその憂愁の重たさに耐えかねたのか、蝙蝠をすぼめて、ふっと、金山の傘のなかにはいって、金山の左の腕に自分の手をそっととおした。女の肌の香が仄かに匂ふ。金山は立ちどまって、和子の顔を見降した。和子の茶色の瞳のなかに、水っぽい光ったものがぼおっと浮きあがっていた。金山は急に左手に傘を持ちかえて、和子の肩を抱き、

「ねえ、一緒に暮らそう……。僕達は離れているわけにはゆかないじゃないかッ。これから、御主人がおかえりになる何年かをこのままの状態で待っているわけにはゆかない……。愛しあったものが離れていてはいけないンだよ。このまま二年も三年も別々に暮らすと云う事は、二人が駄目になる事なンだ。我ままで不道徳な事かもしれないが、――その機会が来たら、僕は君と二人でちゃんと申しひらきをする……。待ってはいられない。どうしたってこのままだらだらと待ってはいられないじゃアないか……。」

和子も自分の年齢の事を考えてみると、もう、これが自分の本当の宿命だと思わずにはいられなかった。最後の夕映的な、自分の人生を切り開いてゆくにはこの道しかないのだ。六年もの長い歳月を空に過ごした、愛しあっていないこうした夫婦のちぎりだけで、自分の後半生を台なしに、生きながらの屍になって暮らす勇気はない。和子はハンカチを眼にあてて泣きながら、子供のようにうなずいてみせた。水しぶきをあげて、広い道路をジープが一台通りすぎた。誰も通っていない道。金山は和子のハンカチの手をもぎとるようにして、手の甲に接吻をした。

「君はどう思う？　正直に云ってくれ給え……。強くなるより仕方がないよ。死ぬるか生きるかの境なンだよ。こうした暗さのなかでお互いに愛しあったもの同志が、このまま孤独に耐えてゆけるものか、ゆけないものかよく考えてみるンだ……。一緒になるより仕方がないンだ。僕は何でもして働く。絵を描く事をやめてもいいンだ。僕は何でもするつもりだ。――もう、幽霊を背負って歩くのはごめんだ。自分も何度も繰り返してゆくことはごめんなンだ。もう沢山だ。僕も君も、妙に、人生に対して無精者になっているンだよ。只、これこれだから暫く我慢しようなンて事は人間を腐らせてしまう……。無精さが君から伝染させられるような気がする。何故、このまま月日をやりすごしてしまわなければならないンだッ……」

また蝙蝠を開いて、和子は雨の道をさきになって歩いた。自分でもどうしていいのか判らない。嘉隆が何時戻って来るかもはかりがたい。しかも、和子がボルネオを去って六年の月日がたっている。その間、一度も嘉隆は戻っては来なかった。生きながらの未亡人にも等しい。長い間の戦争。子供をかかえて、良人の肉親達からもほとんど疎縁の状態で今日まで暮らして来たのだ。

金山の下宿先である野村春江の家は、〔一字不明〕法寺と云う寺の近くで、その寺は焼けて、小舎同然の住居風なバラックが広い寺内の中央に建っていたが、その寺の墓地の下の崖ぞいに四、五軒焼け残った家並があった。広い寺内を抜けて、雨でぬかるんだ小径を降りて行くと、とっつきの小さい二階家が春江の住居であった。

春江は留守で、同居人だと云う四十年配の女が、玄関先でミシンで縫物をしていた。金山の後について和子が二階へ上って行くと、六畳に三畳の二間きりで、上り口の三畳の間には、簞笥や、メリンスの花模様のおおいをかけた大きい姿見が置いてあった。

「これ、どなたの？」

「春江さんのだ。階下がいっぱいなンで、ここへ置いてあるンだ。あのひとは焼けなかったからね」

制服姿の野村春江の顔がふっと瞼に浮かんで来る。あれから随分月日が経っている。どんなに変わっただろうと思うと同時に、自分の青春の色あせた事も不安になって来るのだった。階下ではミシンをふむ音がしている。和子は襖ぎわにレインコートをぬぎ、丁寧にあいさつをした。そのあいさつが突然だったので、金山は微笑しながら、「いやア、大変御無沙汰しました」と大きい声で云った。そのまま二人の気持はぽつんと途切れる。壁にはカンヴァスが立てかけてある。テレビンの匂いがする。小さい机の上には枯れた秋草が白い花瓶に差してある。

「秋子さんの御両親は何処へいらっしゃるの？」

「松戸に疎開してるンだ。すっかり、あの家も駄目になってね。この間行ってみたら、秋子のピアノを売ったとか云ってた」

「まア……」

「みんな、もう、以前の人達の生活は、この戦争で五破算になってしまったンだ。いまのところ売り食いなンだよ」

「そうでしょうね」

和子はハンドバッグからコンパクトを出して、さっき泣いた瞼の上を小さいパフでおさえながら、急にまた、どっと波の寄せるような佗しさにおそわれる。海辺の女学校に赴任して行った頃の秋子との思い出がよみがえって来る。このひととこのまま一緒になったところで、どうして生活してゆけばいいのか和子にはこの現実はやはり怖ろしいと思わずにはいられない。子供づれの女をかかえて、金山がどんなに働いてくれたところで、三人の暮らしがなりたつわけのものでもない。

金山は電気コンロに小さいニュームのやかんをかけると、壁に凭れて暫く眼を閉じていた。

「私たちって、どうにもしようのない生まれあわせなのね。考えるはじからその考えってものが波に乗って逃げてしまうのよ。遠くへね……」

和子がそんな事を云う意味は金山には判っていたけれども、それに就いてのはっきりした解答はなかなか云えない。窓の外は灰色で、実体のない妙な秋雨が、時々反射を呼びながら硝子窓に行列しては流れている。遠近のない空間に坐っている和子の小さい顔がぽおっとその雨の空間へ逃げてゆきそうである。金山がぱあっと両眼を開いて、和子をみつめた。和子は虚空に吊りさがっていた気持ちから眼覚めたように金山のところへにじり寄って行った。

「もう、厭！」

金山の熱い首に両手を巻いて、金山の頬に自分の額を押しつけた。柔い香料の香がふくいくと匂う。金山は和子の細い腰を抱いた。柔い弾力の反応か愛情に飢えた金山の胸の中にしみとおる程こたえて来る。片手で和子のあごを持ちあげると、和子の頬には涙がぽたぽたとあふれていた。赤味をさした頬、かたちのいい小さい鼻、受口のぽってりした唇、眼の下の疲れた薄いくまどり、すべてが金山には信じられない程遠い遠い女の顔であった。

金山は和子の唇を封じた。女の小粒な歯がふるえていた。肩を抱き、腰を抱き寄せて、金山は亡くなった秋子の幻を描いていた。眼を開くと、固く眼を閉じた和子の瞼がひくひくとけいれんしている。ふびんな女の顔であった。何か声を挙げようとする和子の唇を長く封じながら、金山は自分の動悸の激しさに、きき耳をたてていた。この二人の固いほうように何の説明がいるのだ……。断続する階下のミシンの音が、かえって四囲の静けさを感じさせる。しゅんしゅんとやかんの湯もふっとうしはじめた。

胸苦しさはもうせきとめるすべもない。和子は重い男の体重を胸に押しつけられたままはじめて解放された唇で深く息を吸った。深い谷間に引きずり落とされるような落下する自分の精神。罪悪とはこうしたものなのなら、これもまた甘受したいと云った感傷で、和子は両腕に力をこめて金山の頭をかかえてみる。

「ただいま！」

格子の開く音がして、華やいだ若い女の声が階下でした。和子はあわてて身づくろいをすると、窓のところへ立って行った。金山も赧い顔をして煙草に火をつけた。

「先生！」

階下から春江の声がした。

「ああ」

「お客様ですか？」

「ああ、珍しいお客様だ」

「上ってもよろしい？」

「どうぞ……」

荒い足音をたてて春江が上って来た。襖を開けるなり、

「まア、桑重先生！」

と、そこへ坐って、春江はなつかしそうに丁寧にあいさつをした。黒いスーツに、白いブラウスの地味な洋服姿ではあったけれども、顔は牡丹のように明るく派手やかで、クリームで拭いただけの顔に紅をくっきりと塗っている顔立ちが昔の春江にはおもむきを変えていた。

「金山先生にうかがって、貴女に逢いたかったものですから……」

和子は坐りながら春江の顔をまぶしそうに眺めた。

「御主人は戦死なすったンですって？」

「ええサイパンで亡くなりました。――でも、先生はちっともお変わりじゃアありませんのね。お若いわ。先生はずっと信州の方へ疎開しておいでになりましたンですってね？」

「ええ、たったこの間戻って来ましたのよ。いまは無職で、これから新聞の通りにゆけば、私も飢えて死ぬ方かもしれないわ……」

「あらア……あンな事。私だってそうですもの……み

ンな失業者だらけですものね」

春江は湯が噴きこぼれているのを見て、あわてて蓋を取り、コーヒを淹れましょうねと、気軽に階下へ仕度に降りて行った。

和子は春江の若さ美しさに何となない妬み心が湧き、金山の煙草を吸っている姿をぢいっとみつめていた。ふと自分の体臭のなかに、男の匂いを嗅いだ。と、コーヒーの仕度をして春江が上って来た。

「桑重先生、私ね、銀座で知りあいがバーを開いていますので、明日からそれを手伝うンですの……学生の頃はもっと上の学校に行きたいなンて理想を持ってたンですけど、もうすっかり終戦と同時にみんなおしまいにして、これから第二の出発をしようかなンて決心していますのよ……。金山先生もいいだろうってさんせいして下さいましたのでね……」

「でも、思い切ってなされるからいいわ。何でもやってみることよ、ね……」

「ええ、塩崎先生だったら、バーなンて駄目よなンておっしゃりそうですけど、桑重先生はちゃんと判って下さるから有難いわ。金山先生ったら、私がバーで働くって申し上げたら、まるで虎を野に放つようなものだって皮肉おっしゃるのよ。——私、金山先生を誘惑してみたいンですけど……」

あとはふふと笑って、器用な手つきでコーヒーを淹れている。バタと塩を入れて煮つめたコーヒーの味は案外美味かった。

金山を誘惑してみたいと云われて、和子は、頰が引きつるような気がした。

その日から十日ほどして、和子は代々木駅の近くの病院の裏手に、小さい三間ばかりの家を志田に紹介されて引越して行った。持ち主が、東京の生活にみきりをつけて、田舎へ引きあげて行ったので、その後を借りる事にした。まだ終戦まぎわだったので、東京でのこれからの生活がどのひとにも不安であったのに違いない。

和子は思い切って金山に来て貰った。

人知れずと云った同棲生活が始まった。和子は志田に頼んでピアノを売った。金山は職業を探しまわったけれども、これはと云う仕事もなく、春江の紹介で、銀座あたりの復興する喫茶店やバーの壁画を描いたりしていくばくかの金を得る道をとった。物価はうなぎのぼりにあがり、正月を越し二月頃までには、また不安な経済状態で、和子は自分も何処かへ勤め口を持ちたいと、新聞の進駐軍向きの求人広告を熱心にみつめるようになった。

　この生活が、和子の考えた程の幸福なものにもこのごろ思えなくなっている。金山は焦々（じりじり）していた。絵が描けないせいばかりでもなく、日が経つにつれ、金山の心のなかに何とないわだかまりのある気配も和子には察しられた。金山は南美子を自分の子供のように愛してはくれたけれども、和子はそれだけで金山を信じる気にはなれなかった。どれをどうと云うはっきりした原因がつかめないもどかしさである。光線のささない佗しい相愛と云うものが、かえって、孤独さを感じさせる。

「ねえ……」

「何だい？」

「私、精神的な不具者なンでしょうかねえ？　いつでも不安で、いつでもうたぐり深いのよ。おかしい事を云ってるみたいだけど、何だかとても、こうした生活が頼りないのよ。幸福じゃアないかって思いながら、ちっとも幸せじゃアないような気がするのよ。その気持が貴方にも反射して、貴方は、私を案外つまらない女だなンてお思いになってるンじゃありません？――それに、私、軀の調子が変なの……子供が出来たンじゃないかしら……」

　或る夜、久しぶりに、落ちついた食事のあと、和子がこんな事を云った。金山もその時ちょうど同じような事を考えていた。意味がない、意味がない。不気味な相愛の光芒のなかに漂う枯葉。ここへたどりついた二人のはかないきずな。お互いにこの生活から立ちあがる勢いで寄りそいながら、和子と向きあった大切な均衡がぷっとそっぽを向いてしまった。

「貴方は、春江さんが好きじゃなかったのですか？」

「そンな馬鹿な事を云うもンじゃないよ。一度、医者に診て貰いなさい。ええ？　医者に診て貰ってごらん……。そんな浅いところで僕をみつめていられるンじゃたまらない。君の云う事はよく判るけれども、僕だって、時々何故こんなだろうと考える時もないじゃアないけど、君と一緒になったからって、只、この結びあいだけを子供のように幸福だ幸福だとは単純によろこべないところがあるンだ……。この世相のせいだよ。世相に向って、君だって一応の考えはある筈じゃアないの？」

「ええそれは判ります。でも、私、その世相に負けて、私達が段々妙なところにいじけて流れてゆくの淋しいわ。――貴方を信じないのじゃないのよ。信じているのよ。それでいて、海の真中を独りで流されてるみたいな淋しさになるのよ。――ねえ、軀のせいでしょうか？」

「子供が出来たンだろう？　自分で判らないの？」

「ええ何となくそうだと思うのよ」

「子供が出来るのは嬉しいね」

「ほんと？」

「ほんとうさ……秋子だって出来なかったンだからね」

和子は一寸厭な気がした。

金山との間に子供が出来る……。自分だって嬉しくない筈はないのだけれども、ふっと、嘉隆の姿が心に浮かぶ。太陽の輝くボルネオの、バンジャルの日々がいまごろになってしみいるようになつかしかった。巨きな旅人椰子の扇子を拡げたような木蔭に、白い椅子に凭れている嘉隆のやつれた姿が思い出される。あのひとはとらわれているのだ。何時頃戻って来るのだろうか。仕事以外には、何一つのぼせる事もなかった淡々とした風格が、いまごろになって寛大な人柄にみえて来るのであった。

「ねえ……」

「何をまだ考えているンだい？」

「だって、お話ぐらいしてもいいでしょう？」

「秋子さんお料理が上手だったわね」

「ああ」

「私、下手でしょう？　料理だの、台所なンてきらいよ。女中を一人頼んで、私も勤めに出たいンだけど、どう？　どう、お思いになって？　私、一日家にいて、とぼしい台所をしていると泣きたくなるのよ。わあって声をたてたい時があるわ。手、みて下さい。ほら、こんなに汚れてきたなくなったでしょう？　もう厭だわ……こんな生活って、明るいところへ出たいのよ。女だって明るい処へ出て行ってもいいでしょう。外で働きたいの。もう、薪を割ったりするのはごめんだわ……」

金山はむらむらと反感がおきて、光った眼で和子を憎々しくみつめた。

第七回

十二月にはいったある日、志田から使いが来て、和子にすぐ来てほしいと云う事だった。和子は、ああ嘉隆が戻って来た、と、そう思った。遠く杳（はる）かな鶯の声を聞いたようななつかしさが湧き、この心の流れを不思議なものに思った。少しも逢いたくはないくせに、ほんの少しばかり逢ってみたい興味もある。南美子を連れて行ったものかどうかも考え迷った。――金山は丁度外出していたので、和子は思い切って南美子を連れて志田の家に行った。

小春日の馬鹿に暖い日であった。志田の客間には、見た事もない復員風の若い男が坐っていた。和子はふっと、不吉なものを感じた。志田の妻君の話では、「嘉隆さんのお言づけを持っていらっしゃったンですって……」ああそうだったのかと、和子は丁寧に挨拶をした。

その男は嘉隆と一緒にボルネオの会社にいた男だそうで、終戦後三ケ月ほどは、嘉隆はひどい神経衰弱のような状態だったのだが、自殺にも等しい死にかたで果てたのだと云うことだった。これは御主人のせめてもの片身ですと云って封筒に入れた嘉隆の遺髪を和子に渡した。

「日記のようなものもありましたが、そのようなものは一切持って帰れなかったので、まことに残念でした……」

和子は嘉隆の最後を頭に描いていた。医者らしい最後だとも思えた。亡くなったと思うと、和子はかえって嘉隆へ対する呵責が深まり、手ごたえのない相手になった事に淋しさを感じた。男は仙台へこれから戻るのだと云って、せめて一晩でも泊まって行ってほしいと云う和子の思いやりを丁寧に謝して志田家を出て行った。

和子は長らく疎縁になっている嘉隆の実家へも知らせなければならないと思った。一人の人間の片身が、ほんの少しの髪の毛に変わってしまったと云う実感が、あまりにも和子には他愛ない気がして、嘉隆の〔一字不明〕に対して済まない気がして来るのである。死者の声が何処にも行き場のない思いで、日本の空にさまようているとしか思えない。

「南美子ちゃん、お父さま、お亡くなりになったンだって……」

志田の家を出て歩きながら、和子は南美子にふっと、うったえるような気持ちで云った。

「どうして?」

「御病気になっちゃって、お父さま、死んじゃったンだって……」

道を歩きながら、和子は急に涙が溢れた。イノック・アーデンのように、あのひとはついに生きては戻れなかったのだ。南美子は父のおもかげを写真でだけしか知らないのだ。母の泣いている顔を見上げて不安な眼差しをしている。

和子は通りすがりの花屋で一輪の白いカーネーションを買って帰った。机の上に嘉隆の遺髪を置き、一杯の水をそなえ、花を花瓶に差した。すべてが終わったような気がした。思い出とか、夢とか云ったものが人の生涯には半分以上も心の中を占領している。その思い出や夢のようなものが、ぐうんと重たくひしめきだって心にのしかかって来る辛さが、これが「良心」と名づけるものなのであろうかと、和子は嘉隆の遺髪を手でまさぐりながら、ぢいっと空をみつめた。案外固い髪の毛。ほんの少し白いものも混っている。あのひとも年を取っていたのだ……。

その夜遅く金山が戻って来た。少しばかり酔っている様子で、南美子に紙風船を買って来たと云って、小さい粗末な色の紙風船をふくらましては南美子とついて遊んだ。

「ねえ、あのひと亡くなったって、今日知らせがあったのよ……」

「亡くなった?」

「ええ」

「御主人がかい?」

「今日、遺髪をとどけに志田さんとこへ来てくれた人があるのよ」

「へえ……」

風船をつく手をやめて、金山は眠むそうにしている南美子を抱きあげた。お互いに思い思いの事を考えている〔一字不明〕で、顔を見合わせながら、お互いの胸深くにしまってあった一つのしこりをときほぐすような沈黙の仕方で〔一字不明〕をみつめあっていた。

すべてが、大きく〔一字不明〕転した一つの現実を前にして、和子は何だか心のなかできまったような気がして、金山の表情のすべてのなかに、和子は自分達親子の行末をみさだめようとする欲深い気持ちを持っていた。

「〔一字不明〕しいだろう?」

和子は吃驚したと云った表情で金山をみつめた。(どうして、そんな事をおっしゃるの?)と云った思いで、すっくと立ちあがると、わざと、嘉隆の遺髪を取って来て火鉢の火に封筒ごと〔一字不明〕いた。金山は呆れたような様子で和子のしぐさを眺めている。〔一字不明〕的な匂いがする。ぢりぢりとちぢれて焼けてゆく死者の髪の毛を和子は心の中いっぱいに痛々しい思いをふくらませてみつめていた。

「どうしたンだ? 怒ったのかい?」

「あら、怒りゃアしないわ。只、長い間持ってて粗末にしてはいけないと思ったから焼いたのよ。それだけだわ……」

金山はいい思いではなかった。女の粗野な〔一字不明〕さに反応する。何も、はるばると人がたずさえ〔一字不明〕って来たものを、むきになって〔一字不明〕くほどの事でもないではないかと。金山は〔一字不明〕に抱いている南美子を哀れに思った。父親のない子供……。髪の毛に鼻をつける、まだ乳臭い柔い匂いが残っている。ふうっと額の髪の毛を〔一字不明〕で吹いてみる。〔一字不明〕のような髪の毛が吹かれるたび、白い〔一字不明〕でゆれている。「強いお母さんだ……」

　南美子は眠りかけていた。和子は幾度も火をかきたてている。

「ごめんなさい。私、軀の具合でこんな気持ちになるンでしょうか？　何だか、いらいらしてて貴方にも申しわけがないと思うのよ。でも、仕方がないわ。生きているものは、何だって踏みこえて進んでゆかなくちゃならないのよ。——あのひとだって、或る意味では立派な死にかたかも知れませんけれども、でも、無責任だとも思いますもの……それが憎いのよ。いい人だったけれども、あのひとは、自分だけで生きていたンだわ。只、仕事にのみ終始していて、人間的なおもいやりなンか少しも考えなかったのよ。こんな淋しい淋しい死に方ってあるかしら……。いまごろになって、遺髪なんか貰っても何もならないわ。もしも、私が、現在、こうして貴方と一緒にいるンでなかったら、私、遺髪だけ貰って、ああそうだったのかとはあきらめられないのじゃないかと思います……」

「まア。そうむきにならなくてもいいだろう……」

「あら、それ皮肉ですか？」

「皮肉じゃアないよ」

「同情していただこうなンて思わないけど、物事がそうだって思うのよ。嘉隆の実家だって、何一つめんどうをみようとはしてくれないし、まるで、もう赤の他人以上に考えているンでしょうし、むしろ、私が、ひそかに貴方と暮らしている事を承知で、厄介払いしてるみたいな気持ちなンでしょう？　私、別に、何をしてほしいって気はありませんけれども、山の中に疎開してる時の、あの人達の冷淡さは身に沁みます。——いまは、私、とても貴方に感謝しているンですの……南美子だって可愛がっていただいてるし……」

　金山は眠ってしまった南美子を寝床へ入れてやると、火鉢の前にあぐらをかいて坐った。煙草を一服つけながら、靄に包まれたような前途へ向ってぷうと煙を吐いた。

　金山は夕方、春江の家へ何気なく寄ってみた。二階の金山の部屋は春江が自分の部屋にしていた。春江は酒を出してくれた。

「どうですの？　桑重先生の御感想は……」

　と、妙にこだわった云いかたで、春江は、金山の生活のなかから何かをかぎ出そうとしている様子だった。

「平々凡々さ……まア、このままで行きつくところまでと云うところかな」

　と、云った。

「まア、先生、それは一番仲のいいって事なンでしょう？　桑重先生は生一本な方ですから、そこんところが先生のお気に入ったと云うわけなンでしょう？　私のような不良生徒と違うンですもの……」

　金山は、随分酒を飲んだ。春江もまけずに飲んでいる。もうろうとした頭の中に、金山は、この戦争の為に、案外、心の芯のなかに誰でもが深い傷を負っているものだと、もう、女に対する愛情すら失ってしまっている自分の心のありかたをおかしいと思うのだった。その日、その日に〔一字不明〕われる生活であってみればなおさら男の理想なぞどうでもよくなっている。モジリアニがどうであろうと、パスキシンがどうであろうと、スウチンがどうであろうと今は何の〔一字不明〕味もない。モジリアニが、雨の巴里を、靴もなくはだしで歩いたと云う貧窮の生活が以前はなつかしくさえもあった。何となく虚無的な心の流れが、いまはこうして生きている事さえも夢中なもののようにものうく怠け心に〔一字不明〕うのである。敗戦のあと、とうとうとしてデカダンスの流れに人間が落ちこんだような風潮があるけれども、このものうさのさせる現実の瞬間々々での火花なのだと、金山は、春江の若いなまめかしさに、新しい美味い煙草をみつけたような誘惑を感じるのであった。

「先生、幸福でしょう？」

　春江が杯を唇もとへ持って行きながら云った。

「うん、どうだかね……」

「幸福すぎて、呆んやりしていらっしゃるのよ。羨ましいわ。私も、早く、いいひとをみつけて愉しい生活を展きたくなった……」

「愉しい生活って、君の考えてるのはどんな事だ？」

「私だって、一人じゃいられないって事です」

金山は誘われるように、春江の手を取った。かつて一度も、ここにいる時はそんな気はみじんもなかったくせに、春江のそばから離れてしまったいまになって黒い一つの運命の魔がこの行き場のない二人の男と女の頭上に舞いおりて来た。

酒のさせるわざなのか、春江はだいたんに、金山の膝のそばへにじり寄って来た。そうして逞ましい若さの息で、金山の唇を春江の方から封じた。金山は春江を憎いと思った。咲き落ちた花びらのようなはかない現実の夢。夢は只二人を夢中のなかで炎えたたせる。

女の体が案外重たく寄りかかって来た。金山は外套をぬいだ。外套をぬぎながら、猟師のようなねらいかたで眼の前の動物を見すえる。白い脚の虹。その虹を両の手で引き裂いてやりたくなっている。何の説明もない命令が金山の心をかきたてる。

「待って……」

春江が云った。何を待つのか、金山はもう何もわからなかった。

煙草を吸いながら、金山は、今宵の出来事が不可解で、自分でも自分のやった事がわからなくなるのである。しっかりと金山の首に手を巻いて、「先生、忘れないで……いい？　責任を感じて下さらなくてもいいのよ。でも、このままでは、私、厭！　私いま、急に先生がとても可愛くなってしまったのよ」と正直な事を云った。秋子の息がかかり、和子の息のかかった、そしてまた自分の息もかかっている教え子の春江に対して、金山は、心をえぐられるような深い肉親的な愛情を感じた。春江のすべてがいとしくさえあった。

「先生、時々、こうして逢って……ね、私それだけで有難いと思いますもの……」

額にべっとりと汗をかいて、春江は金山の耳もとでささやいた。金山は急に一つの想念に苦しめられるような気がした。

自分と云う人間のなかに、無責任な、兇悪な面のあることに自責を感じる。

和子の思いあまった眼が、金山のいまの心には受けとめられないような自信のなさに来る。風船をふくらませてみる。外形は大きくふくれあがるくせに、内容は何もない。和子は和子で、何となない恐怖を感じる。二人の男を知ったと云う事が、このままで終わりそうにもない行末をほうふつとさせて来る。女が男を愛すると云う事は、これだけのものではないような物足りなさに落ちて来るのだ。たったこれだけのことであったのだろうか……。嘉隆が死んだと云う事が、急に和子の心に耐えがたい淋しさを呼ぶ。死者はふびんで仕方がないのだ。たとえ遠い地にあっても、只、生きてさえいれば、憎しみもあり、思い出も時にはあったのだけれども、死者は、生きているものから超然と去ってしまい、冥府からはかない歌声を運ばせているに過ぎない。金山と何故結婚をしたのか、和子はわけが判らなくなっていた。頼りどころもなく淋しかったから手近な人を選んだようないやしい気もして来る。好きだったから一緒になった。そして、そのひとの子供がやがて生まれる……。和子は、動物に近い自分の浅はかさが、ひそかに後悔されるのでもある。体のせいか、和子は、嘉隆の死がひどく身心にこたえていた。

その翌日、和子は金山の外出したあと、近所の産婦人科をおとずれてみた。院長は婦人で、シカゴにいたひとだとかで、もう五十年配のひとであったが、和子の相談をしみじみと聞いてくれた。和子は正直に気持をひれきして、子供をおろす事は出来ないだろうかと尋ねてみた。

「ええ、よく判ります。でも、私は、貴女に、それでは、おっしゃるとおりにしましょうとは申し上げかねます。もう、四ケ月でいらっしゃるし、赤ちゃんはお産みになった方がいいと思いますわ。母親としての責任をお持ちになれる身分でいらっしゃるンですもの。只、生まれるのが感情的に困ると云うだけで御同意するわけにはゆきません。お体の方もとてもお丈夫ですし、赤ちゃんの発育もいいのですから、何とか愛情を持っておあげになっては如何でしょう……。御主人だって、どんなにおよろこびになるかわかりませんわ」

和子は赧くなり乍ら、女医の柔い言葉を聞いていた。子供を下したところで、それが何になるだろうとも女医はつけ加えた。

「他へおいでになったところで、責任のある医者でしたら、私と同じような事を申しますと思います。丁度、いまごろが大切なンですから、私に、貴女のお体をお任せになっては如何？　いつだって、失望してはいけませんわ」

女医は親切なひとであった。

和子は、失望してはいけないと云われて、胸を突かれた。金山との、かすかな、いつかのはしのくいちがいだけの感情が、こんな暖い気持ちになるのだろうかとも考えるのだった。金山も自分も、この世相の虚無の〔一字不明〕に押し流されているのだと思える。生活も段々不如意になり、前途の事を考えるだけでも断〔一字不明〕に突き落ちてゆくような気がして来る。

ごく、たまに、死を考える時もあったけれども、南美子のあどけなさを思うと、自分だけの気持ちにおぼれてもいられないのである。産婦人科のかえり、和子は志田の家へ寄ってみた。志田夫人は、

「あら、さっき、嘉隆さんのお母さまがたずねてみえたのよ。——和子さんの籍ね、お抜きになったンだって、貴女御ぞんじ？」と云った。

「いいえ、知りませんわ……。でも、そンな事、どうでもいいのよ。私が悪いンですもの……怒っていました？」

「ええ、とても御立腹。あンな不精な女はないって、南美子を連れて行きたいなンておっしゃってたわ……。私、みンな、この戦争の為だってお母様に申しあげといたのよ。さっき、それで、うちの女中を貴女のとこへ遣らせたのよ。そしたら、貴女は留守でしょう。南美ちゃんだけお留守番だったので、女中が連れて来たら、お母様、南美ちゃんにおしる粉たべに連れて行くンだって、新宿へいらしたのよ。二、三時間したら戻って来ますって……」

和子は四囲がぼおっとかすんで見えなくなった。意志のない涙が頰にあふれる。孫を連れた嘉隆の母がいとしい気がして来た。誰が悪いのッ、誰がいったい悪

いのよッ……和子はハンカチで頬をおさえながら小さい声で、「済みません」と云った。

夕方、志田家の女中に連れられて、南美子が金太郎飴のおみやげを持って戻って来た。

「おばあさま、もうお帰りになったの？」

「うん」

「面白かった？」

「うん。ねえ、新宿でおしるこ食べて、デパートを見て帰ったのよ。おばあさま、南美子に玩具を買ってやりたいけど、おばあさんは、とても、とても貧乏なンですって……」

「そう、でも、おしるこいただいてよかったじゃないの？　おいしかった？」

「甘かったわ。二つもたべたの。おばあさま、おなかいっぱいだって食べないのよ」

和子は台所へ立って行って、洗面器に水を張って、水の中へざぶっと顔をつけて泣いた。

最終回

この一、二ケ月、時々、金山は外泊して来る日が多くなった。和子はほとんど売り食いのありさまで、その日、その日を何とか暮らしてゆけると云う状態だった。兎に角、小さいものが生まれるまではこの状態でゆくより方法がないのだと、和子は眼をつぶった気持ちで耐えてゆくより方法がないのである。自分は自分なりに自由な恋愛を求めてここに到り、金山も亦、理想の世界を追いながら、奈落の底に追いつめられて行っているのだ……。金山が戻って来ない夜は、和子は女らしい妬みも湧き、相手は春江だと云う事もよく判っていた。出むいて行って、春江に云いたいだけの事を云ってやりたいむかついた怒りもあったけれども、和子は春江をたずねてゆく身仕度をしながら、いつも、途中でその思いが坐折してしまうのである。金山が戻って来ると、和子は黙っている事でそれに報いた。

そうした外泊のつづきで、今日もひょっこり金山が戻って来た。寒い風の吹く夜であった。取りみだして何一つ片づけられてない荒んだ部屋のなかに、金山は自分で蒲団を敷いてごろりと眠った。和子は電気コンロで黒い粉をといてパンに焼いていた。南美子はしょんぼりと和子のそばに坐り、

「おかあさま、甘いパンつくってね」

と云っている。

「甘いパンなンてありませんよ。南美子はおうちが貧乏だって知っているでしょう?」

厭な事をわざと金山に聞こえる様に云ってみせる。味噌を混ぜたパンを焼き乍ら和子は、明日は何を売ろうかと考えている。

「おい」　和子は返事もしなかった。

「おい、どうして、そんなに黙っているンだ?」

「何か御用ですの?」

「南美子に甘いものを買って来てやれよ」

「まア!　そんなお金なンか、ありませんわ」

昏に冷い笑いを浮かべて和子はフライパンでパンを焼いている。金山はもそもそと起き出して、洋袴のポケットからハトロンの封筒を出して、和子のところへ放った。

「それで買って来るといいよ」

「あら、これ、何ですの?」

「挿絵を描いた金だ。五百円貰って来たンだ……」

「いただいていいのですか?」

金山はくるりと腹這いになって、煙草に火をつけながら、

「どうして、君はそんなにえこじになっているンだ?」

と、静かにたずねた。

「ねえ、こんな思いでお互いにいる事は耐えられないじゃないか……。思う事があったら云ってくれたらいいンだよ。僕の弱さと云うものは、一つは君のせいでもあるンだ。君が、もっと、なごやかでいたら、僕だってこんなになりゃアしない」

「あら、どんなにおなりになったの?」

金山は煙草の煙をみつめながら黙りこんだ。軈て、しばらくして、

「じゃア、いったい、どうすればいいンだ?　このままでゆくことがいいのかね?」

「いいとは考えていませんわ。私、貴方の御考えどうりにしますわ。――貴方は私と別れたいンじゃありません？　春江さんのところにいらっしゃりたいのなら、御遠慮なくいらっして下さい。私の方こそたまらないわ。貴方のように、理想的なものばかりみつめて歩いていらっしゃる方と一緒については行けませんもの……私は子供を産むまでは、一日しのぎでもこのまま行くより仕方がないンです。どうにもならないじゃアありませんか。私だって苦しいンです。貴方を不幸にしてると思ってやりきれないンですけど、仕方のない事ですし、私は、兎に角このままなしくずしな生活でゆくつもりでおりますのよ。――だから、春江さんのところがお気に召すのなら、そちらにいらっした方がいいンじゃありませんの……。お帰りになっても、呆んやり考えごとをしていらっしゃる貴方を見てるのはやりきれないのよ。私の気持ってそれだけですわ」金山は寝巻のままむっくりと起きあがった。南美子はパンを手に持ったまま不安な表情で金山を見つめている。ごうごうとひどい唸りをたてて硝子窓に風が吹き荒れている。

金山はむかついた表情で立ちあがったものの南美子の哀れな姿を見ると、和子に向ってゆく気持ちも折れてしまうのである。

「僕が悪いのならあやまる。だが、もう、こんな状態だけは願いさげにして貰いたい。いい仕事をしたいンだよ。みんな、友人達もね、僕なんか追い抜いていい仕事をしてるンだ。――何だか、僕は焦々(じりじり)してるンだよ。何かやらなくちゃいけないンだ。いままでの甘ちょろい考えは捨てる。……苦しくとも、何とかやってゆくより方法はない。只、仕事なンだ。僕の救いはね」

「いまごろ、そンな事おっしゃったって……もう、遅いンじゃありませんか……」

「遅かないよ。遅くはないよ。これからだよ。世の中がこんなだからと云って、みんな荒んで、泥んこになるわけにはゆかない。第一、僕はもう、仕事をしたい気で、本当はそれで、勇気が幾分か出ているンだぜ……」

焼きたてのパンを、一つとって、金山はそれを頬ばった。タンサン臭いパンの味が何となく生活の悲哀を呼ぶ。

二、三日は、金山は家にこもって、今度の秋の二科展に出す絵にぼっとうしていた。南美子をモデルにして描いている。和子はほんの少しばかりなごやかな気もした。夫婦のきずなと云うものが、この様なところから少しずつでも仄かな光明を見出し得て生涯を何とか努力してゆく力と云うものを、嘉隆の結婚生活では経験しなかったような気がした。はっきりと夫婦の謎を見きわめたいような気がしていながら、お互いの若さが時々二人の気持ちを反撥させる……。それは世相のみの沙汰ではない筈だと思う事もある。

そうしたある日、和子は不用な帯や着物を包んで新宿まで売りに出た。行きつけの柳通りの小泉と云う古着屋に寄って何時も感じる卑屈な思いで、三千円ばかりの金をつくり、夜のおかずになるものや南美子にワッフルを買ってやったりして戻って来ると思いがけなく春江が尋ずねて来ていた。

春江の来訪と知って、和子は台所に立ったまま部屋へ這入りかねていた。二人のひそやかな話が急に突拍子もなく大きくなり

「いいお仕事ですわね。とても素晴らしい色調ですわ……」

と云っている華やいだ声がしている。

金山は黙っていた。

南美子が、ワッフルの箱をかかえ部屋の方へ走ってゆくと、春江のとってつけたようなあいそのいい笑い声がしている。

「桑重先生！　お邪魔しておりますのよ」

その華やいだ声のなかに、和子は妙なぎこちなさを心に受けとめた。和子は何時までも台所にいて部屋へは這入って行かなかった。

「先生、一寸、この辺までうかがいましたので……」

春江が派手なグリンのスーツで台所へ這入って来た。ナイロンの美しい靴下がすっきりしている。眼をみはるような若さが溢れている。ルリ色の矢車草の花束をかかえていた。

「これ、あんまり綺麗だったので、金山先生に描いていただこうと思いまして、水にたっぷりとつけておくともちがいいンですって……」和子は、むっとした表情で、

「そンな事なさらないで頂戴！」

ときびしい声で云った。

「あら！」

春江はしばらく和子をみつめていたが、蒼ざめた表情で、「じゃア」と云って、花束を台所の入口から外へ放って部屋へすっと行ってしまった。和子は春江に頬を打たれたような気がした。

春江はすぐ戻って行った。和子は夕暮れの薄陽の下にルリを飛ばして散った矢車草をみつめているうちに、ぼおっと涙がにじんだ。金山が送って行ったとみえて、部屋の方が森閑としている。和子は夜のこしらえをして、南美子を置いたまま黄昏の戸外へ出て行った。何処へと云う当てもない。重苦しい軀の為に来る精神的な反射が、和子を焦々とさせる。

私は、あのひと達に何故だきょうしてゆかなければならないのだろう……。正直な気持ちをひれきして生きてゆけないなンて……。春江がわざわざ来てくれる迷惑を、何故金山は説明して、断ってくれないのだろう……。

和子は自分の教え子に対して、我ままな妬みを持っている自分にやりきれなく思うのだった。「教育」と云うものが大した事でもなかったように考えられて来た。どんなに教えたところで、人間の個性は自由にそだち、自由に何処へでもはばたいてゆくのだ。

明治神宮の方をひとまわりして、和子は呆んやりと家へ戻って来た。台所で口笛を吹きながら金山が和子の買って来たはまぐりのつゆをあたためていた。南美子もおしゃべりをしている。硝子戸を開けると、南美子がはあっと両手を拡げて和子に抱きついて来た。

「何処へ行ってたンだ？」

「あなたと同じような事をしていたの」

「僕はあのひとに、もう来ないように云って、駅まで送って行ったンだぜ。――もう来やしない。悪い女じゃないンだ。君の方が変じゃないかなア……」

「変かも知れないけれど、私、たまらなかったンですもの……」

部屋には、春江の捨てて行った矢車草の花がちゃんと壺に活けてあった。したたるような紫色の花が、灯火の下で虹を噴いている。

「ねえ、おかあさま、この花ね、一本五円もするンだって……」

南美子が舌たらずな云いかたをした。

「私、あの女、大きらいなのよ」

和子は花の活けられてある姿を憎々しく眺めて云った。

「大きらいでいいよ。もう来やしないよ。二度と来るひとじゃない。君に佗びといてくれと云っていた」

「何も佗びられる事はないでしょう……。そンな立派な事を云っても、貴方はそとであのひととお逢いになるに違いありません。いまの時代は、モラルなンてはきちがえた人ばかりなンだから、人の生活をこわす事位何とも思っちゃいませんからね……」

「馬鹿ッ！」

南美子は驚いたように金山を見た。和子はくるりと玄関の方へ逃げ去るようにしてくっくっと泣き出した。

「いったい、どうすれば、君は満足するンだ。わざわざ来たものを断るわけにもゆかないじゃないか。もう、何でもないものを君のように、そう、しつこく考えていられたンではあのひとにも気の毒だよ」

「ええそうです。貴方はそンな方なのよ。向うにばかり同情なすっていらっしゃる。そうなのよ。私は自分をかくしてまで、笑って挨拶は出来ないッ。そんなにまで、春江にしなければならない理由が貴方にあるのでしょうか……」

和子は行きばのない孤独に追いつめられてしまった自分のみじめさを感じた。時代は変わったのだ。すべて古いものは遠く杳かな風に乗り、いまは新しい時代になり、その新しさは、すべての人間を風化してしまう事のみに役立っているような気がした。この新しさは少しも進歩的ではない。その日、その日が崩れ、風化してゆくだけの光陰にしか考えられないのだ。男と女のつながりが、その時の流れのなかで落ちぶれてゆきつつある。観念の結びあいだけで、上手に切り抜けて行こうとしている事が間違いなのであろうか……。峻烈に時が裁判しているのだ。この長い戦争の為に、男も女も、何かしら大切な一つのポイントをなくして生きているような気もして来る。そのポイントは何だろう？　心のなかで踠く事を忘れ去って、ただ空洞になった今日を生きる肉体だけが生きて行動している。今日のひとたちは美しい微笑なぞ忘れてしまっている……。愛する前に、一つの選択を忘れて、ただその場で己れを失う他意なくその場の現実に溺れてしまう。

「おい、和子、もう、いいじゃないか、飯にしないかア……」

金山が声をかけた。和子は良人も自分も魂からの浮浪人になりさがったような気がした。泣きやめて部屋へはいると、ちゃぶ台の上に竹の皮にはいった紅い肉がぱあっと眼にうつった。

「駅の帰りに肉を買って来たンだ」

よくお金がありましたのねと尋ねたい気持をこらえて、南美子のそばに和子は坐った。

「軀のせいなンだよ。何でも、そンな風に怒りっぽくなるのは……」

和子は黙っていた。金山は器用な手つきで、電気コンロの焼けた鍋へ肉を入れた。香ばしいあぶらの匂いがする。現実はなまなましいものだと、和子はふっと肉の焼ける匂いの連想から、鮮やかな人の世の歯車の音を聞く思いがした。

六月の始めに、和子は男の子を産んだ。近所の産婦人科の女医の紹介で、若い産婆が来てくれ、何彼と世話をしてくれた。金山と春江の間はまた続いているのか、出産の日も金山は戻っては来なかった。路地向うの板塀からのぞいている栗の木の黄色い花が、寝ている和子の眼に見える。風が吹くたび栗の花が匂った。

赤黒い赤ん坊の顔が金山のおもかげそっくりで、和子は神秘な気がした。南美子は嘉隆に似ていたし、赤ん坊は金山に似ている……。相手によって、それぞれに似た風貌をそなえて生まれて来る子供に対して、和子はひそかに微笑ましいものを感じるのであった。

二日目に金山が戻って来た。戻って来るなり、和子の枕元に坐り、赤ん坊をのぞきこんだ。和子は眼を伏していた。

「淋しかっただろう?」「……」

「金をつくりに走りまわっていたンだぜ。一万円ばかり出来た……」

金山が問わずがたりに話した。

「どうなすったのそンなお金……」

「ブローカーを始めたのさ……絵なンかもうやめる事にした。どうせ大した事もないさ。ね。君は怒るかも知れないが、春江君の紹介なンだよ。――何でもやるよ。芸術もへったくれもありゃアしない……絵なンかじゃア生きて行けないからね」

和子はじわじわと涙が瞼につきあげて来るのをどうしようもなかった。無数の矛盾が音をたてて耳のそばを通り過ぎてゆく。若い産婆は、台所で湯をわかしてくれていた。南美子は志田さんの所へ遊びに出掛けて留守。「昨日帰るつもりだったンだが、どうしても戻れなかったンだ。金がほしかったンだ。金がなくちゃ、どうにもならないものね」

金山は一人でしゃべりながら、また赤ん坊をぢいっと見つめている。何となく満足そうな表情だった。和子は涙脆くなっていた。何一つ抗議が出来ないのだ。考える生活はもうとっくに失われてしまっている。現在は生活する為の現実の重たさのみが二人の心のなかに通いあっている。この半年の身を食いつくすような貧窮の生活には二人とも参りきっていたのだ。何とかして、子供をおろしてしまわなかった事を和子は幾度となく後悔していたのである。その迎えられざる子供はいま、すくすくと生まれ、金山は満足そうに小さな生物にみとれている。――金山は金山で、心のうちで、薄陽の射すような幸福を感じていた。

「枇杷の美味そうなのがあったから買って来た。食べるかい?」

和子はやみくもに突きあげて来る涙をどうする事も出来なかった。台所では湯がわいたのか、若い産婆は、金山に丁寧に挨拶をすると、窓ぎわに油紙を敷いて、そこへたらいを置き、それへ湯を入れた。

「湯をつかうンですか?」

「ええ、そうでございます」

何時の間につくったのか、ガーゼの肌衣や、南美子の古いネルでつくった赤ん坊の着物が産婆の手で用意される。

金山は、産婆の器用な手つきを眺めていた。赤ん坊は裸にされて時々小さいくしゃみをした。たらいの湯につかっていても、とうぜんとして、うつろな瞳をみはっている。(動くとも見へぬ田螺(たにし)のあゆみ哉)ふっと、金山は昔の人の句を思い出していた。誰が読んだともしれぬ句であったが、赤ん坊の握りこぶしをみているうちに、ふっとこんな昔の句が浮かんだ。自分の第二の人生がここから始まるのだと思うとたのもしい気がした。この幼きもののために働いてやらなければならないと思った。秋子には子供が生まれなかった。和子が自分の子供を生んでくれたのだと思うと胸のなかにしびれるような父親の本能を感じた。

春江への思慕も、もののかずではないのだ。ブローカーでも何でもいいどのような卑俗な仕事でもやってのけられる勇気がふつふつとして湧いて来るのはどうした事なのかと金山は不思議な思いだった。これが自然な命令なのだとも思える。

金山は、大きい枇杷をむいて、和子の唇のそばへ持って行った。

「美事(みごと)な枇杷ね」

「うん、一番うまそうな奴を買って来たンだ。産婆さんもどうぞ召し上がって下さい」

産婆は「はい、いただきます」と歯切れのいい返事をして、赤ん坊に新しい着物を着せている。

和子は汁のしたたる大きい枇杷を頬ばった。高雅な、果物独特のだいご味が、心の琴線にふれて来る。三つもむいて貰って食べた。甘い汁が頬にしたたる。

「南美子遅いね……」

金山は壁の手拭を取って手を拭きながら
「名前は何とつけるかな……」

と、大きい声で云った。

湯をつかって、新しい着物に着替えた赤ん坊は、産婆の手から、金山の手に渡された。案外軽い。たよりない程軽い。南美子のずっしりした手ごたえと違い、赤ん坊は柔く軽かった。

（完）

「新風」秋の読物特集号～初夏の読物号（一九四七年十月～一九四八年五月　大阪新聞社東京支社）

荒野の虹

群集の中（うち）に在る快感は、数の増加を快しとする神秘な現れの一つだ。ああ、全体は数である。数は全体の中（うち）にある。数は個人の中にある。心酔は一つの数である……。酔いに煙った頭のなかに、ボードレールの言葉がゆらゆらと動く。自分もその一個の数（すう）の数（すう）だぞ。この数の数が、只、平凡にここを歩いている。ここは東京と云うところだ。焼けて跡かたもなき街に、こつぜんと現れたバラック市街の東京……。その佗しき都会の従僕である自分が一個の頼りなき数の数として生きている。東京の過去が失われた如く、自分の過去も亦一切合財を含めて失われてしまった。そして、巴里の詩人ボードレールは、これをさして、心酔は一つの数だと断じた。――黄金の額縁のついた紫色の雲の塊が、黄昏の灰色の空に、一つぽかりと浮いている。村上龍男は暫く、その奇妙な雲を眺めていた。自然の妙とは云え、額縁つきの紫雲と云うものは始めての眺めである。街には灯火がつきそめた。――数の数の惑わしの種子となってこの廃墟にばらまかれる。それが芽吹く。悪の花々がけんらんと咲き乱れる。この数の数は、花粉となって、藪蚊の如く虚空を散乱して行く。蛆のように湧くデカダンスの詐術。混乱のなかのヒューマニズムの呼び声、白と黒の二重の性格がこの数の数をひらひらと生活の河の上に舞いあがらせる……。これが世相だ。数の数は、想念の想いに耐えかねて、水の上に落ちて沈むものは沈み、浮くものは浮いてただようのみ。ぢいっと黄金縁の紫雲を眺めている龍男の耳もとに、轟々と高架線の電車の音が痛い。今日は妻と別れる夜である。こんな馬鹿な事があるものだろうか……。龍男は、重たく酔いのこもった頭を、ゆっくりと振りながら有楽町の駅のなかへはいって行った。生も死も、もう、どうでもいいのだ。群集の数の数にもまれこづかれて龍男はよろよろと山の手線の電車に乗った。現実では、今日ほど酒を美味いと思った事はなかった。会計に頼みこんで千円の金を借り、すでにその半分は酒に化して、煙のような酔いが頭にかすんでいる。寿司詰めの電車の中から、紫雲の神秘な塊が遠くに去ってゆく。妻に別れると云う諦めが幾分か賑やかな思いを誘うのだった。厭でもない憎くもない気持が、どうしても解決つかない。六年の歳月を戦争に耐えて待っていてくれた妻の春江に対して、この淋しい別れは何事であろうかと、龍男はよろめく体を吊革にささえながら眼をつぶる。春江も「私だって、とても不思議な気持なの……」とぢいっと畳をみつめていた。全く、このような夫婦もあるのかと、龍男自身もなっとくのゆきかねる思いだった。

　夫婦の愛とはどんなものだったのだろうかと考える……。しみじみとした情愛の深い幸福は、情欲とならんで、つつましく坐っていて、やがてはそのつつましさが、快い権力となりかわるのだが、一体、そのような幸福とは何から出来ているのだろうか……。誰かがこんな事を云っていたのを龍男は思い出していた。

　高田の馬場で降りて、小瀧橋の方へ行く。このあたりも戸山ケ原を透かして、すべては廃墟になり、そのなかに少しずつ立ちあがった街並である。龍男達は小瀧橋に近い靴屋の二階を借りて住んでいた。押入れもない板壁の二階で、坊主畳を敷いた六畳の新しい雑な部屋だった。

二階借りの家へ戻って行くと、春江はもう荷物を整理して、ぼんやりとラジオを聴いていた。

「あら、随分早いのね」

「うん」

「すぐ、御飯、召しあがりますか？」

「ああ」

平凡な普段のままの表情でいる妻のさりげなさが、龍男には厭な気持ちだった。春江は、いつもの、会社へ出て行く姿でいた。黒いスカートに、ブルウのジャケツを着て、髪には艶々と油をつけていた。大きい乳房ではないのだけれども、ジャケツを着ているせいか、胸の円味が柔かく盛りあがっている。受け唇のぼってりした唇に、紅が鮮やかで、一皮目の細い眼もとが別の女を見ているような初々しさであった。肌が白く、小鼻のあたりにそばかすがばらりと浮いていた。灯火の下のせいか、油を塗った髪の毛がまるで金髪のようにぼおっと光に染ってみえる。

食卓の上にかぶせた風呂敷を取ると、春江は小さい食卓を両手にかかえて灯火の下に持って来た。五目寿司。いかの煮つけ。龍男の好きな塩辛。蒟蒻(こんにゃく)の煮つけ。そんなものが、食卓いちめんに並んでいる。

「荷づくりは済んだのかい？」

「ええ、もう、みんな済みました。まだ、残っていますけど、もう、これで沢山なのよ。あっちだって狭いンですものね」

「不自由のないていどに持ってゆくさ」

龍男は窓を開けて手拭を取った。空はすっかり暮れて、さっきの紫雲は影も形もなくなっている。コンクリートの背の高い煙突のあたりに、灯火がきらめいている。みな、数の数のいとなみなのだと、龍男は手拭で汗ばんだ顔を拭いた。春江は、良人の淋しそうな後姿をちらと心にとめたけれども、ここで弱くなってはいけないのだと、

「お酒つけてありますよ」

大きい声で龍男に話しかけて来る。——ああ、最後の別離の宴なのだと、龍男は、この上酒を飲む事は怖ろしい気持ちがして来る。充分に酔っているから、こんなに淋しいのだと、龍男はスレートの屋根の上に何度も唾を吐いた。あまり飲めもしないのに酒を飲み、面を被ってこの別れに立ち向かわなければ何ともやれきれないと云う小心さ……。服をぬぎ、着物に着替えて、食卓の前に坐ると、何処からともなく沈丁花の甘い香りが匂って来る。

「何処かでお酒を召し上がったの？」

「ああ、少し飲んで来た」

「じゃア、お番茶をあげましょうか？」

煮えて赤くなった熱い茶を春江が淹れた。

「やっぱり、夜、出て行くのは変ね……」

「うん」

妙な事だ。妙な事なのだと、龍男は熱い茶を吹きながら飲む。

——いっぺん、こうした気持ちは何となくお話をしてみたいと思いましたのよ。誰が悪いのでもないとは考えますけど、貴方と私との間が、この戦争を境にして、こんなになってしまったなンて、何だかもろい気がして、私、不思議に思えて仕方がないンです。貴方を待ちつかれて、貴方さえ戻っていらっしたら解決のつく事だと思って、とても我慢していたンですけれども、あんまり長い月日だったンで、私の張り詰めた気持ちがぴいんと切れてしまったンだわ。戦争とはどんなものだったンでしょうね？　こんなちぐはぐな思いでさしむかいになっている夫婦って随分あると思いますのよ……。別に、私が、貴方よりほかのひとに心がうつって、その方へ私の思いがかたむいていると云うわけでもないのに、貴方が出征していらっした時のような、狂人みたいに執念する気力もないし、あの頃は、戦争に征っている沢山の兵隊のなかから、貴方を探し出してでも連れ帰る夢ばかり見ていましたの……。でも、あれから足掛け、六年も月日が経ってしまいましたでしょう？　いまではどうにもなりませんわ。愛情が淡くとけてしまって、私は始めて貴方が戻っていらっした日ね、何だか隠れてしまいたいような妙な気持ちでした。肉体も心も駄目になっちゃったのよ……。その長い年月がぬきさしならないのです。二十四の時に貴方と別れて、私は大切な六年間を台なしにしてしまいました。貴方も復員して来て、自分の空想して戻った祖国と云うものはなかったたっておっしゃいましたけど、復員して来た男も、内地にいた女も、みんな戦争で変わってしまったンですのよ。変な話ですけれど、貴方と寝る事が、私苦痛になって来ているンです……。自分でもこの気持ちは判りません。貴方がいないと、私ははっきり貴方を頭に浮かべる事が出来るンですけれど、それは、まだ、若い若い軀のいい頃の貴方の昔の姿しか浮かんで来ないンですのよ。現在の貴方は違う。何だか良人と一緒にいると云う気が少しもしないのです。違うひとと寝ているみたいなンです。どうしたらいいでしょう？　私だって、貴方には違う女のように見えませんかしら……。お帰りになって丁度三月ね。私はあらゆる面から、この六年の空白なとりかえしのつかない夫婦と云うものに就いて考えてみましたのよ。それが、どうにもならないの……。どうにもならないから、貴方によく考えて戴こうと思いまして……。

寝物語に聴く春江のこうした言葉が、そのまま龍男の胸のなかにもあった。お互いにもどかしいのだ。

「誰か、好きなひとでも出来たのかい？」

と、龍男は何気なく聞いてみた。

「空襲で家が焼ける時ね、何処の人とも判らないひとと一緒に河っぷちに逃げたのよ。そのひとと一晩河っぷちで夜を明かした時に、あんまり怖くて……そのひとに抱かれている時に、私はどうにも抗しがたい人間的な力に誘われてしまいました。でも、正直に云って、その時に、みだらな事だとも何とも思わなかったのよ。そのひとと二人で生きる力が湧いたンです。神様がそんな風な運命の場所へ連れて来て下すったンだと思いました。貴方はお怒りになるかもしれないけれど……あの場合は、何とも説明のしようのない不安なさなかで、そのひとだけが力であり頼りでした。そのひとは私よりも二つ年下で、空襲の日から四日目には兵隊で出征してしまいましたけれど、鹿児島へ行かれたと云う音信があっただけでいまだにそのひととは、逢う機会がありません。まさか死んでしまったとは思われないだけに、そのひととの短い交渉が時々、私の胸をしめつけるのです。——戦争が済んでから、私は本当は、貴方を待つ気持ちよりも、そのひとを待つ気持ちの方が強かったと正直に思います。こんな事を云って、貴方は気持ちを悪くなさると思いますけれども、これは、かくしだてしないで、私は貴方に告白しなければいけないと思っていた事ですもの……どうぞ、私達はいったいどうしたらいいのか考えてみて下さいませんか……」

　満洲をふり出しに、広東、安南、スマトラと転々とした戦場のうちに、龍男も、忘れがたない燭火のようななつかしい思い出の女があった。あぶない心のなかに、その女は龍男のその場の運命に、きちんとはまった鋲のようにさされていた。戦場に晒され月日が経つうちに、妻の顔も霞の向うに淡く閉されて、まれに故郷の夢は牧歌的な作用をするだけのことで、独りでそれらの事を想うにはあまりに頼りなく、時には戦友と故国の話に耽り、その反応を耳から聴きとって心に停めておきたいと云うあせりだけに明け暮れしていた。矛盾の波の中に身を揉まれ、いつしかその矛盾の波の中にぼんやりと我身を浮かせているに過ぎない。閣下も兵卒も自己韜晦と猜疑に沈み込んで只生きているだけであった。自分達自身で戦いの渦中にありながら、何故、空に向って砲を撃ち戦っているのか、その目的が少しも判らない思いに暮れ、各々がその問題にはふれようともしないで、黙々と戦争の中の数の数である事に甘んじていたのだ。戦争が長びくにつれ、すべての発火点の目的は喪失されて、暴力化されたあらゆる矛盾が眼の前を音を立てる流れてゆくのみであった。一つ軍人は何々を旨としと云う言葉さえ冬の蠅のように物憂く、この戦場の現実は嘘だと、兵のすべてが思いながらも、その現実から抜け切る事も出来ずに、営々と流されて生きている無意味な年月の喪失に向って、いまごろむかむかと腹が立って来るのである。

　春江は徳利に酒をつけた。

「少し召し上がりませんか？」

「ああ」

「階下で少し分けて貰ったのよ。私も飲みたいもンだから……」

龍男は春江の杯にも酒をついでやった。春江は房々と肩にたれた髪の毛を二、三度手で払いのけるようにして杯を唇もとへ持って行った。階下では靴の鋲打ちの音をさせて、親爺さんの咳く声がしている。春江は徳利を取って微笑しながら、

「私達って、何だか哀れな気がしない？」

と云った。

龍男は別に何の感動もなく妻の顔を眺めた。二人ともこの現実には弱気だけれども、一つの正しい真理の前には、この手段こそ強気なのだと諦めた気持ちになっているので、妻の心の淋しさが、かえって子供らしくその事に哀れさがもよおして来ると云った気持ちだった。二杯目の盃を食卓に伏せると、

「あら、もう、召しあがらないの？　まだ、随分残っているわ。御飯のあと召し上がってね……」

そう云って、かすめるように、龍男の表情をうかがう眼つきをした。細い眼もとが少しばかり色あせてみえる。

「お母さん大丈夫かい？」

「ええ大丈夫なのよ。――お母さんはね、暫く別れてみるのもいいだろうって……そうして、なつかしいと云う情が湧いたら、また自然に一緒になればいいから、龍男さんに、この部屋は空けないように頼んでおきなさいって云うのよ」

「ここには当分いるさ。いるより仕様がないからね。一人になって、飯ごしらえをするのは厭だが、当分、独りになって、じっくりと本でも読むつもりだ……。君も、まア、軀を大切にしているンだね……」

「ええありがとう。何だかそんな事を云われると哀しくなるンだけど、でも、勇気を出してやってみます。――ねえ、結婚でもなさるような事になったら知らしてね」

「当分、女も出来やしないさ」

「そンナ事ないわ。もし、奥さんがみつかれば、私はきっと正直に云ってやきもちを焼くか口惜しがるかす

ると思うの……」

「君の方が早く結婚する可能性があるぜ……」

「私は駄目。もう三十ですもの。そんな事ないと思うわ……」

「もし、鹿児島から戻っていたらどうするンだ？」

「厭な方ねえ……そのひととは逢う機会ってないのよ。絶対にないのよ。よし逢ったところで、貴方とこうした犠牲を払って別れた以上、私の気持ちも変わってしまっていると思う……。逢ってみると、かえって、貴方の方がなつかしくなるかもしれない位のものよ。どさくさまぎれの時は、そばにいる男と云う男がとても英雄に見えるものなのですものね」
二、三杯の酒に頬を染めて、春江はそんな事を云った。澎湃(ほうはい)たる洪水の流れのなかの数の数の真実な呻きを聞く思いで、龍男は味のないような食事をした。心づくしの五目寿司を頬ばり、熱い茶を飲み、別れる女のかきならす言葉の一つ一つを龍男はうんうんとうなずくように聞いていた。
春江にばかりしゃべらせている自分が卑怯のようにも思えた。敗戦のあと、いくぶんかの自由があると云うならば、人間の心が生活に対して、自棄になり、ぢいっとものに耐えてゆく我慢の心がうせていると云う事だった。何も彼もぶちまけて話してくれる事は男にとって別に有難いことでもない。龍男はこうした女の正直さなンか本当はどうでもよかったのだ。――貴方さえ戻って来れば何とかなると待ってはいたけれども、貴方が戻って来ると、何よりも肉体的にきたいがはずれたと云う事になるのではないかなと心で笑う。龍男は心のなかにこうした薄笑いを浮かべていた。自分もお前におとらぬ思いがあるのさと云い出しはしなかったけれども、龍男は踊り子姿の緋佐子と云う女の小さい顔を時にふれては想い出していた。緋佐子は千葉の女で、寄り合い世帯のような戦地慰問のレビュー団の一行にいた女で、龍男がパレンバンの石油会社の修理部隊の兵隊として働いている時、ジャワから木造船に乗って来たのだ。久しぶりに見る日本の女達の慰問団が兵隊達に話題を撒かない筈はない。龍男達も素人芝居のような、その女達の踊りを町の劇場に観に行った。場内は革臭い兵隊でぎっしりと詰まっている。時の氏神と云う、兵隊達にはもう縁遠くなっている内地の芝居の一幕が演じられた。夫婦仲のきびをとらえた味わいのある筋ではあったけれども、長い兵隊生活にある者には退屈な芝居で、それよりも、ちゃちな友禅模様のふりそでで踊る日本娘の踊りの方が兵隊の拍手を迎えた。若い踊り子が五人、金と銀をちりばめた舞扇で、月の出た海岸の風景を背景に踊る姿は、兵隊達にはのぼせかえる程のさわぎであった。踊りの済んだあと、人いきれにのぼせかえった龍男は、戦友の須長と、小舎を出て、小舎のまわりを歩きながら涼をとった。昼間の焼けつくような地熱の反射が、むうっと四囲にむれている。果物や焼鳥の店を出している原住民の露店に、椰子油のかぼそい灯がとろとろと燃えていた。

「サヤはね、サッテアイアムよ」

龍男が振りかえると、白いあっぱっぱのような服を着た日本の女が二人、焼鳥(サッテ)屋の灯の下にたたずんでいる。須長が龍男の腕を引っぱるようにして女達の後に立った。

「君達はいま踊った人だろう?」

須長が問いかけると、顔の小さい眼の大きい娘が、椰子油に顔を染めてくすりと笑った。

「いつ出発?」

須長が尋ねた。

「まだ二週間位はいるわ……」

「ほう……そりゃいいなア。君達は何時内地を発ったンだ?」

「そうね、もう、南洋ぼけで忘れそうだけど、四ケ月位になるかしら……」

「いつ頃、内地へ戻るンだい?」

「さア、いつ頃だか……でも、内地もとてもきゅうくつだから、私達、戦争が済むまでこっちにいたいってみんな話してるのよ。かえってこっちの方が面白いわ」

大柄な女の方がはきはきっと返事をした。焼鳥を焼かせて、四人で食べた。薄暗い小舎の方では時々鉦(かね)を叩く鳴物の音がして、どよめく声がしている。

「涼しい処歩いてみない?」

大柄な女が云った。須長は涼しいところへ案内をしようと云って龍男をうながし、河口の方へ歩いた。正金銀行の黒い建物のあたりで、須長は大柄の女を連れて何処かへ消えて行った。その素ばしっこさが龍男にはおかしくてたまらなかった。灯の暗い河口のほとりに出て、暫く、龍男はもう一人の顔の小さい小柄な女と涼をとっていた。南十字星がはっきりと光っている。海のような広い河あかりが、繻子(しゅす)のようななまめかしさだ。

「兵隊さんはお国は何処？」

女が尋ねた。安香水の匂いが龍男の鼻をついた。

「東京」

女は小さい扇子でサンダルをはいた足もとをぱたぱたとあおぎながら、

「私も東京よ。本所なのよ。私、工場へ行ってたンだけど、つまンなくなってレビュー団へはいったの……。みんなが、南洋へ行くのはあぶないって云ったけど、何処で死んだって同じだと思ったのよ。内地は規則ばかりでとてもつまンないわ。病院船に乗せられて来たンだけど、殺されたって病院船で来たなンて云っちゃアいけないって云われたの……」

その女は緋佐子と云った。

「あンた、帽子をとってみてよ。私の知ってるひとにとてもよく似てるわ」

緋佐子は十八だと云ったけれど、小柄なせいか、十五、六の少女のように見えた。あごが張っているのが難だったが、鼻筋もとおり、紅を塗った唇が野性的であった。眼は意地の強そうな光をたたえて大きく、時々ちっちっと舌の先を鳴らす癖があった。

緋佐子がわざと寄り添って来た。龍男は腰から下に激しいしびれを感じた。唸るような勢で緋佐子を抱きかかえて接吻をした。女はされるままになり、しっかりと龍男の首に両手で抱きついている。四囲が急に下降してゆくような気がした。お互いの歯を噛みあった。やくざな兵隊のように、龍男はしっかりと女の胴を腕の中にたぐり込むように抱いた。二人の荒い息づかいが二人の旅愁をかきたてる。須長が遠くの方でおーいと呼んでいる。龍男は女を離した。

「ああ、おいしかったわ……」

食事のあとのようなことを女に云われて、龍男はもう一度荒々しく女を抱きしめて接吻をした。女はまるで乳を吸うような子供らしさで、龍男の頬を両手ではさんでいた。

「あと、もう一つ出るのよ。いま、何時かしら？」

堤を上りながら、女は白々しく龍男の手をとって自分の夜光時計を眺めた。女は何とも思っちゃいないのだ。接吻のあと、ああおいしかったと云われた事が龍男の疳（かん）にさわった。十八歳の若さで、男を男とも思わぬ女のすさみかたが龍男には腹立たしかった。

「このまま別れるのは厭だッ」

「あら、兵隊さん、何云ってるのよ。のぼせかえってるわ。また、明日、この時間にここで逢えばいいじゃアないの……」

「兵隊さんか……よしてくれよ。——明日の晩は出られやしない。今夜より他に自分には何の自由もないンだ」

「部隊は遠いの？」

「うん、少しあるね」

「じゃア、あさっては駄目？」

「そんなさきの事は判らないさ……」

「もういっぺん帽子を取ってよ。よく、あンたの顔みとくわ……」

龍男は女を泥の上にたおした。四囲がしいんと暗い。

「呼んでるじゃないの……」

「自分達で帰ればいいさ」

女の柔い胴を指で触った。服の釦（ぼたん）が、女の細いバンドの金具にひっかかった。あせる程釦は引っかかったまま離れない。龍男は女のバンドを強く引っぱった。

「駄目よッ。そんな、乱暴しちゃア……」

ようしゃもなく、バンドを引っぱる。編み革の細いバンドがもろく切れた。やっと軀の均衡をとりもどした。龍男は優しく女を抱いて、もういちど、頭を両手にかかえて接吻をした。しみじみと人間の心を呼びもどすような……さっき女の云った、接吻の美味さが軀に満ちあふれるようだった。

二週間の間に、龍男は緋佐子と同じ場所で三回逢った。二週間目には、緋佐子達は中部のパダンへ発って行った。三月の七日に一行がパダンへ向けてトラックで出発したと云う消息を聞いたきり、龍男はそれ以来そのレビュー団には逢う事はなかった。檜山緋佐子と云う名前だけが思い出になつかしく残った。

眼の前に坐っている妻と、あの女とは違う。何も彼も違うのだ。違っていいのだと龍男は思う。その場の位置によって、人間は無力さのままで流されてゆくのだ。その果てがこんな結果で現れて来たのだと、龍男は地獄へ逝ってしまった、暗い過去を未練らしく振りかえった。

食事が済んでからも、春江はゆっくりとそのままの姿でそこへ坐っていた。思いなしか瞼がふくらみ、いまにも涙のこぼれそうな水っぽい眼をしていた。見るに耐えない辛い気がした。春江とは一年ほどの結婚生活を送って出征してしまったのだ。六年間もの夫婦の別離が、この浅いちぎりを咬み散らさない筈はない。せめて四、五年のちぎりを結んでいたならば、こうした馬鹿々々しさはなかったのではないかとも思ってみるのだけれども、それは現在の龍男にとってかえらぬくりごとでしかない。若い女が相手のない六年間の淋しさをどうして夢のような希望だけを頼りに生きてゆけるだろうか……。良人が何時かは戻って来るだろうと云う希望だけを抱いて……。六年間の星霜は女の青春を枯らしてしまうに充分な年暦である。春江が正直な気持ちをひれきしてくれた事も有難くさえあった。

自分はどうなのだ？　何一つ本当の事を打ち明けるでもなく、只、黙ってあいまいに妻だけを罪人のように見せかけようとするずるさを、龍男は心に悔いる。だが、その悔いは、すぐ色あせてゆき、何も彼もがものうく虚無的に流されて行くのだ。

「明日行けばいいだろう？」

ふっと、龍男は云ってみた。別れがきまっていながら、いざとなれば、やはり淋しいのであろう。淋しいから明日にしてほしいと云う思いをかくして、こんなあいまいな表現で、さり気なく言ってみるのであった。この苦しみの原因が、将来の己れの運命にプラスするものとは思えない。それほど気力のない佗しい現在ではあるのだ。——やっと二ケ月程前から友人の紹介でY電機製作所の庶務課に勤めを持つようになり、その他の別の仕事としては、観光雑誌の編集を手伝ったりして、どうにか、経済のスランプだけは切り抜けてゆける道がついていた。春江も終戦直後から、新宿の食料品店のレジスターに職を得て、母と弟達と中野に住んでいたのだそうだけれども、姉夫婦が子づれで朝鮮から引き揚げて来ると、知りあいのこの靴屋の二階へ引っ越して独りで住んでいたのである。龍男は終戦二年目の暮れに、スマトラから復員して、中野を尋ねてここへ連れて来られたのであった。云わば、ここは春江の住家であって、自分の求めた住家ではなかった。自分の方から去ってゆかなければならない身分でいて、妻を中野へ戻すのは気がとがめたけれども、急には自分の住家を求めるすべもいまのところは出来ない相談なのである。どうしても一応は別れて独りになってみたいと云う春江の言葉をせきとめる事は不可能な事だったが、自分がこの言葉におぶさってゆくずるさも、龍男には分明によく判るのだった。今日までに、二人は同じような事を幾度話しあった事だろう……。

「君は君で、ここにいて、自由にやってみてはどうなのかい？　中野へ行った所で、二間きりの家じゃア、君が厄介者になるのはわかりきっているじゃアないか。——何とか、二人で努力をしてゆく道はないものかねえ……」

とも、龍男は云ってみたけれども、春江はむきになっていて、二人で一緒にいる事は正直な暮らしかたではないと云うのであった。貴方をきらいと云うわけではさらさらないのだけれども、このままでいては、夫婦の生活をだらだらと続けてゆくと云うだけの事で、その度々に、自分の心のなかに別のひとの顔も浮かび、その呵責や不幸さにやりきれなくなるのは耐えられないのだと春江は沈んだ表情で云った。何年も暮らしている夫婦である場合は、「ふふん、僕達夫婦ってそんなものだったのかね」と皮肉の一つも云えるのだったけれども、二人の同棲の短さを考えると、そんな皮肉なぞ何の手応えもないのは判っている。或いは、鹿児島から男が戻って来ていて、春江はその方に気が動いているのではないかとも龍男は神経をめぐらせてみるのだったが、春江は何時も龍男よりさきに戻っていて、そのような気配すら感じる事は出来なかった。

三、四日前も龍男は偶然に会社に尋ねて来た春江の義兄に、「はあちゃんは冷え性で不感性なところでもあるンじゃないかい?」とからかわれた。子沢山な姉の芳江と違って、春江には子供もなかったし、軀つきも肉づきの貧弱なせいでか、義兄はこんな事を云うのかも知れないと龍男は思った。

「愉しませ方が下手なンだろう……」

とも、下卑た事を云われて、龍男はむっとする気持ちだった。結婚難で、女と云う女は男を求めて汲々(きゅうきゅう)としている時代に、似合いの夫婦が取るに足らぬ浅い原因だけで別れようとする事が義兄にはふにおちないのでもあるらしい。

春江が中野へ行ってしまって一ケ月ほどは過ぎた。桜もぽつぽつ咲きかけて、四囲が何となく陽気めいて来た。始めの頃は何の音沙汰もなかったが、この頃は、龍男の留守の間にちょくちょくやって来ると見えて、龍男の洗濯に出す汚れ物を持って行っていたり、またそれを綺麗に洗濯してとどけてあったりした。又、時には、みごとな福羽苺の木箱が机の上に載っていたりした。今日も会社から戻ってみると、階下のおばさんの話では、中野の銭湯よりも、こっちの銭湯の方が気持ちがいいからと、春江がこっちの風呂へはいりに来たと云って、風呂から戻ると、しばらく蒲団の襟を縫いかえたりしていた様子だったと云った。机の上には小さい鏡が本にたてかけてあり、忘れて行ったのか、白いエナメルの花模様のついたコンパクトが忘れてあった。龍男はコンパクトから垢じみたような小さいパフを出して匂いをかいだ。檜山緋佐子の安香水の匂いが胸に来た。あの女は戻って来ているのかな……そんな他愛のない事も徒然なままに瞼に浮かぶ。——妻と別れると云う不安が、別れる前までは龍男の心を臆病にしていたのだけれども、別れて生活を別にしてしまうと、おかしな事には、男の独り住居の気安さからか、ここに生き残ったと云う生存の意識が感じられ、独りの強さが無限に拡がって来て、爽やかなものが身のまわりを風をたてて吹き抜けてゆくのだ。そろそろ立ちなおるべき時期が来たような気がした。戦争で六年間を空にしたと云う事に、いまでは何の悔いもない。自分の祖国には、まだ古い昔の何かがあると欲深い思いで戻って来た甘さもおかしいのだ。敗戦のみじめさがこの位のものならば、自分にはまだまだ幸せと云えるのかもしれない。須長は終戦もみないでビールンの病院で病没してしまった。いくたりかの戦友が亡くなり、自分の部隊も出征当時からは転々と変わっていた。あのような将校もいた、あのような兵隊もいたと考えて来るうちに、龍男は自分の足もとを静かにみつめていた。この足もとに小さい平和がある。大きな事を求める必要が何処にあるだろうか……。汗ばんだ上着をぬぎ、窓を開ける。とろけるような春の風がそよそよと吹き込む。日が長くなったものだと思う。数(すう)の数(すう)である己れのささやかさも、この自然と並行して、いくぶんかの幸福な分け前にあずかっているような気がして来る……。自然と云うものは、古めかしい過去なぞにはこだわってはいないのだ。「昨日」は今日の自然の中には残っていない。この景色の中には「明日」の前ぶれがあるきりだ。明日もうらうらとした半晴半曇の天気に違いない。時々小さい羽虫が幻の魂のように空に舞い上がっている。木肌の新しいバラックが少しずつ緑の空地に建ち並んでいた。小区をなした、つつましい反省の色濃い人家の群が、小さい卓子(テーブル)を置き並べたように窓から見えた。龍男は長い冬に飽きていたのだ。冬から解放されたこの春の初々しい景色が心に沁みる程愉しく、畳にごろりと寝転ぶと、ぢいっと広い空に眼をやっていた。失った年月に徒らにべんべんとする要もないのだと、夜にでもなったならば、中野へ行って、春江に逢って来ようかとも計画してみる。

空を見ていると、皓々(こうこう)と広い空には、そこばかりは永遠に快適だと云った救いの雲が色めきたっていた。過去はもうないのだ。過去のきずなを冷たく克服して立ちあがる事が、自分の救いなのだと、龍男は飽きずに空をみつめていた。畳の下では勤勉な階下の親爺(おやじ)の鋲打ちの音が響いている。あと何年生きられるのかも判らない六十の老人が、何の不安もうたがいもなく、一日じゅう靴の修繕をしているのだ。

「おーい、龍男さん、いるかね？」

あぶなっかしい急な梯子段をきしませて、春江の義兄が上って来た。額が禿げあがって、そこだけが脂で光っている。その品のなさが、かえって単純な好人物に見せる男で、このごろは結構目先の利く闇ブローカー気取りで、ほとんど泊まりがけで方々旅まわりをしていると云う風評であった。

「何だい、こんないい陽気に、馬鹿に貧的だなア……はあちゃん時々来るかい？」

馬鹿に地光りのした、このごろ出来の織物と云った灰色のスプリングコートを着て、帽子は赤茶の派手なやつをあみだにかぶった姿が、龍男の眼にはおかしな服装に見えた。ネクタイが床屋の看板のようなブルーとローズ色の荒い縞に至っては、以前は薄給官吏でございましたにはどうしても云えない風彩だ。

「景気がよさそうだね」

「うん、いまのところは、どうにかこうにかだ。何しろ、上の奴は今度中学だろう……あとは風鈴つきの七五三と来てるもの、どうしたって月一万円はかかるぜ。それも生活費でいっぱいいっぱい。それに俺の小遣いから宿代ってものを加えれば、二万の金がなくちゃアやりくり出来ない……昔は二万もありゃア、なしくずしに使ったって三、四年は食えたもンだがね」

「それでも、そンなに活気があるだけでもいいさ……」

「不惑を過ぎて悄沈してちゃアどうにもならんよ。——ところで、今日はおふくろのお使者ってところだが、どうだい、もう一度、はあちゃんをここへ戻すってわけにゃアいかないもンか聞いて来てくれってわけなンだよ。このごろ、おふくろとはあちゃんの間に悶着が絶えないし、はあちゃんも、君と別れたようなものの、いざ、家へ戻ってみると大した事もないしね。この頃は会社から戻ってもまるで子供の世話係みたいなもンで、とてもくさっているンだ。——だいたいあの姉妹は似てるンだが、正直で、いっこくな癖して、将来の事は何も判らないンだ。何時までも甘くてね。

まるで女学生みたいなセンチ屋で、はあちゃんなんか、完全に精神的発育不良だね、あれは……」

「うん、まア、発育不良だよ、あの女は……」

「いや、悪口じゃアなく、そう思うンだ。――どう云うンだい？　何が原因でこんな事になったンだ？」

「俺にも判らん……」

「およそのアウトラインは聞いたンだが、まるで空をつかむような話さ。君と一緒に寝るのが怖いたアどうしたンだい？　まア、一寸したつまずきはあったかもしれンが、それアそれだ……相手が出て来てるわけのもンじアなし、昔の事なンかどうでもいい事を、それでも君に済まない済まないと云うンだ。それも、龍男君が戻ってから同棲しないンならとにもかくにもさ……三ケ月も一緒にいて、急に昔の事を持ち出すとは妙な事だよ。狐つきみたいなンだ。ねえ、君も何とか考えがなかったものかねえ。……女房の不始末を不愉快と云ったところで、我々の戦争時代ってものは、することなす事が病気にかかったようなものさ……。もう一度とっくりと話しあうなりしてみる気はないかい？　三十にもなっていまさら貰い手もないとおふくろは小言たらたらなンだ……」

「本人は結構楽々とした気持ちでいるンじゃないかねえ。もっといい世界があるような気がして……別な男と一緒になりたいと云う気はいまのところなさそうだがね」

「気は小さい方だからね。あの発育不良じゃア浮気は出来ない性分だ。はあちゃんは……」

「今日も来たらしいよ」

「ふうん……」

「留守に来るンで逢いもしないが、――やっぱり淋しいのかな」

　龍男は少しばかり自分の本音を混ぜて云った。義兄が戻って云うに違いないのだ。（やっぱり淋しいのかなって云ってたよ）それを聞いて、まんざら春江も悪い気持ちはしないだろう。

　義兄が来た翌る日、昨日にかわって小寒い風の吹く日であった。日曜日で、夕方から中野へ行く約束があったので、朝のうちに、観光雑誌の原稿を編集長の自宅へとどけに吉祥寺まで出向いて行った。

新宿駅から電車に乗ると、日曜のせいか案外車内は空いていた。ぜんまいのはみ出た、おそろしくみすぼらしい腰掛けにはまばらに人が腰をかけている位で、如何にも日曜日の正午の電車らしい風景である。向う側の半開きの入口の扉に凭れて、ダンサー風な女が一人立っていた。大柄な女で、ふくらんだ瞼をべっとりとくまどっている。場末の喫茶店に行けば、何処にでもみかけると云う型の女で、注意するともなく龍男はその女をみつめた。肩のあたりが薄汚れた白いハーフコートを着ている。スカートはグリーンの花模様で、仕立が悪いせいかのれんのような出来具合。コバルトのソックスをずどんとした曲のないはきかたで、埃をかぶった医者のはくようなスリッパ型の靴。頭はパーマネントのかけっぱなしで、おでこの前にくしゃくしゃと一握りの前髪を垂している。四角い顔のアクセントをつけるには、この額のところだけがエキゾチックにみえた。それも昔の横浜の本牧型を一歩も出ないと云うところだ。

女は少しも気のつかない様子でぼんやり眼を細めていた。何処かで見た女の顔だと、ぢいっと見つめているうちに、龍男はカッカッと胸の中が燃えて来た。檜山緋佐子と一緒にいた女だ。須長と一度だけ交渉のあった何セキ子とか云った女だ。龍男はそばへ行って女の肩を叩いた。女はきょとんとした眼を挙げて背の高い龍男を見上げた。どなたでしょうかと云った急に取りすました顔つきである。

「何時戻ったの?」

「あんた、誰?」

「覚えていないかい?」

「ええ……誰さ?」

「パレンバンにいた兵隊さ……檜山緋佐子君と一緒だったじゃないか……」

なあんだと云った顔つきで、急にぱあっと顔をかがやかせて、マニキュアの濃い節くれだった手を龍男の腕にかけた。

「緋佐子さんね、いいひとが出来ちゃって、いま市川で世帯持ってるのよ。赤ん坊が生まれて、あくせく台所の神でおさまってるわ。御亭主に満足しているのよ。私、時々緋佐子さんとこへ遊びに行くわよ」

「ふうん、それで、君は？」

「私？　御覧の通り、ホールで働いてるの。――ほら、あんときの兵隊さん、何て云ったかしら……優しそうなひと。顔の長いひとよ……」

「須長かい？　ビールンで、病気で死んじゃった」

「まア！　そう……へえ、そうなの。時々、あの兵隊さん、どうしたかしらなンて思ったわ」

時々思い出していたと云われて、龍男はこうした中にも思い出はあったのだと、死んだ須長もまんざら不幸ではなかったのだと微笑の湧く気持ちだった。

「まるきり変わったのね。兵隊の服しか見ないから、声をかけられたって少しも判らなかったのよ。――あンた独り？」

「ああ」

「本当？」

「本当だとも……」

「どうだか……」


中野で降りると云うので、龍男もセキ子に連れだって降りた。洋服を頼みに行くと云うので、龍男はその辺でお茶でも飲むつもりだった。

「そろそろ海の上もあぶないって云うンで、団長が早く帰った方がいいだろうって、パダンを打ちどめにして、シンガポールへ出て船を待って帰ったのよ。帰れば帰ったで、それからじゃんじゃん空襲でしょう。深川で焼けてさア、甲府へ行ってまた焼けて、私、裸ん坊なのよ。いま田端の姉の処にいるンだけど、いいひともみつからないし、相変わらずごろごろしてるンだけど。――でも、よく、あんた、私を覚えてたと思って、感心しちゃったア……」

茶寮何某と看板の出ている小さい店にはいって差し向いになった時、セキ子は頬杖をついて、感心した様子で龍男をまぶしそうに眺めた。厚い唇から、大きい皓(しろ)い八重歯がのぞく。何も彼もおおまかな造作である。茶色の眼の下にうすぐろいたるみが来ている。相当荒んだ生活にある様子だった。そのくせ、こんな女も何かしら役には立っているのだと云う愛らしさが龍男にはなつかしさを呼んだ。ああおいしかったと、接吻を食事のように思っている無雑作な緋佐子の言葉が、いまごろになって心にうずいて来た。

「そうなの……」

独りで何かをうなずきながら、龍男のすすめるピースを一本抜いて唇に咥えると、セキ子はそれにライターの火をつけて貰いながら、

「戦争って大変だったわね。死んだひとが一番可哀想ね。死に損ですもの……」

と云った。ああ須長の事を云っているのかと、龍男は、いまは遠い昔の霞の中に消えてしまったパレンバンの一夜の出来事を瞼に浮かべていた。スマトラの土と化した須長の骨が、淋しく土中に埋まったまま唸っているような錯覚にとらわれる。死んだ者にとっては祖国なぞどうでもいい事には違いない。只、生きている人間のみが、死者の骨にも思い出や哀れみをかけてみせるだけだ。

「あのひと童貞だったンじゃない？」

「どうして？」

「だって、とても不器用なの……。――私が誘惑したみたいなのよ。ほんと……。白状するけど、あのひと厭だってはっきり云ったわ……。厭だと云われては引っこみがつかないでしょ。私、一生懸命で誘惑しちゃったのよ。あんなひと、始めてだったわ……いくつだったの？　あのひと……」

「二十三、四だったかな。いい兵隊だったね」

「ほんと……私ね、あれからもう一度、あのひとに逢ったわ。昼間だったけど……」

「ふうん……」

「二度目は立話しただけだけど、赧くなってたわ。内地へ帰ったら逢いましょうって……それきりだったのね……」

セキ子は龍男の顔に、ぷうっと煙を吐きつけた。浅黒い肌が野性的で、誘惑的だ。ぢいっとみつめているうちに、女の捨身な色気がじわじわとこっちにあぶなく迫って来る。

「私、帰って、もいちど行きたいなア……人間と自然がたわむれてるみたいで、年中暑いなンて好きだわ。

夜になると蛍が飛んでてさ、ケロッ　ケロッって、妙な夜鳥が啼いてて、私みたいな女にはあつらえ向きな処だったわ。あンた、ブキチンギって行かなかった？」

「行かない」

「そう……いいところよ。私、あそこでも少尉さんと恋をしたの。いまだに逢う事もしないけど、あんなところへ行くと、みんな人間がどうかしちまうのよね。綺麗な心で人をすぐ好きになれるわ。素性だの身分だのかまっちゃいられなくなるのね。少尉さんは間もなくメダンへ行っちゃったけど、私、モロッコみたいな気持ちだったわ。メナンカボウの女のかっこうで、メダンってところへ逃げて行きたくて仕方がなかったなア。――ねえ、あンたそう思わない？　何だかあのころって、あンまり調子がよすぎたのよ。まるでお金持のうちへ留守番に来てるようだって、その少尉さん云ったけど、日本が占領したつもりでいい気になってたけど、本当は留守番に行ってたみたいな戦争じゃアなかった？　パダンの大和ホテルの前に教会があったのよ。そこにオランダの女たちがしゅうようされてたンだけど、教会の裏口にいつも二、三台の自転車がとまっていてね、私、妙だと思っていたの。華僑の商人が、いずれはオランダが再び戻って来ると云うので、化粧品だのタバコだの、菓子だの信用貸しで売りに行ってる自転車だなンて聞いたンだけど、いまになってみれば、全く華僑のそのみとおしのよさって、吃驚しちまうわね。根気のいいのに呆れてしまうわ。――大変な犠牲を払って留守番に行ってたみたいなンですもの……」

セキ子は鼻の上に皺をよせてくすりと笑ってみせた。

「ねえ、人間の一人々々にだって浮き沈みがあるのにさア、戦争だけには強くていつも勝つなンて事アないわけねえ……」

長い六年間の兵隊生活が、龍男の胸の中に、かあっと炎のような反射作用をする。舌のよれるようなズルチン入りのコーヒーを飲み、ぽかぽかと硝子越しに陽の射す茶寮のはげちょろけの卓子に凭れて、龍男は思いがけない思い出のなかのひとひらに出逢っている事が不思議な気がしていた。こうした女は、案外、運命には強いものだと、セキ子の大きな顔を前にして、龍男は二本目の煙草に火をつけた。

セキ子に別れて、龍男は、吉祥寺に原稿をとどけると、そのまま中野へは寄らないで、新宿へ出てみた。春江に逢う気持ちが動揺していた。何もセキ子に逢ったためばかりではなかったけれども、春江に逢って、またもう一度あのつまらないごたごたのむしかえしをいまさらくりかえす勇気がなかった。破滅するものは破滅させて、一応は心ひそかに孤独な生活をつづけてゆきたい気もあった。神学校出の学生のような、禁欲の生活がまだ当分はつづけられない筈はないのだ。六年間も龍男は戦争の檻の中に暮らしていた過去を考えてみると、その波のうちかえしとして、いましばらくは独り住まいの安楽さに安住したい気持ちだった。その独り住居もそう長くは続かないかもしれないけれども、龍男は、いいひともなく、いまだにごろごろしてるのよと云った、セキ子の野性な愛らしさを心に強く留めていた。あの女は何のかまえもなく現在を転落してゆく女だと思える。田端のアドレスを書いてくれた紙片を名刺入れに挟み、龍男は自分の名刺も渡して、名刺の裏には丁寧な地図まで書いてやった。こみいった感情なぞ少しもあの女には必要ではない。あの女はもう子供らしい幸福なぞあてにして生きてはいない筈だ。——新宿の人ごみの中を歩きながら、龍男は、春江よりも、セキ子の方がはっきりと印象深く頭に残っている事に苦笑するのだった。緋佐子は結婚をして、子供が出来ている。……ものごとはそれでいいのだと思う。接吻を、ああおいしかったと云った彼女の愛らしさがいまはセキ子に乗りうつったようにあてはめて考えられる。バラック建ての巷の上に、ノスタルジックな愛欲の息吹が流れているようだ。この戦争で、どの人間も逆巻くような環境を持った。その人々なりに、激しいロマネスクな宿題を心にたたみこんでしまっているに違いない。この世代は、暗くはない。暗くはないのだ……。

翌る日。龍男が遅く会社から戻って来ると、見覚えのある春江のブルーのジャケツが机の下にくしゃくしゃとまるめて置いてあった。階下の親爺さんの話では、昨日はみんなで龍男を待っていて、御馳走していたのがふいになったと、奥さんがこぼしていましたよと云った。小さい食卓の上に、折詰になった五目寿司が置いてあった。龍男は一口箸をつけてみたが、飯が固くぼろぼろで、味もそっけもなく、箸をすててしまった。丁度、二人の持った過去のように、固く冷えて、寿司の味をなさないようなものだった。龍男は春江に対して、まるで、遠い親類のようなうるさい気持ちにとらわれ始めている。夫婦と云うものは何年も別れていては用をなさないものなのだと悟った。ジャケツを新聞紙に包み、この女には何の未練もないと云った気持ちで、龍男は階下のおばさんに、春江が来たら渡して下さいと頼んでおいた。こうした女の未練と迷いをなしくずしに押しつけられる事はいまの龍男の心には意味のないものである。空虚に乾いたこの生活はその現状のままでやりすごしてみたかった。どこかに変わるべき住家があれば、そこへも変わってみたい気がして来た。この部屋は春江のために明け渡してやるべきものであろう。幾分かまとまった金もつくり、春江に渡してもやりたかったけれども、空想のなかでは金の手づるも一応は考えられもするけれども、現実ではよゆうのある金をつくると云う事はよういなわざではないのだ。おめおめと中野へ出向いて行かなかった事もかえっていまでは好都合な気さえしていた。金まわりのよくなった以前の会社の同僚のあれこれを頭に描いてみたところで、龍男には尋ねて行く根気もいまはない。その連中が、いい位置にとり済ましていると云う事に妬みの湧かない筈はないのだ。六年も兵隊に行っていた奴の、まぬけた顔を軽蔑して見下されるのが関の山であるにちがいないと云うひがみも浮かぶ。春江の義兄も、Y会社のような小さい処にまごまごとしていなくても、この時機をとらえて、いまこそ闇ブローカーでも何でもして一旗挙げる時だとそそのかしてはくれるのだったが、一旗挙げて、すばしこくやってみたところで、それが現在の龍男の空虚な心にどのようなプラスになるものかは計りがたい。

数日経った或る雨の日の夕方、春江の義兄がまた会社へ尋ねて来た。競馬で少し穴をあけたのでむしゃくしゃして仕方がないから、その辺で一杯やろうではないかと龍男を誘いに来た。有楽町のカストリ屋で、二人は差しむかいになった。

「君の心持ちが判ったと云って、はあちゃんがすっかり怒っていたぜ。俺はね、ざまアみろと云っといたンだが、まア、あの女のためにはいい事だと思うンだなア……全く、この時代を甘くみてるンだよ。ほんとうに。ね。――女房だの女だのうるさいもンだ。望みのあるのは子供だけだね。子供はいいもンだ。上の奴はものにしようと思うンだが、なかなか出来がいいンで、あれだけは、何とかしてやろうと楽しみにしてるンだ」

「健ちゃんはいい子だね」

「いい奴だろう……大きくなったって兵隊にとられる心配はなくなったしね。まア、親爺は闇屋でも、息子の代にゃア何とかなると希望を持っているのさ……」

コップ一杯のカストリに程よく酔いがまわった。龍男は金色の葉を繁らせた、山桜のさしてある花筒へもうろうと眼を向けていた。孤独さの中に湯気が蒸発するような、肉感的なものを淡い花の色のなかに見た。ぽたりとした唇のような花びらのなかに、探し求めていたものを探りあてたような気がした。セキ子の野性的な茶色の眼が、桜の葉の繁みのなかからいくつもいくつものぞいているようだった。龍男は南のあの日が恋しいと思った。六年をかけた兵隊生活のみじめさも、あの緋佐子との思い出のためにはつぐなわれるような気がした。なまぬるい雨風が硝子戸にしぶく。重たい泥靴のまま客が出たり這入ったりしていた。

（昭和二十三年一月十五日）

「改造文芸」第1号（一九四八年三月　改造社）

郷愁

1

終戦の一寸前に、菊子(きくこ)の隣の部屋に妙な老人が引越して来た。軀つきは如何にも壮年のようにがっちりしていたが、髪の毛は銀色に近い白髪(はくはつ)で、酒好きとみえて艶のいいあから顔だ。表札には臣大虎三という名刺が鋲でとめてある。たった一人住まいで、今日まで誰もこの老人をたずねる者とてはなく、ほんの独りぽっちなのだろう。菊子はこの老人と廊下や、アパートの入口で会ふと、何時の頃からか丁寧におじぎをするようになっていた。職業は無職だそうだけれども、管理人の話では、昔大きいサーカス団を持っていた人だとかで、ライオンや虎や縞馬の毛皮を持っているという話だった。菊子は何となく興味を持ってこの老人を眺めるようになった。

或る日曜日の朝ジープがこのアパートの入口にとまって背の高いアメリカ兵が臣大虎三を尋ねて来た。

「ウエルカム　サア　プリーズ　カムイン」

臣大虎三は青年のように若々しい英語でアメリカ兵を招(しょう)じ入れている。菊子はどうした知りあいなのだろうかと思った。若い女をたずねて来たのではなくて、臣大虎三のような老人をたずねて来たアメリカの兵隊にも興味を持った。——軈(やが)て間もなく、珍しく小唄のレコードが隣の部屋から流れて来て、二人の笑いあう声がきこえて来た。一時間位もしてドアが開くと臣大虎三におくられて、アメリカ兵が廊下へ出た様子だった。

「プリーズ　シーユー　アゲイン　グッドラック……」

その声におくられて、軈て間もなくジープは激しいエンジンの音をたて、街の方へ行ってしまった。菊子は新宿まで用達しに行くつもりだったのだけれど、電車の人混みを考えると憂鬱になってしまって、洋服のままベッドに横になっていた。考える事はまた結局は哲(てつ)雄の事である。還って来るのに三年もかかるだろうという政府の発表だったけれど、三年も待つという事は大変な事だと思わずにはいられない。

われ遺書を忌み墳墓をにくむ
死して徒に人の涙を請わんより
生きながらにして吾寧ろ鴉をまねぎ
汚れたる背髄の端々をついばましめん。

何気なく手にとった珊瑚集のはじめの頁に、ボードレールのこんな詩がのっていた。菊子はスマトラの山の中の小さい部落に集結しているという哲雄の部隊を空想してみた。よれよれになって、衰弱して日本へは帰れないうちに死んでしまうのではないだろうかとも思うのだった。疲労と困憊の果てに死んでゆく兵隊のおもかげが菊子の心を波たたせる。別れて三年になる。長い忍耐と気やすめのような諦めとの連続だった孤独な月日の流れ……月夜を二十回も見たら還れるだろうと哲雄が言ったけれど、もう月夜は三十回以上も過ぎてしまった。そうして、とうとう終戦になり、平和な正月を迎えた時には、菊子はもう二十八歳にもなっていたのだ。――私は厭！　そんなの厭ッ……。三十になって哲雄に逢うなんて厭ッ……。――菊子は自分の年齢を考えて来ると、身を揉んで泣きたい気持ちになっている。終戦になってから目立って若い男が沢山街を歩いている。その沢山の若い男の群から離れて、自分の哲雄だけがまだ三年も還れないのだと思うと、その不公平さがたまらなかった。自分というものが運命に侮辱されているような気持だった。

「ごめん下さい……」

誰かがノックしている。菊子は少しばかり泣いていたので濡れた手拭で顔を叩くようにしてノブをまわした。

「お早うございます。せんだってはどうも……お酒をおゆずり願って有難うございました。――いま、こんな甘い奴を貰いましたから失礼ですが一つ召上がっていただこうと思いましてね」

チョコレートを二本、臣大虎三がにゅっと差し出した。菊子は吃驚して顔を赧らめながら、そのチョコレートを押しいただいた。

「如何ですか。珍しくいいお天気で、私の部屋はここよりは陽当たりがいいのですが、甘いお茶でも飲みにいらっしゃいませんか。丁度コーヒーを淹れたところなのですが……」

菊子も徒爾（とじ）だったので、よろこんで臣大の部屋へ誘われて行った。——暮れに女世帯にも二合ばかりの酒の配給があったのを菊子は管理人をとおして臣大へ酒の権利をゆずったのである。二本のチョコレートは菊子にとっては豪気な贈り物であった。

2

角部屋なので、南と東から明るい光を受けて、ぽかぽかとここは暖い。

案外さっぱりとした部屋で、自然の素晴らしい毛皮が窓ぎわに敷いてある。壁にはあらゆる動物の美しい写真が針でとめてあった。座蒲団代わりに茶革のクッションが二つ散らかしてあった。古いパイプ椅子が二ツ、サイドテーブルが二ツ、藁蒲団のベッドにさらさ模様の洋服カヴァが押入れの前に吊してある。何も彼も古色をおびていた。

「いいお部屋ですのね」

「まア、どうぞ、こちらへ、陽のあたっている方へどうぞ……」

「ここのアパートの人達、臣大さんの事を虎大臣さんと云っているのごぞんじですか？」

くすくす笑いながら菊子が椅子へかけた。臣大老人は黒色のゆったりしたジャンバーを着て、煙管を咥えながら電気コンロのスイッチを入れている。

「そうですか、私は何処へ行ってもそう言われるんで。変わった名前でしょうからね」

品のいいゆとりのある物腰で、臣大老人は若い菊子をしみじみと眺めた。自分と同じようにあまり訪問者もなく、いまから孤独を楽しんでいるような若い女の生活が不思議でもあったのだ。

「自炊をしていらっしゃいますの？」

「え、どうやらやっています」

「あら、それにしても、何時も静かで、めったにここの台所おつかいにならないので、虎大臣さんは何を召し上がっているのだろうって評判ですわ……」

「ほう……それはどうも、やっぱり皆さんと同じように十円で七尾の鰮（いわし）なぞみつけて来ては毎日を簡単に済ませていますよ。男も私位になるとシンプルな生活を尊重しますからね」

　コーヒーを煮立てる音が、ことことと音をたててはじめて香ばしい匂いがして来た。そんなにとりたてて美人という顔ではなかったけれども、まつ毛の長いのが愛くるしい感じで、金色に近い茶色のはっきりした瞳の色は、東北系の女にあるような清楚さで、臣大には、隣の若い女がどんな素性のひとなのか知りたい思いであった。

「あなたはお国はどちらですか？」

「私ですか、盛岡ですのよ」

「ほほう、なまりが少しもありませんね」

「ええ小さい時、東京へ出ていたものですから……臣大さんはいろいろな土地をおまわりになったのでしょう？」

「盛岡も知っていますよ。お城がありましたね。――私はねえ、何処だって行かないところはありません、ドイツにもフランスにもイギリス、それからアメリカ、南の島々とみんな行きました」

「まア、そんなに……どうして、そんなに沢山お歩きになりましたの？」

「私はねえ、動物が好きだもので動物を観に歩いたようなものです」

「南って、スマトラの方へもいらっしゃいました？」

「ええ行きましたとも、いい処ですよ。私はねえ、ブキ・チンギという山の町が好きで、そこには小さい動物園があったンで、暫（しばら）くおりました」

「まア、そうですか。そんな処にも動物園があるのですの？」

「小さいけれど、まことに素朴ないい動物園でね、入口から中へつづく道までオームが木にとまっているンです。両側の道ばたに、脚に鎖をつけた、白だの、みどりだの、ピンクのオームがいるのですからまるで夢の国へはいってゆくようでしょう……。動物園で遊んでいるお客さまというものは、世界到るところ、みんないい人達ばかりで、自然なものとたわむれたい為に来るのですから、心からほほ笑んでいてこの種の人間は好きですね」

「まア、面白いことをおっしゃいますのねえ――臣大さんは、戦争中にいらっしゃいましたの？」

「いいや、戦争なんかのないずっと以前の事ですよ……」

「あら、いい時にいらっしゃいましたのねえ。そのブキ・チンギって町の話、もっとくわしく話して下さいません？　私の知りあいが兵隊で行っておりますのよ、たしかにその辺らしいのですけれど……」

「そうですか？　兵隊じゃア大変ですねえ。――私は動物が好きで、人間とか町とかはあまり興味がなかったもので……あまりくわしくは話せませんが、それでも、ブキ・チンギという町はスマトラじゅうでも高原の涼しいお伽話のような町でしてね。町の中央の時計台の近くにそれは大きな野天市場がありましてね。何だか何時もお祭りのようだと思いましたよ。大きい日傘をたてた市場の中には野菜や果物なんかが絵のようでしたねえ。新橋のような、あんな色彩のない乞食市のようなのとは違います。――この市場の近くに動物園があったンで私は朝ホテルを出ると一日じゅう、動物園にいましたがね。高台で見晴らしがよくて涼しいので、昼寝も出来ましたしね。オラン・ウータンといって、人間の五倍位もある人類猿がいるんですよ」

「まア……」

コーヒーがはいった。珍しく砂糖がこってりと入れてあるので、菊子は吃驚して眼を細めて飲んだ。臣大は押入から南の動物写真を出して、卓子の上にひろげた。

3

日頃の憂悶の避難所を見出したように菊子はさまざまな動物の写真にみとれていた。どの写真も、もう古びていてなかには暗褐色に変色しているのもある。

「ほら、これがそうですよ、ここに立っている男にくらべても大きいものでしょう。軀中に毛皮のマントを着ているようですね。これは玉子だの、生きている鶏が好物でね。オラン・ウータンの柵の前では、玉子売りや鶏売りもいましたが……。玉子を大きな手へ受取ると、ぐしゃりとつぶして皮をむいて食うンですよ。バナナも好きでしたね。何時も黙っている奴で、まるで、哲学者みたいな動物です……」

「随分怖い顔していますのね。野性のこんなのが、ジャングルの中からぴょこぴょこと出て来たら吃驚しますねえ……」

「スマトラでは、やたらに猛獣が出るように云われておりますが、私は、野性の猿以外はおめにかかりませんでしたよ。日本へなぞ帰るのを忘れてしまう位にいいところですから、お知りあいの兵隊の方も、そんなに不幸じゃアないでしょう。この辺のメナンカボウ族というのは却々インテリゲンチャが多いから、案外不安な事はないと思いますがねえ。南方民族ってものは大自然に愛されている民族だから、人を殺したりなんかしませんよ……ところで、戦争ってものはあなたは初めての経験でしょう?」

「ええでも、私、ナポレオンって昔からきらいでしたから、戦争の不安ってよく知っていますわ。――戦争が激しくなって来ると、私地球に住む人間って本当に厭になったんですもの……。育ちのいい人達の世界ってないものでしょうか?」

臣大は菊子の思いあまったような純真な表情を不憫に思った。

「そうですねえ、考えてみれば、世界到る処、血でいろどられない国々ってないようですからねえ」

窓の向うは一望の焼野原で、たったこの間まで戦慄におののいていた、あの暗い不安な日常があったのだと菊子は心をしめつけられるような気がした。荒廃した不名誉な戦跡が眼の前には残っている。菊子は戦争というつまらない名誉をほしがっていた、日本の軍隊の馬鹿々々しい喜劇に近い規律を、田舎くさい事だと始終思っていたものだ。世の中はなんというくだらない事に眼の色を変えて汲々としていたのだろうか……。

臣大は遠い以前、サーカス団を持っていた。その中には幾人かの女の子も使っていた。どの女の子も心の美しい娘たちであった。ライオンを使うのが天才的にうまかったヨリエという娘がいたのを思い出していた。何処かに菊子のような心のけっぺきさを持った娘だった。サーカス団を解散してもう六、七年にもなるので、その娘がいまは何処にどうしているのか消息すらなかった。消息しあうにしても、臣大は自分自身の住居さえ落ちつかなかったのだから……。

「さっき、進駐軍の兵隊さんが見えましたのね?」

部屋の隅にあるポータブルを見て、菊子がふっとそう云った。

「ああさっきここへ来たアメリカ人ですか。知人の紹介で、私の持っている虎の皮を見に来たのですよ。国の土産にほしいンだそうで……私も段々落ちぶれてきて、この物価高では金も入用になって来ましたからねえ」

「お売りになりましたの?」

「ええさっぱりと売ってしまいました。四年ばかり私が可愛がってそだてていたのですが、サーカスを解散する時、病気をしていましたので殺してしまったンです」

「まア可哀想に……」

「でもね、どうせ、この戦争では生かしてはおけなかったでしょう……」

隣室から時々物がなしいレコードがもれていたのはこのポータブルだったのかと、菊子は音楽を好きな臣大をいいひとだと思った。

「このお部屋は展望がきいていいですのね」

「そうですねえ。このアパートでは一番いい部屋という処なんでしょうかなア。——私の前は子供さんがいたんですか?」

「はア、会社員の方で、子供さん二人いらっしゃいましたけれど、何でも富山の方へ疎開なすって……」

「壁に子供さんの破れた帽子がかかっていたンでね……」

「とてもいい御家族でしたわ。旦那さま、兵隊にとられておしまいになったンで、奥さまのお里へいらっしゃいましたのよ。心持のいい方達で、私にも、富山へ疎開しないかっておっしゃったのですけれど、私、何だか、そのころは破れかぶれの気持、とうとう行かなかったンですの。ここで死んでもいいと思って……」

「ほほう、現在の御心境は破れかぶれなンじゃないでしょうなア?」

「いいえ、やっぱり……時々、自殺したいなんて思う時ありますわ」

「いけませんよ、それは……あなたがお若いからそう考えるンで、生きていなくちゃいけませんねえ。私は無一文になって、乞食をしたって生きていたいですねえ、死ぬなんて愚の骨頂ですよ。そんな考えはやめて下さいッ」

真面目な表情で臣大が言うので菊子は吹き出してしまった。

4

「あなたの、そんな考えはおやめなさい。物ごとには辛抱強くなる事です。待てば海路のひよりありって言葉もあるじゃアありませんか。何事も辛抱強く、こうなると、世の中と押しっくらで生きていなくちゃいけません。あなたが死んだって、誰もよろこびはしないし、すぐ人は忘れてしまいます。どうしたって生きている事ですよ。生きている事が勇士ですよ。日本人はすぐ諦めて腹を切ったりしますが、私から言えば、卑劣な奴ですねえ。あなたは、そんな人達と違いますけど、死ぬなんて考えてはいけないね。全く、生きて、あなたのベストを尽くさなくちゃいけませんよ。――いまも、日本人は、何かと云うと、いい日本人になって新日本建設だなンて云っていますが、私は不服ですね。そんな狭い事を云っているとまた何十年かさきには戦争をしたくなる……。それよりも世界人になる公民教育が大切ですよ。日本もアメリカもないじゃありませんか。地球は一つで、そして円い……だったら、いい世界人になって世界を幸福にする事ですよ。民族の血を守るとか何とかおかしな話でね。人間の血もどんどん交流すればいいのです。――だって大昔の珍しい動物だっていまは絵で見る以外には方法がないでしょう？　あれと同じ事ですよ。何も自分の民族だけが偉いものと思う事はないでしょう。世界を幸福にする事が最上の生き方ですなア。――私達はどんなにしたって五十年しか生涯を持てないのですから、その五十年をいい生き方で埋める方が愉しくありませんかねえ。人を裏切ったり、戦争したりする事だけはまっぴらごめんです。分別のあるいい大人が砲火をまじえて撃ちあうなんて愚の骨頂ですよ。この焼跡のていたらくを見てごらんなさい。ここまで来て初めて戦争が無駄だったという事が判るなンて妙な事じゃありませんか。――人が増えて金がほしかったら、広い土地へ労働しに行けばいい、そして食う事ですよ。私は支那人のような行き方が好きですがねえ……」

臣大は苦味になったコーヒー飲みながら菊子の顔をみつめていた。菊子は生きなくては嘘だと云われて、あたたかいものを感じるのだけれども、三年間も好きなひとをこれから待つという事はやっぱり辛いことだと思っている。今日まで待っていたのもやっとの思いだったのだ。そう考えて来ると、何となく鼻頭に涙が突きあげて来る。

「あなたは御両親は？」

「ええ盛岡におります……」

「御結婚はまだでしょう？」

「ええ、でも、結婚する相手が兵隊でスマトラに行っているものですから……」

「ああそうですか、スマトラにおいでなのですか」

臣大は、つつましく恋人を待っているこの娘をみなおして眺める気持だった。

「それなら、なおさら生きていなくては嘘ですよ。その人の為にもね……」

「ええでも、まだ、三年も還れないンですって、私にはそんな根気はなさそうですわ。死ぬるかどうかしなくちゃア、――第一、私は自分の現在の収入だけでは食ってゆけないンですもの、とても安い月給で、どうして、若い女が一人で食べてゆけますかしら？　郷里だって貧しいのですし……ダンサーにでもなろうかなんて思ってるンですけれど。臣大さん、どうお考えになりまして？」

臣大は、少ない収入で暮らしているときいて。自分自身も崖の上に立っているような経済状態だったので同情せずにはいられなかった。

「だって、臣大さんは、虎の皮なんかお持ちですからいいけれど、私、何もないんですもの、それこそ天から目薬ってところの月給で、十円の鰮だっておそろしくて買えませんわ。兵隊に行ったのが困ったら売るようにって、レコードを少し置いて行ったんですけれど、それだって半分以上も売ってしまって、――職業婦人の月給って永遠に安いのですもの、真面目になんか暮らせなくなるのもあたりまえじゃないでしょうか。世界人になる前に、私たち、まず生活の安全を考えなくちゃね」

臣大もおかしかったと見えて笑い出した。菊子も笑った。十年の知己のようなあたたかい心の流れがふっと二人の間に明感した。

「食えないという事は、あなたも私も同じことだ。これだけはどうにもならない……」

臣大は刻みたばこを煙管（きせる）につめながらそう言った。菊子は久しぶりに仄々とした気持である。どんなに貧乏をしたところで、何にかして還って来る哲雄を待っているより仕方がないのだ。三年も別れていても、哲雄への思いはますますつのるばかりであった。

「ウォンチ　ユー　ハブア　シガレット？」

「いいえ私、煙草はきらいですの……」

5

「あなたはまだお若いから沢山冒険が出来ますが、私はこれから平和な老後を持ちたいと願っています。――だが、どっちにしても金は必要ですねえ」

「ええ本当に、すこしでいいのですから……」

「私はねえ、昔はこれでも却々の野心家でね。大きな金持ちになりたい志望だったのですよ。二十二の時にアメリカへ渡って行って株をやりたいと思ったのです。――二年目にやっと金を貯めて株をやってすってしまった。それで、もう生きる望みを失って呆やりしているると、或る老人が私のベンチに来て、どうして沈んでいるのかと聞くので株をやって損した話をすると、ハドソンへ入って来るあの巨きな船一つ見たって判るじゃないか。あの船の火夫は三年や四年ではあの一流船の船乗にはなれない。根気強く生涯かけてやらなくちゃア一流にはなれないのだ。自分も株は四十年もやっているが、この年になって初めてどうにか芽が吹きかけてきて、やっと、株屋街でも知られるようになったのだ。その若さで株をやることはまアやめた方がいいねと云われて、その老人は見も知らぬ私に千円の小切手を書いてくれたのですよ。流石はアメリカで、私はとうとうその千円を返さないでアメリカを離れたのですが、面白い話だとは思いませんか？　あの頃の事を考えるとまるで夢のようです。いつも、あの時の千円を返したいと思いながら、その老人の住所を失念してしまって、いまだに心残りでなりませんがね。ユダヤ人だそうで、非常に禅坊主のような悟りを持っている男でしたよ。外国には時々そんな夢を持った、風変わりな人物がいて面白いですね」

「臣大さんは、奥さまは？」

「早くに別れてしまいました。私がまだ四十代の時で奥さんにいいひとが出来ましてね。いま上海にいる筈です。それからはずっと一人で気楽な生活ですよ。子供もないし、肉親というものがないので一寸不安なほど呑気です。――それでも、ついこの間、私は墓石を一つ買いましてね、小さい猫の額ほどな墓地も手に入れて来ましたから、これで病気になれば、友人の医者の手をとおって、自分の墓地行きとなるわけ……、墓碑には郷愁を持ちつづけてとでも刻ませたいのですがね……」

「まア、あなたこそ、死んでゆくことが、如何にも愉しそうじゃありませんか。私に死ぬなって云っていらっして、あなたは、御自分の墓石までお買いになっているンですもの、何だか変で仕方がないわ……。生きているうちに墓石を買うなんて、外国では知りませんけれど、日本ではまずぜいたくの方でしょうねえ。臣大さんは私のような本当に貧しいものとはいく分か桁が違いますわ。それに郷愁を待ちつづけてなンて洒落れていすぎますわよ。——私、臣大さんとは全然違う気持をもっていますの。死んでしまえば、墓石なンかどうでもいいわ。もしもたって親切な男のひとでもいましたら、どこか海へでも骨をまきちらしてほしいと考えている位で、それもぜひともというンじゃないの、そのまま朽ちて、墓碑なンてのはまっぴらですわ。私、とてもリアリストですから、生きているうちに墓碑を買うほどの夢はないですねえ……」

「ほほう、厭に強く出ましたねえ。いや、なかなかあなたの、その考えも面白い。お年にしてはおそろしく徹底しておいでになって敬服しますよ。——私から云えばあなたの方が夢があります。海へ骨をとばして貰うなンて素的じゃアありませんか。うーン面白いひとですよあなたというお嬢さんは……」

コーヒーを飲みすぎたせいか、菊子は胸が酸っぱくなるような気持だった。昼をいくぶんか過ぎたとみえて暖い陽の光が少しばかり薄暗くなり、二階の硝子窓までのびあがっている矢竹の葉が左右にゆれている。戸外には風が吹きはじめた。菊子は動物の写真にも見飽いていた。動物や自然の景色だけでは生活してゆけない自分をふっと哀れに考えている。

臣大は何という事もなく、ヨリエの事を考えていた。妻の眼をぬすんでヨリエを愛していたそのころの若さをなつかしく思いかえしていた。ヨリエと関係を結んだその当時は、臣大は自分の生涯でも、一番仕事に張り切ることの出来た時だったと回想している。菊子がふっとそのヨリエのおもかげに似て来るのだ。

「何だか、随分おしゃべりしてしまいましたわ。コーヒーも沢山いただいて……久しぶりですわ、こんな砂糖のはいった……」

「いやア、砂糖もこれも貰いもので、よろこんでいただいてうれしいです。——今日は実に愉快でした。毎日、淋しい暮らしでしたからねえ。これを御縁にお遊びに来て下さい……」

「ええ、時々、うかがいますわ。——でも、私、ひょっとしたら、何処かへ変わるかもわかりません。もっと安いところがみつかりましたらね。こんな焼野原では、部屋なンてみつからないでしょうけれど、この部屋は一寸、私には重荷になって来ましたわ。とにかく三年も待つということになれば、いろいろ考えなくちゃなりませんもの……」

「その兵隊さんは幸福者（こうふくもの）ですね……」

「あら、そんな事ありませんわ。でも、若い男が五、六年も自分の生活をなくしているンですもの、何とか待ってやらなくちゃ可哀想ですもの。何にしても日本は敗けてしまって、第一、この焼野原に家を建てるったって、材料がないわねえ、いい家を建てるという事はまだまださきの事になるンでしょう？　私、それと同じだと思っていますの。私ってものは空地みたいなもンだって、いまにこの空地に似合った材料が送られて来て家が建つのだとそう思っていますの。――ただ三年も待つのは耐えられなくて厭なンですけれど、敗けたのですから仕方がないわねえ。間にあわせのバラックなら建てない方がいいし……」

6

その日から二日ばかりたった雨の晩、臣大が菊子の部屋へ遊びに来た。一日働いて疲れていたけれど、菊子はあいそよく臣大を迎えた。彼は机の上の哲雄の写真をめざとく眺めて、

「このひとですね？　お待ちになっているのは……」

とたずねた。

「ええ」

「立派なひとですねえ。これじゃア、あなたが待ちこがれている筈（はず）だ。嘘なんかの言えない、まことにいい顔ですねえ……」

「おほめにあずかっても、私のところはコーヒーも砂糖もありませんのよ」

菊子はそう云って座蒲団をすすめた。窓ぎわには小さいベッドがあり、壁には雨に濡れたレインコートがぶらさがっている。寒い部屋だった。

「私のところ、お茶もなくて、さゆばかりで済ましているものですから……」

「いいえ結構です。偉いですねえ信じられないほどきれいすぎる……私はいままでにいろいろな悪いことば

かりして来たので、女のひとというものは信用しなかったんですが、少しばかりあなたには考えが変わりました」

「片意地なのよ」

臣大は支那で買ったのだといって、小さいオルゴールの箱を菊子に持って来てくれた。ねじを巻くと、まるで子供をあやすような美しい音色がした。贅沢な暮らしをしていた臣大の昔のおもかげがちらちらしている。身につけているものも、古びてはいたけれど何となく一流の店のものらしいのを着ている。何となく粋は身を食う式のこの老人を、菊子はほほえましく眺めるのだった。

「急に、私はあなたが好きになり、あなたのいない隣室を考えると、淋しくなるンですよ。――あなたが隣室に寝ていると思うと吻っとして、夜中に眼がさめても、以前のような底なしの淋しさと違って来ました。今夜もがまん出来なくてこのこやって来たんですが、まア、ゆるして下さい」

「ええ、そんなことを……いまに、乱暴な私をごらんになって吃驚なさいますわ。気持ちの向くままな暮らしで、御はんだって、食べたり食べなかったり……まるきりなってない生活なのよ」

菊子は疲れていたので毛布を腰に巻いて壁に凭れた。早くあたたかい春が待たれた。木の芽どきのふくふくした陽春がなつかしくてたまらない。菊子は月日の流れるのを漠然と待って、まだ、これから数年をおくる囚人生活のような自分が不憫だった。今日も有楽町の雨の通りを、夏服に毛布をひっかけた復員の兵隊が四、五人で歩いているのを見て、菊子はその後姿をしばらくみつめていた。もしもあんな様子でかえって来たら、首を抱いて、髪の毛をなでつけていたわってやりたいと思った。待ちつかれたのよと、恩をきせるようなことは云うまい。黙って顔をみあわせていれば、辛らかったことも報われるのだと、菊子はしばらく、その兵隊のおもかげで胸がいっぱいになっていた。

「臣大さん、あのね、私も、あなたの真似をして、派手な羽織を進駐軍のひとに買ってもらいましたのよ、その人はもうじきアメリカへかえるんですって。――

これから袖の長い羽織なんて着るときもありませんでしょうから……」

「無理なことをしない方がいいですよ、少し位でしたら私におっしゃって下さい。いくら貧乏していたって、少し位は何とかなります。あなたの羽織を手離すよりも、私の毛皮を売った方がいいでしょう？」

「ええ、有難うございます。私、人に世話になるなンてきらいですの。ですから、辛くても、この写真の親達にも黙っていますの。——でも、だんだんものが高くなって暮らしにくくなるなンて、どうして物を売る人ってお金がほしいのでしょう。私、靴が駄目になったンで、露店の靴屋をひやかしたンだけど、どれも五百円見当なんですもの……身売りでもしなくちゃ手が出ないわ」

菊子が、ものうそうに笑った。臣大は一寸寒かったので、自分の部屋へ外套を取りに行ってすぐ戻って来た。何という淋しい部屋なのかと臣大は同情でいっぱいだった。

「クリスマスの夜だったかしら、お友達と築地にアメリカの船を見に行きましたのよ。小さい船ですけれど青だの赤だのの灯をいっぱいつけて、ジャズのラジオがきこえっぱなしなのを見ていたら涙が出て仕方がなかったわ、自由な国って羨ましいわねえ。幸福を粗末にしない人のいる国っていいわ。——今日もかえる時、築地の魚河岸を通ったら進駐軍の兵舎のようなところがあるンですけど、一人だけ歩哨がいて、あとの交代する門衛の兵隊は塀の上からのぞいて私達に「今日は、寒い、雨々」なンて話しかけてくるの……アメリカ船の水兵は日本の陸軍の赤筋の帽子を横っちょにかぶって仕事をしていたし、全く、自由ではつらつとしていて、いいなと思いましたわ。日本の兵隊の帽子、二十円で売っていますのよ」

「ほほう、そうですかなア、世は変わりましたねえ。日本の兵隊の帽子が二十円ですか？　アメリカ兵がかぶっているンですか？」

「ええとても似合っていいのよ」

「あの帽子は案外、ブルーネットには似合うでしょうなア」

「ねえ、いまに日本の勲章だって売りに出るわ。戦争で敗けるって喜劇みたい。大真面目でいたのだからなおさらおかしくて、日本の兵隊の帽子が二十円だなんて……。友達が云ってたんですけど、帽子を二つあわせて円いハンドバッグつくってみようかしらなんて、四十円じゃアハンドバッグ買えませんもの。」

「お勤めは築地の方ですか?」

「ええ、毎日、高価なお魚の店の前を通って行きますわ。このごろ、鰤だのまぐろだの王様みたいな値段ですよ」

菊子は幾度もオルゴールを鳴らした。鰤の照焼で固い飯をもっくりもっくり食べてみたい……そんな事を考えている。臣大は又部屋へかえって、ピーナツの缶詰とビールを持って来た。

「一杯飲みましょう」

「ええ……」

7

この戦争はあまりに長くつづき、人々のこころに苦痛以上の苦痛を与えていた。その苦痛は人間をすっかり臆病にしてしまっている。臆病でないのは物の値段ばかりだったろう。一日一日と鰻のぼりになり、世の中はすっかりインフレーションだ。そうして、人の心のなかには羞恥心というものがすっかりなくなってしまった。菊子は、日本の兵隊の帽子を売っている商人を厭だと思った。哲雄が一兵卒であり、まだ還っていないことを考えると、その帽子の店は菊子にとっては惨酷なような気がするのだ。哲雄のような一兵卒の首が並んでいるような不気味な淋しさが眼の前をとおりすぎてゆく。売れるものならば何でも根こそぎ売りに出してしまう、思いやりのない世間の風の冷たさが、菊子には悲しかった。哲雄がいま還れないのは、あるいはいいことかも知れないとも考えてみる。二、三年たてば、もうすこしは何とか、どうにか人々の心にもあたたかなものが湧いてくるようにはなりはしないだろうか。菊子にとって、毎日の出勤は怖ろしくさえあった。配給のものは、いくら上手にやりくりをしてみても、一ケ月を満足に食べるということは出来ない。夢のようなことだよと教えるばかりである。

会社へ出ると、会社の中自体がまるで闇市のようで、何処からか手に入れて来る外国煙草を得意そうに売っている女事務員もいたし、果ては事務机にするめが並び、ズック靴が並び、缶詰が並んでいたりしているのだった。菊子自身も、それらの机のものに魅力を持って眺めているのだ。うつりばえもしないのに、新しい革の長靴をはいてくる社員だの、夜の女のようにこってりと紅を塗ってくる女事務員、貧弱な自由主義が、一つの会社のなかにもはんらんしてゆく。

そうしたなかで、ある日、菊子は夕暮れの街でアメリカの兵隊に道をきかれて、その兵隊と片言まじりに話をするようになった。もうじきアメリカへかえるので、日本の着物がほしいといっていた。菊子はとっておきの羽織を売ることにした。翌朝、約束の服部の前であうと、その兵隊は菊子から羽織の包みを受取って、事務的に用事を済ませるとうれしそうに行ってしまった。五百円という金を貰った事がきまり悪くなるほどいいひとであった。その兵隊から、菊子は数枚のチューインガムも貰った。何となく多量の血がさっと傷口からあふれたような心の痛さを感じた。――忍耐を持って、とにかく、哲雄を待たなければならないのだ。哲雄がかえって来たら、いい家庭をもちたい。それのみが、菊子の最大の純潔なのだ。

菊子は臣大がのぼせて来るほどには、臣大の事を想わなかった。閑の多い、平和な老後を持っている臣大の生活を知ってみると、もう以前のような興味もない。

菊子はほんの少し月給も上がった。このままの生活で強く、何とか生きてゆくより方法はないのだ。菊子はその羽織を売った金で新しい靴を買うことが出来た。丈夫そうなのが何よりで、菊子は非常に満足だった。

この戦争で、長い間、物質欲というものをセーブさせられ、精神の重苦しさのみに澱んでいたけれども、こうして新しい一足の靴を手にしてみると、やっぱり生々とうれしいものがこみあげて来る。透明な虹が浮いているように、焼野原の道も急に愉しくなった。

中身のない精神力というものはあり得ない。菊子は新しい靴の革の匂いをかいでみた。文明というものは、人間という動物の故郷のようなものだと思える。臣大のように、石ころに書く郷愁という文字は、古い日本人の持つ夢みたいなもので、郷愁という美しい言葉は、れいれいしく石の表なんかに書けるものではない筈(はず)だ。

臣大は菊子のよそよそしさをさとってか、このごろあまりたずねて来なくなった。熊の皮の上にあぐらを組んでひねもすどうしようもない生き方のなかに、動物の写真を眺めて暮らしているのであろう。(終)

「月刊読売」春の増刊号(一九四六年三月　読売新聞社)

バリーノ　コドモ

ジャワノ　ミナミノ、バリータウノ　コドモハ、ドンナ　コトヲ　シテ　クラシテ　ヰル　デセウ。イマデハ、ニッポンノ　カイグンノ　ヘイタイサンガ　ヲラレルノデ、コドモハ、タイヘン　コノ　ヘイタイサンガ　スキ　デス。

ニッポンノ　ウタヲ　ヨク　オボエテ　ウタヒマス。

パリータウハ、オホキイ　シマデ、タクサン、マチヤ　ムラガ　アリマス。ドコノ　ウチデモ、イヌヤヒツジヲ　カッテ　ヰマスシ、ニハトリモ　タクサンカッテ　ヰマス。アグント　イフ　オホキイ　オヤマモ　アリマスシ、ニッポント　オナジヤウナ　タンボモ　アリマス。

コドモハ、ハダシデ　ゲンキヨク　アソンデ　ヰマス。バリーノ　コドモハ、ドウブツヤ、ハナガスキデス。ドベイニ　カコマレタ　オウチノ　モンハ、トテモ　セマクテ、ドコノ　オウチデモ　タケヤブガアリマス。コドモハ　ウチノ　オテツダヒヲ　ヨクシマス。

デンパッサルト　イフ　トコロハ、バリーデモ　イチバン　ニギヤカナ　マチデ、ガクカウモ　アリマス。イマデハ、バリーノ　ガクカウデモ、ニッポンゴヲ　ベンキャウスル　コドモデ　イッパイデス。

イマニ、バリーノ　コドモカラ、ニッポンゴノ　オタヨリガ　クルヤウニ　ナル　デセウ。

「ツヨイコツヨイコ」(一九四三年十一月号　小学館)

あとがき

本書は、林芙美子とインドネシアとの関連を、残された資料や現地調査により明らかにしようと試みた足跡である。

研究を進めれば進めるほどに、戦時下における林芙美子の南方従軍の謎は深まるばかりであり、本書をまとめるのに足かけ十年の歳月を要してしまった。こうして一冊の本にまとまりつつある今でも、まだまだ不十分で不安な部分はある。しかし、世の中に出すことで、資料の付け加え、訂正などの意見を広く乞うために、ここでいったん腹をくくることにする。

二〇〇九年、女優・森光子さんの舞台「放浪記」を観、筆者は林芙美子の研究へと導かれていった。「放浪記」二千回公演という偉業を成し遂げ、現代にまで作品の命を継承し続けてきた森光子さんに圧倒され、研究というかたちで意志を引き継ぎたいという思いを抱いた。

それ以来、研究環境に恵まれここまで歩んでこられたと強く感じる。何よりも、当時の日本大学芸術学部図書館長であった文芸批評家の清水正先生の御指導と圧倒的な行動力に研究のレールを引いていただいたことに深く御礼を申し上げたい。清水先生を中心に様々な林芙美子の研究プロジェクトが組まれ、勤務校の教職員や学生たちと研究に邁進した日々は忘れられない思い出である。

それにしても、勤務校を研究拠点としながら様々な林芙美子ゆかりの施設を訪れたものだ。林芙美子の資料を多く保管する新宿歴史博物館をはじめ、志賀高原ロマン美術館、かごしま近代文学館、神奈川近代文学館、北九州市立文学館、塵表閣本店、薩摩川内市川内まごころ文学館、などにおいて貴重な資料を閲覧する機会を得ることができた。多大なるご協力に心より御礼を申し上げたい。とくに本書刊行直前に訪問した川内まごころ文学館にて、改造社社長山本実彦と南方からの帰路に対面していたことがわかる書簡を見せて頂けたことは至極の喜びであった。

また、林芙美子にゆかりのある方々にも大変お世話になった。林芙美子が実の子のようにかわいがった大泉淵氏には、多くの貴重な証言を頂いた。インドネシアへのフィールドワーク中において、筆者がバイブルのように持ち歩いていた『林芙美子とボルネオ島』の著者である望月雅彦氏には多大なる専門知識の提供を頂き、資料のご寄贈もして頂いた。文泉堂版『林芙美子全集』編者である今川英子氏には貴重なアドバイスと励ましを頂いた。新宿歴史博物館ボランティアガイドの浦野利喜子氏には多くの資料を提供して頂いたのと同時に、あふれんばかりの林芙美子への愛情に圧倒された。また、小野綾子氏には的確なアドバイスと多くの資料寄贈をして頂いた。『林芙美子　全文業録　未完の放浪』（二〇一九年六月　論創社）などの著者で書誌調査のスペシャリスト・廣畑研二氏と『ピッサンリ』（二〇一三年十月　思潮社）や「林芙美子『浮雲』の佛印表象をめぐるノート―橋本花子（橋本花）「バリーノ　コドモ」の紹介とともに」（「比較メディア・女性研究」5号　二〇二〇年十月　一般社団法人　国際メディア・女性文化研究所）などの著者であり、気鋭の研究者・野田敦子氏には、多くの刺激を頂き、また、資料発掘への並々ならぬ情熱には頭が下がる思いを抱いた。本書で掲載する資料の一部は、氏等のご尽力により発見されたものである。深く感謝を申し上げたい。

国外に目を向ければ、インドネシアのフィールドワークでお世話になった数々の方が思い浮かぶ。ブディマン・和子氏、スーシー・オング氏、リンダ・クルニアワン氏、フィトリアナ・プスピタ・デヴィ氏、ジョン・スマルナ氏、モハメド・アリ氏、パヌジュ・セノアジ氏、蔭島克彦氏にはとくにお世話になった。諸氏の甚大なる協力なくしては研究は成り立たなかった。インドネシアにおけるフィールドワークについての詳細は「ソコロワ山下聖美　文芸研究室」https://yamashita-kiyomi.net/ に記してある。

最後に、校閲、校正、ＤＴＰ作業、デザインなど、多岐にわたる様々な業務を担当して頂いた編集協力委員会の諸氏、また、遅れに遅れた本書の刊行を長い目で見守って頂いた鳥影社の百瀬精一社長、そして編集者の北澤晋一郎氏及びスタッフの皆様に深く御礼申し上げたい。

本書を作成中の十年の間に、世の中の価値観は大きく変わった。林芙美子もまた、価値観の大変容の中を作家として生き抜いた。価値観が変わっても、時代を経ても、国を越えても変わらない〈何か〉が彼女の中にあったからこそ、書き続けていくことができたのだと感じる。文学の中に確かに存在する〈何か〉を求めて、筆者の文学研究も続いていく。

二〇二二年八月十五日　著者

初出一覧（本書掲載にあたり、大幅な加筆・訂正を加えている）

第一章　「林芙美子「ボルネオ ダイヤ」を読む」（『日本大学芸術学部紀要』59号　二〇一四年三月）

第二章　「林芙美子の南方従軍についての現地調査報告① インドネシア・トラワス村」（『日本大学芸術学部紀要』55号　二〇一二年三月）、「林芙美子の南方従軍についての現地調査報告② ――インドネシア・トラワスを舞台とした小品「南の田園」」（『藝文攷』17号　二〇一二年二月）

第三章　「林芙美子の南方従軍についての現地調査報告③「スマトラ―西風の島―」「荒野の虹」「望郷」に描かれるスマトラ」（『日本大学芸術学部紀要 』57号　二〇一三年三月）

第四章　「林芙美子が見た日本占領下インドネシアの日本語教育 ～スマトラ・パレンバンの瑞穂学園についての調査報告～」（『日本大学芸術学部紀要』62号　二〇一五年十月）

第五章　「日本軍政下インドネシアにおける林芙美子の文化工作～ジャカルタにおける足跡の紹介とともに～」（『日本大学芸術学部紀要』68号　二〇一八年十月）

第六章　「林芙美子とマレーの四行詩パントゥン」（「藝文攷」21号　二〇一六年二月）

第七章　「林芙美子ゆかりの宿（マレーシア、インドネシア篇）」（「江古田文学」81号　二〇一二年十二月）

第八章　「林芙美子「古い風新しい風」を読む」（「日本大学芸術学部紀要」64号　二〇一六年十一月）

第九章　「林芙美子『うき草』研究」（「日本大学芸術学部紀要」53号　二〇一一年三月）

第十章　「林芙美子とダラット」（『林芙美子の芸術』二〇一一年十一月　日本大学芸術学部図書館）

林芙美子とインドネシア

作品と研究

［編著］

ソコロワ山下聖美

（ソコロワ　やました　きよみ）

文芸研究家。1972年生。日本女子大学文学部英文学科卒業、日本大学大学院芸術学研究科博士後期課程修了。博士（芸術学）。現在、日本大学芸術学部文芸学科教授。専攻は日本近現代文学、国際文化交流。

単著

『賢治文学「呪い」の構造』『ニチゲー力　日大芸術学部とは何か』（以上、三修社）、『女脳文学特講―芙美子・翠・晶子・らいてう・野枝・弥生子・みすゞ』（三省堂）、『新書で入門　宮沢賢治のちから』（新潮新書）、『わたしの宮沢賢治 豊穣の人』（ソレイユ出版）、『清水正の宮沢賢治論』『一〇〇年の坊っちゃん』『宮沢賢治・『ポラーノの広場』論』『宮沢賢治・『風の又三郎』論』『ケンジ童話とその周辺』『検証・宮沢賢治論』『宮沢賢治を読む』（以上、D文学研究会）、『検証・宮沢賢治の詩〈1〉「春と修羅」』『検証・宮沢賢治の詩〈2〉「永訣の朝」「松の針」「無声慟哭」』（以上、鳥影社）、『別冊NHK100分de名著　集中講義　宮沢賢治』（NHK出版）などがある。

共著

『共感覚から見えるもの　アートと科学を彩る五感の世界』（勉誠出版）、『マンガで読み解く　宮沢賢治の童話事典』（東京堂出版）、『社会人になるためのキャリア情報リテラシー』『はじめての「情報」「メディア」「コミュニケーション」リテラシー』（以上、技術評論社）などがある。

［編集協力］

髙橋由衣　宇治京香　野中咲希

［デザイン］

入倉直幹

本書の作成にあたり、JSPS科研費25370233、17K02466の助成を受けた。

2022年11月1日初版第1刷発行

発行者　百瀬精一

発行所　鳥影社 (choeisha.com)

〒160-0023 東京都新宿区西新宿3-5-12トーカン新宿7F

電話 03-5948-6470, FAX 0120-586-771

〒392-0012 長野県諏訪市四賀229-1（本社・編集室）

電話 0266-53-2903, FAX 0266-58-6771

印刷・製本　シナノ印刷

ISBN978-4-86265-967-5 C0095